W0279669

BESTSELLER

Anouar Benmalek (Casablanca, 1956) tiene las nacionalidades francesa y argelina. Es matemático, periodista y escritor; actualmente es también profesor invitado de varias universidades de Francia. Es un autor reconocido en su país de adopción, donde ha ganado varios premios, entre los que destacan: Millepages, RFO, BeurFM-Mediterranée y RTBF.

ANOUAR BENMALEK

La esclava

Traducción de
Rosa Solà Maset

DEBOLS!LLO

Título original: *Ô María* (de Anouar Benmalek)

Tercera edición en Debolsillo: mayo, 2010

© 2006, LIBRAIRIE ARTHÈME FAYARD
© 2009, Random House Mondadori, S. A.
Travessera de Gràcia, 47-49. 08021 Barcelona
© 2009, Rosa Solà Maset, por la traducción

Quedan prohibidos, dentro de los límites establecidos en la ley y bajo los apercibimientos legalmente previstos, la reproducción total o parcial de esta obra por cualquier medio o procedimiento, ya sea electrónico o mecánico, el tratamiento informático, el alquiler o cualquier otra forma de cesión de la obra sin la autorización previa y por escrito de los titulares del *copyright*. Diríjase a CEDRO (Centro Español de Derechos Reprográficos, http://www.cedro.org) si necesita fotocopiar o escanear algún fragmento de esta obra.

Printed in Spain – Impreso en España

ISBN: 978-84-9908-129-8
Depósito legal: B-24373-2010

Compuesto en Fotocomposición 2000, S. A.

Impreso en Liberdúplex, S. L. U.
Sant Llorenç d'Hortons (Barcelona)

P 881298

Agradecimientos

El autor agradece al Centro Nacional de las Letras su inestimable ayuda en la redacción de esta obra.

¡Tú, oh muerte cruel!
Desearía que fueras un cordero.
Te conduciríamos con gran pompa al mercado
y el matarife lleno de alegría te despiezaría.

Oración del norte de África

A Jerónima la Zalemona,
que vivió en Torrellas (España) a finales del siglo XVI
y cuyo destino me sugirió en parte el de María

Prólogo

Sevilla, 1610

Mi madre era cruel y yo la quería como se quiere a un ángel. Ella, por su parte, me quería como se quiere a un bastardo: con amargura, con violencia, con odio a veces. Durante mi infancia sentí a menudo escapar de su mirada un reproche repentino («Pero ¿por qué viniste al mundo, bastardo?», gritaban entonces sus pupilas encogidas). Su amor, que luchaba contra la ira nacida en un pasado siempre presente, la obligaba enseguida a cerrar sus ojos acusadores. Sin saber cómo redimirse de esa bocanada de rencor hacia su hijo, me abrazaba y me acariciaba furtivamente el pelo. Falta de palabras de nuevo para pedirme perdón, acababa rechazándome o dándome un bofetón del que se arrepentía de inmediato y que incrementaba su exasperación.

Creo sin embargo que ninguna mujer me ha querido tanto. Ni me querrá tanto.

Mi madre era muy hermosa. Todos lo decían, a menudo en un tono de reprobación: era realmente demasiado hermosa. Y yo mismo, desde muy pequeño, tuve miedo de ese don del cielo. Éramos demasiado desgraciados y su belleza desentonaba en esa desgracia. Mi madre le había puesto los cuernos a mi padre —no a mi verdadero padre, sino al hombre con el que se había casado pocos meses antes de mi nacimiento— muchas veces. Él la adoraba y cerraba los ojos por miedo a perderla a pesar de los comadreos y las burlas de los vecinos, y a veces incluso de las amenazas. Ella no era feliz —¡qué va!—, pero ¿cómo decirlo?, siempre estaba alegre. Yo sabía que esa viveza la agotaba, desde luego, pero la sobrellevaba como si cualquier otra opción la abocara a la rabia y a la desesperación total.

Hace solo dos meses que volví de Roma, y he recorrido la mitad de España como un loco. La euforia reina entre los cristianos viejos. La orden real de deportar a los moriscos de Castilla acaba de ser proclamada por los pregoneros, con el acompañamiento de timbales y oboes, en todas las ciudades y aldeas. Los moriscos tienen un plazo de tres días para reunirse en los lugares previstos; allí les conducirán a los puertos de embarque, desde donde viajarán a las costas de Berbería. Pasado ese plazo, cualquiera puede, en nombre de Su Majestad, detenerles o matarles. Asimismo se prohíbe a los proscritos, so pena de muerte, llevarse consigo oro o plata. La expulsión del reino de Valencia, donde más moriscos había y donde vivíamos cuando era niño, prácticamente ha terminado. Acabo de volver de ahí, pero no vi nada: era demasiado tarde. No encontré a ningún morisco de mi pueblo con el que poder hablar. Se cuentan casos de rebelión en algunas aldeas, de huidas a las montañas, de intentos desesperados de no embarcar en las galeras a punto de zarpar hacia tierras berberiscas. Todo eso ha sido aplastado con sangre por los temibles Tercios llegados como refuerzo de todos los rincones de España e incluso de Nápoles, Sicilia y Lombardía. El reino de Valencia ha quedado prácticamente purgado de la plaga morisca, esos judíos envenenados por el islamismo, como dicen aquí con una mueca parecida a la que se hace para escupir.

Me pregunto si los moriscos siguen siendo los míos, yo que desde la adolescencia me escondo tras una identidad falsa. Por otra parte, ¿acaso existo? Vivo tan disfrazado que una parte de mi alma, enferma de desconfianza, esconde secretos a la otra.

Pero no estoy aquí para complacer a aquellos que han sido expulsados de su casa, de su ciudad, de su país natal. ¡Que se vayan al infierno! No he hecho este viaje a través de Italia, Francia y España para sentir compasión por nadie más que por mi madre. Hace tres días que aguardo en esta maldita ciudad. La procesión de la decena de culpables por toda la ciudad, escoltada por los alabarderos y los jueces inquisitoriales a lomos de las mulas engualdrapadas de negro, el sábado; la interminable ceremonia de acusación en presencia de todos los notables y de sus esposas vestidas con verdugados de seda, el domingo, en la plaza mayor; la ejecución de la sentencia, este lunes.

La ciudad está decorada con fausto. De las fachadas cuelgan banderolas con una cruz entre una espada y una rama de olivo: las armas del rey y del Santo Oficio. Se rumorea que el soberano en persona tenía que presidir el ceremonial, pero que problemas de intendencia relacionados con la expulsión de los herejes mahometanos se lo han impedido. A pesar de ello, ha querido ofrecer, para la hoguera, un trozo de madera bendecido por el propio Papa. El marqués que ha traído de Madrid el valioso leño lo ha donado esta mañana con toda solemnidad al arzobispo entre los vítores de la multitud, y el prelado, tras una breve oración, lo ha entregado al jefe de los verdugos, quien finalmente lo ha colocado sobre uno de los haces de leña.

El de mi madre. ¿Quizá porque es la única mujer entre los ajusticiados y, por ello, la más culpable?

Nadie me conoce en este solar a las puertas de esta rica ciudad. Hacía tanto tiempo que no había visto a la mujer que me trajo al mundo... Ahora está ahí, delante de mí, a unos cien pasos, sobre el patíbulo. Aunque estoy sumergido entre la muchedumbre de espectadores, la veo y la oigo. Es la última a la que prenden fuego. Los harapos que la visten, probablemente espolvoreados con azufre para impresionar más al populacho, arden con una llama azulada. Como mi madre no tiene lengua, sus gritos recuerdan el gañido sordo de un cerdo cuando lo degüellan.

Salvo que aquí no degüellan, queman.

Mezclado con los olores de fajinas de olivo, cuerdas y desechos que el viento arrastra hacia nosotros, un nuevo olor me llega a la nariz. Es extraño: durante un breve instante, adelantándose a mi discernimiento, me trae el recuerdo de una comida de fiesta.

Y de repente quiero arrancarme la piel, los ojos, la cara entera. ¡Ese odioso olor a carne asada es el que desprende el cuerpo de mi madre!

Tengo sabor a vómito en los labios. No debo llorar, la muchedumbre está repleta de delatores y corro el riesgo de verme en ese mismo patíbulo.

—¡Qué pena! ¡Una mujer tan hermosa!... —murmura alguien a mi lado en tono triste.

Su vecina le responde con aspereza al tiempo que le da un codazo:

—Cállate, idiota. ¡Podrían oírte! Si esa buscona está ahí con los demás es porque se lo merecía. Los nuestros saben bien lo que hacen con semejantes criaturas. Dicen que estaba tan embrujada que dormía con el Corán entre las piernas. Además, si Dios lo hubiera querido así, no habría ardido. ¿Has visto cómo se resistía la mala pécora?

—Supongo que tienes razón... —concede el hombre con voz ronca. Se acerca a la mujer y le susurra, travieso—: ¿Y tú, cómo te resistes, hermosa?

Intenta pasarle el brazo por la cintura.

La mujer se aparta con desgana y protesta en tono alegre:

—¡Aquí no, estamos en público!

Me ahogo: un sollozo me obstruye la garganta, pero no puedo permitir que salga. Ha llovido y a la hoguera le ha costado prender. «Menos mal —murmura alguien—. Así la condenada tardará más tiempo en asarse.» Ahora el humo acre de la leña y el pelo quemado (¡es increíble: es el pelo de mi madre!) se ha adueñado del aire. Envuelta en volutas de humo, la mujer sigue viva, pues percibo sus innobles chillidos a pesar de los crujidos de la madera que estalla. Una ráfaga de viento barre el humo y revela a la ajusticiada. Sacudida por espasmos grotescos, estira el cuello para evitar la llama que le lame ya la base de los pechos. Bajo la mirada cuando el fuego le alcanza la mejilla derecha.

Sin embargo, me ha dado tiempo, a mi pesar, de ver arder su dulce rostro.

Ese rostro magnífico que me prometí dibujar durante todos los años que permanecí huido.

Mi madre. Mi corazón. Mi vida.

Habría dado mi vida por ella, pero al ver su carne medio carbonizada y aún temblorosa descubro que no habría sido capaz de reemplazarla. Y sin embargo, prometí a esa mujer que siempre la protegería. Con mi vida, le juré cuando era un mocoso, antes de que ella me obligara a huir a Italia. Ese juramento, no obstante, lo pronuncié para mis adentros porque ella odiaba esos desahogos. Sobre todo conmigo.

Señor, Tú que en Tus Libros sagrados dices prodigarte en la Misericordia, ¿has abandonado a esa pobre mujer? ¿Qué te ha hecho que mereciera tanta ira? Era hermosa y te honraba. ¿Tan rencoroso eres?

¿O acaso coleccionas los sufrimientos de Tus hijos en los estantes de Tu Creación cual un señor vanidoso que acumula sus trofeos de caza?

Dios, no eres más que un... que un...

Ningún insulto está a la altura de mi cólera. Ni de mi debilidad. Quisiera que mi blasfemia hiciera caer una piedra sobre mi cabeza, morir al instante y dejar de presenciar esta monstruosidad. Escupo en el suelo. Escupo sobre mí mismo, sobre mis gritos de cobarde, de cobarde llorón. La agonizante en la hoguera ha dejado de gemir, probablemente haya muerto. Y yo sigo en este mundo. En este sucio mundo. Sin haber cumplido mi promesa.

Y...

¿Qué me pasa? He estado a punto de caerme…

Un gran peso se ha abatido sobre mí como si un niño caprichoso y pesado se hubiera lanzado a mis hombros y no quisiera soltarse. Giro la cabeza, dispuesto a increpar al mocoso que ha osado semejante atrevimiento.

No tengo a nadie en la espalda, pero la impresión de fardo no ha desaparecido. Al contrario, se ha añadido incluso una sensación de hielo en la nuca. De sobrecogimiento imprevisto. Esbozo un gemido que se metamorfosea en un resoplido de terror. Intento equilibrar la carga en ambos pies. Pero el suelo parece hundirse y tengo el absurdo convencimiento de que inicio una caída mortal.

«¿Eres tú, madre? ¿Te duele? ¡Uf, cómo pesas!»

¿Por qué he pensado eso? Las preguntas, y luego la constatación, salidas de una parte de mi cráneo, caminaron a lo largo de los meandros de mi cerebro, reventaron sin piedad las últimas resistencias de mi entendimiento, mientras mis ojos miraban de nuevo fijamente la hoguera en la que el verdugo y sus ayudantes ahora reaniman el fuego. El cuerpo atrozmente inmolado de mi madre está allí. Sin embargo, el peso en mis hombros es tan real que protesto escandalizado: «Madre, bájate de mi espalda. Es ridículo. Estos juegos ya no son propios de tu edad».

Debería estar aterrorizado. Y la mayor parte de mi ser, a pesar de su incredulidad, lo está hasta la médula. Solo una ínfima fracción se resiste y quiere explotar de alegría.

Pero ¿qué estoy diciendo?

Está muerta…

Pero ¿lo está de veras?

— ¡Vete a dormir la mona, capador de burros!

Un hombre endomingado me ha empujado con fuerza porque al tambalearme me he agarrado a su brazo. Murmuro una disculpa que me sale en italiano. Aún más hostil, el hombre masculla entre dientes una maldición contra esos extranjeros que ya no respetan nada.

La pena me hace delirar. O la locura. Un hijo no debería presenciar el ajusticiamiento de quien le dio la vida. Pero ¿acaso lo que sienta o deje de sentir todavía tiene importancia? Después del destino reservado a mi madre no valgo más que la carroña. La espantosa ilusión de un gran peso en mis hombros, los repentinos escalofríos, ese sobrecogimiento ante la idea de que me agarren por el cuello como un conejo solo pueden deberse al cansancio, a la pena y a la vergüenza.

Como para llevarme la contraria, el frío alrededor de mi cuello se intensifica, unos dedos helados me palpan la piel para identificarme, empiezan por la nuca, se deslizan por la espalda, se cruzan entre las costillas. Siento que pierdo la razón. Peor aún, siento que me disuelvo en un baño innombrable.

Pienso en pedir auxilio… al Profeta… a Jesús. A quien sea.

Luego una oleada de tristeza, áspera como el aguafuerte sobre la piel, bloquea mis músculos, mis intestinos, mi cráneo.

Reconozco esa tristeza.

«Eres tú, mamá miel, ¿verdad?»

Estoy convencido, aunque todo en mí proteste contra esta convicción insensata, de que algo… su… alma… («Es tu alma, ¿verdad, mamá?») se ha unido a mí. Las brasas han recobrado fuerza. Un murmullo de admiración horrorizada por la profesionalidad del verdugo se eleva entre la multitud.

—La grasa del vientre y de las nalgas aviva el fuego —explica un espectador a otro—, pero no durará, no tiene demasiado lardo en las piernas, que es donde hace falta.

El espectador se desternilla y es imitado con algo de retraso por su vecino, que ha tardado en comprender la observación picante.

«No imaginé que pesaras tanto, querida madre. Ah, ¿no eres tú la que pesa sino tu sufrimiento?

»Pero si acabas de morir... Yo creía que las criaturas del más allá no sentían nada... Creía...

»¿Incluso después de...?

»¿Que intentas... qué?

»¿Eres tú quien habla? ¿De verdad?»

Tengo el pecho henchido de espanto y, al mismo tiempo, aguijoneado de felicidad. La tenaza aumenta la presión en mi torso, me pellizca el corazón... Si esto continúa, moriré aquí mismo, en este suelo lleno de inmundicias, la basura de los mirones, en medio de esta agitación de feria donde la gente, entre dos bocados y un trago de vino o de jugo de regaliz, tose a veces a causa del humo.

«¿Quieres que te consuele, madre?»

Tengo la certeza de que me responden, ahí, en mi cabeza. De que ella me responde.

«Sí.»

Me estoy volviendo loco. No hay otra explicación.

«¿Estás... agotada, Yemma?»

Sin que mis labios se muevan, le he hablado en la lengua que menos domino, la lengua prohibida, la algarabía, la que ella se negaba a usar en mi presencia y de la que mucho más tarde, en Roma, aprendí algunas palabras con un viejo erudito. Hasta entonces solo había usado este maldito castellano. Mi corazón late tan fuerte que veo luces blancas tras los párpados. ¿Qué son? ¿Mariposas? Una risa propia de un loco, incongruente, florece en mi pecho: tengo ganas de orinar de miedo porque un fantasma se ha posado en mi espalda y me muero de ternura porque es el de mi pobre madre.

Y de repente el horrible peso desaparece, como si los dedos invisibles hubieran decidido dejar de apretar. La risa mortinata se transforma en náusea. El verdugo y su ayudante echan madera a las brasas, que amenazan de nuevo con apagarse. Ha llovido demasiado esta noche, es un mal día para un verdugo concienzudo. El cuerpo atado se ha encogido cual una tea consumida. No quiero seguir mirando la hoguera. La gente empieza a dispersarse, un poco decepcionada, como si la fiesta hubiera acabado demasiado pronto sus compromisos.

Me marcho. Ahora tengo que ir a matar a los culpables.

Primero a mi padre adoptivo, que traicionó a mi madre. Luego a mis otros padres: el primero, el amante que no quiso saber de ella, y el segundo, el pintor que la violó.

Después, a los demás: a los vecinos delatores, al juez y quizá hasta al marqués que trajo de Madrid el leño bendecido para la hoguera. Y al cerdo del rey, si llego hasta él antes de que me maten.

Escondo los ojos bajo el ala del sombrero porque estoy llorando. Aprieto el paso y lloro más.

María, tu hijo Juan ha regresado y tú ya no estás aquí.

Y ya no puedes oírme, querida madre.

Con las piernas colgando sobre el pretil, la mujer que ya no estaba entre los Vivos observa a la silueta alejarse.

—Mi bobo hijo, sin tus lágrimas no te habría reconocido. ¿Por qué has vuelto de tu Italia? ¿Habré sufrido para nada las tenazas y el torno?

Un enorme odre de tristeza estalla en su interior. Ha sido reducida a cenizas antes de que pudiera abrazar a ese vástago tanto tiempo ausente. Y su primer acto, después, ha sido aterrorizarlo.

—Idiota —se dice con rabia—, las llamas no han mejorado tus entendederas.

La improvisada plaza parece una explanada invadida por la bruma y las sombras en movimiento. La criatura comprende que las sombras indefinidas son los Vivos. Solo los objetos carentes de vida se perfilan claramente entre la neblina que ha sustituido a la luz de antes del suplicio: las murallas, el patíbulo, las colinas a lo lejos y hasta un tramo de río. En algunos cadalsos, junto a las formas inconsistentes de los Vivos, se asoman…

—¡Fantasmas! —constata la mujer con una intensa curiosidad—. ¿Como yo?

Hay tantos…

Se mira a sí misma y se ve con claridad…, pero ya no tiene ojos, ni manos, ni piernas… Entonces, ¿cómo puede verse?, se pregunta. ¿Cómo es posible que todavía sienta con una fuerza desgarradora las manos, las piernas, los ojos, la vagina?

¿Y la ropa? ¿Acaso está desnuda?, se pregunta con un asomo de coquetería. ¿Así la ven los Otros?

Está muerta. Lo sabe, puesto que se ve simultáneamente en el patíbulo, donde los hombres empujan con palas los repugnantes restos de su cadáver hacia el centro de la hoguera para concluir su combustión.

—Ah, mi hermosa María —masculla, exasperada—, cuántas cenizas… ¡Y pensar que no soportabas la más mínima mota de polvo!

Pero el dolor está ahí, impone su yugo a los miembros, a las vísceras, al cráneo ausente. Pero ya no es el dolor del fuego. Ese está, ¡oh, sorpresa!, infinitamente lejos. La nueva sensación es distinta, masiva pero difusa: parece una sed monstruosa, imposible de saciar, que afecta a todos los sentidos, ¡aunque ninguno de esos sentidos existe ya!

¿Se debe eso a que ha tocado a un Vivo, a su hijo? ¿O a que ya no está viva?

Quiere aullar de incomprensión, pero se da cuenta de lo ridículo del asunto: un muerto —o lo que queda de él, unas migajas de carne carbonizada— ¡no berrea!

—¿Es una broma? —se pregunta, sintiendo nacer en ella la rabia por la banalidad de sus percepciones—. ¿Soy realmente un espectro?

Si no estuviera tan ocupada examinando su nuevo estado, los dientes le castañetearían por el miedo. No es así como había imaginado el paso al otro lado. ¿La muerte, pues, no significa el final del sufrimiento? La deja estupefacta comprobar que es capaz de pensar a pesar de la oleada de sufrimiento que la golpea, que ese pensamiento consiga incluso dividirse entre la curiosidad y un quejido indignado:

—Pero ¿dónde está todo lo que se nos prometió?

—Madre…

—*Catalina*…

La madre fantasma, llena de ternura, tiende sus brazos, o la idea que ella tiene de los brazos, hacia la muchacha que la recibe con una sonrisa, o la idea de una sonrisa. De hecho, si ha muerto hoy ha sido debido a su hija.

—¡Cómo te he echado de menos, hijita preciosa!

—Yo también, madre, pero yo jamás te abandoné. Incluso antes de que lavaran mi cuerpo y me enterraran, cuando tú estabas con el alma rota y hecha un mar de lágrimas, yo ya estaba a tu lado…

—¿Incluso cuando estaba presa? ¿Incluso cuando me torturaban? ¿Incluso… cuando ya no tuve lengua?

—Claro. Siempre. Si hubiera podido aliviar tu sufrimiento… Si hubieras podido perdonarme… Todo esto te ha sucedido por mí. Lo siento mucho, madre, lo siento tanto…

La voz de su hija no ha cambiado. El mismo tono, la misma vibración debida a las lágrimas contenidas. La alegría que la madre vive es tan desgarradora que tiene la impresión de que es dolor añadido.

—Tú no tienes la culpa, hija, y yo tampoco… La culpa es de…

Se encoge de hombros.

—Ya no importa. Nos hemos encontrado, ¿no?

La hija abraza a su madre y exclama:

—¡Me daba tanto miedo manifestarme! Temía que no soportaras el espanto de verme. ¡Cómo me hubieras odiado! Y sobre todo no quería que te volvieras como… como yo. Es tan feo estar muerto. Lo daría todo por estar otra vez viva y pasear contigo junto al río de nuestro pueblo, en medio de los naranjos, y comer, y beber.

Rió como si llorara.

—¿Te acuerdas de que cuando estaba enferma una estúpida insinuó delante de mí que no había esperanza? Tú la echaste y la colmaste de maldiciones. Después, para tranquilizarme, me contaste que la muerte no era nada, que uno se va a contar las estrellas y vuelve a la vida cuando termina de contarlas. ¡Y ni siquiera había que hacer la suma exacta! Te estaba tan agradecida que te abracé como una loca. Tú protestaste diciendo que no querías que te ahogara con la baba de mis besos. Por supuesto, ese cuento tuyo no es cierto, madre. Lo único que ansiamos los Muertos es unirnos a quienes más nos querían cuando estábamos vivos. Si no, el tormento creado por las ganas de vivir es insufrible porque no tiene fin… Y me da tanto miedo la eternidad, la soledad… No esperaba esto en absoluto. No somos más que nubes y sufrimos más que… estamos más tristes que… y no podemos hacer nada contra esta horrible ansia.

Señala a los demás espectros. Los de los cadalsos, los que yerran por el terraplén, los atravesados por los espectadores.

—Y cada día somos más… repugnantes los unos para los otros. Todos nuestros recuerdos, todas las bajezas de nuestra existencia expuestas en nuestro… rostro… en nuestro… cuerpo.

—¿También ves las mías? —murmura la madre, angustiada—. Me refiero a lo que tú llamas mis bajezas… —Y tras un corto silencio añade—: Y en cuanto a tu hermano… Lo que confesé bajo tortura… ¿también lo sabes?

La hija no replica. La sombra de la Quemada suspira con amargura.

—Lo que hice no debe afectarte, *Catalina*. De todas formas, yo, aquí o allí, te quiero… Aunque… —su voz rezuma rencor—, aunque, a decir verdad, esto no es lo que esperaba. ¿Todas esas pruebas, todos esos sufrimientos abominables para esto?

La plaza se vacía poco a poco de seres vivos, pero no de espíritus.

—Deberíamos estar admiradas y felices por lo que sucede después de la muerte, ¿verdad? —apunta con rabia la muchacha, sin hacer caso del comentario de su madre—. ¡Pues no! Enseguida comprendí que me había convertido en un despojo y tuve asco de mí misma. Es repugnante, este hedor en el que vivimos encerrados desde nuestro último aliento, que nos cae encima como un castigo... Ah, madre, ignoro qué ha hecho que esto sea posible, pero cómo lo odio, madre, ¡cómo lo odio!

—Cállate, hija. Alguien... podría oírte.

—¡Si al menos eso fuera posible!

Igual de viejas ya la una que la otra, difunta la mujer y difunta la niña, permanecen un momento en silencio, casi enemigas a pesar de su amor, laceradas por la insostenible nostalgia de su vida anterior. Esa vida perdida para siempre en la que tanto se adoraron.

Ambas miran en la dirección por donde se ha escabullido el joven abrumado por la pena.

—¿Vas a seguirle, madre?

—Por supuesto, *Catalina*, es mi familia... y también la tuya. Tengo que prevenirle...

—¿Y si le asustas como antes? Cada vez que uno roza a un Vivo, se le roba parte de su aliento. Al final, muere. Lo he visto hacer a algunos fantasmas... Te arriesgas a matarlo porque le quieres. ¿Serás capaz de vencer esas ganas, madre?

—Nuestro Juan no es muy valiente y cometerá torpezas. Por mi culpa se halla en peligro. No volveré a asustarle, te lo prometo. En fin, lo intentaré. —Se ríe afectuosamente—. *Catalina*, ¡amé tan mal a tu hermano antes!

Su voz está ahogada en una extraña melancolía que desprende una mezcla de rencor, alegría y tristeza.

Y olvidando que su hija puede leerle los pensamientos, añade:

—Pero no fue al único… Si supieras hasta qué punto he amado mal… ¡Tan mal…!

Primera parte

1

Treinta y cuatro años antes, una mañana de 1576, en las Alpujarras, a varios días de marcha de Granada

Hacía tan buen tiempo aquel día..., había en el aire algo así como la alegre certeza de que la primavera despeinaría pronto la cabellera de los montes nevados que acuchillaban el horizonte. Pero fue ese mismo día cuando el corazón de la joven fugitiva se rompió por primera vez y desde entonces nunca volvió a recuperarse por completo.

En realidad, la María cuyo pecho empezó a hincharse de alegría esa mañana de abril ya no era una niña, pues la semana anterior a la luna llena fluyó sangre entre sus muslos. Por supuesto, al principio sintió mucho miedo —y vergüenza— por la mancha roja que aureolaba obscenamente en mitad del vestido, pero su tía Lucía la tranquilizó como pudo.

—No es nada, María, no es nada. Tenía que suceder. Es la prueba de que el tiempo pasa... No estás enferma, simplemente te has hecho mujer... aunque aún seas una niña. Dios mío, ¡siempre es demasiado pronto para estas cosas! —masculló Lucía antes de romper en llanto sin razón aparente.

A pesar del miedo, a María le entraron ganas de reír: a su tía le colgaba un moco de la nariz y, pese a su imponente volumen, no se decidía a desprenderse.

Su tía se aclaró la voz y, entre dos sollozos, dijo en tono ridículamente solemne:

—Hoy tengo que enseñarte dos cosas, hija mía. Las dos son imprescindibles. Si desoyes cualquiera de ellas, tu vida correrá peligro... —Contuvo la respiración, llena de emoción, y añadió—: ¡Y la nuestra también!

La niña abrió los ojos como platos, parecía decir: «¡Deja ya de exagerar!».

—No me mires con esos ojos de mula que se cree más lista que el resto del rebaño. Nunca he hablado tan en serio. —Luego, suavizando el tono, añadió—: Primera recomendación: a partir de hoy, huye como del diablo de los hombres galantes que se te acerquen demasiado, empezando por ese mequetrefe de Alonso que te ronda como una comadreja hambrienta alrededor de los polluelos. ¡En lo único en lo que piensan los hombres al mirarte es en ponerte el rabo entre las piernas!

—Pero, tía, ¿qué te ocurre? —protestó María, ofuscada por el lenguaje salaz de su tía.

—Ya eres una mujer, y mi deber es ponerte en guardia contra esos bribones —la atajó—. Ten cuidado, los machos cabríos de la aljama no conocen la piedad. Aunque tengas doce años, a la primera mácula, el consejo del pueblo no dudará en condenarte a la lapidación hasta la muerte. No olvides lo que le sucedió a la hija del arriero. Las piedras eran muy pequeñas, ¡tardó toda la mañana en morir! Aquí no se bromea con el honor de las mujeres, ni siquiera tu padre podría protegerte... Eres bonita, sobrina, eres demasiado bonita, y eso es una maldición en estos tiempos difíciles.

Dividida entre la risa y la inquietud, María saltó de indignación.

—¿De qué me hablas, tía? Esos hombres galantes nada tienen que ver conmigo, y mucho menos el bobalicón de Alonso. No tienes derecho a desearme lo peor. ¿Te lamentas porque soy bonita? ¿Querrías que me pareciera a...?

Cogió un puñado de tierra arcillosa y, con rabia, se la restregó por las mejillas y la frente.

Sorprendida por el gesto y por el rostro embadurnado con ojos henchidos por el resentimiento, la mujer lanzó una carcajada rota al instante por nuevos sollozos.

—Y… ¿está bien eso de ser mujer? —bromeó María.

—Lo sabrás… más pronto que tarde, hija —replicó su tía antes de dejarse llevar de nuevo por las lágrimas.

Paradójicamente, la muchacha recién convertida en mujer se halló en el deber de consolar a quien la había criado desde su más tierna edad. La mujer, con el cuerpo sacudido por irrefrenables sollozos, objetaba que tendría que haber sido su madre, Isabel, quien le hubiera contado todo eso; que el destino había sido cruel con su familia por haberla dejado morir en plena juventud y de una forma tan espantosa. La pena de Lucía acabó arrastrando a María.

Cuando su padre regresó de una infructuosa recogida de trampas de gazapos y las encontró abrazadas, con los ojos enrojecidos, dejó estallar su mal humor, pues adivinó que una vez más su cuñada había vuelto a contar la historia de que su esposa se había lanzado al vacío para no dejarse capturar por las tropas del Bastardo, el hermanastro del rey.

María no dijo nada. Sabía que su padre se dejaba llevar por la ira para no tener que pensar en la desesperada situación de su vida. El asentamiento, supuestamente provisional, de la docena de familias moriscas en ese altiplano rodeado de picos rocosos se había convertido, nueve largos años después, en una prisión. Las montañas que protegían la pequeña comunidad de las incursiones de los alguaciles y los cazadores de esclavos también la hacían morir de hambre y extenuación. Los contactos con los campesinos de los valles, la mayoría de ellos cristianos viejos, eran peligrosos, y la tan anhelada ayuda por parte de parientes o aliados de Toledo, Valencia y otras plazas había resultado ser una quimera dada la precaria situación del conjunto de los moriscos, levantiscos o no, en los reinos de España.

Todos en esa aldea de montaña pasaban demasiado a menudo hambre y frío entre sus pocas cabras y sus pobres campos, pero ya no se atrevían a bajar al llano, aterrorizados por los relatos que los moriscos encontrados aquí o allá explicaban sobre los ojeadores de ganado humano y sobre el rencor sin tregua de las autoridades monárquicas hacia quienes acusaban de actuar escandalosamente contra la verdadera fe.

María conocía bien a su adorado padre, con ese remordimiento perpetuo, casi esculpido en las arrugas del rostro, que lo roía desde la desaparición de su esposa. Delgado, encorvado, no era de porte orgulloso, desde luego, pero quería con locura a su pequeña María —lo que quizá explicaba los celos que le tenía su tía Lucía— y no lo disimulaba demasiado en público, en contra de los usos de la comunidad, que reprobaba las demostraciones de afecto hacia los niños en general, y las niñas en particular.

Su tía era muy parlanchina y le gustaba repetir las historias con todo lujo de detalles. María acababa de cumplir tres años cuando estalló la gran revuelta de los moriscos del Albaicín de Granada tras la decisión de Felipe II de prohibir, bajo pena de galeras o de esclavitud, el uso del árabe, escrito o hablado, los *hamama*, públicos o privados, las ropas y los festejos tradicionales de la comunidad. A ello se añadió la obligación, denigrante para esos austeros moriscos, de dejar la puerta de su casa abierta de par en par los viernes, los días de boda y de fiestas musulmanas para que los alguaciles y los chivatos pudieran vigilar.

Ahogada en sangre, a la revuelta de los sospechosos de practicar en secreto la religión de los anteriores conquistadores le siguió la cruel guerra de las Alpujarras, que los musulmanes continuaban llamando al-Busharat. A las primeras atrocidades de los unos contra los sacerdotes, las monjas y los representantes de la Inquisición, respondieron los adversarios con matanzas a gran escala. La deportación a Castilla de los moriscos del antiguo reino de Granada, en lo más frío del invierno y en condiciones de indigencia abominables, diezmó esta población, extenuada ya por dos años de enfrentamientos sin misericordia, y llenó los caminos del destierro de un inexorable rosario de miles de cadáveres.

La familia de María compartió la suerte de todas las familias descendientes de los musulmanes derrotados a finales del siglo anterior, forzadas a convertirse al cristianismo a principios del siglo siguiente en gigantescas reuniones en las que a veces recibían el bautismo mediante escobas empapadas en el agua bendita de los toneles. Esto se hizo sin tener en cuenta la palabra real —el «ahora y para siempre» de Isabel y Fernando— pronunciada ante los vencidos tras la capitulación de Boabdil, el último soberano musulmán de la península. La familia creyó que huyendo hacia el sur podría escapar a la crueldad de los enfrentamientos entre los rebeldes y las fuerzas reales, reforzadas estas con los presos comunes de la antigua capital nazarí, liberados y armados por agentes del rey Felipe.

El azar y el pánico condujeron a esa pequeña familia hasta una ciudad fortaleza oculta por los contrafuertes de la sierra. Acribillado por las balas de cañón de la artillería del Bastardo, el nido de águila cayó tras un mes de resistencia desesperada de su población. Decenas de mujeres, entre ellas su madre, prefirieron suicidarse lanzándose al barranco a ser deshonradas y esclavizadas por los soldados, en su mayoría cristianos viejos reclutados sin soldada y que recibían en contrapartida el botín del pillaje y el dinero obtenido de la venta de mujeres y de niños moriscos. Ninguna de las asediadas se hizo ilusiones sobre la posible magnanimidad del ejército del rey, pues todas sabían que el monarca, al inicio de los combates, había creado un puesto, confiado a un oficial superior, cuyo nombre no admitía ambigüedades: «distribuidor de mujeres moriscas y de bienes».

María descubrió más tarde que seguía viva gracias a lo que su tía llamaba mezquinamente la «cobardía de tu pobre padre». Lucía acabó contándole que su hermana Isabel, en el último momento, decidió lanzarse al abismo con su hija, pero que su padre el ebanista consiguió arrebatársela en el instante en que subía a la muralla. Según su tía, su padre había salido huyendo antes de que las tropas enemigas irrumpieran en la fortaleza, abandonando así el puesto que debía defender.

—Pero mi padre no era soldado, y al fin y al cabo tú también huiste con nosotros. Eres injusta. Te ha protegido sin rechistar durante todos estos años, tía Lucía, ¡y tú lo insultas! —protestaba María cada vez, dividida entre el amor que sentía por su desgraciado padre y la admiración horrorizada hacia esa madre demasiado heroica que había estado a punto de arrastrarla a la muerte.

—Así es, flor de mi vida, pero yo soy una vieja carraca y, vive Dios, tengo derecho a paralizarme de miedo. ¡Pero no un hombre como tu padre! ¡Mira cómo nos vemos ahora! ¡Vivimos en barracas y en cuevas, como las bestias salvajes, temblamos al menor ruido, tememos al más apestoso de esos sucios campesinos! ¿Acaso esto es vida? Mira los harapos que llevas: ¡hasta una mendiga viste mejor que tú!

María replicaba amargamente que eso no le importaba, no había conocido otra cosa desde que tenía edad de comprender. La tía mascullaba que era realmente una pena tener sangre de los califas de Córdoba en las venas cuando el orín de gato haría la misma función.

Con labios temblorosos por la pena, la sobrina se dejaba llevar:

—Pero, tía, no te entiendo, ¿preferirías que estuviera pudriéndome en una tumba? Si padre no me hubiera arrancado de las manos de madre, ahora no estaría hablando contigo. Tú misma me has contado que lo primero que hicieron los soldados del rey fue matar a todo el mundo, mujeres y niños incluidos, arrasar la ciudad y esparcir sal sobre las ruinas para que no creciera nada nunca más. Y, sin embargo, todos nosotros éramos cristianos, ellos un poco más viejos que nosotros, de acuerdo, pero cristianos al fin y al cabo. Así pues, ¿tendríamos que haber muerto por algo tan estúpido?

Lucía se enredaba en explicaciones que siempre terminaban con insultos contra los malditos cristianos viejos, hijos de asnos y de ratas, que les habían robado su bonita Andalucía, y contra esos cagados cristianos nuevos, incapaces de defender los bienes que el Todopoderoso había entregado a sus antepasados en este edén.

—Pero ¿acaso tienes mantequilla en lugar de cerebro? A esos malnacidos les da igual que te hayas convertido o no, que hayas luchado contra ellos o no. Corre el rumor de que están preparándose para expulsarnos del país, ¿me oyes? A todos, cristianos o no. ¡Y algunos proponen castrar antes a nuestros hombres para que nuestra casta desaparezca para siempre de la faz de la tierra!

La cara de duda de María parecía insinuar que en ese tema su vieja tía no hacía más que divulgar los rumores.

—¡Ya han expulsado a los otros! —exclamaba con furia la tía.

—¿Qué otros?

—¡La gente de Moisés!

—Ah... pero eso no es lo mismo. Ellos son enemigos de Dios, ¡mataron a Cristo! —sentenciaba con desprecio la mozuela—. ¿Cuántas veces me lo habrás repetido?

Falta de argumentos, la mujer se refugiaba en nuevos lamentos.

—Cuando seas mayor entenderás cuán triste es todo esto... Tú, mi niña, no conociste Granada en los tiempos en que poseíamos riquezas y esclavos de todos los colores, cuando éramos la personificación del refinamiento en la tierra y no miserables ratones huyendo. Los bárbaros han ganado, y a nosotros solo nos queda escondernos sin saber por dónde nos llegará el próximo golpe.

La mujer se entregaba entonces a su lamento preferido: repasar toda su genealogía, remontándose como por casualidad al gran Abderramán I, el atemorizado fugitivo que tras escapar por los pelos a la matanza de toda su familia en Damasco cruzó la mitad del mundo para fundar el primer emirato de Andalucía.

Durante estas interminables sesiones de recriminaciones, María hacía esfuerzos por no gritar, pues sabía que su tía distorsionaba la realidad, que no había ningún antepasado emir o califa en la familia de modestos artesanos de su padre y que, aún peor, por parte de su madre no eran más que elches, hijos de cristianos renegados que se convirtieron a la religión de los invasores cuando el esplendor del nuevo culto en las tierras de España parecía establecido para la eternidad.

Una niña cursilona con la que se peleó en una ocasión se lo echó en cara, le dijo que en el pueblo todos lo sabían y que por eso nadie confiaría jamás en ellos: quien adjura una vez, volverá a hacerlo. María, ultrajada, defendió con uñas y dientes la sinceridad de la fe cristiana de su familia. Pero, falta de argumentos y ante la expresión burlona de esa mocosa, María la llamó sucia pagana, seguidora de ese maldito demonio de Mahoma. Todo acabó con arañazos y estirones de pelo recíprocos. Sin embargo, María jamás se atrevió a preguntar a su padre si esa historia de los elches era verdad.

«Además, ¿en qué consiste la verdad?», pensaba María esa mañana de abril, cuando la desgracia aún no había llamado a su puerta. Entonces recordó con inquietud e incredulidad cómo había empezado la inimaginable confesión de su tía.

—Dijiste que tenías que hablarme de dos cosas... ¿Y la segunda? —le recordó en voz queda la noche del famoso día en que supo que había entrado en la «edad de las mujeres».

Taciturno como de costumbre, el padre atizaba las brasas de la chimenea. La tía titubeó; parecía arrepentirse de haber despertado la curiosidad de su sobrina.

—¿Cómo crees que te llamas, hija de mi hermana? —inquirió de mala gana.

—¿Cómo voy a llamarme, hermana de mi madre? ¡María!

—Me refiero a tu otro nombre…

—¿De qué me estás hablando? ¿Voy a tener que cambiar de nombre porque he perdido un poco de sangre?

—No… Bueno, sí. No, por supuesto que no… Aunque quizá sí…

La muchacha se asustó.

—Tía, ¿te encuentras mal?

Lucía le tomó la mano. Jugó con los dedos de su sobrina. Sin levantar los ojos para no hacer frente a su mirada contrariada, le contó la historia de la inconcebible mentira que regía cada momento de la existencia del pueblo.

—Cuando eras niña, tu madre te llamaba Aisha. ¿Te acuerdas? No, claro que no. Dejó de hacerlo muy pronto por miedo a que te impregnaras de ese nombre y que lo repitieras a diestro y siniestro. Eso hubiera podido costarnos muy caro.

—¿Muy caro?

—Sí… Quizá incluso la vida —añadió la tía con una triste sonrisa—. Supongo que corresponde al autor de tus días hablarte de… eso.

La mujer dirigió la mirada hacia su cuñado y le habló, por una vez, sin agresividad:

—Omar, tu hija ya no es una niña. Ha llegado la hora de contarle la verdad.

El hombre, sorprendido, dejó de remover las brasas al instante. A pesar de la luz vacilante del fuego, María vio que la emoción transformaba la cara de su padre. Gruñó algo así como: «¿Ya?», y la tía asintió con la cabeza.

—Tía —intervino María, angustiada—, padre se llama Francisco, ya lo sabes, no ese nombre tan raro… ¿Cómo has dicho? Te has vuelto…

Su boca estaba a punto de pronunciar la palabra «loca» cuando su padre tosió para aclararse la garganta. Aun así, su voz sonó ronca:

—No, aunque me cueste admitirlo, la hermana de tu madre no está loca. —Una mueca de desagrado le deformó la boca—. Tú…, bueno, ya no eres una niña, María, ha llegado el momento de que cargues con la parte del peso de la comunidad que te corresponde.

Su voz cansada encogió el corazón de María. Su padre había vuelto a coger el atizador y removía las brasas. Fuera, el viento gemía, como flagelado por un colosal verdugo. El fuego volvía a chisporrotear y multiplicaba las sombras en las paredes de adobe.

El ebanista calló un instante. María tembló. Le costaba respirar, y se concentró en los crujidos de la chimenea, en esa monotonía que normalmente resultaba tan tranquilizadora.

De repente, el ebanista alzó la mirada y la posó en su hija con una mezcla de compasión e inflexibilidad. Con el dedo índice señaló el crucifijo y, después, la modesta imagen de la Virgen con el Niño.

—A los ojos de todos soy Francisco, el ebanista, hijo de Diego, hijo de Jerónimo, honorables artesanos cristianos que se convirtieron a la nueva fe hace dos generaciones. Eso es lo que tú sabes y lo que debes repetir siempre que te pregunten sobre mi identidad.

Como asustado por su propia confesión, a continuación se señaló el pecho con el dedo índice.

—Pero… el secreto que guardo en mi corazón es que mi nombre es Omar, hijo de Harum el Granadino, hijo de Amín el Cordobés.

Sus labios esbozaron una sonrisa ante la estupefacción de su hija.

—Y tú eres Aisha, hija de Saadia, hija de Habiba…

—Pero…

—Tu tía se llama en realidad Selma.

—Pero entonces…

María se había hecho un ovillo, aplastada por el peso de la revelación.

—Entonces, ¿soy…?

Su padre, Francisco-Omar, asintió con la cabeza, lleno de conmiseración y al mismo tiempo con un aire casi burlón.

—Sí, lo eres.

—Entonces, ¿somos…?

—Sí, lo somos.

—¿Todos?

—Todos.

—Entonces, en el pueblo ¿todo el mundo miente? La imagen de la Virgen en la pared, el crucifijo…

—Sí, todos mienten, de la mañana a la noche, cada vez que respiran.

La chiquilla balbuceó, se debatía entre la rabia y las ganas de llorar.

—¿Por eso no criamos cerdos?

—Y por eso no bebemos vino. Sí.

—Pero… ¿por qué? Podríamos ser… ser… bueno… como todo el mundo, ¿no? —Intentó bromear pero su voz se rompió por los sollozos—. Me dijiste que mentir no estaba bien, que los mentirosos apestaban…

El ebanista asintió con gravedad.

—Eso sigue siendo verdad. Un embustero apesta tanto como una pocilga. Tal vez nosotros apestemos así… Quizá sea el castigo que merecemos por haber perdido Andalucía. Quizá no seamos dignos del paraíso en la tierra. Quizá hemos sido demasiado ingratos. Ciertamente…

Abría y cerraba las manos. Ella había visto ese tic de su padre cuando estaba muy emocionado.

—Ciertamente, un padre no debería enseñar a mentir a sus hijos, pero nos vemos en la obligación de mentir desde el día en que nacemos porque somos testigos… ¿Lo comprendes, hija mía, ya mujer…, Aisha?

María sintió una opresión en el pecho. Era la primera vez que su padre la llamaba por ese nombre tan extraño. Tuvo la impresión de que los dos adultos —las únicas personas en el mundo que se sacrificarían sin dudarlo para protegerla— intentaban empujarla a las aguas de un pantano y perdía pie.

Tenía ganas de gritarles «¡Callaos! Por Dios, no quiero ahogarme en vuestro sucio secreto. ¿Por qué me robas el nombre, padre querido? ¿A qué viene esa porquería de Aisha?».

Un tanto asustada por la expresión de dolor de su padre, no se atrevió a replicar.

—… testigos de lo que fuimos en este país, nuestro país, tan nuestro como de ellos… Y desde luego más nuestro… —refunfuñó con amargura— que de esos mercenarios germanos y flamencos con los que se han repoblado nuestros pueblos de Andalucía…

Se llevó una mano a la frente y se alisó distraídamente el pelo, quizá para contener la rabia que le inspiraba el recuerdo de esa infamia.

—¿Entiendes ahora, hija mía, por qué debemos cargar con ese testimonio tal como hicieron tu abuelo, tu bisabuelo…? —Bajó la voz y en un susurro casi inaudible añadió—: Y también el de tu madre. No sé si ser fieles a los difuntos sirve para algo… ¡Ha habido tantos en esta tierra! No tengo la respuesta. Soy inculto. Pero nuestros libros, en los que gente más sabia que yo habrían podido hallar respuestas, han sido quemados; nuestras mezquitas, cerradas; nuestra lengua y nuestra cultura, prohibidas. ¿Habremos vivido todo esto para nada, hija mía?

Se oyó a alguien sorber por la nariz…; probablemente su tía, que lloraba. María no quería volverse, seguía observando a ese padre recién descubierto que cada palabra que decía le mordía un poco más el estómago.

—Si no fuéramos lo que somos, embusteros y falsos, como tú dices, traicionaríamos a nuestros antepasados, a todos los que hemos amado. A veces hay que mentir mucho para proteger la verdad. En fin, lo que un ignorante como yo cree que es la verdad.

La muchacha dio un respingo.

—Pero yo siempre he creído en..., en... —No se atrevió a pronunciar el nombre de Jesús—. Vosotros lo habéis velado. Y tía Lucía me regañaba si no rezaba. Y me enseñasteis el castellano en lugar de la algarabía. ¿Cómo puedo creer ahora en... en otra cosa?

—Esos rezos cristianos y esa lengua son tu escudo. Y un escudo debe estar en buen estado.

—Pero... pero...

Las palabras le parecían tan obscenas o ridículas que no lograban salir de su boca. El padre percibió los sollozos que se ocultaban tras la indignación de su hija.

—Es difícil —dijo—. A veces te odiarás, pero lo conseguirás. Porque es preciso que lo consigas si no quieres morir.

—Entonces... ¿tendré que fingir siempre?

—Sí, fingirás siempre..., delante de todo el mundo..., delante de tus amigos y, cuando llegue el momento, delante de tu futuro esposo, incluso delante de tus hijos...

El padre se sonrojó. Había querido bromear pero su voz había sonado demasiado ronca.

—Porque, por supuesto, un día, hijita, me darás nietos. —Se aclaró la voz, luchando contra la ternura—. Ahora tienes que jurarme que jamás hablarás de este tema con nadie, excepto con tu tía y conmigo. Y en esos casos, siempre tendrás la máxima precaución posible. Tu amiga más querida podría denunciarte. Aisha, hija mía, de eso dependen tu vida y la nuestra. Júralo por lo más sagrado.

El padre se puso en pie. La muchacha, impresionada, lo imitó. Sin darse cuenta, unió las manos, su lengua se preparaba para decir: «Querido papá, volvamos atrás, por favor. No puede ser. Olvidemos lo que me pides, papá…».

—Júralo, hija mía —exigió el padre.

Jamás había visto en su padre rasgos tan desencajados, tensos al mismo tiempo por la angustia y la rabia. La chica sintió ternura por ese rostro amado que encerraba tanto pesar.

Luego la absurda exigencia de su padre explotó en su cabeza.

—Pero ahora, ¿sobre qué juro? ¿Por qué Dios? ¿El de antes? Pero me has dicho que eso no está bien… ¿El nuevo? ¡Pero si todavía no creo en él…!

2

María estaba junto a la cascada, soñando despierta bajo el sol tibio de esa maravillosa mañana. Se encogió de hombros; estaba cansada del ambiente de conspiración que reinaba en la casa desde que se había hecho mujer y habían empezado las incomprensibles explicaciones sobre el auténtico Profeta de la única religión y el falso Hijo de la Trinidad. Su tía la obligaba a repetir nuevas oraciones durante todo el día. A veces la sobrina bostezaba, aburrida, por la dificultad de la tarea.

—Si eres digna, tu padre intercederá pronto ante el alfaquí para que te muestre el Libro. Es un gran honor ver, y quizá incluso tocar, el Corán —le prometía la mujer, mortificada por la poca alegría que mostraba su sobrina ante esa fabulosa perspectiva—. Escucha, llevas el nombre de la esposa preferida del Profeta y casi has alcanzado la edad que ella tenía cuando él se dignó tomarla por compañera.

—¿Tan joven y esposa preferida? Así pues, ¿tenía varias?

—Nueve… Once… No recuerdo exactamente cuántas.

—¿Once? Pero eso son… ¡muchísimas! ¿Cómo podía…?

—Calla, ignorante. No blasfemes. Los actos del Enviado no se comentan. Sí, podrían ser once, sin contar a las concubinas. Tenía derecho, era el Mensajero de Dios. Además, por lo general, no lo exigía. Para esas mujeres y para sus padres no había mayor honor. Aisha, la madre de los creyentes, era la esposa amada del mejor de los hombres. ¡Que los ángeles velen por él hasta el día de su Resurrección! Tenía menos de siete años cuando la mirada del Profeta se detuvo en ella por primera vez. —La tía cortó de raíz un nuevo intento de interrogatorio por parte de su sobrina—. Pero no se habla de esas cosas con una desvergonzada como tú. Quizá algún día…

María no pudo evitar hacer un gesto de asco que, por fortuna, la hermana de su madre no vio. Con semejante rebaño de esposas, ese tipo debería hallarse en el umbral de la decrepitud. Si un depravado como ese intentara ponerle la mano encima, ella sabría cómo responderle: ¡con una lluvia de piedras rebozadas en boñiga de vaca! Poco le importaba que fuera ángel o vicario del cielo. Por lo menos, el otro, Jesús, no tuvo tiempo de fijarse en las chicas, lo crucificaron antes.

De repente, María sintió mucho miedo ante los horribles pensamientos que Satán (¿el de los cristianos o el de los musulmanes?) acababa de inspirarle.

—Perdóname, Señor, no volveré a hacerlo. Rezaré todo lo que quieras, tía —balbuceó agarrando la mano de su tía.

Aunque algo desconfiada por el inexplicable arrepentimiento de su sobrina, la vieja morisca la obsequió con una sonrisa.

Por suerte, Lucía conocía muchas historias y las narraba con fervor mezclando los dogmas de la religión secreta con variaciones más profanas cuyos orígenes se perdían en la larga cohorte de los siglos y los invasores.

«Entonces, venerado Adán, ¿qué has visto para mí?», lanzó María dirigiéndose a la fuente.

Según su tía, el Creador mostró a Adán toda su progenie hasta el fin de los tiempos. El padre de los seres humanos, aún cubierto de arcilla, examinó con detalle la existencia de cada uno de sus innumerables descendientes. Lloró por muchos de ellos y sonrió y rió a carcajadas por un puñado de su prole.

«Estos días no estás muy hablador, ¿eh?, abuelo Adán. ¿No te fastidio con mis preguntas liantes, cuando tú prefieres cazar moscas en tu hermoso firmamento y no ocuparte de nuestros vulgares asuntos? En cualquier caso, padre de los hombres o no, tú no puedes hacer nada, ¿eh? Si me lo permites, yo continuaré dándole vueltas a la cabeza, cerraré primero con llave la puerta de la sala de oraciones y abriré de par en par la de las burradas.»

Le vino a la cabeza la advertencia de su tía sobre Alonso. Es cierto que la miraba de una forma curiosa desde hacía unas semanas. Tartamudeaba cuando hablaba con ella, y sin embargo habían sido compañeros de juego hasta hacía muy poco. El chiquillo no era feo, incluso podría decirse que era casi guapo a simple vista. Lo que daría ella por descubrir el nombre auténtico de ese mequetrefe. ¿Sentía algo por ella, como insinuaba su tía? ¿Y ella? ¿Sentía algo por él?

«En todo caso, Aisha o no Aisha, jamás consentiré ser la décima o undécima mujer de Alonso. Compartir... ¿Compartir qué? ¿La cama y la alfombra para las oraciones? ¿O habría once camas y once alfombras? Yo jamás aceptaría algo así, ¡semejante tropel de nalgas bajo mi techo! Alonso, o quien sea, me querrá solo a mí o me meteré a monja... ¿Te bastaré, Alonso?»

Con las mejillas sonrojadas, la adolescente emitió un gemido de placer y apuro, que enseguida lamentó.

«¡Qué boba eres, hija! —se dijo soltando un suspiro indulgente—. Una vaca tiene más entendederas que tú. Si solo...»

Fue en ese instante, mientras pensaba en esas cosas un poco tontas, cuando lo vio esa mañana. El hombre de la capa y el sombrero de ala ancha. Sonreía tanto, parecía tan contento de haberla descubierto al final del bosquecillo, que María no tuvo miedo. ¿Cómo se podía temer a un ser al que la alegría transfiguraba hasta ese punto? Pero la saliva se le secó al instante cuando vio la espada y la decena de arcabuceros que acompañaban al hombre de la sonrisa radiante.

Tras hacer la señal de la cruz, la golpeó ligeramente con la punta de la espada y le indicó que guardara silencio. Ella obedeció mientras su miedo se transformaba en una rata enloquecida que se lanzaba contra las paredes de su cráneo. Y cuanto más brillaban los ojos del hombre con una alegría infantil, mayor era el pánico del roedor encerrado en el cerebro de María.

No había soltado el cubo de madera, ya prácticamente lleno de agua. Ninguno de los desconocidos llevaba uniforme. El riachuelo helado que formaba una cascada a los pies de la roca le salpicaba y ella ni siquiera podía pensar en alejarse o en soltar el cubo que le tensaba los músculos.

Eran ellos. Al final, los habían encontrado.

«¡Dios mío, sálvanos!», fue su única reacción, pero en vez de murmurarla, murió en sus labios.

El recién llegado le puso la mano en el hombro, la empujó y la conminó a que avanzara.

—Vamos, enséñanos dónde vives, pequeña —susurró en castellano poniéndole un dedo sobre los labios.

Por supuesto, debería haber gritado para alertar a su padre y a los hombres del pueblo. Pero no le obedecía ningún órgano de su cuerpo. El segundo empujón en el hombro fue un poco más rudo. Empezó a caminar; el cubo le golpeaba la pierna a cada paso. El grupo la seguía.

Su casucha se hallaba al final del sendero abierto a base de las idas y venidas hasta la fuente. Se cruzaron con dos perros guardianes que, tranquilos por la presencia familiar de la niña, no ladraron. «María, grita ahora, María... Después será demasiado tarde... Te lo ruego... Os van a matar a todos...» La voz, en la cabeza de la muchacha, suplicó en vano a lo largo de todo el camino. El escaso dominio que podía ejercer sobre su cuerpo apenas bastaba para limitar el temblor de las piernas y los brazos y para controlar sus entrañas. Hubiera deseado girarse y suplicar como una tonta a los que la seguían: «Dejadme libre.

No os he hecho nada... Tengo tantas ganas de orinar, de hacer de vientre...».

Fue también ese día, el cabello acariciado por la brisa, los ojos cegados por la luz radiante que reflejaba la nieve de las cumbres, cuando María aprendió que el universo y su increíble belleza, la existencia de una misericordia suprema, no se inmutaban ante el espectáculo de un padre desangrándose, a unos pasos de su hija, con las manos agonizantes sobre un atroz tajo en el cuello. Durante un largo minuto, la muchacha esperó atónita que Dios o algo semejante, la cumbre de las montañas, el sol, un águila en el cielo, se interpusiera y manifestara su presencia. El anciano ebanista terminó al fin con un ridículo estertor de cordero, la cara en el polvo, sin que nadie se acercara a él para romper su última soledad, ni siquiera su hija, clavada al suelo por el terror.

Los asaltantes parecían una banda de granujas un poco locos y celebraban con carcajadas la inesperada facilidad de su victoria. El padre de María fue una de las pocas víctimas, pues los recién llegados, por razones que ella entendería demasiado rápido, querían matar a la mínima gente posible. Su anciana tía, que los llenó de insultos, se llevó un garrotazo como quien no quiere la cosa y quedó abandonada en el dintel de la casa.

De inmediato reunieron a los cuarenta habitantes de la pequeña aldea: un puñado de hombres, mujeres y muchos niños. La demostración de violencia había sido tan perfecta que la columna de prisioneros se formó sola. Únicamente un anciano se negó a unirse a ellos, pero no recibió ningún golpe, probablemente porque era tan viejo que no tenía valor.

La pena se adueñó de María. Lloró durante todo el camino. Era lo único que su cuerpo podía hacer. No pensaba en nada, solo sabía que debía levantarse rápidamente después de cada caída, pues los raptores no habían dudado en apuñalar a una mujer que se había torcido el tobillo y se quejaba de no poder seguir el ritmo del descenso. El jefe no dejaba de gritar frenéticamente en castellano: «¡Más deprisa, más deprisa!», parecía que él mismo temiera que lo persiguieran. A veces añadía en mal árabe de Granada insultos con un marcado acento del norte: «¡Vais a lamerle el culo a vuestro Profeta, chusma, a ver si os recuerda el sabor a menta de vuestro paraíso!».

María lloraba, pero en silencio; las lágrimas corrían por su interior, aterrorizada ante la idea de llamar demasiado la atención de alguno de los cazadores de esclavos. Se orinó encima sin darse cuenta. La torpeza la vencía poco a poco. Una idea revoloteó como un sucio moscardón en el océano fangoso que chapoteaba entre sus sienes: ¡era culpable de la muerte de su padre!

Cuando su padre la vio salir del sendero con el cubo, comprendió de inmediato quiénes eran los hombres que la seguían. Tuvo un momento de duda, frunció el ceño con reproche, desconcertado probablemente por el silencio de su hija: en el pueblo todos sabían hasta qué punto era vital lanzar la alarma ante la menor aparición de extraños. Dio un paso atrás, agarró un pico, lo blandió y, descorazonado ante el número y las armas de los cazadores de esclavos, lo dejó caer a sus pies. El padre lanzó una breve mirada a su hija, siempre con esa expresión de reproche en los ojos, antes de recibir la cuchillada en la garganta. Con un «¡Agh!», cayó de rodillas y, horriblemente ocupado como estaba luchando en vano contra la muerte, ya no la miró más.

Era la responsable de la muerte de su padre, de la persona a quien más amaba en el mundo. Este pensamiento fue para la joven prisionera lo peor de su desgracia. Tanto como la conclusión a la que había llegado su cerebro: si su madre hubiera conseguido lanzarse al barranco con su bebé, quizá su padre aún viviría…

Fue al caer la noche cuando se dio cuenta de que no había pensado ni una sola vez en la otra víctima de la familia: su pobre tía, abandonada tras el mazazo mortal en la cabeza. Sin duda, las rapaces de las Alpujarras habrían empezado ya su trabajo.

La vida de un esclavo no tiene nada de extraordinario; se dio cuenta de que era como la de un perro. Esa misma noche encerraron a María y a sus compañeros de desgracia en un granero. Les llevaron un cubo lleno de una masa repugnante que a mitad de la noche engulleron porque el hambre les atenazaba. Cuando llegó el momento de la oración se produjo un instante de desconcierto: en la aldea vivían solos, sin oídos ni miradas ajenas que pudieran espiarlos, denunciarlos. Aquí, al primer paso en falso, podían acusarles de apostasía y transformarse en alimento de las hogueras de la Inquisición. Sin intercambiar una sola palabra sobre el asunto, rezaron al Señor de quienes acababan de capturarles. Era menos peligroso y, quizá, igual de eficaz, a juzgar por el ardor de las súplicas mezcladas con llanto y suspiros que nacían en la oscuridad del granero.

Incluso el alfaquí, un hombre religioso que, según decía con admiración su tía Lucía, se sabía de memoria el venerable Corán, se unió al rezo del padrenuestro. Con el corazón en un puño, María adivinó que la ostentación de fervor religioso del alfaquí se debía a que, al igual que los demás, temía ser denunciado por los más débiles que aún alimentaban la ilusión de la liberación o, como mínimo, de un trato menos brutal por parte de sus carceleros. Por otra parte, nada excluía que la traición no hubiera sido el origen de su captura, se dijo María descubriendo que los esclavos, como los perros, no tenían derecho a la confianza mutua.

La muchacha no rezó por ella, sino para pedir perdón a su padre. Ni un solo momento pensó en que también debería pedir por el descanso del alma de su tía. El dolor por haber perdido a su padre desbordaba hasta tal punto su corazón, que le resultaba imposible ceder un poco de espacio a la desgracia que había golpeado con igual inclemencia a la hermana de su madre, a la que sin embargo había llamado siempre mamaíta querida. María rezó en silencio, largo rato, en algarabía, en castellano, recitando varias veces y con fervor la sura de la Resurrección y el avemaría, mezclando a veces, cuando la memoria le fallaba, fragmentos del Credo y la invocación de la *shahada*, el testimonio del Dios único de los musulmanes.

Cuando terminó de rezar, no sintió el alivio ansiado. Permaneció en la oscuridad, jadeando, moviendo la cabeza hacia delante y hacia atrás, intentando comprender por qué el Señor había permitido que existiera ese día. Su vértigo ante la Divina Iniquidad se transformaba poco a poco en desesperación y rabia. Todos sus parientes estaban muertos, no le quedaba nadie en la tierra. ¿Por culpa de quién? ¿De quién? Y sin embargo, se había portado como una buena creyente, como todos se lo ordenaban, tanto en la nueva como en la antigua fe. ¿Qué acto había cometido que justificara por Su parte un castigo tan cruel?

Una blasfemia, embriagadora como una venganza largo tiempo rumiada, le subió desde las entrañas, se abrió camino en su garganta y chocó contra sus dientes. Se mordió los labios hasta sangrar para detenerla. Pero la injuria sacrílega seguía allí, rondándole la cabeza, extendiendo su tentación embriagadora por la lengua, moviéndole las mandíbulas por el espanto. La muchacha se hubiera arrancado las orejas antes que descifrar el grito de odio que le ensordecía el alma. Solo una palabra, estúpida, ridícula, consiguió colarse fuera de su boca: «¡Desagradecido!».

La hija del ebanista vomitó una y dos veces; pensaba que moriría de un momento a otro a causa del sacrilegio que su alma había osado concebir. Luego, ebria de remordimientos y espanto, se entregó de nuevo a su doble imploración hasta que el sueño la venció.

Permanecieron cuatro días encerrados en el granero, obligados a hacer sus necesidades unos junto a otros, olvidando toda dignidad, iguales en la abyección. El solemne alfaquí, antes tan exquisito, ya ni se molestaba en retirarse a un rincón oscuro para defecar. Hay que decir que no quedaba ya un palmo de paja limpia. En dos o tres ocasiones, María se sorprendió sonriendo ante el rostro torturado del venerable barbudo cuando se acuclillaba: sufría un estreñimiento atroz, y cada expulsión del intestino provocaba en él el efecto de una victoria ante encarnizados demonios. «Así sería para ti el infierno —pensaba ella con una maldad incomprensible hacia su viejo profesor—: ¡una eterna obstrucción de los intestinos!» Al quinto día, una docena de nuevos cautivos moriscos se incorporó al infecto granero de exhalaciones innobles.

Por la noche, el cazador de la mirada alegre le ordenó que saliera de la granja y la condujo a la maleza.

—Debería haber venido antes, pero he estado capturando a bastantes compadres de tu raza. Eres tan hermosa como recordaba, pequeña. —Silbó de admiración.

Le subió la falda y la muchacha tembló de miedo y frío. Tras desnudarla por completo, la examinó un instante. Se arrodilló, le introdujo bruscamente el índice en la vagina, lo retiró, lo olió, lo volvió a introducir, pareció calibrar la profundidad del orificio y concluyó con un murmuro ronco y satisfecho:

—Eres doncella. No tienes ni un pelo. Aún no has conocido a ningún hombre, ¿verdad? ¿Me lo confirmas, bonita doncella?

Ella asintió; una desgarradora bocanada de humillación le abrasaba el rostro.

—Sí, tío…

—No soy tu tío, niña, te darás cuenta de eso enseguida. Hueles como una cabra, pero aun así voy a darte placer —dijo con la misma suavidad en la entonación, aterradora por el contraste con los gestos de deshonra.

La obligó a doblarse sin miramientos y luego la tumbó boca abajo en el suelo. Sin quitarse la espada, se tumbó sobre ella, cubriéndole el cuerpo. Era tan pesado que a María le costaba respirar.

Ni siquiera pensó en resistirse porque presentía que no dudaría en matarla con la misma facilidad con que aplastaría un molesto insecto. En cada exhalación, las piedras del camino se le clavaban en el pecho. El hombre no la penetró, se contentó con restregar su miembro humedecido en saliva entre las dos nalgas. Se ahogaba bajo el peso del adulto, los dientes le rechinaban por el polvo; horrorizada y ofuscada, hubiera querido gritar: «Eso no se hace, tienes casi la misma edad que mi padre...». Pero de sus labios no salió ningún sonido.

—Vamos, niña, levanta —suspiró una vez hubo acabado—. Ha estado bien, pero no he hecho más que... probarte. Ya ves, te reservo para alguien que tenga más dinero que yo. ¡Pero deberías limpiarte un poco! He tenido que aguantar la respiración mientras...

Y el hombre armado soltó una carcajada horriblemente alegre.

Cuando la hija del ebanista regresó al granero, con los ojos en lágrimas y el líquido viscoso deslizándose por sus piernas, los cautivos se apartaron de ella con repulsión. Una mujer, apretando a sus hijos en su regazo, dijo con todo el desprecio que no se atrevía a mostrar a los que tenían sus vidas en sus manos:

—¡Respeta al menos a tu padre mártir! ¡A tu edad y comercias ya con tu culo!

Desde el fondo de la oscuridad le llegó el chorro de veneno de Alonso, reconocible entre todos:

—No eres más que una furcia, María.

3

A lo largo del viaje, María permaneció en un estado de ausencia rayano en la imbecilidad. El miedo jamás la abandonó, le entumeció el alma, amasó con sus dedos abyectos el interior de su vientre y provocaba el chasquido inesperado de sus mandíbulas al menor cambio de actitud de sus guardianes. Torpes y nerviosos, los cazadores parecían desbordados por el éxito de la expedición, pues no habían previsto ni la intendencia ni los alimentos necesarios para unos sesenta prisioneros. A la menor protesta, elevaban sus espadas o sus mazas y golpeaban. El hambre fue la implacable compañera de esa travesía a pie —y a caballo para algunos miembros de la escolta— por la campiña andaluza, la mayor parte del tiempo bajo la lluvia, pasando por pueblos de cristianos viejos donde los campesinos les abucheaban y les lanzaban piedras. Una mujer y dos niños murieron de fatiga antes de llegar al embarcadero del Guadalquivir. Un hombre que intentó huir fue atravesado por una lanza y abandonado en el camino a merced de los carroñeros.

Su violador regresó en varias ocasiones y gozó de ella de la misma forma, sin penetrarla nunca, repitiendo a gritos que no sabía si podría resistir la tentación de un agujero tan bonito; se la habría quedado a su servicio de no haber estado tan endeudado y de no haber sido el encargo tan preciso.

—Es un milagro, respondes exactamente a lo que me pidieron —decía extasiado.

Confesó con curiosa vanidad que se llamaba Bartolomé, estaba en la treintena y que había estado a punto de estudiar derecho en la Universidad de Salamanca, pero que su padre, un comerciante de vinos de Sevilla, estaba pasando un mal momento financiero, y él, el primogénito, le había prometido que le salvaría de la quiebra. Tuvo la luminosa idea de reunir a una tropa de campesinos y antiguos soldados para salir a la caza de moriscos en las Alpujarras. Resultaba mucho menos costoso que fletar un barco para capturar esclavos en Berbería o en tierra de los negros.

—Es mi primera expedición por estas montañas y, visto el beneficio, el riesgo me parece razonable. Gracias a Dios vuestros guerreros son ahora menos feroces que en los primeros tiempos de la revuelta. Ya no tienen nada entre las piernas, el frío de las montañas ha debido de castrarlos y se dejan capturar como si fueran ovejas —se regocijaba emitiendo con la lengua un chasquido de desdén—. Mis hombres son embusteros, ignorantes, no tienen fe ni ley, pero he descubierto que basta añadir algunas órdenes a la firmeza (patadas y golpes de espada, si es necesario) para encauzarlos. Creo que incluso me aprecian. Tienen el corazón tan negro como el culo. —Se extasiaba contándolo, y María no tenía más remedio que estar de acuerdo: sus secuaces demostraban tenerle un respeto absoluto. La diferencia entre la complicidad amistosa que los unía y la brutalidad sin límites hacia los cautivos los hacía, a los ojos de la muchacha, aún más temibles.

Cuando Bartolomé se sentía satisfecho por la docilidad mostrada por María mientras se la beneficiaba, le ofrecía como recompensa un poco de comida que, de tanta hambre, no tenía fuerzas para rechazar.

—Engorda un poco el trasero y los senos… Ya verás como es un buen consejo… Cuantas más… ¿cómo decirlo? Cuantas más carnes tengas, más se alegrará tu futuro propietario de su buena compra y te tratará en consecuencia.

En caso contrario, la amenazó, tendría que deslomarse día y noche en una mala posada o, peor aún, en un burdel para marineros y malhechores, casi todos enfermos del mal francés.

En estos monólogos adoptaba el tono y la actitud protectora propia de un adulto hacia un niño no demasiado listo:

—¿Y qué puedes hacer para sobrevivir, hijita? Conseguir que olviden tu mancha de mora y presentar apetitosos encantos allí donde llegan las miradas y las manos.

Ella fingía escuchar con agradecimiento sus bromas indecentes, asentía servilmente con la cabeza, despreciándose por resignarse tan rápidamente al sacrilegio de su cuerpo por ese líquido pegajoso que se secaba tan deprisa y después picaba tanto. Por más que se frotara y limpiara no conseguía quitarse el tufo acre del semen. «Dios mío, no permitas que me haya introducido su basura en el vientre», rogaba mientras se frotaba la vagina con paja hasta sangrar.

Más insoportable todavía era esa especie de amabilidad exagerada con que la abrumaba cuando estaba bebido. La abrazaba y casi la ahogaba con su olor a caballo. Le tendía su vaso, la obligaba a beber unos sorbos y decía:

—En el fondo me gustas, nadie diría que eres morisca. Tú y yo nos entenderíamos bien. No debes tener miedo de mí, pichoncito, no soy tan malo. Olvida lo que les pasó a tus padres. Si sucedió es porque ese era su destino. De acuerdo, soy un poco culpable de tu desgracia, pero como no estás mal de la chaveta entenderás que alguien tiene que pagar la desgracia infligida a los nuestros. Los emires cortaron la cabeza a varios de mis antepasados porque no se postraban con la suficiente rapidez ante ellos. No fueron lo que se dice tiernos con nosotros tus antepasados sarracenos… Así que ¿qué podía hacer? Te tocó a ti por casualidad, tampoco la mierda de paloma escoge la cabeza sobre la que caerá…

Otras mujeres, todas casadas, fueron violadas por él mismo o por otros guardianes. Bartolomé había prohibido que atacaran a las doncellas porque su virginidad constituía una parte importante del valor de su venta. La primera vez, cuando las mujeres despeinadas y llorosas volvieron con el grupo, la hija del ebanista, con un sabor de suciedad en la lengua, se dio cuenta, sorprendida, de que se alegraba en silencio: «Y ahora que ya no soy la única mancillada, ¿os gusta apestar al semen de los infieles?».

Uno de los maridos, loco de ira, se lanzó contra su esposa, le dio puñetazos y gritó que debería haber dado la vida antes que deshonrar a su familia.

—¡Ya no podré mirar a la gente a la cara! —rugía mientras tiraba del pelo a su mujer sin que esta opusiera la menor resistencia.

—Perdóname, por el amor de Dios... —gemía entre gritos ahogados—. Perdóname, padre de mis hijos. Míralos. Ten piedad de ellos...

Luego el marido se hizo con un trozo de madera, se abalanzó sobre uno de los bandidos y consiguió golpearle antes de que los demás lo sometieran. Lo apalearon durante horas y lo mataron esa misma noche. El bandido al que había golpeado le cortó la cabeza, la clavó en una pica y la paseó con orgullo ante los prisioneros, repitiendo que ese sería el castigo para todos los que se atrevieran a rebelarse o intentaran huir. Al final, cansado de blandir su trofeo, lo lanzó a los pies de la esposa maltratada.

Nadie se atrevió a acercarse a la mujer; loca de dolor, rodeada por sus hijos, con la cabeza ensangrentada entre las rodillas, salmodiaba oraciones musulmanas entrecortadas por los lamentos.

—Por mi culpa, tú, el más honorable de los hombres, has muerto... ¡Que la maldición caiga sobre mí!

Solo el alfaquí intentó varias veces hacerla callar («No ores en voz alta, ora en tu corazón... Dios te consolará, hija mía. Nos pones en peligro. Cállate. Te quemarán, y a nosotros contigo... Piensa en tus hijos. A Dios no le gustan los insensatos...»).

Por la mañana, harto de los gemidos de la mujer, un guardián ordenó a los prisioneros que excavaran un agujero y enterraran la cabeza y el resto del cuerpo. María sintió vergüenza ante la resignación cobarde de los sepultureros y su propio alivio cuando quedó claro que la mujer, al límite de sus fuerzas, no haría nada por retrasar el entierro. Al contrario, la viuda despertó a sus tres hijos, les ordenó que besaran la cabeza de su padre uno tras otro y luego la colocó ella misma en el agujero.

María deseó echar a correr hacia la viuda y sus hijos, no para intentar consolarlos, sino para acurrucarse entre ellos, abrazarlos, mezclar sus lágrimas con las suyas y encontrar en la tristeza compartida un poco de la aldea de montaña en la que, en un pasado horriblemente efímero, su padre y su tía Lucía con tanta ternura la habían protegido.

No se movió porque la madre de familia era precisamente la que la trató de ramera la noche en que Bartolomé la forzó por primera vez.

La víspera del embarque, mientras dormían al raso a la salida de un pueblo, llegó un clérigo acompañado de algunos campesinos armados. Quería comprobar en persona, dijo con ostentación en medio de los cautivos, si esos miserables moriscos pertenecían o no al rebaño de Jesucristo. Si eran buenos cristianos y habían abandonado para siempre su antigua fe, entonces su destino en la tierra no interesaba a la Iglesia y seguirían perteneciendo a quienes tantos esfuerzos habían realizado para capturarlos. En caso contrario, si eran herejes, serían considerados relapsos que, a pesar del bautismo, habían cedido de nuevo al vicio de su repugnante dogma y estarían por tanto bajo jurisdicción de la Inquisición. Quedaba fuera de duda que por encima de la salvación eterna de su alma estaban los intereses terrenales. Porque además, clamó, menuda fuente de contaminación constituirían si se les permitiera mezclarse sin precaución con el resto de la población. Con una sonrisa cauta, el hombre recordó que el Santo Oficio era inflexible en estos asuntos.

—Pero no ignoramos que vos habéis tenido elevados gastos en su valiente expedición —dijo dirigiéndose a Bartolomé—. ¿Qué podemos hacer pues, hijo mío? La cuestión es delicada: ni vos ni yo estamos a salvo del error y sabe Dios que nuestra parroquia está falta de…

De pronto, el cabecilla de los cazadores, que hasta entonces había lucido una expresión dura, obsequió al cura con su sonrisa torva. Agarrándolo por el hombro, lo llevó aparte, cerca de los caballos. Hablaron largo rato. María se dio cuenta con gran espanto de que el alfaquí y otros adultos parecían más aterrorizados que nunca ante la perspectiva de que su viaje se detuviera ahí, en las manos de un párroco y sus secuaces. Los individuos armados eran próximos a la Inquisición, murmuró el alfaquí, soplones encargados de identificar a falsos conversos entre antiguos musulmanes.

—Dios eterno, ayúdanos a soportar Tu cólera —suspiró el anciano.

Ella protestó en silencio, intentando tragar una saliva que ya no encontraba: «¿De qué Dios hablas? ¿El de los vencidos o el de los vencedores? ¿A quién tengo que rezarle, viejo charlatán?».

Una voz familiar susurró, y su estómago se contrajo como si hubiera comido algo envenenado: «Qué ingenua eres, ¿qué puedes esperar de un Dios que te trata así?».

Por los murmullos de los adultos la muchacha descubrió con espanto que había algo peor que el horror sin medida en el que sobrevivían desde que estaban cautivos, y que ese algo lo personificaba el hombre rechoncho, a simple vista inofensivo, que discutía con firmeza con el cabecilla y que en ese momento escondía rápidamente entre los pliegues del hábito algo que le había entregado su interlocutor.

El cura volvió con el grupo; parecía satisfecho del resultado de la conversación. Pasó distraídamente entre los prisioneros, exigió a uno de ellos que le recitara el padrenuestro, a otro que le dijera quién era el Espíritu Santo y a un tercero que confesara si comía lardo. Una mujer que no entendía demasiado bien el castellano se lió en la respuesta cuando le preguntó por la fecha de su última confesión y empezó a gemir de miedo ante la mirada severa del sacerdote. Este alzó los hombros, lanzó dos preguntas más sin esperar respuesta y después regresó con Bartolomé. Durante la conversación, gesticulaba y señalaba de vez en cuando a alguno de los cautivos. María oyó fragmentos de frases: «Necesito al menos unos pocos...». «Embusteros...» «Moriscos... levantiscos...» «Mi padre...» «Jamás... pagado suficiente...» «Coja... más viejos... porque... los otros... caros.»

Abrumado, Bartolomé señaló al alfaquí.

—Quédese con el harapiento de barba larga. Es un sermoneador, le he oído recitar una de sus oraciones idólatras. Y esta..., sí..., la más fresca..., y también este...

La boca del alfaquí emitió un extraño sonido, parecido a un vagido.

—No es cierto... Soy uno de los vuestros, un cristiano..., ¡un buen cristiano! No... ¡Socorro, hermanos!

Cuando agarraron al hombre que hasta entonces había sido el más respetado del pueblo, este se debatió agitando frenéticamente las piernas.

—Padre, tenéis que creerme. Mirad, escupo sobre Mahoma. Escupo cada día sobre su sucia religión... Mi...

Alguien le golpeó en la cara. María oyó claramente el crujido de la nariz rota y después los gemidos de sufrimiento de la víctima, que se llevó las manos a la cara y descubrió con estupor la mancha roja que le mojaba la palma.

Con las piernas temblorosas, María bajó la vista: quizá, si no miraba a nadie, razonó tontamente con lo que le quedaba de cerebro, nadie se daría cuenta de su existencia... A punto estuvo de emitir los mismos gritos de terror que el viejo alfaquí cuando uno de los nuevos captores se le plantó delante, pero solo fue para apartarla y agarrar a la mujer cuyo marido había sido decapitado recientemente. Esta abrazó a sus hijos sin que de su boca saliera ningún sonido. El hombre la golpeó con el bastón en la cara, pero ella no aflojó el abrazo. Cuando el hombre alzó el bastón para golpear a los niños, la madre, con la mirada enloquecida, soltó a su progenie y se unió dócilmente al alfaquí y a un tercer prisionero al que estaban atando los brazos. Los hijos, una niña y dos muchachos mugrientos, casi desnudos, permanecieron inmóviles con los ojos abiertos como platos, atónitos por todo lo que les estaba sucediendo: un periplo extenuante, su padre pegando a su madre, su padre degollado, la cabeza arrancada del padre, la madre de nuevo golpeada, apartada de ellos por otros desconocidos…

4

Hasta un día después del desembarco no se enteró de que estaba en la famosa Sevilla, de la que al principio solo conoció la pestilencia del barrio portuario, cual una prolongación de su propia infección íntima. Todo lo que María había experimentado desde que los cazadores irrumpieron en su refugio de montaña se había transformado o, mejor dicho, solidificado en una especie de pasta nauseabunda que llenaba hasta el más pequeño rincón de su alma y su corazón. Ya ni siquiera le quedaban lágrimas. Estas hubieran podido ayudar a disolver un poco ese inmenso dolor mezclado con desprecio que había sustituido a todas las sensaciones. Solo sollozos reducidos a convulsiones la agitaban a veces y le martirizaban el tórax.

Allá arriba, alguien disfrutaba desollando su alma. Cuando la tuviera por completo en carne viva, ¿qué quedaría de lo que había creído ser hasta entonces? ¿Una mondadura desnuda y hedionda, abocada a una existencia de terror e infamia?

Apoyada en la pared de una estancia que apestaba a orines y excrementos, pensando en cosas peores que la mordedura de un áspid, por fin había logrado entender a su madre. No había sido locura, ni siquiera desesperación, sino probablemente la única actitud razonable frente a ese fin del mundo. Pero ¿reuniría alguna vez el valor necesario para imitarla?

La muchacha se descubrió exhausta, paralizada por el miedo, dispuesta a sufrir la peor deshonra para no morir, incapaz de reunir el odio suficiente para apoyarla en esa voluntad de sobrevivir a cualquier coste. Ciertamente maldecía con todas sus fuerzas a quienes habían destrozado sus vidas, pero la dimensión del odio nunca es proporcional al sufrimiento padecido: este último puede ser infinito, pero el odio no. Vivía una paradoja: matar a Bartolomé de la forma más atroz no bastaría para vengar el asesinato de su padre, aún quedarían por saldar el asesinato de su querida tía y las repetidas violaciones que había sufrido. ¿Qué castigo calmaría la pena que ese cazador carroñero había infligido a su familia?

Los prisioneros acabaron encerrados en un gran cercado frente al puerto. La presencia de abrevaderos y pesebres con olor a heno seco y los restos de boñigas de vaca permitían deducir que se hallaban en un inmenso establo y que los nuevos carceleros eran tratantes de ganado. Al día siguiente separaron a los hombres de los otros cautivos, y luego a los niños de sus madres. Un guardia tuvo que azotar con el látigo a las más recalcitrantes que, lanzándose contra el cercado y lastimándose la cara, gritaban hasta desgañitarse que no permitirían que les privaran de la carne de su carne.

En mitad de la noche, una mujer —la esposa del herrero, que vivía en la casucha anexa a la de María— perdió la razón. Se desgarró las vestiduras, se arañó la cara, imprecó obscenidades furiosas a los carceleros. Luego, como no hubo ninguna reacción, empezó a injuriar al cielo.

—Dios es un cerdo, Dios es un cerdo, ¡Dios es un cerdo! —chillaba con una voz muy aguda.

Otra mujer, presa también de convulsos sollozos, fue hacia ella para hacerla callar. Tapándole la boca con la mano, intentó que entrara en razón:

—Hermana, teme a Tu Dios, maldice al demonio, te lo ruego, hermana, si no tu desgracia será aún mayor…

—¿Por qué le defiendes, puta asquerosa? ¿Qué más podría hacerme Dios que ellos no me hayan hecho ya? Déjame en paz. ¡Me ha robado la vida, me ha robado a mi familia!

La loca le mordió la mano, consiguió zafarse y, tropezando con los demás prisioneros y levantándose cada vez a pesar de la oscuridad con una vitalidad inhumana, volvió a sus imprecaciones. El sonido era tan acerado que María, paralizada por el horror y la piedad, temió que la desgraciada se desgarrara la garganta.

—Ven a mí, Dios tragón de excrementos. ¡Nos has estafado! Si eres tan poderoso, ¿por qué has permitido que se llevaran a mis tres hijos? Te he rezado durante toda mi vida... He cumplido tus mandamientos toda mi vida... ¡Para nada! ¡Ven, desciende, rufián, si te queda algo de honor! ¡Tengo algo que decirte! ¡Yo, una mujer, ensuciaré con el coño tu nombre tal como merece un cerdo como tú! ¡Me cago en tu Corán! Te...

Alguien la hizo caer. Pero antes de que pudieran controlarla, los guardianes intervinieron. A patadas y bastonazos, se llevaron a la presa, vociferando y casi desnuda. Gritos, el ruido seco de los bastones contra el cuerpo. Luego el silencio.

Llena de amargura, la muchacha pensó: «¡Yo también tengo que preguntarte algunas cosas, Señor!». Se encogió porque de repente le dolió el vientre como si un enjambre de mariposas furiosas revoloteara en su estómago.

María no volvería a ver a la mujer del herrero. Durante toda la noche tuvo la sensación de que las palabras de odio de la loca seguían flotando en la estancia, esperando tan solo una orden del Todopoderoso para instilarles el veneno de la furia divina.

Trasladaron a las mujeres a una casa del barrio del Arenal, donde se mezclaron con esclavas en su mayoría negras. Algunas procedían del reino de las Indias Orientales, situado, según aseguraban las mejor informadas, en el límite del mundo, donde si te asomabas, caías en el más inimaginable de los abismos. Durante una bendita hora en que olvidó su propia desesperación, la muchacha contempló a esas mujeres con la piel de un color tan inesperado… Hubiera dado algo por hablar su lengua e intercambiar con ellas algunas palabras, sobre todo con la india que tenía más o menos su edad y que parecía tan triste como ella.

Los nuevos guardianes las trataron con la más completa indiferencia, sin demasiada rudeza y, sobre todo, ninguno las violó. Una vecina explicó a María que aquella casa ofrecía, previo pago, un lugar de venta a varios propietarios de esclavos. Las recién llegadas incluso pudieron lavarse un poco, eliminar de su ropa la mugre del viaje, ungirse con aceite que les habían entregado para parecer más sanas en el momento de la venta y, ¡milagro!, comer hasta quedar saciadas.

—Dios mío, estos malnacidos nos cepillan y nos ceban como a las vacas antes de llevarlas al mercado. Si mi marido me viera… —dijo una mujer con una carcajada que se transformó en imploraciones para que le devolvieran a su esposo y a sus hijos.

El público circulaba, a veces en familia, escuchaba la oratoria de los tratantes que negociaban con los distintos propietarios y, si cerraban la gestión, se iban con una o dos esclavas, a menudo sumidas en el llanto. Cuando vendían a una vecina de su pueblo, el corazón de María se rompía un poco más. En una ocasión no pudo evitar abrazar a una mujer que acababa de ser comprada por un hombre vestido con un hábito religioso. La mujer, con el rostro descompuesto por las lágrimas, la empujó con repulsión.

—Nos han violado a casi todas, pero tú eres la única que ha disfrutado. ¡Desvergonzada!

Un notario con cara de aburrimiento tomaba nota de las transacciones más importantes. Una turca, que explicaba con algo parecido al orgullo que la habían revendido varias veces por su mal carácter, les dijo que el precio de un esclavo solía traducirse en número de cabezas de ganado. Un esclavo sano valía tres caballos. Se prefería a las mujeres moriscas y berberiscas que a las mulatas y las negras, al revés de lo que ocurría con los hombres. Las «membrillos cocidos», dijo señalando a la joven india, eran las menos apreciadas y ello debido a su escasa corpulencia. María rió burlona: su tía solía decir que era más testaruda que un trío de mulas. En el fondo, la pobre Lucía no había errado mucho su precio.

Una mañana, Bartolomé, al que no había visto desde que llegaron a la gran ciudad, se presentó acompañado de un comprador y una mujer mayor. El cliente, que escupía sin cesar, pasó revista a las cautivas en venta y terminó interesándose por las cinco más jóvenes, entre ellas María.

Bartolomé, con elegante jubón y sombrero con pluma, hizo un guiño cómplice a la muchacha cuando el personaje declaró que buscaba un hermoso espécimen.

—Una de esas, por ejemplo, pero mi cliente insiste, ya sabéis, en que sea morisca, agradable y... esté intacta —precisó disimulando su turbación con un arranque de tos.

La matrona guió a las muchachas hasta un establo, les ordenó que se desnudaran y las examinó con atención. Les pasó los dedos entre el pelo, les inspeccionó los dientes, les olió el aliento, les palpó los pechos y el bajo vientre, les abrió los labios de la vulva e introdujo el índice repetidamente, sin ni siquiera secarse el dedo entre una muchacha y la siguiente. María estuvo en un tris de preguntar si era costumbre entre los sevillanos, hombres y mujeres, conocer a los extranjeros primero por sus partes pudendas. Pero se contuvo, extrañada por el jadeo repentino de la matrona: el espectáculo de su desnudez y de la de sus compañeras parecía turbar a la examinadora. Arrodillándose, la mujer, con gestos cada vez más febriles, separó las nalgas de las que ella consideraba anormalmente débiles, como María, y con una expresión de ansia y asco les examinó el ano. Al final, con el rostro carmesí, salió de la cuadra empujando delante de ella a tres muchachas.

—Gracias a mi oficio de casamentera sé diferenciar entre doncellas y desfloradas. Que Dios Todopoderoso me ayude a no equivocarme. Creo que estas no han sido catadas... Pero —doblando el labio con desprecio, añadió—: nunca se sabe con estas miserables mahometanas. Dicen que fornican con padres y hermanos...

El intermediario se mostró desconfiado y observó con rostro impávido a las tres candidatas seleccionadas. Pero María sabía que ese saco de saliva ya había elegido, pues reconoció en sus ojos el mismo brillo de concupiscencia que vio en Bartolomé cuando este la sorprendió en la cascada.

Cuando designó con el mentón a María, la casamentera, que estaba limpiándose la punta de los dedos en un cubo, objetó:

—La chiquilla está bien de cara, estoy de acuerdo, pero tiene pocas carnes, ¿no creéis? En mi opinión será una holgazana. Os aconsejo que optéis por esta: tiene el cabello claro y está más gordita.

Bartolomé le hizo saber con acritud que ni él ni el honorable comerciante necesitaban sus consejos, y que esa esclava era sin lugar a dudas la mejor pieza del lote. Luego se dirigió al comprador («¡con la misma astuta llaneza con que vendería una vaca!», pensó María, y una broma socarrona consiguió escapar a la ciénaga de su resignación: «¿Y si mugiera al oído de mi cliente? A lo mejor, conseguía una rebaja en el precio...»).

—Tenéis buen ojo, señor licenciado. Esta responde exactamente a la comanda que tuvisteis a bien hacerme. Y es de una docilidad... Ya conocéis mi reputación, soy... ¿cómo decirlo?... —le mostró las palmas— razonablemente escrupuloso... Pero si albergáis alguna duda..., si queréis realizar una inspección más completa —le guiñó un ojo—, aquí hay un rinconcito donde podríais... Pero sin... En fin, ¿me entendéis?

Soltó una carcajada ante la cara escandalizada del visitante.

—¡Claro que sí! Un honesto hidalgo tiene perfecto derecho a palpar la fruta que desea adquirir.

La casamentera había bajado la cabeza y murmuraba que una mojigata con un bonito palmito era sinónimo de sinsabores en el futuro que el Maldito introducía en una casa cristiana.

—Además —exclamó Bartolomé haciendo oídos sordos a los reniegos de la mujer—, os garantizo que esta joven aún conserva su pequeño… hum… diamante entre las piernas. Yo mismo velé por ello. Estoy dispuesto a jurarlo por Dios, señor licenciado.

El licenciado, incómodo, subrayó que no había que importunar al Señor con este tipo de consideraciones. Pero avisó de que su cliente devolvería a la muchacha si resultaba ser menos «inmaculada» de lo que su vendedor afirmaba.

—Si estáis de acuerdo, haremos constar esa cláusula en el contrato de compra —propuso con una ridícula mueca de hombre hábil.

Cuando el visitante, tras una larga negociación, se dirigió por fin al notario para formalizar la transacción, Bartolomé se las ingenió para acercarse a la muchacha y murmurarle al oído:

—Ya ves cómo te he defendido, mora mía. Estoy seguro de que la casa a la que vas te gustará. Le he sacado a este pedazo de asno más de lo que esperaba. ¡Solo confío en que no me hayas engañado en cuanto a… tu joyita!

Acarició de forma imperceptible el pelo de la muchacha, tosió y estalló de risa, pero esta vez con una falsedad inusual.

—Me hubiera quedado contigo, muchacha, si la promesa que hice a mi padre no me obligara a regresar a esas miserables montañas una vez concluida la venta del lote. Dios permita que finalice lo antes posible, pues alojaros aquí me cuesta una fortuna. ¡Por no hablar de la avidez de la ciudad y el impuesto de la Corona!

El cazador inspiró, como si dudara en volver o no al tema anterior.

—En fin… ¿Qué estaba diciendo? La verdad…, no me he aburrido contigo. ¡Al contrario! Bueno…, yo… —Pasó un dedo por los labios de María—: Un día iré a verte… Digo tonterías, ¿verdad? Pero me gustaría…

Se le sonrojaron las mejillas cuando cubrió con su mano la palma de María y la obligó a cerrar la mano con una bolsa dentro.

—Tómalo y escóndelo. Podría servirte en tu nuevo estado. Es un poco de lo que he ganado contigo. Que Cristo te proteja, palomita. Qué pena que seas…, en fin, lo que eres… Te…

La miró con cara de perro apaleado, le dio la espalda y se dirigió al comprador.

—Cuídala, compadre, tu cliente no se arrepentirá de esta adquisición —le dijo con voz aún emocionada.

—Toma, muchacha, cúbrete —ordenó el intermediario sin responder al cazador de esclavos, algo ofuscado por su falta de pudor y exceso de familiaridad.

Con la mano cerrada todavía alrededor de la bolsa, María tomó la capa y empezó a cubrirse, turbada aún por el extraño comportamiento de Bartolomé. Aquel que ahora actuaba como un hermano mayor protector, que había asesinado a su padre y a su tía, que la había tratado peor que a una inmundicia, no solo acababa de ofrecerle dinero, sino que —¡María lo habría jurado!— ¡había estado a punto de soltar un «Te quiero»!

Un escalofrío de asco le recorrió la espalda al recordar sus besos y el escupitajo de su verga agonizando tantas veces entre sus nalgas. Sintió el raro deseo de lanzar la bolsa bien lejos y estallar en carcajadas hasta que su cabeza explotara y dejara de destilar la más mínima semilla de pensamiento.

—Un día te mataré… —dijo.

No gritó. Se contuvo. Pero la brusca oleada de odio le dolió tanto como si le hubieran clavado un cuchillo en el pecho.

Se puso la capucha, se llevó las manos a los ojos para frenar las lágrimas y las apartó rápidamente a causa del olor a fiera salvaje de la bolsita de cuero.

—Querido padre, ¿es esto la vida? —suspiró, desgarrada por la tristeza.

—Camina y deja de hablar entre dientes —dijo el comprador, del mal humor—. Tenemos que encontrar un cochero antes de que nos sorprenda la lluvia.

María inspiró dos o tres veces por la nariz y se secó las lágrimas con el dorso de la mano. El hombre caminaba delante de ella; de vez en cuando se giraba para comprobar que lo seguía. Se sentía despechada. Cubrió el labio superior con el labio inferior y, bajo la intimidad de la capucha, hizo la mueca más fea posible.

—Puaj. ¿Es esto ser mujer, tía Lucía? —susurró.

5

Un ama de llaves (así se presentó ella) la recibió refunfuñando.

—¡Así que tú eres el nuevo capricho de don Miguel! ¿Y con qué vamos a alimentarte? Malgastar tanto dinero por una esclava con unos pechos tan pequeños…, aparentemente para disponer a tiempo completo de una modelo que también le sirva de criada… ¡Si ni siquiera tiene encargos y ya no me da ni la paga! ¡No es que en Sevilla falten «criaturas» para jugar a las modelos y… para todo lo demás!

Repasó de arriba abajo a la muchacha envuelta en la capa manchada de barro; tiritaba y hacía esfuerzos por no llorar. La casa, espaciosa, bastante sombría, un tanto descuidada, olía a potaje y a un extraño olor áspero que arañaba la garganta. La mujer, de aire severo y rasgos angulosos, tan fea que María ni siquiera pudo adivinar su edad, suspiró con resignación y enfado. Se encogió de hombros y condujo a la recién llegada a una habitación de la primera planta. Viendo la mirada de asombro de la muchacha ante las dimensiones de la habitación y la presencia de dos camas, gritó:

—Te confundes, ¡no vas a dormir en la misma habitación que el señor! No tendrás ese honor, ni siquiera con ese lozano trasero que exhibes sin pudor bajo la capa. Esta era la habitación de sus dos gemelas. Contiene todo lo que les pertenecía… No queda ningún otro lugar libre en la casa, aparte del antiguo establo y una cochera. Pero el señor ha pedido que se te trate bien. Al parecer, le has costado bastante cara. Así pues, escoge el vestido que te guste del baúl y corre a lavarte. Abajo hay un barreño esperándote…

María permaneció inmóvil, boquiabierta, abrazando la capa alrededor de su cuerpo.

La mujer entrecerró los ojos, irritada.

—¿En qué piensas? ¿En las dos señoritas? Estate tranquila, no volverán. Están muertas… Tenían más o menos tu edad cuando se las llevó la peste… Y su madre se fue al día siguiente a su país. ¡Una italiana pérfida! ¡Como si una cortesana italiana pudiera ser una buena madre!

El ama gesticuló ante el rostro horrorizado de la esclava.

—¿Es por la palabra «peste»? Los vestidos de las gemelas están limpios, al menos los más antiguos… En fin, supongo… Además, ya han pasado dos largos años, y la casa fue purificada por el cura y por un lavado con esencia de abedul… De todas formas, no puedo ofrecerte nada más.

Emitió un chasquido con la lengua, como si estuviera de buen humor.

—Habrá que creer que el Señor ama con pasión a su grey de Sevilla. De vez en cuando nos llama al cielo a puñados: un terremoto, una inundación, la peste, la hambruna… —Y girando sobre sus talones preguntó—: ¿Cómo te llamas, pequeña?

—María.

—¡Ese es un nombre cristiano! Y tú no lo eres, que yo sepa.

—Sí, soy cristiana y…

Con la mano en el pasamanos de la escalera, el ama la cortó en un tono sorprendentemente duro.

—¡Basta! No discutas conmigo. Por lo que a mí respecta, no eres más que una enemiga de la verdadera fe. Y la prueba de ello es que no eres libre. Así que no intentes engatusarme con tu hipocresía. Tu palmito quizá surta efecto en un viudo que ha perdido el juicio, pero no conmigo. Todo el mundo afirma que mentís siempre, tú y los de tu secta, y que un río de agua bendita no bastaría para purificar a uno solo de vosotros. Ahora, obedece. Tu dueño, don Miguel, quiere verte en su taller. ¡Cáusale buena impresión! Es un gran pintor, aunque haya perdido la cabeza. Respétale; si no, te las verás conmigo.

Y con un timbre más agudo, añadió:

—Sí, un gran pintor, pero no ha tenido suerte. No te aproveches de él o lo pagarás caro —sentenció antes de bajar la escalera.

Estremecida por la violencia del mandato, María la siguió con la mirada. A mitad de la escalera, una repentina convulsión sacudió los hombros del ama de llaves. Parecía que esa mujer tan fea intentara no sollozar.

—¿Quién ha permitido que te pongas ese vestido? Te queda demasiado grande… ¿Es cosa del ama Ana? ¿Para evitar que tenga pensamientos libertinos?

Lo sacudió un principio de relincho, rápidamente interrumpido por un despreciativo «¡Está loca!». Vestido con una camisa blanca de cuello y mangas amplias manchadas de pintura, el hombre, de mediana edad, la señalaba con el índice mientras la examinaba escandalizado.

—Eso significa que has entrado en la habitación de las niñas.

Iba descalzo, tenía el rostro lleno de arrugas y barba de varios días. El taller, que daba a un pequeño jardín, parecía un almacén de telas, botes de colores, paneles de madera y herramientas diversas. De ahí procedía ese fuerte olor que se superponía a cualquier otro en la casa.

—¡Respóndeme! ¿Dominas el castellano?

María asintió con la cabeza, incapaz de separar los dientes, esforzándose por controlar el innoble temblor de las piernas. La cara del adulto se relajó un poco.

—Bueno, por un momento temí que fueras muda y boba —ironizó don Miguel. Pero la ira volvió y la nuez se le movía en todos los sentidos—. ¡No vuelvas a tocar esos vestidos nunca más! ¿Lo has entendido? Son sagrados… Eran… Bueno, hoy no vamos a hablar más de ello.

Apretó los puños y los golpeó ante sí para indicar que iba a cambiar de tema. Le brillaron los ojos.

—Llegaste mugrienta y eso no jugaba a tu favor. Por un instante llegué a pensar que mi comprador había abusado de mi ignorancia en materia de esclavos. Ahora lo veremos. ¡Desnúdate! —Tuvo que repetir la orden—: Quítate ese vestido ridículo y colócate aquí. ¡Vamos, vamos, deprisa!

—Querido padre —murmuró—, todo va a volver a empezar. Protégeme… —La muchacha obedeció; los dientes le castañeteaban, sentía náuseas.

Colocándose el vestido que se había quitado como un ridículo escudo contra el bajo vientre, suplicó sin darse cuenta de que hablaba en granadino:

—Por el amor de Dios, no…, ¡eso no!

El hombre le arrancó el vestido y lo lanzó al suelo sin prestar atención a las protestas de la muchacha. Con el ceño fruncido, contempló a María mientras emitía algunos «hum» cuyo tono pasaba de la duda a la satisfacción y de nuevo a la duda.

—Ponte derecha… Los hombros, así… Separa las manos. Sí, eso es. El vientre, ¡quiero verlo todo. Sí, también la flor. No te olvides de que te he comprado entera, toda, también eso… Sobre todo eso… No temas, no te voy a pegar, ni… ni…

Le colocó la mano sobre el hombro, hizo amago de rozarle un pecho pero dejó la mano en el aire ante la retirada de la muchacha. El hombre sonrió arteramente, como si sopesara la idea de una cópula brutal sobre el suelo helado. Después, la chispa viciosa de sus pupilas se apagó y fue sustituida por una expresión a la vez meditativa y preocupada.

—Tranquilízate, boba, no te he comprado por vicio. Pero tengo que asegurarme de que no haya hecho un mal negocio. Invertí en ti mis últimos ahorros. —Una carcajada sin alegría le deformó la boca—. Mejor dicho, los ahorros de la arpía de al lado. —Alisó los cabellos húmedos de su esclava—. Tendrás que peinarte de otra forma… Eres bonita…, muy bonita, desde luego, pero eso en pintura no basta. Estás un poco delgada, se te ven las costillas. También eres algo joven. ¿Has posado alguna vez? No, claro. Vosotros, los mahometanos, aborrecéis las representaciones humanas. Siéntate en esa butaca, junto a la ventana.

María, completamente desnuda, con la piel erizada por el frío y la vergüenza, se dirigió de puntillas hacia el lugar indicado mientras lanzaba una mirada asustada al hombre, que seguía murmurando. Fuera, el jardín se hallaba en el mismo estado de dejadez que el interior de la casa.

—Bien… Inclínate un poco… como si estuvieras soñando.. No, así no, pareces una pánfila, un poco más hacia la luz. Me gusta el color de tu piel. El sol te ha madurado suavemente… Sí, el sol… Él es el auténtico maestro de nuestro arte… No te laves demasiado, ¿me oyes?, acabarías desgastándote la piel… No te muevas… Ah, Señor, aquí está: la silueta que estaba buscando desde… desde… —Lanzó una larga espiración, visiblemente atrapado en tristes recuerdos.

Con los oídos aún llenos de la palabrería del pintor, la muchacha lo vio coger una pluma de oca, soltar una injuria y lamentarse de que a su edad aún tuviera que preparar él mismo los utensilios. Rebuscó en un armario, extrajo una hoja de papel y se sentó a una mesa.

—¿Dónde está la tinta? ¿Dónde está la tinta? Maldita Ana… Podría haber ordenado un poco este caos… Aquí está. —Lanzó una mirada escrutadora a su modelo antes de sumergir la pluma en el tintero—. ¡A Dios gracias! —murmuró al tiempo que sacudía la pluma encima del tintero.

Prisionera de su postura, e impresionada por el tono de plegaria del pintor, María apenas podía respirar.

—Que me crucifiquen en el Gólgota... —Dibujó dos o tres trazos y después se detuvo—, pero muestras tu... naturaleza con tan maravillosa impudicia, que se diría que vienes del paraíso. Escúchame con atención, mujer.

María tembló. Aunque la voz del pintor aún destilaba deseo, había incorporado una emoción insólita, solemne y quizá menos anunciadora de peligros.

—Dios, al crearte tan hermosa, te ha honrado a pesar de tu raza. Sé digna de tu hermosura. No olvides nunca este don del cielo.

El insulto estalló en su cabeza pero, no pudiendo atravesar sus labios, retrocedió hasta su propio cerebro como una bofetada sangrante: «Despreciable carroña, o sea que según tú Dios me ha honrado... ¿Y cómo? ¿Matando a mi padre, a mi madre y a mi tía? Entonces, ¡merecías la muerte de tus sucias hijas!».

María extendió el cuello para evitar ahogarse en la bola de llanto que se le acumulaba en la garganta.

Así empezó el primer día de la joven María en la casa de don Miquel, constantemente acuciado por sus sentidos e indudablemente casto en cuanto se entregaba a su arte. Varias horas de exposición y muchos borradores después, con el cuerpo anquilosado, muerta de hambre y de frío, María recibió permiso para abandonar el taller. Don Miguel prácticamente no le había dirigido la palabra, excepto para ordenarle que corrigiera tal o tal expresión. En cambio, se dejaba llevar por desenfrenados soliloquios cuando un detalle de sus esbozos le disgustaba..., algo que sucedía a menudo.

—Mano mía, dedos míos, rebaño de mulas viciosas, ¿recuperaréis la agilidad de antaño? ¡Obedeced a mi ojo y a mi alma, u os cortaré sin pesar! ¿O acaso creéis que la pintura no es más que la baba de un niño de pecho vertida en el papel?

Al romperse un carboncillo, lanzó una blasfemia tan violenta que a María casi se le escapó la risa a pesar del insoportable dolor causado por su inmovilidad. Poco después, ocupada como estaba intentando encontrar el equilibrio entre los frecuentes calambres que atormentaban sus músculos, dejó de pensar en su desnudez. De vez en cuando, sin embargo, cuando inclinaba la cabeza, descubría con sorpresa su pubis y, sobre todo, el nacimiento de la vagina, ofrecida increíblemente a la intensa concentración del hombre inclinado sobre sus papeles.

A María ese órgano le parecía más bien ridículo con esa curiosa abertura, decorada en ambos costados por pétalos de piel arrugada. Las vacas lo tenían más grande y no por eso los pastores caían rendidos a sus pies; en cuanto a los toros, los primeros interesados en ese espectáculo, no dedicaban el tiempo a mirar el trasero de las hembras simulando dibujarlas. Además, ¿para qué servía ese segundo ombligo, incómodamente situado entre las piernas y que no daba más que problemas: fuente de orín y de sangre impura que lo ensuciaba todo con cada luna? No era como para perder la razón, como le ocurría a ese sevillano lunático que doblaba en edad a su padre, y menos si se pensaba en la proximidad de otro orificio aún más indecoroso y apestoso…

Se sobresaltó ante la incongruencia de esas reflexiones que la conducían insidiosamente a la risa nerviosa…, algo peligroso, dada la imprevisibilidad de su nuevo dueño. Confundida por su propia frivolidad, con las lágrimas a punto de asomar, apretó los muslos, pero el pintor la conminó de inmediato a recuperar la postura precedente.

«Cuánta razón tenías, tía. Los hombres solo desean adueñarse de lo que tú llamabas "la infeliz fruta de las mujeres".» Un espasmo de pena salvaje la sacudió como cada vez que volvían a ella las imágenes de sus familiares.

Para alejar de sí esos pensamientos y el hambre, se distrajo mirando con el rabillo del ojo los cuadros amontonados, colocados unos contra otros a lo largo de las paredes del fondo. Había retratos, escenas de interior..., pero ni un solo desnudo. («¿Solo las esclavas se desnudan ante un pintor?», se preguntó.) Observó que había conchas de ostras que servían de recipiente con pintura seca, había polvo por todas partes y hasta telarañas en la mayoría de los montones de cuadros. María dedujo que hacía mucho tiempo que nadie entraba en el taller y esa conclusión le desagradó sin saber por qué. («Por lo menos, ¿sabrá pintar este loco?») Y se preguntó si habría realizado retratos de las dos gemelas apestadas y de su esposa. En dos o tres ocasiones percibió la presencia del ama tras la puerta del taller.

Al final de la sesión, la muchacha, acuciada por una necesidad natural, se apresuró a vestirse cuando don Miguel gruñó:

—No olvides mi advertencia sobre la forma de vestir. Hablaré de ello con Ana. Ahora ve a ayudarla a preparar la cena.

María se detuvo en el umbral para lanzar una mirada a los esbozos, pero el pintor, con la pluma en la mano y una nueva mancha de tinta en la barbilla, no hizo caso del silencioso ruego de ver los dibujos.

—Por cierto, ¿cómo te llamas? —le preguntó con aire distraído mientras mordía la punta de la pluma.

—María.

—No te pregunto por tu apodo de esclava, sino por tu verdadero nombre. Me refiero a tu nombre de Berbería.

—Oh, no... solo tengo un nombre: María.

A pesar de la escasa luz del atardecer, creyó leer una profunda sorpresa en los ojos del pintor. Sintió que una oleada de estupidez le impregnaba el alma. ¿Por qué nunca conseguía comprender los pensamientos de los adultos y esas emociones idiotas que les embargaban? Tosió por los nervios y el miedo, y se encogió previendo el inevitable ataque de ira del hombre.

—¡Eso no puede ser! —reaccionó como si le hubieran pinchado con una aguja. La observó con hostilidad y con el brazo medio levantado añadió—: ¡No te atrevas a reírte de mí, mocosa! ¿Sabes cuáles son tus deberes para con tu señor, verdad? ¡La verdad, siempre la verdad, o lo pagarás caro! No me gustan las bromas. No dudaría en azotarte y hasta devolverte al mercado de esclavos, ¿sabes? ¿Cómo te llamas de verdad?

—María.

—Eres mora, hija de moros...

Pero don Miguel ya no se dirigía a ella. Se había levantado, esparciendo por el suelo las hojas con los dibujos, y apenas podía contener su exaltación.

—Es una señal, es una señal... —Y rascándose la cabeza con ambas manos, añadió—: Espera, una pregunta más: ¿eres...? ¿De verdad eres...? ¿Nadie te ha tocado? ¿El delicado tesoro que guardas entre las piernas está intacto? ¿De verdad? Entiéndelo, le insistí mucho al respecto a mi comprador...

La muchacha, helada, bajó la mirada. Se humedeció los labios y le pareció que tenían la consistencia del cuero agrietado.

—Nadie.

—¿Lo juras?

—Lo juro.

El pintor observó los movimientos de su rostro, intentando hallar indicios de la mentira.

—Bien. Supongo que tengo que creerte... —dijo por fin—. Es tan importante... —Con un gesto de la cabeza despidió a la muchacha; su voz recuperó su firmeza—: ¡Vete, déjame solo! Tengo que pensar. Tengo grandes proyectos en la cabeza. Y tal vez tú formes parte de ellos... ¡si tienes suerte!

6

María lloró mucho y rió —con el corazón desgarrado— casi tanto en la curiosa residencia de don Miguel Ribera, o más bien de doña Ana. María descubrió a partir de las discusiones a las que a veces se abandonaban, que el ama de llaves le había prestado en varias ocasiones sumas considerables de dinero a su dueño. Cuando la esposa del pintor huyó de Sevilla después de que la peste se llevara a sus hijas, él salió en su busca. Durante dos años erró como un loco por Italia, enfermo de dolor y de celos, y regresó con las manos vacías, amargado, sin un real y sin haber practicado su arte.

En ese tiempo, el padre y la madre de Ana habían muerto ahogados, arrastrados por una crecida del Guadalquivir. Cuando Ana cumplió veinticinco años, sus padres, campesinos codiciosos, viendo que no conseguían casarla, decidieron que sería sirvienta en las casas de nobles sevillanos. Su extraordinaria fealdad desanimaba incluso a los pretendientes más ávidos. Para no tener que mantener una boca inútil, su padre la puso al servicio de don Miguel justo después de que este se hubiera desposado con la italiana. De inmediato, la campesina se enamoró locamente del pintor y alimentó durante quince años un odio feroz contra su esposa.

A pesar de que la herencia la había hecho rica, la criada decidió quedarse en la casa durante la larga ausencia de don Miguel. Cuando regresó de su periplo, el pintor se acomodó a ella sin dificultad, sobre todo porque ya no le reclamaba la paga, que, por otra parte, le hubiera sido imposible abonar. La única diferencia era que ella ya no se consideraba una criada, sino más bien una especie de ama de llaves o, mejor aún, una «amiga de la familia», un estado provisional que le parecía más adecuado a sus ahorros, y que soñaba con transformar en el de respetable esposa de un notable de Sevilla.

¡Pero el pintor había dejado de ser notable! Había perdido a la clientela que tenía antes de la epidemia de peste, vivía acribillado de deudas, y se resignó a vivir a costa de su criada. Enamorada pero no estúpida, Ana exigió hipotecar la casa y todo su contenido en su beneficio a cambio de cubrir las deudas del pintor.

María no tardó en deducir que ella misma pertenecía a la «amiga de la familia». Ana adelantó el dinero para comprarla, pues el pintor no dejaba de quejarse de que con tales y tales rasgos no podría realizar el grandioso cuadro que había concebido en Italia y que, según decía, le daría gloria y riqueza. Amenazó con regresar a Florencia si no le ayudaba a comprar una joven esclava que le sirviera para ejecutar los primeros esbozos. Había perdido algo de destreza y era necesario recurrir a largas sesiones de exposición, afirmaba, hasta que recuperara por completo su arte y pudiera emprender su obra maestra.

—He tenido el placer y la desgracia de ver las obras de Buonarroti y su divina Capilla y, desde entonces, no consigo dormir. ¿Qué pintor se atrevería a vivir después de eso? Tú no sabes quién es Buonarroti y no has tenido esa suerte. Me pregunto si Dios en persona podría superarlo —repetía, unas veces realmente abrumado y otras simulando sin vergüenza que se disponía a marcharse.

Al principio, doña Ana se negó rotundamente. En un momento de ingenuidad extrema se propuso como modelo, a lo que él reaccionó con una mueca cruel. Intentó convencerlo de que comprara la esclava más «oscura» posible, negra como el carbón. Como no consideraba a los negros auténticos seres humanos, suponía que habría tenido el valor de cerrar los ojos ante la presencia de una hembra de las tierras de África y de los eventuales desbordamientos carnales que podrían producirse en su casa. Ama Ana no ignoraba que don Miguel pasaba la mayoría de las noches en los burdeles de Sevilla. De hecho, María la oyó varias veces al alba, cuando el pintor volvía, reprocharle que apestaba a «criaturas». (No decía «ramera», sino «criatura».)

Así fue como llamó a María la noche siguiente a su primera sesión como modelo. Irrumpió en la habitación impulsada por el resentimiento y los celos.

—Desvergonzada. Te has lavado demasiado para ser una muchacha honesta y te has desnudado en el taller con mucha naturalidad. No lo niegues. Te he vigilado mientras te exponías. ¿Acaso eres una… criatura? Jamás permitiré que… ¡Esta es una casa respetable!

La muchacha quedó impávida. La mujer le alzó brutalmente el mentón.

—¿Has ganado dinero con…? ¡No me mientas!

Con la cara roja de desprecio, la mujer señalaba el bajo vientre de la muchacha. La referencia era tan grosera que María parpadeó, abrió la boca como un pez que se ahoga fuera del agua y, para terminar, rompió en sollozos. Entre una cascada de lágrimas incesantes consiguió pronunciar:

—Hace… hace solo una semana… mi padre… mi tía… yo tenía… Y ahora… ama Ana… me los han matado… mi padre… mi tía… degollado… Cuánto los quería… Yo nunca… nunca… Perdón, perdón, ama Ana… Yo nunca he… mi padre…

Cuanto más intentaba reprimir los sollozos que le sacudían el cuerpo, más aumentaban de intensidad.

Ana, desarmada, se enfadó aún más:

—¡Basta! ¡Basta! ¡Una esclava no debe afligirse! ¡Para! Esto no se hace…

El ama de llaves, incómoda, había esbozado un paso adelante y levantado el brazo como si quisiera golpearla, pero suavizó bruscamente el gesto, le acercó la mano a la frente, y si María no hubiera levantado la mirada en ese momento, quizá la hubiera llevado a su pelo en un movimiento involuntario de consuelo.

La joven percibió la chispa de piedad en la mirada del ama de llaves antes de que recuperara de nuevo su agria expresión.

—No quiero que llores más en esta casa o lo pagarás caro, ¿entendido? —ordenó con voz ronca—. Todas esas lágrimas y mocos son asquerosos. No te equivoques, niña, tendrás que acostumbrarte rápidamente a tu nuevo estado. Si fuera menester, te azotaría en cuanto te dejaras llevar por semejantes desenfrenos. Ahora vístete y baja. Te necesito.

María, desconcertada por el comportamiento de la mujer, asintió y se tragó las lágrimas.

—¡Diantre! ¡Cuando lloras, sueltas tantas lágrimas que parece que orines por los ojos! —se burló Ana desde la puerta.

María, horrorizada, se pasó un dedo por la mejilla húmeda y luego bajo la nariz. Ese reflejo estúpido arrancó un principio de sonrisa en la amargada criada.

—¿Cómo puedes ser tan mema? —murmuró.

Su mirada se encontró con la de la joven y abandonó precipitadamente la habitación, apretando las mandíbulas, esforzándose por conservar la seriedad ante la esclava, pero a media escalera acabó por soltar un extraño sonido.

Esa risa desconcertó a María: demasiado joven, demasiado vivaracha, totalmente opuesta a la fealdad del personaje. Con el oído lleno de la alegría de esa risa, la joven no sabía qué pensar, la contrariaba esa disonancia: una persona tan poco agraciada ¿no debía tener una risa acorde?

«Sin duda esa cabra vieja tiene razón —se dijo emergiendo de la bruma de pesar que le envolvía la cabeza y el cuerpo—. Eres tan boba y lloras con tanta facilidad que debes de tener un lago de orín en lugar de cerebro.»

Y lentamente una mueca de enfado se adueñó de sus labios, se transformó en una risa loca y finalmente rompió en llanto.

Las primeras semanas al servicio de esa curiosa pareja pasaron con menos dificultad de la temida. Aunque el ama Ana recurría a menudo a la amenaza de corregirla, jamás le levantó la mano. María aprendió a prever enseguida los días buenos y los malos de la criada-señora.

Los días malos, los más frecuentes, correspondían al día siguiente de las salidas nocturnas del pintor, cuando este llegaba a casa al alba. Ana tenía entonces un humor de perros y a veces lo manifestaba con violentos ataques de cólera contra María al menor pretexto: una habitación que le parecía mal barrida, una sopa insípida, una mirada extrañada que a ella le parecía de una insolencia insoportable... Entonces abrumaba a la muchacha con invectivas sobre la pereza de su pueblo de infieles y sobre la perversidad de su religión escondida. Esos días, el ama Ana, con una cara a medio camino entre el hurón y el mico, parecía aún más fea, si eso era posible; y esos días el odio carcomía el corazón de María.

Los días «buenos» empezaban a mitad de la noche con el chirrido furtivo de una puerta abierta —la de la habitación de Ana—, el crujido de la escalera bajo el peso de la mujer, un segundo chirrido —el de la puerta de la habitación de don Miguel—, y unos susurros, a veces como estallidos de una pelea ahogada, por lo general seguidos de ruidos confusos por retozos aderezados con grititos semejantes a los de un ratón.

Escondida tras la puerta entreabierta, María no resistía la tentación de espiar a su dueña avanzando torpemente en la oscuridad, los brazos cargados con sendas botellas de vino y un plato de comida. Impaciente por la emoción, la mujer solía chocar con la misma esquina de un mueble y maldecía entre dientes. A continuación, llamaba a la puerta de don Miguel, primero con suavidad. Si tardaba en abrir, porque simulaba estar dormido, ella insistía y terminaba amenazándole, mezclando súplicas y chantajes sobre sus deudas. La adolescente comprendió pronto que el pintor accedía reticente a las «solicitudes» agobiantes del ama y que solo después de haberse emborrachado copiosamente se resignaba a su deber casi conyugal. María intentaba volver a dormir, incómoda por la sordidez que imaginaba en el apareamiento carnal de esos dos seres.

Durante parte del día siguiente, Ana mostraba una alegría contenida, su cara reflejaba una especie de beatitud incomprensible a los ojos de María, pues había tenido que pagar su placer con humillación, súplicas y tintorro. Su cara parecía clamar contra toda lógica: «Hoy ha sido distinto, don Miguel ha sentido algo por mí a pesar de que se empeñe en ocultarlo. ¡Cualquier día me pedirá que me case con él!».

Cuando estaba de buen humor, el ama de llaves parecía morirse de ganas de confiarse a su joven esclava, pero no sabiendo cómo hacerlo, la obsequiaba con una amabilidad inesperada, la liberaba de alguna tarea y le ofrecía alguna moneda para que se comprase fruta o dulces. María corría entonces hacia la plaza de la catedral, encantada con su suerte y una pizca disgustada por el olor a esperma que emanaba el cuerpo de ama Ana, que le recordaba demasiado la porquería con la que la cubría Bartolomé: «Ve a lavarte, sucia babosa, y aprovecha para purgarte las ideas, necia. Si hubieras tenido la suerte de conocer a mi tía, te habría abierto los ojos: ¡ese depravado de don Miguel jamás te tomará por esposa!».

La alegría de ama Ana disminuía a medida que avanzaba la mañana y se esfumaba cuando el pintor se despertaba, hacia el mediodía. Con muy mal humor y los ojos rojos por la cogorza nocturna, decía que se iba a tomar el aire. Por la tarde el ama se abandonaba a una melancolía cada vez más amarga. Cuando la oscuridad volvía no había duda de que don Miguel se había quedado en alguno de los burdeles que frecuentaba. Rígida por la amargura, la mujer se sumergía en una larga oración ante el crucifijo. Con un gesto de la cabeza obligaba a María a imitarla:

—Aunque no creas en Nuestro Señor Jesucristo, de eso estoy segura, reza. La fe te vendrá con la costumbre. De todas formas, seguro que tienes algo de lo que arrepentirte. Todos nos arrepentimos de algo.

Las horas de exposición continuaban siendo pesadas y, sobre todo, muy incómodas. Pero podían pasar varios días sin que don Miguel ordenara a María que posara. Debido a la presión de doña Ana, tuvo que resignarse a que llevara los vestidos de sus hijas. El ama de llaves juró a gritos que no malgastaría ni un maravedí oxidado en una esclava cuando en la casa había un baúl repleto de vestidos para una chica de su edad. En realidad, doña Ana maquinó que vestir a la esclava con la ropa de las gemelas protegería a la recién llegada de la concupiscencia del pintor: el recuerdo de las difuntas, reavivado por la presencia de la modelo, conferiría a los ardores del padre un carácter incestuoso y disuasivo.

Al día siguiente de la primera sesión como modelo, María oyó que doña Ana amenazaba a don Miguel con expulsarle de la casa si se permitía «ciertas cosas» con la esclava. Borracha de celos, había jurado que preferiría renunciar a él antes que descubrir que había usado el dinero que ella le había adelantado para mantener a una meretriz a domicilio.

—No toques jamás a esa criatura, ni siquiera con la yema de los dedos, ni siquiera con el pretexto de la pintura, o juro por la Santa Madre de Dios que no volverás a poner los pies en esta casa.

María estuvo a punto de dejar caer el cubo con la colada que llevaba en los brazos cuando el ama irrumpió en la cocina y la agarró con violencia por el hombro.

—Escucha bien, desvergonzada: cuando él te pida que te desnudes en el taller, quiero que te pongas la mano ahí. —Puso la mano sobre el propio pubis y, con los ojos casi cerrados por la furia, sacudió a la muchacha—. Como si fueras una cristiana honesta, ¿lo has entendido? ¡Y no te menees delante de él! ¿Has oído hablar de la Mancebía, el barrio de las putas de Sevilla? Pues bien, como te falte el pudor, morisca, ese mismo día serás vendida como diversión para los soldados. ¿Que nuestro gran maestro quiere pintar su gran cuadro? ¡Pues que lo pinte, pero sin deshonrar esta casa! Además, si sucediera algo, os denunciaría sin dudarlo al Santo Oficio. No creo que pareciera bien que un cristiano de esta ciudad pinte a frescas como tú que exhiben sus vergüenzas sin pudor.

María supo enseguida cómo distinguir a los dos don Miguel. El primero, concupiscente, ocioso, juerguista y mantenido, la miraba desnudarse con los ojos medio cerrados y una torva sonrisa sucia. Evitaba tocarla porque la desconfiada doña Ana jamás andaba lejos, pero la mirada perversa del sevillano revelaba que hacía bien en no alejarse. El segundo, el pintor dedicado a su trabajo, sustituía al vejete libertino en cuanto se hacía con un carboncillo o un pincel.

Si los días de exposición eran agotadores para María, también lo eran para el segundo don Miguel. Empezaban al alba y podían acabar por la noche, muy tarde, a la luz de un farol con espejos reflectores. Tras una sesión, María no regresaba al taller en dos o tres días, tiempo que don Miguel dedicaba a estudiar con una especie de frenesí su nueva colección de croquis y esbozos sobre papel, pergamino o madera.

Su desconfianza le obligaba a cerrar con llave las puertas de la casa y del taller antes de iniciar una sesión. Hacía mostrarse a María desnuda o vestida, tocada o descubierta, buscando como a tientas algo que no llegaba a definirse. Le pedía que adoptara un aire meditativo, cambiaba de opinión una hora después y le exigía, en tono preocupado, una postura lasciva o de oración.

—¿Eso es… la sonrisa…? No, no es eso… Pero ¿por qué nunca doy con ello? Dios mío, ayúdame. Su virginidad tiene que verse, lo sabes, ¿o acaso no quieres? Tu mano no ampara la mía, te niegas... ¿Estás celoso? ¿Eres enemigo de mi pintura? Entonces, ¿por qué has favorecido a los demás, a esos bastardos italianos, vanidosos y sodomitas?

María vivía con auténtica desesperación esos soliloquios blasfemos. En esos momentos, muerta de curiosidad, hubiera dado algo para que él le contara la naturaleza de su fracaso. A pesar de la prohibición formal del maestro, había conseguido echar alguna ojeada a los numerosos dibujos. A fuerza de insistir, don Miguel había conseguido una perfecta maestría de la geografía de su cuerpo y su cara. Para cerciorarse, María se miraba largamente en el único espejo de la casa. Mortificada, se resignaba a admitir que algunos esbozos rápidos incluso podían ser, de una forma que ella no se explicaba, más «parecidos» que su propio reflejo.

—Este hijo de perra es un mago —murmuró santiguándose, antes de corregirse el gesto por la invocación de la unicidad del otro Dios, el de su tía y su padre.

Pero lo que la hacía sentirse realmente incómoda y le provocaba un temor supersticioso eran esas insólitas expresiones con las que adornaba su cara en los esbozos, sobre todo en los más recientes, donde aparecía desnuda, con el sexo dibujado con una precisión de lo más chocante, en posturas de devoción inesperadas, de rodillas, con la cabeza alzada, ¡como si clamara al cielo!

No, la muchacha no reconocía como suya ni esa (¡no había otras palabras!) «lubricidad» grave en la mirada, ni esa arruga de éxtasis en las comisuras de los labios, ni mucho menos esa expresión de oración exaltada que a veces sucedía a una tristeza resignada que le helaba el corazón. Se diría que el pintor la había obligado a sentir, a su pesar, el deleite de la obra carnal, y luego a arrepentirse de inmediato como de una fechoría peor aún que todo lo que le había pasado hasta ese día. ¿Cómo podía ella haber expresado semejante turbación, ella que solo conocía de ese acto la bestialidad de Bartolomé o el deseo depravado —que le hacía vomitar de asco la cena— del pintor cuando no dibujaba?

«¿Soy realmente así? ¿Ve en mi rostro tan innobles movimientos del alma, o lo corrompe plasmando en él su experiencia de los placeres vividos con mujeres de mala vida? ¿Mostraré un día la misma expresión que esa... esa...?» («Que tú, jovencita, que tú, ya lo ves, a menos que no tengas ojos en las cuencas», le coreaba la voz de su tía desde el fondo de su cabeza).

Uno de los esbozos la incomodaba más que los demás: la joven (ella) aparecía representada ligeramente de perfil, con las manos unidas en cáliz, dirigiéndose a Dios mientras contempla a un invisible auditorio. La parte de arriba del cuerpo aparecía cubierta con un vestido oscuro, pero una mano enorme suspendida en el aire levantaba la parte baja del vestido hasta la cintura, dejando a la vista el trasero de la mujer y el surco entre las dos nalgas. Esta parte del cuerpo estaba dibujada con gran minuciosidad y permitía adivinar, si uno se inclinaba lo suficiente sobre el papel, la mata de vello, ausente sin embargo en la modelo, que el dibujante había añadido en la entrepierna. Una cruz y un altar dibujados con urgencia quedaban en segundo plano. El violento contraste entre la cara purificada por el fervor devoto y la redondez perfecta del trasero, ostentosamente ofrecido a la concupiscencia del hombre invisible que levantaba el vestido, le resultaba insoportable: parecía al mismo tiempo una imagen piadosa y el principio de una violación.

—¡No, don Cerdo, don Excremento, don Rata apestosa! —proclamó en algarabía—. Vete al infierno, al nuestro o al vuestro. ¡Vete a los dos, por una vez se pondrán de acuerdo para grabar tu propia esfinge con dos horcas de fuego plantadas en tu fétido culo!

Sentía náuseas, era incapaz de librarse de la sensación de deshonra que le inspiraba la contemplación de esos dibujos y de la sorpresa de que unos simples trazos sobre una hoja le suscitaran semejante desazón.

—Un mago, sí, ¡pero de la indecencia!

Intentó tapar el dibujo con las manos. Tenía la garganta seca de pánico y la mirada fija en la de la chica del dibujo, tan recogida y, sin embargo, tan obscena.

«¡Yo no soy como ella! Tuve una madre, tuve un padre, y los quería. Y ellos también; fuera cual fuese el nombre que me dieron, me amaban —protestó para sí—. No soy esa ramera, no soy esa chica de mala vida, ¡eso está claro!»

7

María era una esclava, pero todas las mañanas, cuando se despertaba y vaciaba por la ventana el orinal, durante un instante brevísimo, pero terrible, tomaba conciencia de ello. En una serie de etapas cada vez más dolorosas, su conciencia pasaba de la incredulidad al abatimiento. ¿Cómo era posible que perteneciera a alguien, como un caballo, una vaca o una silla? Pertenecer a alguien que tenía derecho a azotarla, venderla, abusar de ella, matarla, si esa era su voluntad...

Había pertenecido a su padre y a su tía, sí, pero en un sentido mucho más humano que, en el fondo, hacía de ella la auténtica propietaria de sus corazones, y eso con un coste infinito: hubieran sacrificado sus propias vidas sin sombra de duda para sacarla de su actual condición.

Se le cerró la garganta: sí, en efecto, habían sacrificado sus vidas, pero no habían conseguido evitarle la esclavitud... Y la pena, con el recuerdo de la muerte de aquellos a quienes tanto había amado, se lanzaba sobre ella como un halcón sobre una musaraña asustada, hundía las garras en sus pulmones hasta que no podía respirar y se hacía un ovillo sobre la cama para no gritar de desesperación. Era como si la rapaz agujereara su pecho con tantos agujeros como asesinatos había habido entre su gente, y como si la tarea de ese guardián del tormento fuera ampliar día tras día esos orificios de dolor para que la muchacha no olvidara jamás la enorme pérdida que había sufrido.

Lo más difícil era no estallar en sollozos. Ama Ana adivinaba de inmediato si la muchacha había llorado, lo que tenía el don de enfurecerla. Afirmaba que una criada y, más aún una esclava, no debía infligir a sus dueños el lamentable espectáculo de sus desórdenes internos.

Desde la primera noche en la casa del pintor, María soñaba con que se fugaba. Eran sueños deliciosos que pagaba con una cascada de amargura al despertar, pero eran tan necesarios que María terminó por aceptar el precio. Justo antes de dormirse, los provocaba evocando canciones que su tía le había enseñado. Llegó incluso a ser capaz de crear ese estado de ensoñación durante el día con solo cerrar los ojos y repetirse, hasta que le entraba la modorra, que dormía.

La muchacha, maravillada, se encontraba ante el viejo portalón de la residencia de sus dueños, y este, al contrario de lo que ocurría en realidad, se abría sin que los goznes chirriaran. Después, a lomos de un caballo aparecido como por arte de magia, huía al galope hacia Sevilla (ella, que no había montado a caballo en su vida), cruzaba el Guadalquivir y, sin perderse, atravesaba sierras desconocidas con la desenvoltura cómplice de los sueños. Rápidamente llegaba a sus queridas montañas de las Alpujarras y estrenaba una mañana de primavera, ni demasiado fría, ni demasiado calurosa, con su padre y su tía, charlando alegremente con el uno o abrazando con ternura al otro. En ese sueño estaba desnuda, pues se negaba a ponerse los vestidos de las hijas del pintor, pero nadie parecía sorprenderse. Sin embargo, tampoco en el sueño se dejaba engañar: el centro de su visión se coloreaba con una extraña luz de advertencia: «Hijita, no tardarán en llegar los...». Cuando sentía que se acercaba el final del sueño, un pánico denso y pegajoso se apoderaba de ella. Cuánto le hubiera gustado avisar a esos dos seres del peligro que les acechaba, de la llegada de esos monstruos que pronto les devorarían. Sin embargo, solo conseguía devolverles la sonrisa que ellos le ofrecían con insistencia. Su tía le ponía una mano en el hombro y le confesaba con una paciencia rara en ella: «Cálmate, hija de mi hermana, sabemos lo que quieres decirnos; a fuerza de esperarte hemos aprendido que ellos no tardarán en llegar… No es momento para la pena, mi Aisha adorada, no permitiremos que estropeen tu sueño… Una última sonrisa y vete, vete rápido, estrella de mi corazón. Nosotros nos hemos acostumbrado a lo que va a suceder, tú no…».

Y Aisha-María se despertaba sobresaltada, con el corazón en un puño y un suspiro de felicidad. El sueño había sido tan real, tan palpable… Su padre y su tía, mientras soñaba, no eran cadáveres podridos, sino seres vivos. Hubiera dado cualquier cosa por refugiarse para siempre en ese espantoso y magnífico sueño de la evasión.

Un día, doña Ana, que convertía su permanente desconfianza en intuición, la reprendió con más violencia que de costumbre. El ama volvía del mercado, donde había comprado anguilas.

—Tú, descarada, ¿qué significa esa cara de cementerio con la que nos obsequias mañana y noche? ¿En qué piensas en lugar de en trabajar? Siempre estás llorando. Ignoro qué maquinas en tu cabeza y qué imploras a tu pérfido Mahoma, pero sin duda no es demasiado honesto. Necesitas una buena lección. Sígueme, hoy en el mercado hay algo que te va a servir de lección.

Se dirigieron a la plaza de la catedral. Allí, en medio de la muchedumbre, se erguía un estrado donde un hombre golpeaba a otro con una especie de garrote. Otros cuatro hombres, con las manos atadas y, algunos, con pesadas cadenas en los pies, aguardaban su castigo.

—Es el día de la expiación de los malandrines. Los de hoy son malhechores de tres al cuatro —explicó como lamentándose—, solo habrá palo y látigo. Aun así, abre bien los ojos si no quieres terminar como ellos.

Los prisioneros llevaban un cartel atado al cuello. Doña Ana, aguzando la vista, hizo como si leyera antes de informarse discretamente entre los presentes.

—Ese ha robado a un tendero... y ese otro malandrín desplumó a sus padres. Hay que ver cuánto se roba en Sevilla... Y cuánto se mata. Pero no hemos venido para ver a estos canallas. Mira al fondo. Eso es lo que quería enseñarte. El hombre negro con las cadenas en los pies. Y el cartel... Es la segunda vez que intenta escapar... ¡Y ese hijo de Satán osó pegar a su amo!

De todo lo que sucedió a continuación, María solo conservó el recuerdo de los ojos aterrorizados del esclavo de piel oscura cuando, tras fustigarle, el verdugo le aplicó con cuidado una gruesa capa de manteca de cerdo sobre la espalda ensangrentada. El gesto le pareció extrañamente misericordioso, pues al esclavo negro no le habían dado más latigazos que a los otros condenados. Mientras duró su suplicio, el hombre, casi desnudo, mantuvo los ojos cerrados y no dejó escapar más que un sordo sonido de sufrimiento cuando el látigo le desgarraba la piel. El público, decepcionado por una reacción tan comedida, se dispersaba poco a poco. Cuando llegó el último golpe, María oyó que un espectador le decía con despecho al ama de llaves:

—Ya lo veis, estos simios son insensibles al dolor, ¿cómo podemos esperar que se arrepientan? Creedme, hay otros métodos...

Doña Ana lanzó entonces una extraña mirada, entre sarcástica y suspicaz, a la muchacha.

Un «¡Oh!» de interés se alzó de repente entre los asistentes. El verdugo había finalizado de ungir con grasa el cuerpo del negro y miraba alrededor, sin duda estaba a la espera de que le llevaran algo. Fue en ese momento cuando el esclavo, que había resistido con tanto coraje a los cincuenta latigazos, empezó a gritar con todas sus fuerzas sin que María pudiera imaginar la razón.

Abrió unos ojos llenos de terror infantil a pesar de que ya tenía las sienes plateadas. Sus pupilas negras, inmensas, bañadas en el blanco de sus ojos («leche veteada de sangre», pensó la muchacha) erraron por la primera línea de espectadores, cruzaron los ojos de María y decidieron anclarse a ellos.

«Pero ¿por qué gimes ahora? No me mires así, ¡no puedo hacer nada por ti! —le hubiera gustado gritarle—. ¿Qué más puedes temer? Lo peor ya ha pasado, ese animal incluso te ha curado.»

El público había regresado y un «¡Ah!» de impaciencia y gratitud acogió al ayudante del verdugo, que llegó con una antorcha encendida. El verdugo la cogió, la alzó solemnemente, se santiguó y, con un golpe seco, aplicó la punta de la antorcha en la espalda del negro, a quien cuatro custodios sujetaban de pies y manos para obligarle a que permaneciera de rodillas. El hombre aulló de dolor mientras su espalda estallaba en llamas. Gritaba hasta que le faltaba el aliento, entonces tosía y escupía, y volvía a su insoportable bramido.

María cerró los ojos por piedad; estaba a punto de vomitar.

—Abre bien los ojos y los oídos —la sacudió con rudeza doña Ana—, no te pierdas ni un segundo del espectáculo de expiación. Y si alguna vez se te pasa por la cabeza la idea de escapar, aléjala de ti cuanto puedas, como si te la insuflara tu peor enemiga. Porque, créeme, María, si te escapas, te castigaremos así y así terminará tu huida. Y si no sucumbes a las quemaduras, lo que quede de ti no será demasiado agradable.

Ante la brusca palidez de la muchacha y el temblor de sus labios, suavizó su discurso.

—No te arriesgues, pequeña morisca, ninguno de nosotros querría llegar a ese punto.

Pasó un verano y le siguió un invierno. María aprendió a mentir sin remordimientos, a robar comida, a sisar alguna moneda mintiendo sobre el precio del material que don Miguel le mandaba a comprar al boticario, a beber a escondidas uno o dos vasos de vino los días en que se sentía muy abatida; a simular que trabajaba mucho cuando la mirada de doña Ana o del pintor se posaban en ella, a ahorrar fuerzas cuando era posible, a escupir en la escudilla de caldo de aquel de sus dos dueños que ese día la había ofendido más que de costumbre... En fin, todas esas sórdidas artimañas de desquite que cualquier esclavo debe saber aplicar si quiere sobrevivir largo tiempo bajo el yugo y conservar a pesar de todo una brizna de estima por su propia persona.

Los negocios de don Miguel parecían haberse reanimado. Le habían llegado algunos pedidos de burgueses y mercaderes de la ciudad: libros de horas para iluminar, retratos de familia, la boda de un rico hidalgo... Una decena de gentilhombres que partían al Nuevo Mundo le pagaron generosamente una escena de una comida alrededor de una mesa donde cada uno de ellos aparecía, gracias a una contorsión bastante conseguida de sus cuerpos, mirando al frente, hacia el espectador. Hasta el tribunal de la ciudad se acordó de repente de él y le encargó (a cambio de honorarios bastante magros, es cierto) que ejecutara una serie de «pinturas de infamia», esto es, representaciones lo más impresionantes posibles de malhechores condenados a ser colgados por los pies.

Pero esta actividad era modesta respecto a los gastos que suponía la renovación de su lugar de trabajo. A don Miguel se le había metido en la cabeza tener un taller a la medida de la Obra Maestra que pretendía pintar. Se cambiaron los muebles y cajas llenas de útiles, pergaminos, lienzos, botes de pigmentos costosísimos empezaron a llenar las estanterías. Doña Ana protestaba furiosa cada vez que aparecía un proveedor, pero don Miguel acababa convenciéndola mezclando amenazas de marcharse a Roma, donde valorarían su profesionalidad, con vagas promesas de futuros desposorios y «visitas» prolongadas hasta el alba a la habitación del ama de llaves. A partir de entonces, mientras duró el costoso embellecimiento del taller, fue él quien avanzó a tientas por la oscuridad y se golpeó con las esquinas de los muebles del largo pasillo que llevaba a la habitación del ama.

«Hoy estás pagando los pergaminos de cabra, cretino... Pero todavía quedan pendientes los caballetes y el oropimente... Y también las telas de lino, que seguro que te han costado más caro de lo previsto», se burlaba María viendo la sombría figura agotada del pintor al salir de esas noches de «trabajo».

Con cara de suave docilidad, la muchacha apreciaba esas minúsculas revanchas del destino. El pintor no tenía cura. Febril, cada día más exaltado, no dejaba de incomodar a la modelo:

—Nos acercamos al objetivo, bonita hereje. Gracias a mi pintura, dentro de cinco o seis meses sentirás la mayor felicidad que una mujer cristiana pueda imaginar. Nunca podrás agradecérmelo lo suficiente, ya lo verás.

Vestido con una ridícula camisa llena de pintura y con el cabello desordenado, se acercaba a ella, le acariciaba el nacimiento del cuello y le preguntaba en voz baja con sorda inquietud:

—Júrame que eres... que jamás has conocido..., en fin, ¡que eres virgen! ¡Es vital para mi trabajo! Ten cuidado, María, porque sería una catástrofe. No dejes que te estropee el primer criado que llegue..., eres tan hermosa como un pensamiento de Dios.

Y con el corazón helado, ella pensaba: «¡Y tú tan repulsivo como una divagación de Belcebú!», mientras de su boca salía la promesa de que jamás había conocido a un hombre. Sin embargo, su pérfida voz interior le decía: «¿Y el palo de carne que Bartolomé frotaba contra tus nalgas era casto?». María palidecía de inquietud, sabía que si don Miguel no creía en su juramento, era capaz de cumplir su amenaza: ¡librarse de ella pero antes mancillarla! La contemplaba con aire desconfiado, murmuraba que había comprado su castidad por contrato y a un alto precio y que si descubría que ella le había mentido, y por tanto le había robado, lo lamentaría amargamente. Luego, en cuanto se convencía de su sinceridad, mostraba una especie de gratitud alegre. Entonces regresaba a la pintura o, cada vez más a menudo, a la lectura de las innumerables obras teológicas que acababa de adquirir.

Maldiciéndole en su fuero interno, María, aliviada, seguía moliendo cinabrio en la piedra de pórfiro o amasando en un barro arcilloso colas de ardilla destinadas a la fabricación de pinceles. Le gustaban las nuevas tareas que el pintor le había confiado. Este se había lamentado amargamente de no disponer de un aprendiz que le descargara de esas necesidades triviales del taller. Pero doña Ana había puesto de nuevo el grito en el cielo ante la idea de pagar a otra persona. A cambio, designó a María con aire vengativo:

—¿Y por qué no ella? Eso le supondrá un cambio de las posturas impúdicas que le impones. Si es capaz de preparar bien la sopa y la salsa de pollo, también sabrá preparar tus pastas de colores.

—Pero es mujer, mezclará los colores…, todo el mundo lo sabe. Además, no tiene ninguna experiencia sobre los usos de este oficio.

—¡Pues enséñale!

A su pesar, le enseñó. Al principio, no gran cosa, básicamente los trabajos pesados que no exigían demasiada habilidad, como preparar el ocre con una piedra rojiza llamada ancorca o el verde con una tierra mezclada con cal, encolar una tela con yeso fino o preparar papel de calco untando con aceite de lino papel chifón, etc. Esta actividad, más compleja a medida que los prejuicios del pintor se difuminaban, resultaba como un bálsamo para el alma herida de la joven morisca. A fuerza de experiencias dolorosas, la hija del ebanista había descubierto una verdad tan pesada como una roca depositada en su pecho: un esclavo debe saber dominar la pena y el sentimiento de humillación con mano de hierro para impedir que le devore sin tregua el cuerpo y el alma, pues en caso contrario no le queda más que tumbarse en un foso y dejarse morir.

María había pensado varias veces en este último extremo. A veces soñaba con ello como si se tratara de algo realmente suave y fácil: dejarse arrastrar por el agua del Guadalquivir o subir hasta el último piso del minarete, convertido en torre de la Giralda, y saltar al vacío. Como hizo su madre, que no dudó en elegir el barranco antes que el deshonor.

Una mañana, cuando toda Sevilla se entregaba a los preparativos de las fiestas de Semana Santa, la muchacha se despertó más atormentada que nunca, como si le hubieran vertido un tonel de alquitrán sobre el alma. Ya no era esa desesperación que la invadía regularmente y que ella «curaba» a base de lágrimas y sueños en los que se embriagaba con imágenes del pasado; había tomado conciencia, a través de la razón, del carácter absoluto y definitivo de su condición: al igual que miles de esclavos de las provincias de los reinos de España, jamás volvería a saborear las cosas sencillas —deliciosas cuando te faltaban— que permitía la libertad: ir más o menos a donde ella quisiera, amar a quien decidiera, rechazar a quien no le gustara, trabajar para sí misma, permitirse algún capricho, participar en las fiestas, reír...

Y precisamente llegó hasta ella la risa de quienes iban a salir en procesión. Orgullosos de que los hubieran elegido para transportar los enormes pasos esculpidos de las estaciones de la Pasión de Cristo, se entrenaban muy temprano, esa mañana, en el trayecto que conducía desde la residencia del pintor hasta la catedral. Riendo a carcajadas, cargaban sacos en las angarillas. Uno de ellos había abierto un saco y rociaba con arena a sus compañeros.

María se dirigió al taller, abrió las ventanas y ordenó el cofrecillo lleno a rebosar de plumas de ave. Los alegres estallidos de las voces seguían llegando desde la calle. El día se anunciaba perfecto: luminoso y con un perfume de capullos en flor impacientes por abrirse y la promesa de una agitación humana llena de las preocupaciones y las alegrías de la vida cotidiana.

Pero, evidentemente, María no formaba parte de esa perfección.

Era una esclava.

Con el cuerpo entumecido y sintiéndose ligeramente mareada, se untó las manos con aceite, cogió la cubeta donde reposaba la pasta que había preparado amasando durante dos días resina de pino, masilla, cera y polvo de lapislázuli. El nudo en la garganta crecía hasta casi impedirle respirar y al mismo tiempo tenía la extraña impresión de que un cuchillo se le hundía lentamente en el cuello para ampliar mortalmente la abertura de la garganta.

Cogió la bola del fondo de la cubeta. Don Miguel había insistido en que trabajara la pasta durante buena parte de la mañana antes de empezar a extraer el azul ultramar.

Su vocecilla interior, a la que detestaba, le habló con divertido desprecio: «No vale la pena que tosas ni llores, niña. Una esclava sufre y calla. Será así todos los días, hasta tu último aliento. Recuérdalo: no te queda nadie en la tierra, nadie te querrá tanto para comprar tu libertad. Te tratarán toda tu vida como a un borrico».

Su pérfida y sucia voz añadió: «Pero un borrico tiene más suerte que tú. No tiene cerebro, y nadie intentaría atentar contra el tesoro impúdico que sin embargo exhibe visiblemente bajo la cola, ni lo vendería a una casa de rufianes. Pensar que tu tía decía que descendías de una familia de califas... Sí, ¡califas garañones buenos para la monta!».

María bajó la cabeza; sentía el cuchillo invisible hundirse en lo más profundo de su cuello. Se le ocurrió que si se tumbaba en el suelo, dejaría de respirar antes de que acabara el día.

«No, sabes perfectamente que no tendrás esa suerte… Los cobardes son duros, la muerte se divierte con ellos como un gato con un ratón, no tiene prisa en poner fin a su tormento. La muerte no concede este tipo de gracia, solo te dejará morir cuando ya no desees pasar a la otra vida. En cambio, tu madre…»

—Sí, mi madre, la heroína… —murmuró María.

Una violenta bocanada de odio le quemó los pulmones. «Te odio. ¿Por qué nos abandonaste?», pensó: Cerró los ojos, horrorizada, y se corrigió: «Perdóname, madre, perdóname. No es verdad. No es en absoluto verdad», aunque el sabor de hiel que sintió en los labios le reveló que sí lo era un poco.

Suspiró. ¿Qué le quedaría si hasta los recuerdos más queridos se agriaban con la esclavitud?

Colocó la pasta en un cuenco de barro, vertió un poco de agua tibia y volvió a amasar la bola, esta vez utilizando dos palos de madera. Poco después la bola se había vuelto de un azul suntuoso.

Contempló fascinada el colorido que según don Miguel superaba a todos los demás y cuya única tinta digna de su cercanía era la del oro.

Pero la tarea aún no había concluido. Era menester tres días más de trabajo para separar por distintas decantaciones el pigmento del papel y permitir así que el pincel pudiera disfrutar sobre un lienzo.

«El color es el alma de la piedra», dijo don Miguel.

«Y la piedra es más fiel al recuerdo de su belleza que ninguna de nuestras almas…», masculló la muchacha asomada a la batea.

Permaneció inmóvil un momento. Luego el pecho se le llenó de emoción.

«Vosotros a los que tanto amo, vosotros que sois más hermosos que el más hermoso de los colores. Padre, madre, tía…

que estáis en el corazón de mi corazón… Que me lancen a los perros, que me devoren viva si algún día os dejara de amar. Un día…»

Se mordisqueó el labio inferior, incapaz de continuar, antes de terminar la frase con un hilo de voz ahogado: «Un día os vengaré. Os lo juro».

8

En los últimos días de la primavera un viejo amigo del pintor llamó a la puerta. Poco imaginaba María que ese día el azar, ese bribón que se aliaba a menudo con su comparsa la muerte, aprovecharía para apretar algo más la soga que marcaba su destino.

El hombre venía de Madrid con un vago encargo de un mueble para decorar. Su hija mayor se casaba pronto y la dote incluía un gran baúl de vestidos que deseaba embellecer con una ilustración mitológica.

El visitante, de andares torpes y pesados, se presentó a media tarde. Como María había posado ya por la mañana, no había ninguna razón para volver a ver al pintor. Por ello, doña Ana le había ordenado que llevara a la modista un vestido para retocar. Era una tarea a la que María se entregaba con gusto: para la joven esclava, Sevilla, al igual que Babilonia o Nínive para quienes las despreciaban, era sin duda una prisión, pero una prisión que no tenía igual. Rodeada de cementerios, campos, montañas de basura y calvarios, la ciudad cobijaba en su interior magníficos palacios, mercaderes procedentes de los cuatro rincones de Europa, mendigos y esclavos de todos los colores, bandidos e hidalgos arruinados, tripulaciones engalanadas, procesiones de monjes y monjas de impresionante fervor y vanidad, prostitutas que llamaban desvergonzadas lo mismo a un cura con sotana que a soldados en espera de embarcarse en una nueva guerra o hacia las Indias. El oro, procedente del Nuevo Mundo y conseguido a costa de la sangre de los indígenas, surcaba el océano en flotas de barcos conducidas por hombres aventureros hasta arribar al puerto castellano, donde se descargaba por quintales. Aquel oro que ennegrecía las almas entraba rápidamente en circulación a través de los bancos, las casas de juego, los comercios y los lupanares regentados por particulares gracias al permiso municipal o de la Iglesia. Su presencia despertó mucha codicia, pero solo los más ladinos satisficieron sus ansias; gracias a los esfuerzos de los prestamistas extranjeros, el oro pronto se esfumó hacia los países del norte, como no dejaban de lamentar don Miguel y su amante-criada, que por una vez estaban de acuerdo.

Para una esclava acostumbrada a las cuatro paredes de la casa, el mero trayecto hasta el barrio de los artesanos castellanos constituía ya de por sí un paseo lleno de atractivos. Pero el barrio en sí mismo, la opulenta alcaicería protegida con sus propias puertas y guardianes, repleta de comercios y talleres, era un auténtico hechizo. Había estado allí en otra ocasión, cuando doña Ana la acompañó por primera vez a casa de la modista para tomarle medidas, pero la esclava, deslumbrada por la riqueza de las vitrinas de los orfebres y los vendedores de seda, se quedó con hambre de más. Aquel día la modista no quiso bajar el precio y el ama de llaves tuvo que desandar el camino, no sin hacerle pagar a la esclava su despecho:

—Más deprisa, más deprisa. Y agacha la cabeza, tunanta. No hay que mirar a los ojos a las gentes de bien.

La muchacha se había jurado volver a la alcaicería, y se reafirmó en su decisión cuando descubrió, gracias a una conversación oída al vuelo, que la morería, el barrio de los musulmanes conversos, no estaba lejos. Los moriscos de Sevilla habían sido acorralados, vigilados y despreciados, pero, por alguna razón que María no alcanzaba a descubrir, no habían sido reducidos a la esclavitud. La mera idea de introducirse por las callejuelas de ese barrio le aceleraba el corazón, aunque presentía que sus amos reaccionarían mal ante una escapada de ese tipo. Seguramente la interpretarían como un preparativo de algún delito o, peor aún, de una huida. Sin duda la azotarían, cosa que hasta ahora, a pesar de las amenazas, no habían hecho nunca —a excepción de dos o tres bofetadas de doña Ana y un par de golpes de don Miguel... nada importante—. Mientras su tía estaba en vida, nunca se contuvo de darle unos buenos azotes a su sobrina cuando creía que se los merecía.

Sin embargo, si conseguía penetrar en el reducto morisco, quizá obtendría noticias de sus pobres montañas... No se atrevía a sustituir «montañas» por «parientes», a pesar de que su familia, aunque originaria de Granada, tenía ramificaciones en toda Castilla si había que creer las habladurías de su tía. Además, tendría que andarse con tino para no caer en manos de algún soplón que trabajara para la Inquisición.

«¿Cómo podría reconocer a esos gusanos soplones?», se preguntó con inquietud.

Pero aquella conocida voz interior apareció de nuevo para abofetearla y conducir sus pensamientos por otros derroteros: «¿Gusanos? ¿Cómo te atreves a hablar de gusanos, necia? Hay palabras que deberías guardarte de utilizar. Tu tía y tu padre, si alguien se tomó la molestia de enterrarles, ellos sí que serán pasto de gusanos... A estas alturas ya deben de estar dando cuenta de ellos. Y si no son los gusanos, serán los zorros y las ratas de campo. Seguro que empezaron por la mejor parte: la cara, el tronco, lo que hay entre las piernas».

La última vez que la asaltó esa voz recurrente, María estaba ya en cama. Fuera, el sereno acababa de pasar haciendo sonar la carraca: «Duerman en paz, buenas gentes, duerman en paz».

El día no solo había sido largo y extenuante, sino que además doña Ana había tenido un humor de perros. María se disponía a dormir; conmocionada aún, contuvo el aliento y cerró los ojos... Sintió cómo el dolor se desplegaba en ella y hacía aflorar las lágrimas pero no lloró; sabía que de nada servía.

Y sin embargo, le hubiera gustado gritar.

María estaba a una veintena de pasos de la casa cuando la voz del azar —encarnada en esta ocasión en la voz agria e imperativa de doña Ana— la detuvo. La visita a la modista se dejaba para otra ocasión, informó con sequedad el ama de llaves a su disgustada esclava. Ahora tenían que ocuparse del visitante imprevisto de don Miguel, y asegurarse de que no les faltaban vino y dulces a los dos hombres, que aguardaban en el taller.

Si el azar fuera un ser vivo (y quizá lo sea bajo una forma que nos resulta inaccesible), aquel día habría sido un vagabundo andrajoso, de pelo y barba hirsutos, algo loco, que se habría reído a carcajadas ante el cambio de expresión de la bonita esclava. El hombre que se hallaba ahora allí sentado le había lanzado, justo antes de que el ama de llaves la llamara, la ordinaria propuesta de poseerla en plena calle como un macho cabrío posee a una cabra. María le había respondido con un gesto de desdén y un escupitajo.

Sirvió vino y tocinillos de cielo a don Miguel y a su invitado, un consignatario dedicado a reunir mercancías de todo tipo en los galeones que zarpaban hacia las Indias. El hombre, casi de la misma edad que el pintor, transpiraba bienestar a través de su bonito calzado y su jubón de brocado. Había depositado la capa, el sombrero y la espada en un caballete, y se acariciaba con aire satisfecho el lóbulo de la oreja. Apenas llenó las copas, María salió del taller con la cabeza gacha, pero pudo percibir cómo la mirada del desconocido la recorría de arriba abajo y que luego se posaba sobre su anfitrión, interrogativa. En el umbral María oyó parte de la respuesta:

—... morisca... la pagué caro... pintura...

Y de inmediato, el comentario admirativo del invitado.

—... buen negocio... bien hecho... ¿solo para pintar?... ¡Qué desperdicio!

Cuando don Miguel la llamó por segunda vez para llenarles las copas, hablaban de recuerdos de juventud. El recién llegado se vanagloriaba de haber participado en varias batallas contra los hugonotes.

—Esta mano que estás viendo también ha mandado al infierno a numerosos judíos y moros supuestamente conversos. Ahora estoy viejo y he echado barriga, pero si fuera necesario ponerse de nuevo en servicio para defender el Muy Santo Nombre...

Mientras María llenaba de nuevo las copas, el hombre le dedicó una leve sonrisa. Sin esperar a que ella se retirara, se lanzó a una arenga con una pronunciación algo alterada por el vino:

—Créeme, amigo, todos los herejes son iguales: embusteros hasta la muerte. Los judíos y los moros seguirán siendo judíos y moros aún cuando hagan semblante de lo contrario. Ya quisieran ellos... pero lo llevan en la sangre. Aunque vayan a la iglesia y repitan todos los avemarías que se les pidan, nada podrá purificarlos, pues en lugar de entrañas tienen un hígado en forma de sinagoga o de mezquita. ¡La Inquisición es demasiado indulgente con esos herejes! —E insistió, completamente indiferente a la presencia de la esclava—: Créeme, Miguel, habría que librarse de toda esta mala gente como de la sarna, tanto de la que dice haberse convertido como de la que no. Y lo mejor sería...

Y apoyó el dedo índice sobre la espada que descansaba a su derecha antes de proseguir.

—Se habla mucho de ello en Madrid. Los consejeros lo presionan, pero el rey aún tiene dudas. Los turcos amenazan nuestras costas y, en mi opinión, Su Majestad no tardará mucho en tomar una decisión...

El consignatario le guiñó un ojo con complicidad, a lo que el pintor respondió con una risa parecida a un cacareo:

—Compañero, no me arruines con tus maldiciones —protestó—. No quiero perder a mi morisca. Expulsa o destripa a otros como quieras, pero a esta, no. Me ha costado muy cara y estoy convencido de que es una buena cristiana.

A medio camino entre la irritación y la diversión, inquirió a María:

—Di, pequeña, ¿crees en nuestra Santa Madre Iglesia y en sus Santos Sacramentos?

La muchacha, con el rostro perlado de sudor, asintió con el mentón.

—¿Y maldecirías sin dudarlo al profeta de la falsa religión?

Dócil, con la jarrita de vino en la mano, María volvió a asentir.

—Bendito amigo, hasta se hartaría de comer hostias si fuera necesario —intervino sarcástico el invitado—. Y juraría sobre un montón de biblias cualquier cosa que le pidiéramos.

Con la cabeza gacha, María miró hacia el visitante. La cara que emergía de aquel cuello de encajes tenía la tranquila apariencia del asesino convencido de sus virtudes. La examinaba con una especie de repulsión, como si estuviera ante un animal dañino, en una actitud que no excluía la concupiscencia.

María ya había percibido esta especie de seguridad del asesino honrado en Bartolomé. Por miedo a verter la jarra de vino, tensó los antebrazos; tenía la piel de gallina. Bajando aún más la frente, pues el individuo la había sorprendido mirándolo, maldijo para sí: «Que tu culo se llene de lobanillos y que su pus te salga por la boca. Si supieras con qué ganas hundiría un cuchillo en el odre que tienes en lugar de vientre... Te cortaría las entrañas en tantos trocitos que... Oh, sí, yo te haría tragar tu sucia risa burlona y te...».

Asustada por todos los malos deseos que había invocado con semejante rabia, levantó repentinamente la cabeza y su mirada se topó de nuevo con los ojos sarcásticos del desconocido.

Estuvo a punto de implorar absurdamente: «Piedad, señor, no es cierto... no he querido...». Al cabo se contuvo, pero los nervios la traicionaron y derramó un poco de vino de la jarra. Con voz crispada, don Miguel la mandó a por más vino y jamón. Al salir del pasillo, se dio de bruces con doña Ana. Esta, rabiosa por haber sido descubierta espiando la conversación de los dos hombres, la empujó sin miramientos y la reprendió murmurando:

—Torpe, que no te vuelva a ver malgastar el vino.

María, que solo oía un zumbido dentro de los oídos, se encontró sin quererlo en la cocina, con las piernas temblando, la boca seca, aterrada por las dos revelaciones que acababa de descubrir: primero, que aún no había acabado el tiempo de asesinar a los suyos y, segundo, que era capaz de sentir una intensa felicidad ante la idea de matar a un ser humano que una hora antes le era absolutamente desconocido. Abrió apresuradamente un paquete y, lanzando un puñado de sal por encima de su hombro, farfulló:

—Sal, en nombre de las almas que proteges, ¡aleja de mí la abominación!

Casi sin aliento, presa de una extraña consternación, se dirigió hacia el taller con el vino y el plato de jamón.

Doña Ana había abandonado su posición tras la puerta. Al llegar al umbral, María se detuvo, sorprendida por las voces susurrantes. Avanzó y aguzó los oídos. Con una agitación mal disimulada, el invitado se preguntaba si el pintor había visitado el coño de la muchacha mora. Según le habían contado quienes lo habían probado, las muchachas de esa secta eran muy voluptuosas y su entrepierna, gracias a sus filtros, era dulce como la naranja y el melocotón mezclados.

—Quizá encuentran esas lujuriosas recetas en su detestable Corán... Cuentan que para esas criaturas el paraíso es un lugar de lujuria donde los elegidos fornican entre sí durante toda la eternidad. Confiesa tu buena suerte, compañero... ¡Desdeñar el trasero de aquellas a las que la cólera del Señor ha sometido a nuestros deseos es una falta contra Su voluntad! Nuestra cola, y que Dios me perdone por hablar así, tiene derecho a la felicidad, sobre todo si es católica, apostólica y romana.

El pintor se defendía riendo nerviosamente, negando con poco convencimiento, como si deseara que su amigo, a quien el vino había alegrado en demasía, no lo tomara muy en serio. María supuso que el miedo a ser espiado por su incómoda acreedora era lo que frenaba la fanfarronería de su amo.

María, harta de humillaciones, decidió entrar en el taller y se anunció con una tos. Visiblemente incómodo, don Miguel la interpeló con rudeza:

—¿Por qué has tardado tanto? Sírvenos el vino y déjanos solos, tenemos que hablar de cosas importantes. Cuando nos vayamos, ven a limpiar. Después, prepárame varias hojas de papel tintado y muele blanco de plomo, el equivalente a dos conchas de Santiago. Esta tarde tenemos que trabajar.

—Vaya, ¿así que la jovenzuela tiene más talentos que los innatos en los de su secta? —intervino el visitante—. ¿También pinta? Y pronto firmará contigo, imagino…

Don Miguel se encogió de hombros y con una mirada encendida intimó a María a marcharse. Desde que había traído la jarra de vino, la esclava se había quedado paralizada, escuchando.

—Ríete de mí, querido amigo, pero mientras no pueda pagar un sueldo a un aprendiz… Y es tan difícil encontrar a alguien leal, que no te deje por otro taller después de haberte desriñonado enseñándole el oficio.

Fue entonces cuando el azar le puso la zancadilla al destino de la muchacha.

—Has tenido suerte, viejo pintor, creo que puedo ayudarte. Pero, a cambio, pintarás graciosamente el baúl de vestidos de mi hija mayor. ¿Te interesa el trato? —concluyó con astucia el amigo del pintor.

Si el pintor no hubiera hablado durante la visita de su invitado de blanco de plomo y de hojas de papel tintado o, mejor dicho, si ese invitado no hubiera venido aquel día para encargarle la ilustración de un baúl de casada, quizá el amor —y la desgracia que conllevaría— no se hubiera manifestado con tanta crueldad en la vida de María.

Pero la vida es así. La boca del pintor mencionó hojas de papel y la codicia del consignatario se encargó del resto.

Y ni el mismo Dios hubiera podido cambiar lo que María sufriría después por la conjunción de esas dos nimias circunstancias. Porque incluso el Todopoderoso, a pesar de las fanfarronadas de los que aseguran conocerle, no tiene poder para detener el despiadado encadenamiento de los acontecimientos.

Así fue como Lorenzo entró en la vida de la hija del ebanista, diez días más tarde, una mañana del año 1577 después de la resurrección del denominado Jesús hijo de José.

Al principio le resultó indiferente… es decir, le pareció profundamente desagradable. Ese día estaba posando desnuda en el taller. La corroían unas ganas irrefrenables de rascarse la espalda, pero no lo hacía porque don Miguel le había exigido inmovilidad absoluta para que él pudiera tomar nota de ciertas torsiones de los músculos de sus brazos.

Alguien llamó al picaporte de la casa. Se oyó a doña Ana saludar al recién llegado. Cuando entró en el taller, María apenas tuvo tiempo de coger la ropa que había dejado sobre un sillón para cubrirse. El muchacho, con el sombrero en una mano y la bolsa en otra, hizo como si no hubiera visto a la muchacha que, pálida de rabia, aplastaba el vestido contra su cuerpo para taparse. Pero con el rabillo del ojo el chico pudo percibir un trozo de pierna impúdicamente descubierta. Sus orejas, escarlatas hasta el punto que parecían incendiadas, eran una buena muestra de su contrariedad. El pintor se enojó por haber sido molestado en pleno trabajo y se dirigió al chico farfullando palabras incomprensibles. Agitando una punta de plomo bajo la nariz del recién llegado, lo examinó levantando las cejas y esbozó una mueca. Le preguntó sobre el tiempo de aprendizaje que había pasado con su anterior maestro pintor y cuáles eran las razones por las que este no había querido quedárselo. Pero no obtuvo más del muchacho que unas respuestas entrecortadas pronunciadas por una voz estrangulada.

—¿Acaso pierdes la lengua ante mí? Según tu padre, cantas cada domingo en la iglesia del pueblo con bastante éxito —se burló don Miguel—. Pero todo eso ha acabado. Espero que en el futuro dediques todo tu tiempo al taller y a aprender el oficio. Tu padre no puede seguir viendo cómo pierdes el tiempo con tus gorgoritos, olvidando que tienes que aprender un oficio. Está convencido de que tienes disposición para la pintura, a pesar de que tu antiguo maestro opina lo contrario. ¡Que Dios haga que tu padre tenga razón, porque se ha comprometido ante notario a hacerse cargo de tus menesteres hasta la próxima primavera! Se está desangrando por ti, no le decepciones. Esta es la última oportunidad que te queda si quieres formar parte algún día del gremio de pintores de Sevilla. ¿Cómo era tu nombre? Ah, sí... Lorenzo. ¿Qué edad tienes? ¿Cómo dices? ¿Doce años y unos meses...?

Ordenó al tímido aprendiz que dejara sus bártulos en la habitación que le indicara doña Ana y que regresara inmediatamente al taller. Tenía algunas tareas pendientes para él. Y la primera de ellas era jurar sobre la Biblia que jamás desvelaría a nadie los secretos de elaboración, composición y cualquier asunto relativo al complejo arte de la pintura, que la casualidad o la generosidad de su nuevo maestro, don Miguel Ribera, le revelara, sin excepción alguna y durante todo el tiempo que durara su aprendizaje en esa casa.

María empezó a odiar al zoquete de Lorenzo de inmediato, con su cabello cortado como si fuera un monje y esos aires de no haberse desprendido aún del regazo materno. Tenía dos razones: para empezar, el muchacho trabajaba en el taller durante las sesiones de exposición. Don Miguel objetó con sequedad que ambos estaban haciendo su trabajo y que no permitiría que la gazmoñería retrasara la faena del taller.

—No tiene ni trece años, ese mocoso... aún no tiene nada en la cabeza. Y, además, bien que te desnudas ante mí... —añadió guasón levantando una ceja.

—Pero vos me ha...

Sintió el picoteo de la vergüenza acariciándole las mejillas.

—Yo te he comprado con dinero del bueno... y tú tienes la obligación de obedecerme, ¿cierto? Guárdate bien de olvidarlo. Además, si ese mequetrefe jamás se te acercara con otros propósitos que los que tengo previstos para él en esta casa, le partiría los huesos antes de entregarlo a los cuidados de los agentes del regidor.

Se aclaró la voz y, entre la desvergüenza y la emoción, sentenció:

—Veo que me estás pidiendo que proteja tu tesoro, pequeña...

A María se le acumuló la saliva necesaria para escupirle, pero, sabiéndose indefensa, se contuvo.

La segunda razón de hostilidad hacia Lorenzo era paradójica: ahora tenía menos trabajo en el taller, pues don Miguel encargaba todas las tareas de preparación de herramientas y pigmentos al recién llegado. Esto debería haber alegrado a María, cuyo objetivo secreto era hacer lo menos posible para sus dueños.

Sin embargo, descubrió que, si bien detestaba posar, le había tomado aprecio a esa mezcla de materias sin brillo de las que nacían colores que la maravillaban. Aguardaba con ansiedad el momento en que don Miquel cogía una concha de Santiago repleta de una mezcla de color preparada por ella. Era consciente de que su reacción no tenía sentido, pero llegaba a sentirse orgullosa de que el bermellón o el azul intenso que el pintor aplicaba en un vestido o en la lejanía de un paisaje salieran de la labor de sus dedos. Pese a su humilde papel, tenía la impresión de que participaba en la mágica conspiración que desembocaría en el cuadro.

Una tarde, en ausencia del pintor, se aventuró a ir un paso más allá e intentó reproducir en un trozo de papel un fragmento de la tela que la noche antes había acabado el pintor. Desanimada, pudo comprobar que el pincel no la obedecería jamás lo suficiente para obtener algo más que un garabato de color. Tampoco le gustaba demasiado el ambiente recogido del taller. Había temporadas en que el pintor pasaba días enteros en él y hasta se olvidaba de beber y comer, entregado por completo a los esbozos de lo que denominaba su Obra Maestra por la mañana y a la realización de los pedidos urgentes, por la tarde.

Durante aquellos días, se transformaba a los ojos de María en una especie de sacerdote entregado a un misterioso culto de las formas y los colores. A pesar de lo desconcertante que le resultaba, sentía que respetaba profundamente a ese «sacerdote», tan distinto del habitual y odioso don Miguel.

Y echaba aún más en falta esas horas de trabajo en el taller porque doña Ana aprovechó para darle más tareas en la casa. Cuando no había suficiente trabajo para ocupar a la muchacha, no dudaba en prestarla a las vecinas que necesitaban una mano de refuerzo para quehaceres concretos. La primera vez fue con motivo de la preparación de una cena de entierro; la segunda, la prestó a su nueva amiga Imelda, la esposa del propietario de la hospedería, para que la ayudara en la limpieza primaveral.

Este último préstamo concluyó con un pequeño escándalo, pues María arañó hasta hacerle sangre a una de las empleadas de las cocinas que, en un ataque de locura, le había levantado el vestido, se había atrevido a tocarle las nalgas y le había murmurado: «Déjate, pajarillo mío. Deja que yo te cuide, no te arrepentirás. Yo sé satisfacer a las tiernecitas como tú mejor que los hombres…».

La mujer, todavía con la cara ensangrentada, fue despedida en el acto, pero doña Ana perdió a su nueva amiga pues esta afirmó contra toda evidencia que había sido la diabólica morisca quien había atizado a la loca. En realidad, la hostelera temía que el caso llegara a oídos de la Santa Inquisición y estaba preparando su coartada ante los implacables jueces. Para aplacar su cólera —y su miedo, pues, ¿no era ella en parte responsable?—, doña Ana encerró a María en un cuchitril sin comida durante todo un día. Nunca más la prestó a nadie.

A su vez, insistió para que el nuevo aprendiz las acompañara a la misa de domingo y se uniera al coro de la iglesia ya que decía tener buena voz. Esta ostentación alejaría las calumnias y los comadreos y redundaría en beneficio del prestigio del taller.

—En esta casa todos somos buenos cristianos y Sevilla tiene que saberlo —argumentaba sin cesar ante don Miguel.

Cuando el pintor, exasperado, se rindió una vez más a sus exigencias, la cuerda destinada a estrangular los destinos de María y Lorenzo empezó a trenzarse por algo más fuerte que el mero azar, caprichoso pero poco constante. Años más tarde, al morir María y verse convertida en un fantasma cuyo resentimiento ni siquiera la eternidad consolaría, un interrogante la perseguía:

¿Quién, en su inmensa perversión, decidió moldear así las cortas existencias que desgarrarían a Lorenzo y a ella misma? Y si algún día ella consiguiera responder a esa pregunta, ¿cómo iba a conseguir que él, fuera quien fuese, le devolviera lo que le había robado?

9

Esa quincena transcurrió de una manera tan extravagante que, al principio, María solo supo percibir el aspecto divertido.

El primer martes de la primera semana, María sorprendió al pintor llorando. La necesitaba porque no encontraba unos pinceles y, a pesar de haberla llamado por su nombre varias veces desde el taller, ella no lo había oído. Y con razón, porque se hallaba en el patio lateral, en el otro extremo del jardín que rodeaba el taller. De buena mañana, doña Ana le había ordenado que hiciera la colada. Inclinada sobre la cubeta, la muchacha intentaba tragarse su decepción, pues el ama insistía en no dejarla ir al lavadero municipal con la excusa de que perdía demasiado tiempo hablando con otras lavanderas.

María frotaba con fuerza las sábanas de don Miguel, tragándose a duras penas su repugnancia cuando daba con alguno de los múltiples lamparones amarillentos que las manchaban.

—Cerdos, podríais ser más cuidadosos cuando os apareáis —masculló entre dientes.

Estaba maldiciéndoles cuando de repente apareció doña Ana con los labios crispados: era la viva imagen de la reprensión.

—María, ¿estás sorda? El maestro se desgañita llamándote. Ve a ver qué desea y regresa luego a terminar tu trabajo. Esta colada no avanza, una manca lo haría más deprisa. ¿Temes lastimarte las manos?

Exasperada por la mala fe de la mujer, se dirigió a toda prisa hacia el taller. Allí solo halló a Lorenzo canturreando como de costumbre y no se dignó preguntarle; no soportaba ese desdén que él mostraba en su presencia. Dudó un momento y estuvo a punto de regresar con doña Ana para preguntarle por don Miguel, pero tras recordar el avinagramiento de su cara, concluyó que ese no era un buen día y prefirió buscar por su cuenta al pintor en la planta superior.

Lo halló en la habitación de las niñas, la que el ama de llaves había escogido para ella el primer día de su llegada. Desde entonces, el pintor jamás había traspasado el umbral de la habitación de su esclava, probablemente retenido, como había maquinado la celosa criada, por el hecho de que ambas la usaron hasta su muerte.

Desde principios de primavera, María se acostumbró a colocar algunos ramilletes de flores en la habitación. Lo hizo un poco para disminuir el posible enfado de los espíritus de las gemelas desaparecidas (estaba ocupando sin su consentimiento su habitación, una de las camas y usando sus vestidos…) y un poco porque oyó a una curandera contar que los miasmas de las pestes pasadas que se escondían en los intersticios de los muebles y en los pliegues de los vestidos se conjuraban con el perfume de las flores, incluso con las más humildes, siempre que este fuera suficientemente intenso.

Don Miguel permanecía inmóvil a unos pasos de las camas. Ni siquiera la oyó llegar. Tendió la mano como para alcanzar uno de los ramilletes, pero dejó caer el brazo a medio camino, sin fuerza. María no se atrevía a anunciar su propia presencia: la espalda del hombre había empezado a sacudirse; lloraba en silencio.

Presa del asombro, María se alejó lo más discretamente posible, sintiendo cómo la pena le asía la garganta. A los pies de la escalera, inspiró una vez, dos veces, y luego tosió, sin comprender por qué se le estaba formando aquel insidioso sollozo en el fondo del pecho. Secándose la nariz con el brazo aún mojado por la colada, suplicó: «Dios mío, ayúdame a no llorar. ¿Acaso esa mala bestia lloraría por la muerte de los míos?».

Una semana después de aquel episodio, Lorenzo recibió jarabe de palo.

María había acompañado a doña Ana a casa de una amiga y luego al mercado. A la muchacha le encantaban estas salidas por la ciudad, que podían durar horas. Doña Ana parecía muy atareada buscando algo preciso, un ungüento para la piel, una tela de Oriente, especias... Era capaz de preguntar a gran número de comerciantes y no dudaba en mostrar su decepción si no hallaba con rapidez el objeto que buscaba. María adivinaba que a la antigua criada le gustaba hacerse pasar, sin darse cuenta, por la burguesa que nunca había sido cuando se lamentaba con aires preocupados de que necesitaba como fuera un determinado perfume de París o una mantilla bordada de Venecia. Nunca se olvidaba de dejarle caer con orgullo al comerciante que era la «prometida» del pintor don Miguel y que la chica era su esclava. En pleno juego del regateo, a veces la criada enriquecida se olvidaba de su papel y dejaba caer un trozo del velo para respirar mejor. Sorprendía ver cómo al instante nacía en la mirada del interlocutor el espanto más absoluto al contemplar por primera vez una parte del rostro del ama. Las pupilas abiertas de par en par parecían preguntarse cómo podía ser tan fea. Todo sucedía en un segundo, antes de que la astucia del comerciante tomara las riendas de la situación y este se lanzara a predicar los habituales cumplidos sobre la gracia de sus clientes.

María había regresado esa tarde cargada con las diversas compras, sin saber si tenía que estar perpleja o contenta. Contenta porque la mujer le había anunciado que le encargaría nuevos vestidos, puesto que los que llevaba ahora estaban demasiado remendados y no eran dignos de la criada de una mujer de su categoría. Perpleja porque doña Ana le precisó que el corte sería «a la turca», que era lo que se llevaba para las esclavas de gente distinguida.

Tras quitarse la capa, doña Ana le transmitió la orden del pintor de ir a limpiar el fondo del taller, donde se había caído un frasco de aceite secante. María debía regresar en cuanto terminara para preparar el cocido con cerdo. La adolescente llegó al taller con un cubo de agua, un paño y un cepillo. Al principio vio a don Miguel blandiendo un lápiz, calibrando con un ojo entreabierto algo que se encontraba ante él a la izquierda. Un poco desconcertada, pues esa era precisamente la actitud del pintor cuando ella posaba y él estudiaba sus proporciones para aplicarlas al esbozo, miró en dirección al estrado.

—Dios mío…

Dejó caer el cubo, afortunadamente sin verter demasiado contenido, pero no consiguió amortiguar el grito de sorpresa y el estallido de risa incómoda que la asaltó.

Sobre el estrado donde ella posaba habitualmente se hallaba Lorenzo, desnudo como un niño, crispado, adoptando la postura de un arquero tensando un arco invisible. Horrorizado, giró la cabeza hacia su maestro.

—¡No te muevas, truhán! —gritó el pintor—. ¡He tardado una hora en componer esta postura! Necesito ese personaje, así que procura no moverte ni un pelo.

El muchacho, rojo de vergüenza, imploraba con la mirada a don Miguel.

—¿Te sonrojas delante de ella? ¿Y a ti, granuja, no te molestaba mirarla a lo largo del día simulando que te ocupabas de tu tarea? He visto bien tu mirada de comadreja ir y venir cuando creías que no te observaba. Pues bien, esto no es más que el justo pago de las cosas, amigo mío. Al menos, ahí mostrándote me resultas más útil que cuando canturreas todo el día en lugar de triturarme bien los pigmentos.

Fascinada, María miraba cómo la mancha de carmín invadía el rostro de Lorenzo, avanzaba por el cuello, el pecho y descendía hacia el vientre. El cuerpo del desgraciado aprendiz se encendía de vergüenza. «Quizá solo sea efecto de la carne de gallina, hace mucho frío en el taller...», se dijo María, luchando por impedir que se le escapara otra carcajada.

Su mirada convergió con la del muchacho en el gusanillo que colgaba entre sus piernas; al darse cuenta, María apartó la vista. ¿También esa cosa diminuta iba a teñirse de vergüenza como las mejillas de Lorenzo?

—María, vuelve a tus tareas —ordenó don Miguel—. Y despabila, no te duermas o probarás el sabor de la vara.

Recogió el cubo como pudo, doblándose en dos para ahogar las cosquillas del fondo de la garganta que amenazaban de nuevo con transformarse en una sonora carcajada. De espaldas al estrado, avanzó hacia el fondo del taller, se arrodilló y frotó enérgicamente la manchita de aceite. Cuando estuvo casi convencida de haber superado las ganas de reír, se atrevió a mover la cabeza en busca del paño.

—¡Pobre desdichado! —murmuró súbitamente compadecida.

Lorenzo parecía estar a punto de llorar. Por experiencia, María supo que la postura inestable del muchacho le resultaba dolorosa e insoportable. La mirada afligida de la esclava arrodillada se cruzó con la del aprendiz. Ella entornó los ojos, como si intentara preguntarle cómo estaba. Al principio, Lorenzo apretó las mandíbulas, en un intento desesperado por conservar su habitual expresión de dignidad. Con el paño en la mano, María dudó en prolongar su expresión de conmiseración. El pintor parecía hallarse totalmente ausente, entregado como estaba a su dibujo.

Casi sin fuerzas, Lorenzo desplazó imperceptiblemente una pierna y luego la otra. El movimiento mostró con más claridad aún, debido a la luz lateral, el nacimiento de la verga y sus dos bolsas. María alzó las cejas con una sorpresa exagerada; en su mirada brillaba una risa silenciosa. El muchacho, turbado, enrojeció aún más sin atreverse a realizar el menor movimiento.

María, burlona, movió los labios para preguntarle en silencio: «Caballero, ¿no se le olvidó el sombrero?», y se le ruborizaron las mejillas.

La raquítica habichuela que colgaba entre las dos ciruelas pasas se había transformado como por arte de magia: parecía arrogante, horizontal y demasiado grande para el cuerpecito del muchacho.

María se atrevió a lanzar una mirada a la cara del modelo. Parecía estar a punto de enloquecer. «¡Socorro —imploraban sus ojos—, el maestro va a darse cuenta!»

Con el paño en la mano, la muchacha ahogó un suspiro de confusión y volvió a mirar al suelo. Aún no había iniciado el gesto de frotar el tarugado cuando le sorprendió el grito escandalizado de don Miguel:

—¡Que se te lleven los demonios, Lorenzo! Pero ¿quién te ha provocado ese efecto? ¡Esta no es una casa de citas, sino un lugar de trabajo! ¡Verás cómo calmo a este ladrón sedicioso!

Avanzó hacia el aprendiz y le asestó un golpe seco de tiza en el sexo empinado.

La única reacción del muchacho fue una exclamación de dolor ahogada. María curvó los hombros imaginando su dolor.

—Pero, vamos a ver... ¿Te crees un toro que se vuelve loco ante la presencia de una hembra? ¿Quieres otro golpe, majadero?

Lorenzo contempló con espanto su sexo, que seguía erguido bajo los ojos de su maestro. Compungido, fijó la mirada en don Miguel y luego la desplazó hasta María, como si buscara explicaciones ante el comportamiento inaudito de ese trozo de carne que no controlaba y que sin embargo le pertenecía.

Un temblor nervioso se adueñó de la muchacha. Nació en el fondo del estómago, ascendió a lo largo de su cuello, le invadió la garganta y finalmente fue expulsado por su boca en forma de carcajada. Fregaba el suelo a golpe de convulsiones de risa, con los ojos anegados en lágrimas, pero no conseguía recobrar el aliento. «Voy a morir delante de este idiota en celo», e intentó respirar profundamente para contener la risa, volviéndose aún más hermosa.

—¡Sal de aquí, María, o te ayudaré a hacerlo a base de patadas en el culo! —gritó don Miguel fuera de sí—. ¡Fuera del taller, bruja!

Esa noche le costó conciliar el sueño. Por primera vez en su vida, María sentía un calor indecente entre las piernas. Las apretó con la intención de hacer desaparecer esa inoportuna sensación, pero fue peor aún, pues el delicioso dolor no hizo sino aumentar. Separó las piernas, sin resultado; las volvió a cerrar, poniéndose nerviosa por estar nerviosa, simulando que no sentía las palpitaciones de su vagina. Porque era eso... Ese trozo de carne que ella consideraba tan ridículo con todos sus pliegues había empezado a manifestarse independientemente de su voluntad.

No se atrevió a tocarlo temerosa del resultado. Se puso boca abajo sin darse cuenta de que presionaba su vulva hinchada contra el colchón, lo que la hizo suspirar de una forma extraña, como si de repente le faltara el aire y esa carencia fuera inexplicablemente exquisita.

Con rabia, apartó la colcha. Se estaba comportando como una gallina dejándose impresionar por el primer gallo que pasaba ante ella. La adolescente se maldijo y luego se quedó expectante, al borde del abismo de las nuevas sensaciones que acababa de descubrir.

Torció el gesto y se dijo: «Querida tía, no te hubieras sentido muy orgullosa de tu sobrina. ¿Te referías a esto cuando hablabas de la tontería de las chicas?».

El último sábado de esa quincena, don Miguel le ordenó que se convirtiera en la Santa Madre de Dios en persona. En realidad no empleó esos términos, sino explicaciones muy confusas y blasfemas de las que María, al borde del pánico, solo retuvo que el pintor iba a iniciar el lunes siguiente un tríptico por el que pasaría a la posteridad... y el primer panel explicaría cómo Dios fecundó a María.

—Nadie se ha atrevido a tratar este tema, María, ni siquiera esos odiosos italianos, y, sin embargo, es la base de nuestra fe. Se ha pintado todo, lo que pasó antes y lo que ha pasado después del nacimiento del Hijo de Dios. Pero jamás se ha plasmado ese momento preciso, sagrado entre todos, en que el Verbo divino se encarnó y creó la cristiandad. Quiero loar ese instante inaudito en que el Todopoderoso lanza su semilla sobre una mujer ordinaria y la conoce. ¿Entiendes lo que quiero hacer? Dios proclama en la Biblia que nos creó a imagen y semejanza suya. Dios no miente, por tanto, ¡podemos adivinar cómo procedió para fecundar a la madre de su futuro hijo! Y claro, no fue, como cuentan, con una paloma...

Visiblemente emocionado, don Miguel bajó aún más el tono de voz.

—Lo afirmo con todo el respeto y la veneración que rindo a la criatura más santa de nuestra historia: María seguramente tenía unos pechos y un trasero que encenderían al más impotente de los hombres, unas piernas semejantes a un estuario que desemboca en el paraíso y un cuerpo que imagino, oh, maravillosamente húmedo. Mi cuerpo y mi razón tiemblan solo de imaginarlo.

En los ojos del pintor brillaba la exaltación.

—¿Cómo podría ser, si no? ¿Acaso te imaginas a Dios escogiendo a una matrona fea y desgarbada como compañera? Y aunque la que iba a convertirse en Virgen María hubiera actuado siempre para esconder sus encantos de la concupiscencia de los patanes de su tribu, tenían que haber sido tan seductores que el Rey del Universo, que todo lo ve, incluso bajo los vestidos de las vírgenes, sucumbió a ellos y le hizo un hijo. ¡Y qué Hijo! Ese es el prodigio que quiero pintar desde hace años: el Todopoderoso cayendo por amor y colmando con su cuerpo parecido al nuestro a la tan deseada amante. Así decidió protegernos, uniendo para la eternidad Su carne con la de su creación de la manera más íntima...

Se hallaban en el taller y María estaba vistiéndose tras una sesión. El pintor había mandado a Lorenzo a comprar al boticario. Atónita, la esclava se preguntaba si estaba oyendo bien o si don Miguel aún no se había recuperado de la borrachera de la víspera. Con el rostro tenso, el pintor le rozó el hombro con una especie de respeto. Tenía ambas manos sucias de pintura amarilla y roja. «¿Qué habrá podido pintar de mí este animal con colores tan antagónicos?», se preguntó ella con gélida curiosidad, mientras el resto de su persona se esforzaba por mostrar una prudente actitud servil.

—Por eso te compré, María. Ahora conozco cada una de tus curvas, el más pequeño pliegue de tu cuerpo. Estas sesiones de exposición, estos centenares de esbozos solo tenían un objetivo. Ahora el cuadro está listo en mi cabeza: ¡dibujado, pintado! Solo tengo que plasmarlo en la tela... con tu ayuda.

Carraspeó, molesto por la postura de la muchacha, que mantenía la cabeza gacha. Era la primera vez que hablaba durante tanto tiempo a su esclava.

—Mírame, María. Te estás haciendo la tonta, pero empiezo a conocerte. Pequeña morisca, llevas milagrosamente el nombre de la santa hija de Ana y Joaquín. Algo me dice que eso tiene un significado secreto, querido por la Providencia. Espero que Dios se digne a honrarte en mi cuadro, pero tienes que merecértelo. A partir de hoy, apartarás con oraciones fervientes y multiplicadas los malos pensamientos que contaminan tu alma e intentarás parecerte con todas tus fuerzas a la milagrosa hija de Jerusalén. También tú eres muy bella...

Don Miguel compuso una sonrisa que pretendía ser de connivencia, aunque en realidad solo era de astucia.

—Eres morena y supongo que ella también lo fue. Ambas procedéis de Oriente, tú al menos a través de tus antepasados árabes… Ella era judía, es cierto. Pero ¿acaso judíos y árabes no procedéis todos de la misma raza?

Boquiabierta, María no se atrevió a replicar que se equivocaba y mucho, que su familia venía de la vieja Castilla. El pintor se inclinó sobre ella, suplicándole en un tono asustado que azoró aún más a la adolescente:

—Necesito tu ayuda hasta un punto que no me atrevo ni a imaginar. He soñado tanto con este cuadro… Hasta ahora no he hecho nada con mi pintura… ni con mi vida, en realidad. Tuve dos hijas que me adoraban y que no supe proteger, una esposa veleidosa que se fue, una criada fea como un sapo que me tiene atrapado y que se pasea por toda Sevilla diciendo que es la prometida de don Miguel Ribera, el famoso pintor…

Su respiración airada se cargó de amargor.

—Ah, pintar… Es cierto, sé pintar. Conozco mi oficio como la palma de mi mano, pero todo lo que hago son puros artificios del pincel para engatusar a esos miserables cerdos mercaderes de Sevilla que solo piensan en el oro, rezan por el oro y cagan oro… y además están convencidos de que lo saben todo sobre la belleza. Más allá de eso, mi arte no vale estrictamente nada. Lo sé bien porque para desgracia mía he viajado a Madrid, a Italia, a Flandes, dondequiera que se hiciera buena pintura, y muy a mi pesar he sentido envidia frente a la iniquidad del genio.

Unió las manos, recreándose por un momento en el recuerdo.

—Sí, eso es: la ruin envidia. Es peor que una zorra hambrienta comiéndote el estómago… Aunque también conseguí lucidez: no, yo no seré un genio y nada de lo que he creado hasta hoy me sobrevivirá. Tan solo he alcanzado la excelencia en la imitación de los grandes pintores… excepto si Dios me concede su gracia en este tríptico.

Su voz se resquebrajó:

—Estoy seguro de que al Señor le agradará que loe a través de mi arte Su Divino Deseo hacia esa muchacha palestina. Por eso, María, tienes que ayudarme. Consérvate pura hasta que concluya el tríptico. Te lo exijo. Porque todo quedará plasmado en mi pintura. Si has cometido pecado de carne, el cuadro gritará que has mentido a… mejor dicho, que has sido infiel al Todopoderoso.

Le arregló con ternura un tirabuzón del cabello y, al sentir su contacto, ella se puso un poco más tensa.

—Y si, al cabo, debido a tu vileza mi cuadro naufraga y mi nombre es maldecido, y quizá hasta condenado para la eternidad… te mataré, pequeña.

Calló un instante, impresionado por su propio monólogo. La niña observaba, pálida, la basura con rostro humano que acababa de amenazarla de muerte.

Inspirando profundamente, el pintor retomó su discurso.

—Pero si el cuadro sale bien, te habrás ganado la libertad. ¿Comprendes la magnitud de lo que está en juego? ¿Comprendes su dimensión tanto para ti como para mí?

El hombre entrecerró los ojos, sorprendido por la ausencia de reacción de la adolescente. Sus labios se crisparon en una mueca de desprecio.

—¿Te has vuelto lela? Estoy hablando de tu libertad. ¿No te basta?

Golpeó el respaldo de la silla con el pincel, esperando una reacción de María que no se produjo. Cansado, don Miquel suspiró y dudó un instante antes de volver a iniciar su soliloquio nervioso.

—Nadie excepto tú y yo debe estar al corriente de este proyecto. La gente no lo entendería y nos acusarían de herejía. Te he abierto mi corazón, pero no creas por ello que he puesto mi vida en tus manos. Si se te escapara la más mínima palabra sobre mi proyecto, yo lo negaría hasta jurándolo si fuera necesario, y serías tú, la dudosa cristiana, quien acabaría en la hoguera condenada por difamadora. Ya te has dado cuenta de que por estos lares los aliados del turco no son muy queridos...

Mientras desgranaba una a una las cuentas de este rosario de advertencias, el pintor no dejó de analizar la cara de su esclava. María tenía el corazón a punto de salirle del pecho y solo esperaba una cosa: que su amo, a quien en su fuero interno iba a empezar a llamar «el Demente» en lugar de «el Inútil», le diera permiso para abandonar el taller. Deseó que ni su rostro ni su respiración revelaran el peso del estupor que le entorpecía el cerebro. Aun así, un pensamiento burlesco empezó a saltar travieso entre la niebla de su espíritu: a pesar de sus arrugas y sus mofletes de hombre mayor, su amo jamás le había recordado tanto a un granuja descarado.

El sevillano alzó repentinamente el mentón como si resoplara. Posó su dedo índice sobre la nariz de su modelo y soltó una risotada retenida, repleta de diversión.

—Hija de la montaña, en el fondo tu tarea es sencilla: solo tienes que esperar a que Dios te desee. ¿Comprendes la dimensión del reto? ¡Que te desee!

Horrorizada, María vio cómo el pintor le guiñaba un ojo, a la vez cómplice y espantado por su propio sacrilegio.

—Sí, lo has oído bien: deseo, ¡como yo en este preciso momento de una hermosa ramera de buen año!

Se encogió de hombros y adoptó una actitud falsamente afligida.

—El asunto es arriesgado, estoy de acuerdo, pero vale la pena. Para mí, la gloria; para ti, ¡la libertad! Y si no funciona, entonces Dios enviará a sus ángeles portadores de rayos y nos castigará a los dos. O mejor aún, se las arreglará para que nos descuarticen en la plaza mayor de Madrid para regocijo del populacho, del Santo Oficio y de Su Majestad Felipe II en persona. Y nadie encontrará nada que objetar... aparte de tú y yo, por supuesto.

María había bajado el picaporte cuando recibió el último aviso ácido.

—No temas, María, mi razón no se ha ahogado en un recipiente de minio o de azurita. Harías bien además en no desconfiar de mi fe. Ignoro cuál es el fondo de tu religión, pero yo soy un católico ferviente. Mi propósito puede sorprenderte, pero no sorprenderá a Dios. Él está más allá de nuestro mezquino pudor. Solo exige que se le adore en todos Sus actos, incluso en los menos brillantes a primera vista. Si Dios cagara, nosotros deberíamos adorar sus cagarros. Ahora ve y prepárate. Mañana iremos a la iglesia a pedir de rodillas la protección de Nuestro Señor Todopoderoso.

10

Si no has visto Granada, hija mía…»

María repitió «hija mía… hija mía…» en algarabía esperando que eso le recordara el resto de la canción. Fue en vano. Tuvo que contentarse con recuperar un trozo de estribillo y completarlo con un «lalala». Suspiró: cada vez olvidaba más palabras de la lengua de sus padres. Recordaba vagamente que la canción hablaba de una muchacha enamorada de un alfarero de Granada, y del jardín de la Alhambra donde tras varios infortunios consiguieron encontrarse.

Sintió que se le hacía un nudo en la garganta. Si seguía viviendo tres o cuatro años más en ese mundo vuelto del revés, quizá acabaría por no saber pronunciar ni siquiera comprender la algarabía de su infancia.

«¡Deja de estar tan triste, llorona!», se echó en cara, soslayando el temblor de su mentón. Y volvió a concentrarse en quitar la tierra de las botas de don Miguel mientras canturreaba. Al cabo de un instante, sin que se diera cuenta, una mueca de ironía le moduló los labios.

Escupió en la bota, en parte porque el paño estaba seco y en parte porque…

—Encaja esto en tu cara de mono, señor mesías-maestro —murmuró, y añadió con satisfacción un «bien hecho» ante las dimensiones del escupitajo.

Miró entonces furtivamente por encima del hombro, sin

atreverse siquiera a imaginar la reacción de don Miguel si la hubiera oído.

Se quedó con la mano en suspenso mientras se dejaba llevar por otro pensamiento, el que le daba vueltas en la cabeza desde hacía días.

Tosió, se rascó una ceja y luego la otra hasta hacerse daño, esperando que su pensamiento encontrara un respiro y cesara esa insoportable sensación de debilidad que la tenía agotada. Como si hubiera corrido hasta perder el aliento… sin moverse.

Empezaba a conocer bien los entresijos de esa ridícula… (¿cómo denominarla?, ¿sed?) que le cosquilleaba desde la punta de los dedos del pie hasta la raíz del pelo. Y no solo era una sed imposible de saciar, sino que además era profundamente indecorosa.

«¿Será esto estar enamorada? Pero ¿de un mequetrefe como Lorenzo?»

Así se hallaba María, en un estado carente del más mínimo sentido común, a imagen de todos los que vivían bajo ese techo: el uno con su pintura blasfema, la otra con sus sueños de boda aderezados con avales de deudas, y el último en llegar… ese bobo… ese…

—… ese inútil preparando pigmentos, ese cantante de voz de pollo que se cree un ruiseñor, ese… mequetrefe, ese bandido de tres al cuarto… —concluyó con un murmullo en el que lo exagerado de los insultos delataba sus ganas de reír.

Se contempló las manos y las uñas, ennegrecidas por el barro de las botas. Miró hacia la puerta de entrada, sorprendida de sentir que moriría de vergüenza si Lorenzo la sorprendiera en ese estado de descuido.

«No puedes sentir vergüenza, María —se dijo—. ¿Has olvidado quién eres?»

La cara de la muchacha se entristeció. Y en su pecho dos dedos minúsculos le pellizcaron el corazón.

Todo empezó esa famosa mañana que siguió al domingo en que don Miguel pidió a Dios que le permitiera pintar Su Intimidad. Al menos eso fue lo que le contó a María al oído al salir de misa.

—Como soy tu maestro, he aprovechado también para implorar Su Indulgencia para ti por el papel que te asigno en mi pintura. No temas… —añadió el pintor profundamente convencido.

Don Miguel pasó la mañana de ese lunes reforzando un caballete con maderas verticales y, bajo la mirada intrigada de María, ordenó a Lorenzo que trajera las telas de lino que le había pedido que preparara.

El pintor acarició una por una las telas tensadas en marcos de madera antes de encolerizarse.

—¿Qué has hecho, majadero? La superficie está áspera, se nota demasiado el grano. ¡Has utilizado más cola y yeso de la cuenta!

El aprendiz tartamudeó que había mezclado los productos siguiendo escrupulosamente las indicaciones del maestro. Don Miguel refunfuñó.

—¿Me estás diciendo que me he equivocado yo? ¿Eso es lo que insinúas? Acércate. Toca esto y repite lo que acabas de decirme.

Con las mejillas encendidas, Lorenzo pasó la mano por la superficie del primer cuadro y luego por la del segundo. Su mirada expresó una gran sorpresa, pero se tragó la protesta.

—¿Y…? —le interrogó don Miguel con un tono que no dejaba ninguna elección a su interlocutor.

—Creo que me he equivocado, don Miguel. Voy a apomazar y…

Ante la docilidad del aprendiz, el pintor se calmó. Gruñó que ya se encargaba él mismo de hacerlo por esta vez. Le ordenó que acudiera a la iglesia de la Magdalena para pedir al párroco una autorización para copiar a lápiz las fieras de un cuadro que representaba una escena de mártires devorados por leones y tigres. La necesitaba para un armador importante que deseaba un panel para su salón. Lorenzo reunió con rapidez el papel y los utensilios necesarios y se disponía a salir disparado cuando recibió la última advertencia de don Miguel.

—Y procura no hacerlo mal. Te exijo un trabajo meticuloso, aunque te tome varios días. Hasta ahora, no me has dado muchos motivos de satisfacción, más bien lo contrario. Por desgracia, mi paciencia es más limitada que la del Señor. Pero también es cierto que Él no tiene un taller que sacar adelante y puede contentarse con tus gorgoritos en la iglesia.

María simuló estar absorbida por el fuego del brasero, que reanimaba con puñados de huesos de olivas. El aprendiz pasó junto a ella, con el rostro descompuesto y todos los bártulos necesarios. Ella levantó furtivamente la cabeza. Lorenzo evitó su mirada, desdeñando su compasión.

Enseguida comprendió que el asunto de la superficie rugosa solo había sido un pretexto para librarse de la presencia del aprendiz. Don Miguel quiso liberarse del molesto testigo el primer día de trabajo de su «Gran Obra».

—La Gran Obra, en el lenguaje hermético de los alquimistas —contó a María— es la operación secreta que permite convertir un vil metal en oro.

Estaba convencido de que los alquimistas habían logrado este prodigio; bastaba con ver cómo en todo el mundo algunos de ellos se habían enriquecido de modo increíble de un día para otro.

Él, el maestro pintor de talento menospreciado por los ignorantes de Sevilla, se proponía, al pintar el acto de amor entre Dios y la Virgen, nada menos que transformar las exudaciones del mineral bruto —los colores— en pruebas de la divinidad.

—¡Mi cuadro se convertirá en algo tan sagrado como el Santo Grial! —Su exaltación dejó paso a una mueca de sospecha—. Nadie excepto nosotros debe saber nada sobre esto, María... Ante todo, ni una palabra a ese inútil de Lorenzo al que tomé bajo mi protección demasiado deprisa.

«Sigue echándole leña a tu hoguera de propósitos insensatos, loco lenguaraz. Quizá Lorenzo sea un inútil, pero tú te has consumido las entendederas...», pensó la adolescente haciendo un esfuerzo para esconder su angustia.

El pintor, que seguía con su perorata, había superpuesto las dos telas en el caballete. Encantado por la admiración que creía leer en los ojos de María, dijo sonriente:

—Estoy prácticamente seguro de que gozaremos de la clemencia del Todopoderoso, pero no es razón para no desconfiar del celo de sus servidores. Pintaré la escena en dos partes que mantendré separadas, de forma que nadie podrá comprender el sentido si no observa ambas telas a la vez.

Tras consolidar las telas y el caballete con un sistema de sujeciones de estopa trenzada, retrocedió y observó largo tiempo el resultado. Satisfecho, hinchó los carrillos y dejó escapar un pequeño silbido.

—Tengo la impresión de estar renaciendo —declamó con una alegría forzada—. Pero sin duda mi alumbramiento no será fácil.

Se le escapó una risita ridícula, que interrumpió con brusquedad para sumergirse en sus pensamientos, con el ceño fruncido y la mirada clavada en el caballete. María esperaba oír la voluntad de su dueño, preparada para una larga jornada de inmovilidad, como ya era costumbre.

El hombre salió brevemente de su ensoñación para ordenar a la adolescente que dejara de hacer ruido, aunque estaba en silencio.

—Hoy no posarás. Limítate a limpiar los utensilios y a barrer un poco. Pero quédate en el taller, necesito verte para comprobar ciertas proporciones.

María estaba encantada de poder escapar a la pesada tarea de mantenerse inmóvil durante horas. Además, la idea de servir de modelo para un cuadro tan sacrílego la disgustaba profundamente. Respetaba a la Virgen y le rezaba antes de ser capturada, pues veía en ella una réplica protectora de su desaparecida madre. Esta Madre coronada por una aureola tenía rasgos y siluetas muy distintas de un lugar a otro. A veces era muy estilizada, con las mejillas pálidas y hundidas y largos cabellos negros disimulados bajo un pañuelo, como en el caso de la modesta imagen piadosa que había en la hornacina de la pared de adobe de la casa de su padre. Otras veces, en cambio, parecía mofletuda, casi regordeta, con la corona de Reina del Cielo..., como en el cuadro de la habitación de las gemelas. En una ocasión, María llegó a presenciar en el mercado cómo un vendedor ambulante de imágenes intentaba convencer a una reticente doña Ana...

—Tengo la Santa Madre de Dios en morena y en rubia. Si es para el salón de invitados, aconsejo la rubia con la tiara, piedras preciosas y lindas ropas de satén. La imagen es más bonita, aunque un poco más cara. Para el resto de las estancias, con una morena basta.

—Ya podría el Papa decidir de una vez por todas de qué color eran los cabellos de la Madre de Dios, ¿no? —protestó contrariada el ama de llaves, que sin embargo tomó la virgen rubia bajo el brazo.

De todas esas múltiples vírgenes, María solo retenía su mirada ausente que ella imaginaba plena de ternura —la ternura que, sin lugar a dudas, su madre Saadia le habría dado a espuertas de no haber sido por la guerra—. Curiosamente, la muchacha solía tener la impresión de que esos instantes en los que conversaba con la Virgen eran como intercambios de compasión. En el fondo, la Virgen y ella eran muy parecidas. Ambas habían perdido a su familia y tanto la una como la otra buscaban consuelo. María no estaba en absoluto impresionada por el poder otorgado a quien era a la vez Esposa del Espíritu Santo y Madre de Dios; por ello, no le pedía nada, ni siquiera que intercediera por su libertad. Se diría que la joven esclava sentía afecto por esa compañera de desgracia, pobre ama de casa a quien nadie jamás había pedido nada y que había alcanzado un reino póstumo, adquirido a costa del suplicio de su hijo.

Este sentimiento no había variado en absoluto, ni siquiera después de las revelaciones de su padre y de su tía acerca de lo que en adelante tenía que ser su auténtica religión. No se le hubiera ocurrido nunca contrariar a las personas que más quería. Por fidelidad, desestimó de un día para otro al Dios de los católicos y a su hijo, pero, por falta de tiempo, aún no había conseguido amar al Dios de los musulmanes y a su Profeta.

Debido al peso de penas que la torturaban y al deseo de rezar que a veces nacía en ella como si de un cólico se tratara (no encontraba una comparación mejor), María se había construido su cielo particular. Instintivamente había alejado todas las figuras del mismo sexo brutal que los bandidos que le habían arruinado la vida, empezando por el más importante de todos: Dios, Jehová o Alá, daba igual; su Todopoderoso alcance había dejado que se perpetraran demasiados crímenes en las montañas de las Alpujarras. Así, María alejó de su corazón a Jesús Crucificado, que solo se aplicó a sí mismo el prodigio de la resurrección, sin permitir que este operara entre aquellos seres queridos que le habían sido arrancados; a Mahoma, a quien tanto gustaban las mujeres jóvenes y que de tan poca utilidad le había sido a pesar de las fervientes y difíciles oraciones que ella le dirigió tras su conversión; y a todos los distintos profetas de implacables virtudes, como Abraham, tan servil y tan ávido de recibir la gracia de su Señor que había decidido degollar a su hijo... no recordaba si era Isaac o Ismael.

Su nueva religión, edificada sobre las ruinas de sus dos confesiones, acabó reducida a dos mujeres: la madre de Jesús («mi tía») y doña Aisha («mi hermana»), la adolescente de Arabia de la que llevaba el nombre y en la que imaginaba la amargura de haber contraído nupcias cuando era una niña con un hombre ya canoso. Cuando la pena le quitaba hasta el deseo de seguir respirando, María hablaba con la mayor, que sufrió un destino igual al suyo. En cambio, si la esperanza parecía renacer en su interior, se entregaba a largas conversaciones sin pies ni cabeza con la que consideraba su gemela a través de los siglos y a la que denominaba según el momento la Graciosa, la Avisada o la Afortunada.

Su tía Lucía le había contado que la esposa del Mensajero de Dios («¡Que la misericordia y la salvación eterna estén con Él!») era tan bonita que despertaba, muy a su pesar, la envidia en la Medina. Incluso fue acusada de adúltera tras un viaje en el que, lejos de su caravana y con la noche al caer, durmió a solas con el jinete que había sido enviado en su busca. Alá en persona tuvo que intervenir para salvaguardar la reputación de la imprudente inspirando al marido un nuevo versículo que proclamaba la inocencia de su esposa.

«¿Por qué mi madre me puso precisamente ese nombre?», le preguntaba insistentemente María.

A lo cual su tía contestaba que eso no era cosa suya y, tras mucho suplicar («¡Eres peor que una garrapata en un perro flaco!»), le decía que su madre la había llamado María porque creía que los cristianos viejos no se atreverían a acusar de herejía a una morisca que llevara el nombre femenino más sagrado del cristianismo.

—Pero ¿por qué Aisha?

—Es tan evidente… —musitó la tía con el ceño fruncido, como diciendo: «Qué boba eres, hija»—. Tu madre deseaba con toda su alma tu bien sin que, por ello, tuviera que verse obligada a traicionar su fe. ¿Qué nombre secreto podía estar a la altura en su corazón al de la mujer preferida por los cristianos si no era el de la esposa preferida de nuestro loado Profeta? «María» es tu escudo público… pero «Aisha» es ¡tu alma para la eternidad!

María se quedó muda, dudando entre echarse a reír o llorar de pánico. Su tía concluyó la discusión de forma perentoria:

—Pero ¡que eso no te haga bajar la guardia ante los hombres! Nunca serás con ellos suficientemente prudente. Tú no tendrás la suerte de ser la elegida de un profeta, alma de cántaro, no lo olvides nunca.

Don Miguel no pintó nada ese lunes ni los días que siguieron, ni siquiera los encargos urgentes. Pasaba el tiempo esbozando trazos con un hilo rebozado con yeso y unido a una puntilla clavada en la tela superior. Lo tendía y lo soltaba. Se entregaba a nuevos cálculos, rectificaba las líneas, balbuceaba palabras mágicas «horizonte», «punto de fuga...» y lanzaba juramentos y maldiciones al mínimo error. Esbozaba siluetas y, al principio, parecía satisfecho, pero cuando adquirían demasiada precisión las borraba con rabia.

Siempre exigía la presencia de María, aunque no la obligaba a posar ni le daba tareas del taller. En cambio, no podía soportar la presencia de Lorenzo: lo hostigaba sin cesar y lo mandaba a cualquier tipo de recado para mantenerlo alejado. Al cabo, ya ni se tomaba la molestia de justificarse.

—Vete a pasear. Me causarás menos problemas que si te quedas aquí dilapidando mi dinero y mis pigmentos.

—Pero, don Miguel, está lloviendo a cántaros...

—Mejor aún, Lorenzo, eso te enjuagará la ceniza que te aplasta las entendederas.

—Pero, maestro, ¿y mi aprendizaje?

—¿Tu qué? ¡Tú serás pintor cuando yo sea chantre en la Sixtina! Quizá también yo me equivoqué de oficio, ¿no crees, muchacho? Escucha mi voz y controla tu admiración ante mi talento.

Y se puso a canturrear imitando a Lorenzo a la vez que le indicaba la puerta.

María sentía la rabia subirle por las venas cuando don Miguel despedía así a Lorenzo, sobre todo cuando este último ni protestaba. Era como si le dieran una puñalada trapera en lo más íntimo de su ser. Sin embargo, el pintor no se equivocaba por completo cuando lo acusaba de negligente. A veces, María vigilaba al chico por el rabillo del ojo mientras realizaba una tarea y veía que rápidamente los labios se le ponían en movimiento: al principio, en silencio y al cabo de un momento el murmullo se volvía perceptible. Algo se cocía en su cabeza, y si ningún mensaje hiriente del maestro lo interrumpía, el murmullo se transformaba gradualmente en un canto, límpido y fino, totalmente fuera de lugar en el ambiente de recogimiento que solía respirarse en el taller.

María sentía la mirada exasperada del pintor clavada en la espalda del chico. Ella misma comenzaba a imitar algunos ruidos para atraer la atención de Lorenzo, aunque pocas veces lo conseguía. Entonces el maestro carraspeaba varias veces, hasta que su aprendiz se daba cuenta del aviso. Todo solía concluir con un grito colérico de don Miguel.

—Pedazo de asno, ¿no puedes callar ni un solo momento? ¿O es que las ganas de cantar te vienen como las de mear?

Otras veces terminaba con amenazas.

—Te arrancaré la lengua si me estropeas el verde. Mi cliente quiere un paisaje de primavera, no un otoño de Todos los Santos. El índigo de Bagdad está por las nubes y tú lo despilfarras como si fuera un moco que te sacaras de la nariz.

Eso era injusto, porque Lorenzo era muy cuidadoso con su persona. Aunque sus ojos abiertos como platos parecían albergar una protesta incipiente, al final, vencido por la expresión feroz de su maestro, bajaba la cabeza y volvía a moler los polvos melancólicamente y en silencio.

María se había enamorado de ese soñador ensimismado de Lorenzo. Había caído en sus redes como quien tropieza y cae torpemente al suelo por haber pisado una mondadura cualquiera. No había ninguna razón para ello: era demasiado joven, esmirriado y no muy guapo, y pretencioso a pesar de su timidez. Él era libre y ella esclava, y no se molestaba en disimular su desprecio por el origen morisco de su compañera de taller. Una vez le preguntó si ella era realmente hija de moros y mostró una mueca de disgusto cuando le respondió afirmativamente. En fin, era exactamente lo contrario a lo que ella se había prometido amar en sus sueños de adolescente.

Pero así estaban las cosas. Para su desgracia, lo había visto desnudo, con la verga empinada como un mástil, enloquecido por una causa que ella había provocado involuntariamente.

Él había tenido ganas de ella.

Y desde entonces, ella tenía ganas de él.

«Como una cabra en busca de un macho en celo», se dijo imitando la salaz ironía de su tía.

Lo más humillante llegaba el domingo en misa, cuando se elevaba la magnífica voz del adolescente, a la vez potente y aún tan infantil, esta vez sin límites y como ebria de su propio esplendor. El torpe y un tanto ausente alfeñique del taller se metamorfoseaba entonces en un ser mágico, dispensador de una belleza que hacía suspirar de emoción a la asamblea de fieles.

—Dios habla a nuestra alma a través de ese chico —afirmó conmovida una anciana antes de recibir la aprobación de sus vecinas de banco.

En ese mismo momento, otra voz le retumbó dentro del cerebro: «Eh, pequeña bribona, no hace falta que cojas con tanta fuerza el rosario como si fueras una beata. También a ti te está hablando alguien, pero sin duda no es el Dios de los Evangelios, ni se está dirigiendo a tu alma, a juzgar por lo que se ve…».

Con gran vergüenza, María sentía cómo su cuerpo se le escapaba. Se le endurecían los pechos mientras su vientre se ablandaba. Peor aún, a medida que la voz del cantante envolvía con su seducción de serafín los oídos del auditorio, la muchacha sentía que la entrepierna se le humedecía con un líquido extraño, quizá el mismo que se le ausentaba de la boca y los labios, transformados en una especie de madero seco. María inclinaba la cabeza, desconcertada ante la falta de coordinación de sus sentidos, y lanzaba miradas de temor hacia los parroquianos temiendo que otros signos más manifiestos —como el olor o una mancha en el vestido— traicionaran el incendio interior de su cuerpo.

Para disimular su sonrojo escondía la cara entre las manos, dando la impresión de que se replegaba en una profunda devoción. Se mordía la palma de las manos insultándose: «¿Me habré vuelto una mujer de la calle? Todo esto por ese necio chillón que no se fija ni una pizca en mí». Pero algo en ella nacía de la ternura y protestaba: «Exageras, paisana... No solo no chilla, sino que no canta mal tu Lorenzo. Además, ya te gustaría probar su miel, ¿verdad?».

Doña Ana, que a veces lanzaba una mirada controladora al rincón de los pobres y los esclavos, asentía con el mentón llena de satisfacción: ¿quién podría ya criticar la casa de don Miguel, con una esclava convertida tan visiblemente devota ante los fastos del coro de la catedral y con ese aprendiz dotado de una voz de ángel que tan bien cantaba loas al Señor? El ama de llaves saboreaba esta fehaciente demostración de piedad que ridiculizaba los chismes de la mujer del hostelero.

El último domingo, a la salida de la misa, el cura incluso felicitó a don Miguel por haber realizado una obra tan pía autorizando a ese aprendiz, dotado de una voz tan bonita, a que cantara en la iglesia incluso durante los días laborables. El sacerdote, luciendo una gran sonrisa, lo llevó a un aparte y habló largamente con el pintor. Cuando don Miguel se incorporó al grupo, que se dirigía paseando hacia la casa, María sorprendió la mirada medio perpleja, medio socarrona que el pintor lanzó al muchacho… Como si sopesara las ventajas y los inconvenientes de una propuesta inesperada sobre su aprendiz, pensó con inquietud la joven enamorada.

Dos días después, el cura, acompañado de un individuo vestido según la moda extranjera, se presentó ante la puerta de don Miguel.

11

Don Miguel invitó a entrar a los visitantes y los acomodó en el salón de gala de la planta superior, lo que solo ocurría con los clientes más importantes. Doña Ana se encargó personalmente del servicio antes de retirarse, muerta de curiosidad. María, que había traído el brasero, la vio dudar ante la puerta que el pintor había cerrado escrupulosamente. La muchacha adivinó que, de no haber estado ella por allí, el ama de llaves no hubiera dudado en espiar la conversación de los tres hombres.

—Ve a la cocina y prepara la sopa —le ordenó doña Ana al pasar ante ella.

Unos instantes después, don Miguel, desde lo alto de la escalera, llamó a María y le ordenó que fuera en busca de Lorenzo. El maestro esgrimía un rostro inexpresivo que la tranquilizó en un primer momento, aunque por la misma razón la inquietó inmediatamente después.

Interrumpió a Lorenzo mientras este estaba preparando un fondo de cielo. Parecía satisfecho del trabajo, pero con una simple ojeada, María presintió que don Miguel estaría descontento una vez más de la labor de su aprendiz. «A pesar de tus grandes ojos azules, no estás hecho para la pintura, Lorenzo», pensó con una tristeza infinita.

—¿Sabes qué quiere de mí el maestro? —preguntó el muchacho apretando el paso—. ¿Está al menos de buen humor?

La delicada voz del aprendiz quería parecer jovial, pero por la febrilidad con que se mordía el labio inferior, María supo que no las tenía todas consigo.

—Supongo que sí, pero no se puede decir que tú colabores mucho en ello —rezongó la esclava, irritada por su propia compasión.

Lorenzo se crispó, sorprendido ante la brutalidad de la respuesta, pero don Miguel había aparecido ya. Descendió la escalera y, tomando al muchacho de un brazo con un gesto de insólita atención, regresó al piso superior.

—No hagamos esperar a nuestros invitados. Te juegas el futuro, hijo mío —murmuró.

Lo último que María vio a los pies de la escalera antes de que la pareja desapareciera fue la cara desconcertada del chico. Sin aliento por la inexplicable sucesión de hechos (¿qué querría decir esa sanguijuela con «tu futuro»?, ¿se iba a marchar Lorenzo?), subió los escalones de cuatro en cuatro y, con un paño en la mano, se puso a pulir enérgicamente las empuñaduras de nácar de la cómoda situada ante la habitación donde don Miguel se reunía con sus invitados.

Encerrado en el salón con los tres adultos, Lorenzo cantó durante media hora un repertorio de canciones religiosas que ella ya había oído en la iglesia y de otras profanas que no conocía. Una voz que maltrataba el castellano lo interrumpía de vez en cuando y le pedía que volviera a empezar un fragmento determinado o le proponía otro. A continuación, los protagonistas iniciaron una conversación cuyo contenido se le escapaba. Según creyó entender, el sacerdote y el extranjero plantearon preguntas a Lorenzo que este respondía como de costumbre: con brevedad y timidez.

El súbito ruido de las sillas le hizo comprender que la visita había concluido. María bajó la escalera lo más rápidamente que pudo; escondida en un rincón, vio primero a Lorenzo con el rostro pálido dirigiéndose al taller y luego a don Miguel acompañar a sus visitas hacia la salida. El pintor repetía con satisfacción:

—No se preocupen vuestras mercedes, hablaré con su padre. Es un gran honor que Su Santidad…

La chica no oyó nada más, pues el ama empezó a llamarla con impaciencia desde la cocina.

Pasaron varios días sin que nada rompiera la tranquila monotonía del trabajo en el taller. Don Miguel había empezado aparentemente el primer panel, aunque en realidad solo había trazado esbozos de formas humanas y siempre con la precaución de hacerlo en ausencia de Lorenzo. Al terminar, cerraba bajo llave las telas en un cuartucho. El único cambio importante era la nueva amabilidad del pintor hacia su aprendiz cuando este metía la pata o canturreaba.

—No importa, estás aprendiendo… —musitaba el pintor en tono tranquilizador.

A veces incluso lo animaba en un tono paternalista:

—Déjalo. Ve a la iglesia, hijo. Sin duda, te estarán esperando.

El aprendiz, granate de vergüenza, tomaba la capa y abandonaba el taller bajo la mirada desconcertada de la adolescente.

Una tarde, en el patio, María había intentado saber algo más del futuro de Lorenzo, pero él se había negado a entrar en detalles, un poco escandalizado por su insistencia. Solo le había declarado que no era asunto de mujeres (estuvo a punto de decir «de esclavas») y que, de todas formas, ella no entendería nada. Él quería cantar, eso era lo que más le gustaba en el mundo, y estaba dispuesto a aceptar lo que le pidieran para conseguir su sueño.

—¿Y la pintura? ¿Tu aprendizaje? ¿Todo eso…?

—¿La pintura? La odio. Odio los pigmentos y odio el olor del aceite. Mi padre se obsesionó con que mi futuro estaba en este oficio. Tengo dos hermanos mayores. Al primogénito lo alistó en el ejército del rey para que se convirtiera en oficial, y al segundo lo enroló en un galeón con destino a las Indias para que se formara como armador. A mí me atribuyó la pintura. Pero se equivoca por completo si cree que seré un gran pintor. Hasta tú te has dado cuenta de eso.

No pudo evitar asentir. Y lo lamentó inmediatamente, porque el movimiento de incomodidad de su interlocutor mostraba cuánto le hubiera gustado que le contradijeran.

—¿Lo ves? El maestro y tú os habéis puesto de acuerdo para aplastarme —contestó lleno de mala fe.

—¿Te marcharás? —preguntó María con la voz tomada.

—Sí. Bueno, eso creo...

—¿Adónde?

—Pero, por Dios, ¿a ti qué te importa? —le respondió el chico con agresividad—. Tu cabeza y la mía no están cubiertas por el mismo sombrero, que yo sepa.

—Necio, es por simple curiosidad. ¿Qué más me da que un mocoso como tú se vaya al diablo? Sí, un mocoso incapaz de sujetar un pincel o de limpiarse bien las narices. Uno aprende a sonarse antes de pretender ser un adulto. Primero el agujero de la derecha y luego el de la izquierda...

El tono de la chica había sido tan imperioso que el adolescente se había llevado el pulgar y el índice a la nariz para comprobar su estado. Luego se inspeccionó los dedos, desconcertado por no haber encontrado nada.

—¿No sabes siquiera qué te cuelga de la nariz y andas parloteando sobre tu futuro?

—¿De qué estás hablando, mema? Yo...

María había echado a correr sin esperar su reacción. Estupefacta por haberse mostrado tan ridícula, se debatía entre las ganas de reír y de echarse a llorar por su propia majadería.

Una mañana a finales de semana, su atento oído captó una conversación entre doña Ana y don Miguel. La primera preguntaba al segundo la cantidad de comida que había que comprar para la cena.

—Serán tres: el padre, el cura y ese extranjero, el italiano, ¿no es cierto?

—Cuenta además con el muchacho, que también cenará con nosotros. Así es mejor. En presencia de su padre no se atreverá a protestar. En total, seremos cinco.

Estuvieron hablando del menú. El pintor quería que el vino («¡que endereza las conversaciones más tortuosas!») fluyera con generosidad.

—¿Quieres realmente quitártelo de en medio? —preguntó doña Ana.

—¡Que me lleve el diablo si no es así! Es un buen negocio: no tendré que reembolsarle nada al padre. El italiano se encargará de ello y además, ¡me dará una pequeña comisión! —Su voz estaba llena de rencor—. Ese zoquete de Lorenzo no tiene mano para el oficio y pierdo los nervios cada vez que lo veo trabajar en el taller. Sabe tanto de pintura como yo de cánticos de iglesia... No sé si ves lo que quiero decir...

Inexplicablemente cómplices, rieron al unísono; se oyó el roce de una tela. María no se había atrevido a dar un paso más en el pasillo. Doña Ana volvió a hablar pero en tono más bajo.

—María se pondrá triste al verle partir tan lejos.

—¿Por qué dices eso? —espetó él con un timbre seco.

—Porque se ve a a la legua que está enamorada de tu ruiseñor.

—¿Estás segura?

—Soy mujer, ¿acaso lo has olvidado? Nosotras tenemos clarividencia en estos temas. La muy boba está convencida de que nadie se da cuenta de sus gestos enamorados, ni de su nueva forma de peinarse...

—Que no se olvide esa necia de que es una esclava. Si alguna vez intentara...

Se produjo un silencio, roto por una apreciación socarrona llena de amargura:

—Cualquiera diría que te molesta que la muchacha ande enamorada. ¿No es normal que el corazón de una jovencita se prenda por alguien de su edad?

—¿Qué intentas decirme? Solo me molesta porque la distrae de su deber de esclava que nos ha costado cara —replicó airado don Miguel—. Sin contar que esto podría llevarla a tener malas ideas.

—¿Como por ejemplo…?

Un ruido resonó en la entrada, quizá un repartidor que llamaba a la puerta.

—Ya voy, ya voy —gritó María después de haberse alejado de la cocina—. No eche abajo la puerta, por todos los santos.

En realidad solo era un mendigo pidiendo caridad. Ella lo despidió con sequedad: «No tenemos nada para ti en esta casa. Sigue tu camino, Dios te mandará comida».

No oyó las maldiciones salaces del vagabundo porque temblaba de la cabeza a los pies.

El día, sorprendentemente helado para la época, avanzó a paso de caracol entre las compras para la cena, los preparativos de la mesa y de la vajilla, la limpieza del salón y la elaboración del menú. María no vio ni una sola vez a Lorenzo. Por fortuna, porque hubiera sido incapaz de dirigirle una palabra sin romper a llorar. Sintió la mirada hostil de don Miguel cuando entró en la cocina para comprobar que los capones estuvieran en su punto. Sin embargo, no soltó prenda, quizá porque doña Ana lo vigilaba por el rabillo del ojo.

Llegaron al caer la noche, casi en el mismo momento: primero, el cura y el italiano; después, el padre, un burgués robusto y alto, que a pesar de su actitud deferente parecía estar al acecho. María los acompañó a la planta superior y les abrió el camino candelabro en mano. Lorenzo se reunió con ellos en el momento en que el cura se prestaba a dar su bendición. Sin una palabra, besó la mano de su padre antes de sentarse a su lado.

Al principio, la cena transcurrió en silencio. Con los ojos bajos para evitar cruzarse con alguna mirada, María sirvió la cena: carne picada y pavo aderezado con pimienta y azafrán. Su corazón se contrajo cuando vio que el extranjero observaba a Lorenzo. Don Miguel se encargaba del vino y servía generosamente a todos los comensales, sin olvidarse a Lorenzo, a quien llenó la copa tras una mueca de interrogación a la que el padre asintió.

—Sirve la fruta y los dulces, trae carbón para el brasero y no nos molestes más —ordenó don Miguel a María.

La esclava regresó a la cocina; se sentía mareada y débil, como si hubiera participado en las libaciones del piso superior. Todo su ser gritaba que a su amado le estaban tendiendo una trampa. Los invitados, incluido su padre, participaban en una cacería en la que Lorenzo era la presa. María estaba casi segura de ello. La prueba era ese esbozo de sonrisa del padre cuando aceptó que el anfitrión le sirviera de nuevo vino a su hijo.

—Doña Ana, ¿puedo pedir permiso para ausentarme un instante? Tengo retortijones en el vientre.

La desconfiada ama de llaves la examinó alzando las cejas.

—No tardes, te necesito para preparar el jarabe de chocolate.

María simuló ir al cuartucho donde se hallaba el retrete, pero en realidad subió hasta el piso de arriba. Entró en la habitación adyacente al salón, la que el ama denominaba «el salón de las mujeres», decorada únicamente con cojines y alfombras en contraste con la sala de recepción principal o «salón de los hombres». Una gruesa cortina separaba los dos salones. De pie en la oscuridad, la adolescente se daba cuenta de que contenía la respiración desde que había entrado en la estancia. Espiró suavemente, avanzó unos pasos y se golpeó con la esquina de una mesa baja. Ahogó un gemido.

—Ahora tienes que responder sin…

No oyó la continuación. Con un brazo extendido y la palma de la mano tanteante, se acercó hacia donde creía que se hallaba la cortina.

—No tienes que sentir vergüenza de abrir tu alma a un sacerdote, hijo —proseguía la voz dulce—. Dime, que Dios nos perdona y benditos sean los días pretéritos: cuando… cuando tienes una polución o cuando te tocas… No, no lo niegues, ¡todos los niños de tu edad lo hacen! Hay… ¿algo? ¿Sale algo? Vamos a ser más precisos: ¿pierdes sustancia seminal? Sobre todo, no mientas…

María abrió los ojos en la oscuridad. No podía creer lo que estaba oyendo. ¿Cómo se atrevía ese párroco a faltar a la decencia más elemental formulando preguntas tan impúdicas en público, sobre todo delante del padre de Lorenzo? Y ¿por qué permitía él semejante vileza?

Le llegó un vivo intercambio de murmullos en lengua extranjera, seguido de un «responde con franqueza, hijo» más brusco.

—… nada…

—Tus palabras se pierden entre la lengua y los dientes. ¡Clama lo que tengas que decir en voz alta, en nombre del Señor, para que nadie pretenda en el futuro haberte oído mal!

Otra voz intervino; solo podía ser la de su padre, ronca y desagradablemente persuasiva.

—Lorenzo, no te avergüences de hablar en mi presencia. Todos somos hombres. ¿Quién de nosotros no ha pecado? Pero la misericordia de Nuestro Señor no tiene fin. Y además, no tenemos que hacer perder el tiempo a estas respetables personas. Una ha venido a verte de muy lejos…

María sintió un violento acceso de odio hacia ese individuo que debería proteger a su hijo y que estaba convirtiéndose en un ojeador al servicio de los cazadores.

—… tienes que saber lo que quieres. Si no respondes, agradeceremos a don Miguel su hospitalidad, saldremos sin más dilación y todo se acabará ahí. Nadie desea forzarte, pero no irás a Italia.

El muchacho se aclaró la garganta.

—Nada… Nada… No sale nada.

La adolescente, con los puños apretados, quiso protestar: «¡No les digas nada, memo! Eso no es asunto suyo…». Se mordisqueó los labios. Los dientes le castañeteaban tanto que pensó que podría oírse desde el otro lado de la cortina.

El cura volvió a la carga con su voz empalagosa y autoritaria.

—¿Estás seguro? ¿Ni el más mínimo humor lechoso en estos últimos días? No nos mentirías con la esperanza de pasearte por Roma, ¿verdad, hijo? ¿Lo jurarías sobre las Santas Escrituras so pena de condenarte al infierno si no dices la verdad?

—Nada, padre. De verdad. Nada. Y… sí, lo juro por las Santas Escrituras.

El alivio del cura era perceptible en su voz cuando exclamó:

—Bien, hijo mío. Aún eres impúber y te felicito. Al parecer, hemos llegado a tiempo. Dale las gracias a don Miguel por haber organizado tan rápidamente este encuentro. Si todo va bien y si das muestras de constancia y capacidad, pronto tendrás el honor de cantar ante Su Santidad el Papa. Por la gran gloria de Dios y la tuya, por supuesto, y… —El cura se interrumpió con brusquedad, como si estuviera en el púlpito y quisiera sorprender a la asamblea de fieles. Luego, exagerando su entusiasmo, agregó—: y la de tu familia. ¡Bendita sea entre todas!

Se alzó un guirigay general de satisfacción, y después alguien —¿quizá don Miguel?— propuso:

—Es tarde, pasemos a la firma del contrato. Luego beberemos por el futuro éxito de vuestro hijo.

El italiano leyó de forma monocorde un texto redactado en su lengua, interrumpido de vez en cuando por el cura, que traducía a toda velocidad tragándose palabras. Aun con los oídos bien atentos, María solo percibía algunos retazos carentes de significado: «... música... iglesia de nuestra... maravillosa disciplina que conduce... trabajo de soprano... años... gramática del latín... reglamento... Nápoles, Roma...».

Don Miguel, probablemente encantado de poder mostrar su conocimiento del idioma, añadía inútiles y pedantes apostillas: «eso es», «exactamente».

En un momento dado, una voz solicitó que se releyera un fragmento.

—¿El de los dineros con los que deberé compensaros? —preguntó el cura.

—Sí, exacto. Si tenéis la bondad de concederme este favor... —replicó la primera voz en un tono pusilánime afectado de amabilidad.

El runrún de palabras italianas mezcladas con castellano volvió a comenzar, primero, con un aire solemne, y acelerándose después a medida que los ajá de asentimiento se volvían regulares entre el auditorio.

—Si estáis de acuerdo, firmad aquí y a partir de mañana vuestro retoño volará hacia su nuevo destino —concluyó el traductor tras un nuevo silencio.

Siguió una risita que quizá pertenecía al padre. Luego, María oyó el deslizamiento de la pluma sobre el papel, la tos afectada del cura, un «sí, otro párrafo más», nuevos roces de la pluma y, por último, un suspiro satisfecho.

—*Grazie, grazie!*

Al oír esta exclamación en italiano del visitante extranjero —que María comprendió en el acto—, un órgano vital se le encogió en el pecho. Por un instante creyó que iba a expirar en esa habitación oscura.

Se cubrió la boca con la mano. «Sí, sin duda, algo innoble acaba de decidirse por Lorenzo tras esta cena. Pero ¿qué?» Aún no lo sabía, pero...

Tuvo la brusca convicción de estar asistiendo al desarrollo de uno de esos cuentos crueles que le contaba su tía tras mucho suplicar, cuando la noche avanzaba a paso de lobo hasta su choza.

En realidad, esos hombres sonrientes eran ogros sentados a la mesa para comerse al muchacho que había entrado en la casa que no debía…

Sí, eso era. Aunque ahí, detrás de la cortina, a diferencia de lo que le contaba su tía, ¡el estúpido niño parecía de acuerdo en que lo devoraran!

—Lorenzo, atiende…

Su lengua, dominada por el miedo, se negó a obedecerle, el espantoso gemido solo se oyó en la cabeza de la esclava. María agitó la otra mano ante ella, como si quisiera despejar desesperadamente el espesor de la oscuridad.

La vocecilla de Lorenzo se elevó de repente.

—Señores, perdón…, mi pregunta es si la…

—Tú querer decir: la… ¡clac, clac!

El invitado, con un acento horrible, empezó un alegre parloteo y pronunció algunas palabras en su propio galimatías. Cuando el cura hizo la traducción, a juzgar por la vivacidad de su caudal de voz, María hubiera jurado que tenía la cara deformada por una amplia sonrisa.

—No. Te garantizo que no tienes nada que temer. La intervención es benigna y la realiza un experto. Nuestro buen amigo afirma que el conservatorio de la Ciudad Santa solo trata con los mejores barberos de toda la cristiandad: los de Nápoles, por supuesto. En el fondo, es muy sencillo… La Providencia te ha dotado de talento: sería de ingratos desprovecharlo y no usarlo en tu propio interés. Después de todo… tú serás… (la comparación es arriesgada)… tú serás un glorioso sacerdote de la música, enteramente dedicado al sacerdocio artístico, y tu destino es tan grande como el de un cardenal o… incluso más, si Dios quiere. Tampoco yo, en mi ministerio, saco ninguna utilidad de mi… de mi…

Los adultos estallaron en una rotunda carcajada. El cura continuó su discurso alentado por las risas.

—Ya ves… Como puedes comprobar con tus propios ojos, no me va tan mal. Entonces, ¿estás de acuerdo?

María aguzó el oído. Lorenzo debió de asentir con la cabeza, porque el cura, recuperando la seriedad, lo felicitó.

—Eres un buen hijo, Lorenzo. El autor de tus días tiene muchas razones para sentirse orgulloso de ti. Don Miguel, ya que habéis tenido la amabilidad de honrarnos con vuestra hospitalidad, tened la bondad de volver a servirle un poco de vuestro excelente vino. Es el momento de…

Un espasmo sacudió el vientre de María antes de ascender para quemarle la garganta. Agrio y repugnante, el sabor del vómito le inundó la boca. Con los labios sellados por la palma de su mano, salió corriendo del salón de las mujeres, no sin antes chocar contra una pared y tropezar luego con la misma mesa de antes.

—¿Qué ha sido ese ruido?

Fue lo último que escuchó antes de entrar en su habitación y vomitar la cena sobre su vestido.

12

El tragaluz con paneles de pergamino untado en aceite estaba abierto y la luna llena bañaba con su luz indiferente la habitación de las gemelas. María se desnudó, se limpió la boca con el vestido, lo enrolló y lo lanzó a un rincón. Permaneció inmóvil, desnuda en medio de la habitación, temblando.

¿Había oído bien? ¿Iban a cometer semejante monstruosidad?

Su cuerpo era presa de convulsiones, pero no acudía el llanto. De vez en cuando inspiraba una bocanada de aire, como si estuviera ahogándose y emergiera para respirar antes de hundirse de nuevo.

Bajó la mirada hacia su cuerpo: observó sus pechos pequeños, la hendidura de la vulva. Se encontró espantosamente inútil. Y se tapó los ojos con las manos para ahorrarse su propia imagen. A ciegas, avanzó hacia la cama, se tumbó en ella y se acurrucó sin poder retirar la cubierta.

No pensó. No soñó. De vez en cuando un escalofrío le hacía apretar más los brazos alrededor del pecho.

Enseguida empezaron a resonar los gritos de doña Ana.

—María, María… ¿dónde te escondes? ¿Quieres responderme? ¡Hace una hora que te estoy buscando!

Un ruido de pasos subió la escalera, la puerta se abrió y desde el umbral se alzó un grito que pronto quedó estrangulado por el estupor.

—Desgraciada, ¿quieres probar el jarabe de palo? Tú... —La mujer la contempló horripilada—. Jesús, María y José, ¿has perdido la cabeza? —Y lanzando una mirada al tragaluz completamente abierto, añadió—: ¿Quieres morir?

Incómoda ante el mutismo de la muchacha, no sabía cómo actuar, mientras mascullaba entre dientes: «Esta es una casa de locos».

Tomó un vestido y se lo lanzó a la esclava.

—No olvides en qué habitación duermes, María. Estando así desnuda, ultrajas el pudor de las ausentes. Vamos, vístete y no tardes. Te necesito. No me hagas enfadar, si no...

A pesar de la amenaza, en el fondo el tono era muy suave. Avanzó hacia la puerta, pero antes de salir se volvió. Su rostro terriblemente feo mostraba una compasión inesperada.

—Es por culpa de Lorenzo, ¿verdad? Estás enamorada y acabas de descubrir lo que va a suceder, ¿es eso?

Los ojos de la muchacha, que abrazaba el vestido contra el pecho, se animaron, pero de su boca no salió sonido alguno.

—Idiota —suspiró el ama de llaves—. Es lo peor que podría haberte pasado: ¡enamorarte de un futuro eunuco! ¿Y crees que congelarte de frío es una solución? ¡Menuda mujer!

María limpió el salón y después la cocina. Los invitados se habían ido tras dar cuenta de todo el vino. Don Miguel se había reunido con doña Ana en su habitación, porque quizá también él estaba borracho. Lorenzo se encontraba en el antiguo establo transformado en habitación.

María subió a la habitación de las gemelas, se metió en la cama y cerró los ojos; pronto la envolvió la misma terrible tristeza.

«Mañana. Se va mañana. Y allí, será... Le van a...»

—No, ¡Lorenzo, no puedes hacer eso! —María divagaba en voz alta—. Un hombre no puede aceptar eso, ¡ni siquiera para cantar ante Dios! —Y repitió una vez más—: Ni siquiera para encantar el oído de Dios... ¡Cualquiera te dirá lo mismo!

La invadió una esperanza sin razón que escocía como una herida. Una sonrisa se abrió paso entre espasmos y llantos.

—Tú no eres un simple buey listo para capar, Lorenzo...

Se levantó, casi jovial, y se abrigó con su vieja capa.

—Ahora vas a escucharme, desustanciado. Te lo voy a explicar todo. Recuerda cómo se te... —No pudo evitar estremecerse de alegría al recordar la verga del muchacho empinada en su honor—. ¿Lo ves? Yo te...

Suspiró. Iba a ponerse a llorar si continuaba divagando. Salió descalza de la habitación. Y espió un instante los ruidos de la noche antes de dirigirse a oscuras hacia la escalera.

Tuvo que voltear varias veces la gran llave de la cerradura, que no cesaba de crujir, y cruzar el patio corriendo. El antiguo establo se hallaba a mano derecha. Empujó la puerta maciza y sintió una nueva bocanada de enternecimiento hacia el aprendiz que estaba alojado en condiciones tan precarias.

Lorenzo dormía con los puños cerrados. Sobre su rostro se depositaba la escasa luz que se colaba por las rendijas. El aire olía a paja húmeda. Se acercó al camastro, tendió la mano hacia el durmiente y permaneció con el brazo suspendido, repentinamente aterrorizada por la insensatez de su presencia en ese lugar: ¿y si el maestro la sorprendía?

El muchacho olía a vino y un hilo de saliva le colgaba de la boca. Había tenido que beber más de la cuenta. ¿Quizá estaba borracho? María sintió indecisión y miedo. Un ronquido más fuerte la hizo batirse en retirada hacia la puerta.

—¡Ay!

¿Qué había pisado? Se detuvo, ahogando un quejido y suplicando con todas sus fuerzas que Lorenzo tuviera un sueño profundo. Se frotó el talón dolorido contra el otro pie. Una oleada de vértigo invadió a la esclava; ahora podía sentir los latidos de su corazón hasta prácticamente en el globo de sus ojos. Apretó los puños, esperando aplacar el miedo.

«Un conejito del bosque sería más valiente que tú…», pensó con una mueca de desprecio mientras reculaba hacia la puerta.

Un perro ladró a lo lejos; otro le respondió sin mucho ahínco. María ya tenía un pie fuera del establo cuando Lorenzo, con una voz mucho más aguda de lo normal debido a la sorpresa, la detuvo.

—María, pero ¿qué haces aquí?

—Creí que estabas enfermo… —respondió estúpidamente.

—¿Enfermo? Pero ¿qué bobadas dices?

—Me dijeron que habías bebido demasiado y… —Le salió una respuesta tan torpe como la primera.

—¿Quién te lo dijo? ¿Desde cuándo te cuentan cosas sobre mí en esta casa? ¿A ti? ¿A una simple esclava?

El azote de la ironía fue tan fuerte que cuando cerró los párpados le pareció ver puntitos blancos bailando en la oscuridad. Durante un instante de puro miedo, intentó hallar en su mente otras justificaciones menos grotescas.

—Lorenzo, no puedes hacerlo —acertó a decir al final.

Ella había avanzado hacia él. Sin darse cuenta, había unido las manos.

—¿De qué me hablas, María?

Su voz denotaba que aún estaba atrapado en el sueño, pero ya se percibía un atisbo de ira.

—No puedes… aceptar que te… en fin… que te corten…

—¿Cómo? ¿Nos has espiado?

—Sí, durante toda la velada.

—Pero… ¡eso no está bien!

La oscuridad era casi total; sin embargo, ella adivinaba la indignación que inflamaba las mejillas del muchacho. Una sonrisa forzada, sin alegría, moduló los labios de la adolescente.

—Lo he oído todo. Esa gente son unos depravados. No tienen derecho a… Ni siquiera tu padre. Solo quiere…

Él la interrumpió encendido por la ira. Retirando la colcha, había avanzado la cabeza para verla mejor y sus ojos, iluminados por un rayo de luna, lucían en la penumbra.

—Comadreja infame y apestosa… ¿Cómo te permites juzgar a mi padre? Es un buen hombre… y solo desea mi bien. Yo… yo quiero cantar donde cantan los mejores, lo quiero por encima de todo. Si no puedo cantar, si tengo que convertirme en un pintor mediocre, no quiero vivir, ¿lo entiendes, criada ignorante? Que me ahorquen ahora mismo. Y si ese es el único camino para conseguirlo, entonces aceptaré que me…

Buscó otra palabra menos explícita y, al no hallarla, se resignó a balbucear unos «eh, eh…» de rabia.

—… que te castren. ¿Eso es lo que querías decir, aprendiz?

Ella le tocó el hombro, y Lorenzo retrocedió alarmado.

—Aléjate de mí, María. Sal de aquí, loca.

Ella se inclinó sobre él, intentando captar su mirada.

—Ahora aún eres un hombre. Luego ya no lo serás. Cantarás como un ángel delante del Papa y todos los cardenales de tu tierra y del cielo, pero si no estás… entero, jamás serás un hombre. Te convertirás en un monstruo, te aplaudirán y se mofarán de ti. Y tú no tienes derecho a aceptar eso.

La muchacha observó el efecto de sus palabras. El chico dudaba, aturdido, el labio le temblaba; quizá aún estaba bajo el efecto del vino. A María le surgieron unas ganas inexplicables de abrazarse a él. «¿Qué me está pasando? Apenas lo conozco. No es en absoluto lo que yo quería…», se dijo, y su propia cabeza le pareció un territorio desconocido, hostil, perteneciente a otro. Se aclaró la garganta para contener el pánico que le inmovilizaba las piernas y suspiró con gran dulzura:

—No puedes hacerme eso, Lorenzo.

Las pupilas del aprendiz se encogieron de sorpresa; después le acometió una risa breve, irónica y llena de terror:

—Pero… ¿tú me quieres? No me digas que me quieres…

Ella no respondió, esperó con paciencia a que la risa se desvaneciera. Después, como si fuera la cosa más normal del mundo, se puso de rodillas y le deslizó la mano bajo la camisa.

—Déjame, María, o me pongo a gritar.

Aterrorizado, el aprendiz miró hacia la mano de la muchacha que le agarraba el sexo.

—Mira —había alegría en el nerviosismo de María—, mira, Lorenzo: eres un hombre, no lo niegues.

Él la rechazó, haciéndola caer con violencia sobre su trasero, pero sin conseguir que soltara la presa. La muchacha reaccionó con un gruñido de dolor antes de volver a ponerse de rodillas con la mano que le quedaba libre. Con la otra mano seguía asiendo el miembro del hombre al que amaba y que no la amaba a ella. Tuvo el convencimiento absoluto de que se moriría allí mismo si supiera cómo ordenarle a su cuerpo que dejara de vivir.

—Déjame, te lo ruego… María… yo… yo no puedo…

Su súplica quedó en el vacío. Sorprendida por su voz entrecortada, María elevó la cabeza intentando leer en sus ojos enloquecidos.

—María, yo…

La mirada del aprendiz se transformó.

—Lorenzo, está… está…

Ella contuvo la respiración mientras sus dedos comprobaban lo que veían sus ojos; después suspiró con orgullo:

—… ¡duro! Lorenzo, ¿te… por mí?

María abrió la mano, fascinada por el sexo erguido. Lorenzo la contemplaba, a la vez muerto de vergüenza y paralizado por el deseo. Ella sopló, mientras sus dedos rozaban de nuevo el miembro empinado.

—¿Aceptarás que te corten el alma?

El reproche fue lanzado con delicadeza, y sin ironía alguna.

—¿Jamás desearás a una mujer por tu arte?

—Me gusta… la… —atinó a balbucear.

No terminó la frase, intimidado por la repentina ronquera de su propia voz. Con los ojos abiertos de par en par, la mirada antes cubierta por la cólera se llenaba ahora de una súplica. El corazón de María sintió una punzada. «Mamá, ¿qué debo hacer?»

—María, por favor... —Él tendió una mano ávida hacia ella—. Ven. No me dejes así. María... Eres tan hermosa, María —dijo con voz trémula.

Ella se irguió y titubeó, presa del vértigo. Un recuerdo irrumpió en su alma, la inquietó y luego desapareció. Lo identificó justo antes de que se esfumara: ella era niña y su padre y su tía, por una vez de acuerdo, sonreían y le tendían los brazos. «¿Por qué sonríen —tuvo tiempo de pensar— si están muertos? ¿Qué dirían si me vieran prostituyéndome con un hombre desnudo?»

—Queridos Muertos... cuánto os quiero —murmuró en algarabía.

Se incorporó y observó al muchacho paralizado en su catre, con las piernas abiertas, el sexo empinado; parecía un ser malvado suplicando su presa. Se rió en su fuero interno, pero de inmediato se arrepintió. Luego, se levantó el vestido hasta los pechos, separó las piernas y avanzó al encuentro del pistilo obsceno.

Ahogó un grito de dolor cuando él la penetró. La agarró como si le fuera la vida en ello. Le palpó febrilmente los pechos, el vientre, el nacimiento de las piernas, sin saber dónde detenerse. La besó, intentando torpemente introducirle la lengua en la boca. Ella lo imitó y sus lenguas se encontraron. María estuvo a punto de soltar una carcajada.

Había un poco de sangre bajo ella cuando él se retiró. Lo esperaba, pero aun así se estremeció, invadida por un desconcierto mezclado con melancolía. ¿Era eso convertirse en mujer? Primero sangre... pero ¿ni sombra de placer?

Se había esforzado por permanecer alegre. ¿Qué habría sentido él cuando lo acogió en su seno? La había abrazado muy fuerte, hasta el punto que le costaba respirar. Entonces él soltó un largo suspiro de abandono, semejante a un estertor, en el momento en que…

… ¡María había sentido la descarga en ella!

—Lorenzo, te has…

Él seguía respirando con agitación, con los ojos medio cerrados. Ella tomó su sexo, ya esmirriado y manchado de sangre, y agarró el extremo entre sus dedos. Con el índice recogió la gota que aún quedaba.

—Ya no eres… ¡Mira!

—¿De qué me hablas?

Le acercó el dedo a la cara. Y súbitamente a la defensiva, Lorenzo protestó:

—No, no es cierto. Eso no es…

Ella intentó controlar su voz, pero esta temblaba exultante.

—Sí, mira… es tu semilla. Ya no te pueden…

Se calló, sin aliento. Él gimió, aunque era casi un gruñido de odio.

—Es tu sangre, cerda. Sólo es tu sangre, ¿no lo ves? Quiero ir a Italia y tú no me lo impedirás. Tú has dejado de ser pura. Yo soy el mismo. Aún no soy un hombre. Eso no es…

—Pero te quiero —se lamentó ella horrorizada—. ¡Yo no te mentiría!

Se oyó un ruido en la casa, quizá un postigo que no estaba bien ajustado. María se precipitó al exterior, resbalando sobre un montón de basura, chocando después contra una puerta y, sin saber demasiado cómo, llegó a la habitación de las gemelas.

Cubierta por la colcha, intentó controlar el miedo que la paralizaba. Una parte de su cabeza empezaba a funcionar y le proponía volver a escuchar los abominables improperios de Lorenzo cuando la puerta se abrió.

El pintor blandía un candelabro. Iba en pijama, con el pelo alborotado. Quizá simplemente se había levantado para satisfacer una necesidad natural, se decía María contra toda evidencia, y, al pasar, comprobaba, como hacía a veces, que las puertas y las ventanas de la casa estuvieran bien cerradas.

Avanzó hasta los pies de la cama y elevó el candelabro para iluminar el rostro de la muchacha. El brillo de las velas alargaba los rasgos del maestro, que contempló a su esclava con ojos carboneros y vacíos de toda expresión. María quiso decir algo, pero las mandíbulas se negaban a abrirse. De un manotazo, don Miguel barrió de la cómoda un ramillete de flores secas que le molestaba y depositó el candelabro, sin apartar la mirada de la adolescente.

—¿De dónde vienes, María?

Y sin esperar la respuesta, le arrebató la colcha y la lanzó detrás de él. Antes de que la adolescente pudiera siquiera reaccionar, se inclinó sobre ella, le levantó el vestido, le separó brutalmente las piernas y colocó la cabeza en su vagina.

María lanzó un grito de espanto mordiéndose los puños cerrados. El hombre respiraba con mucha violencia, con la nariz pegada contra los labios de su intimidad.

—¡Perra, sucia! Hueles a jodienda… ¡y a sangre! ¡Me has traicionado!

Había desesperación en sus palabras.

—Ya no eres virgen, cerda. Y ahora, ¿cómo pintaré el cuadro?

Se irguió, las palmas vueltas al cielo, como si estuviera implorando. La luz lateral de las velas solo permitía ver un ojo de don Miguel: estaba manchado de sangre.

—Has fornicado con un don nadie, puta… Has preferido a un nadilla sin cojones a mi cuadro, ¿verdad? Cuando yo, tu maestro, ¡jamás te he tocado!

Sus palabras, entrecortadas por la ira contenida, se confundían con sollozos. Cuando inspiraba, parecía como si la garganta le silbara hacia dentro.

—¿Por qué te has estropeado por tan poco? Yo tenía previsto para ti un gran destino... ¡Responde!

Le dio un puñetazo en la vagina. María se puso a gritar. El sufrimiento era inimaginable. Un peso le cayó encima: el cuerpo de su dueño. Una mano apestosa de mierda y de vino la amordazó.

—Cállate, guarra. Deja de gritar o te ahogo. Vas a entender ahora qué significa traicionar a tu maestro. ¡Mañana estarás entre tus semejantes: las putas!

A punto de desvanecerse, sintió que el hombre tumbado sobre ella buscaba con dedos como garras la entrada de la vulva para introducir su sexo ya desnudo. Cuando el individuo se introdujo en el orificio y empezó el vaivén, ella lanzó un grito desesperado:

—¡Doña Ana! ¡Auxilio! ¡Salvadme!

13

Por supuesto, ni doña Ana ni nadie acudió en su ayuda aquella noche. A la mañana siguiente, con maneras aún más agrias que de costumbre, el ama de llaves apremió a la esclava para que se dispusiera a abandonar la casa por la tarde. Con el rostro en tensión y los ojos enrojecidos, no podía esconder que ella también había llorado mucho.

—Después de lo de anoche, no puedes seguir sirviendo en esta casa —gruñó, indicándole los pocos vestidos que podría llevarse—. Y no te muevas de esta habitación hasta que te dé permiso.

Se dirigía hacia la puerta pero se detuvo.

—Como mínimo, hija, ¡podrías haberte defendido! Te dejaste hacer, ¿verdad? Él te había avisado de que no… ¿Cómo te atreviste a desobedecerlo? —le reprochó, amarga efigie de la mala fe.

María había pasado de la fase del llanto a la del grito y, por último, a la de la pena. La cabeza le pesaba como una piedra, pero por fortuna vacía, como si un demonio provisto de una lengua de hierro le hubiera excavado el cráneo antes de escupir su cerebro en el suelo. Todo lo que le quedaba de entendimiento se mecía entre las oleadas de dolor que le subían de la pelvis y las ganas de vomitar que, desde la violación, se gestaban en sus intestinos.

Cuando tuvo el hatillo preparado, se sentó en el suelo y se dispuso a esperar en el mismo estado de postración protectora. Al final de la tarde, un hombre golpeó la puerta e indicó que lo enviaban a por una esclava en venta.

Empujada por el ama de llaves, que le había puesto en las manos pan y lardo, María se hallaba ya ante la puerta cuando de repente, por primera vez en aquel día, pareció volver a la realidad e imploró:

—Doña Ana, solo una palabra y ya no os molestaré más en toda mi vida: ¿Lorenzo ha preguntado por mí?

—Pero ¿qué te piensas? ¿Que aún es asunto tuyo? Amas a ese bobalicón, ¿verdad?

La súplica de María parecía un vagido.

—Si vos supierais... Doña Ana, por el amor de Dios, decidme dónde le llevan. Quizá habría alguna posibilidad de que... Vos sois una mujer, deberíais comprender...

El ama de llaves estuvo tentada de encolerizarse de nuevo.

—Pero, ¿cómo te permites...? ¡No eres más que una esclava!

De repente, se aclaró la garganta. El rostro desfigurado, los hombros abatidos, ella permaneció callada un instante, engullida por su propia emoción.

—No puedo hacer nada —prosiguió con esfuerzo, abandonando su amargor habitual—. Es demasiado tarde, María. El maestro lo ha conducido al alba a casa del italiano. Mañana partirán. No volverás a verle. Dios sabe cuánto he rezado para que esto no pasara. Incluso me había acostumbrado a ti. Sé bien que no es culpa tuya. Es... ¡Es él, ese maldito!

Sus labios se cubrieron de filamentos de saliva pastosa.

—Y... le amo. Yo amo a ese depravado... No se lo merece, por supuesto, pero yo... no soy más que una vieja sirvienta consciente de su fealdad. A veces creo que el Creador me modeló un día que estaba muy enfadado. ¿Qué puedo hacer, María, si tu suerte ha tomado ese camino?

Puso una mano sobre el cabello de la muchacha, que se tensó. Ruborizada, el ama de llaves se dio cuenta y la retiró precipitadamente. Con un nudo en la garganta, murmuró:

—¡Que Dios te ayude en tu desgracia, pequeña morisca!

Volvió a encontrarse en el mismo establo que a su llegada a Sevilla. Esta vez había más esclavas negras y una carga de mujeres raptadas unos días antes en las costas berberiscas. Lo que no había cambiado era la infinita estupefacción de las nuevas cautivas ante la desgracia que se abatía sobre ellas. Su desesperación se manifestaba primero mediante accesos de violencia y, luego, con una resignación casi completa.

Los guardianes debían de estar acostumbrados a ese fenómeno porque cada recién llegada, al menor incidente, tenía como premio una implacable sesión de bastonazos administrada con indiferencia y que duraba lo que hiciera falta para calmar a las más enérgicas. Pero el remedio podía ser peor que la enfermedad, pues algunas presas caían en tal abatimiento que se negaban a alimentarse y ni siquiera se levantaban para hacer sus necesidades: defecaban y orinaban sobre sí mismas; emponzoñando el aire del lugar con su propia degradación parecían vengarse del poder de sus propietarios. Los guardianes reaccionaban con rapidez para evitar que se propagara esta epidemia de tristeza, que podía provocar la bajada del precio de las esclavas y la caída de la reputación del establecimiento. Las malas eran separadas de las demás, se las desnudaba y se las lavaba en grandes barreños de agua. Después, las azotaban con el ahínco con el que se azota la colada hasta que se avenían a cambiar de actitud. Pocas de ellas se empecinaban, y las que lo hacían... simplemente morían.

Durante el tiempo que estuvo allí, María vivió en una especie de bruma perpetua. Habló poquísimo con sus compañeras de infortunio. Le costaba aceptar que las aspas del molino de las pesadillas se hubieran vuelto a poner en marcha con tanta facilidad. También la martirizaba el dolor de su vagina, tumefacta por el puñetazo del pintor. A veces, también otra cosa —su amor por Lorenzo— pugnaba en ella, pero se negaba a escucharlo; se sabía incapaz de resistir una pizca de sufrimiento más.

Cada mañana, un grupo de desgraciadas partía a los distintos mercados de esclavas de la ciudad, aunque los clientes también se acercaban al establo para verlas. María, que no salía nunca, tardó unos días en comprender lo que los guardianes murmuraban cada vez que un posible comprador la señalaba: «Esa bonita ya está vendida».

Su comprador se presentó dos semanas más tarde. Elegantemente vestido, con barba y bigote, parecía un notable. Se plantó ante ella, mostrando todos sus dientes al sonreír.

—Válgame Dios, aún eres más bonita que en mi recuerdo. ¡Cuánto he pensado en ti, señorita!

La esclava alzó una mirada sorprendida hacia el desconocido. ¿Por qué le hablaba como si la conociera?

—¿No me reconoces, María? ¿Te lo impide la barba? ¿O quizá es el bigote? ¿Quizá mi aspecto de Grande de España te intimida un poco?

Soltó una carcajada que le mordió el corazón. «Bartolomé, el asesino de mi padre y de mi tía.»

El alma se le partió en pedazos. ¿Cómo era posible que Dios fuera tan grotesco con sus bromas?

—Sí, soy yo. No te equivocas, palomita. He hecho buenos negocios y he podido volver a comprarte. Recuerda mi promesa.

Su brazo barrió con orgullo el espacio a su alrededor.

—Y desde ahora… todo esto me pertenece. Y he adquirido dos depósitos más de esclavos en Castilla. Demos gracias al cielo por su generosidad.

El hombre bajó la voz, cómplice y feliz como un niño.

—Me pregunto qué le habrás hecho al pintor para que tuviera tanta prisa por librarse de ti. Mi mandatario te ha conseguido por un cuarto del valor inicial.

El cazador de esclavos cruzó su mirada, súbitamente teñida de gravedad, con la de la chica.

—¿Supiste que intenté recomprarte varias veces? ¿No? ¿Y que el viejo chocho se negaba a cederte? Parecía tener una auténtica inclinación por ti, brujita. Provocas ese mismo efecto en demasiada gente, ¿no crees?

María lo observaba con mirada bovina, incapaz de concretar el más mínimo pensamiento en su cabeza. Bartolomé la tomó por el mentón y se lo acarició. Con aires de no darle importancia, murmuró:

—Tendrás que aprender a mostrar una cara más amable, si deseas recompensar en su justa medida... ¿cómo decirlo?... mi insistencia.

Con gesto amenazador, le pinzó con fuerza el mentón.

—No tengas demasiados nudos en la lengua, María, y dime que lo harás con alegría. No te olvides de quién soy. Tengo la debilidad de haberme prendado de ti, pero detesto dilapidar el dinero.

—Sí, lo haré con alegría, maestro —consiguió decir la muchacha con voz estrangulada.

—Entonces, prepárate —respondió sonriente de nuevo, pero sin abandonar su rudeza—. Tenemos un largo camino que recorrer. Vamos a Madrid. Y despréndete de esos harapos que el viejo roñoso te ha dado. Son indignos de mi compañía.

El viaje no se iniciaría hasta el final de la semana. Al día siguiente, Bartolomé encargó a una matrona del depósito de esclavas que vistiera a su nueva adquisición y que la condujera a una posada, al otro lado del Guadalquivir. La matrona pasó toda la mañana con María esperando la llegada del señor. Mientras la acicalaba y la vestía, la mujer la entretuvo primero con alusiones y luego con sentencias sobre los futuros deberes de una joven esclava. Insistió con sonrisas picaronas sobre la suerte que tenía de ser tan hermosa. Solo tenía que aprender a hacer buen uso de su belleza ante su nuevo señor. A este le encantaban las jovencitas, pero se cansaba tan pronto como se encandilaba de ellas. Tenía que cuidar de que esto no sucediera, porque de ser así la vendería sin dudarlo a alguno de los numerosos lupanares de la ciudad.

Al ver la mirada ausente de María, la vieja comadre la amonestó.

—No te hagas la altiva conmigo, querida. Es cierto que el señor te ha comprado magníficos atavíos, pero yo también fui más bonita que una rosa y mira en lo que me he convertido. Tan solo tienes un poco de culo, unas piernas y un agujero en medio como armas. Transfórmalas en un puerto de felicidad para don Bartolomé, bonita, y quizá así evitarás tener que servir muy pronto a los soldados.

Bartolomé llegó al caer la noche. Tras expulsar con sequedad a la matrona, se quitó la capa y la espada lanzándolas a la cama y ordenó que trajeran comida y vino a la habitación. Cenaron en silencio. Estaba de mal humor porque, según contó entre dos tragos de vino, una venta en Sevilla no terminaba de cuajar y el viaje podía retrasarse. Se enorgulleció de haber adquirido a precio de oro una residencia que daba al palacio del Escorial cerca de Madrid y de la que estaba deseando tomar posesión.

Enfundada en un vestido algo grande para ella, María mascaba lo más lentamente posible el trozo de jamón, como si el movimiento de sus mandíbulas tuviera poder para retrasar el momento fatídico.

—Ven, María. Estoy cansado —dijo de repente, levantándose.

Mientras se quitaba el jubón de mangas acuchilladas, la examinó con deseo, repentinamente revigorizado, casi enternecido.

—Eres maravillosa. No debería dejarme abatir por un simple retraso. La Providencia a veces nos gratifica con su benevolencia cuando se aceptan sin rechistar sus designios. Tú eres testimonio de ello, pequeña, te dije que… te apreciaba mucho. He sido paciente y he sido recompensado. Examinemos juntos la calidad de esta recompensa… ¿María?

Su sonrisa se congeló, pero no desapareció.

—Levántate, María.

Como si le hubieran clavado una aguja, la muchacha se alzó de la silla, con el bocado de jamón aún en la boca, incapaz de tragárselo o de escupirlo.

—Pequeña, vas a ahogarte si sigues hinchándote de esa manera, y ¡entonces ya no me servirás para nada! —El hombre en camisa de cuello redondo con puntillas rió—. Usa tu apetito conmigo, anda.

Bartolomé atrajo a la adolescente hacia él y empezó a besarle el nacimiento del hombro, la nuca, mientras una mano le rozaba el pecho y la otra el vientre. María sentía la protuberancia del deseo del hombre, que exhalaba un olor agrio de sudor, vino y cuero. Bartolomé deslizó una mano bajo el vestido, la colocó sobre su vagina dolorida y empezó a acariciarla. Mordiéndose los labios de dolor, la adolescente no pudo evitar tensarse.

—Eres tan animosa como un tronco de árbol seco —gruñó al instante—. No me estarás faltando al respeto, ¿verdad, María?

—No, señor, es que… es que… tengo… tengo…

Ella intentó buscar una respuesta pero le faltaba el aire. Bartolomé se detuvo, pálido.

—Ah… ¿Tienes el menstruo? —dijo él, alejándose con asco—. ¿No habrías podido esperar a mañana, boba?

Jadeante, su despecho se transformó en cólera. Dio una patada a una silla que acabó estrellada contra la pared. Luego sonrió mostrando todos los dientes.

—Bueno, no es culpa tuya… Por suerte, te queda la boca…

Le lanzó un guiño jovial. Su mano fue a buscar bajo la camisa su pene, que exhibió con una mueca llena de un deseo implorante.

—Noble marquesa, este fiel hidalgo a duras penas podrá perseverar en este estado un poco demasiado… rígido. ¿Podría ayudarle a recuperar su serenidad tu dulce lengua?

Con la mano que le quedaba libre arrastró a la esclava hacia la cama. Alejó la espada a los pies para tener espacio y tumbó a la adolescente de espaldas. Con sus calzas medio bajadas, se sentó a horcajadas sobre ella. Cerró los ojos y colocó con rudeza su sexo contra los labios de su cautiva.

—Abre la boca y realiza tu delicioso oficio, mi niña.

Con el pecho aplastado por el peso de ese bruto, María intentó apartar un poco aquel sexo que le chocaba contra los dientes.

—No puedo, señor… Me ahogo… Me ahogo con su peso en el pecho.

—No es nada, ya te acostumbrarás… Vamos, abre la boca o te azoto… ¡Qué daño me haces, puta!

El hombre había abierto los ojos y dejó caer sobre la cama la mano que le rodeaba el miembro. Los dedos de María tocaron la empuñadura de la espada. El violador había vuelto a colocar su sexo en la boca de la adolescente y trataba con exasperación de forzar los labios de esta con ayuda del pulgar y el índice.

—Bien, ¿quieres jugar? ¿Te ofreces al viejo huraño y no gozas conmigo? ¿Te trato como a una dama y no manifiestas ningún reconocimiento?

Apenas comprendió la imagen de la hoja que apareció a su izquierda. Intrigado, tuvo tiempo de girar la cabeza, pero interpretó demasiado tarde el inconcebible gesto de su víctima. Sus dedos aún reposaban en las mandíbulas de la muchacha cuando la hoja le seccionó la garganta justo por la mitad.

La sangre le corría por el cuerpo. María apartó los brazos y luego los pies de un cuerpo que aún se movía. No estaba muerto. De rodillas, con el pene balanceándose con los restos de la erección, Bartolomé se sujetaba el cuello, cogiendo con una mano la hoja y con la otra intentando contener el incesante borboteo de la sangre.

—Sálvame… uggg… por el… uggg… amor de Dios…

Las palabras se mezclaban con un espantoso gluglú, pero le pareció entender algo parecido a «Piedad, te amo, María…».

—Pero… yo… uggg… no te he hecho… ugg… nada —logró articular inteligiblemente, a pesar de la sangre que le manaba ya de la boca—. No, ¡eso no! No…

María blandía la faca que él había dejado en la mesa y que había usado para cortar el jamón. La mirada del herido la siguió con horror, pero sin perder un solo instante su expresión de incomprensión.

—No me mates… Te quiero… Podríamos…

Le clavó con todas sus fuerzas el cuchillo, una vez, dos, hasta tres veces en la espalda.

—Así que me quieres… y que no me has hecho nada. ¿Y quién mató a mi padre y a mi tía? ¿Y quién me deshonró? —Le dejó el puñal hundido en la espalda—. ¡Maldito seas! Si tú no me has hecho nada, entonces ¡yo tampoco te he apuñalado!

Un arrebato de alegría arqueó su cuerpo y, al mismo tiempo, le abrió el corazón: ¡había vengado a sus seres queridos! Observó con gratitud la mano que había asido el arma. Pero fue su nariz, que se preparaba para un posible sollozo, quien le dio la alerta: su cuerpo se había endurecido repentinamente de la cabeza a los pies, su alma se hallaba demasiado eufórica… María se preguntó si acababa de excitarse, de la misma forma que le sucedió a Bartolomé cuando se preparaba para violarla.

El asco le provocó un escalofrío. Hubiera querido limpiarse los oídos de esa asquerosa declaración de amor del cazador de esclavas. En la boca del asesino de su familia, esas palabras falsas parecían excrementos.

Pero ¿y si decía la verdad?

La adolescente permaneció contemplando al hombre medio desnudo que agonizaba cubierto por el líquido negruzco.

¿Habría cambiado algo que fuera sincero? Embustero o sincero, Bartolomé se disponía a morir de forma bastante penosa. La muerte daba la impresión de querer ingerir su presa poco a poco, mordisco a mordisco.

Una idea —un deseo violento, ridículo— en medio del gran desierto de sus emociones: «¡Qué odioso es morir! Nunca dejaré a nadie que me mate».

Los últimos estertores de Bartolomé, mientras vaciaba la vejiga y su orina se mezclaba con la sangre, fueron para implorar la presencia de un cura. Más adelante, María no podría recordar cuánto tiempo permaneció así, ni lo que pensó entonces. Ante el espanto del crimen que acababa de cometer y su propia reacción, todo su cerebro se había encogido como los cuernos de un caracol.

Agotada, se tumbó en la cama y, cadáver junto a cadáver, durmió sin ningún tipo de sueño hasta bien entrada la noche. Entonces se levantó, se limpió la cara y las manchas de sangre del cabello con el agua de la vasija y se cambió el vestido.

Si la pillaban, sería descuartizada o quemada viva.

Respiró hondo. La fonda estaba llena de viajeros. ¿Era posible que nadie hubiera oído nada? Se mantenía erguida, apoyada contra la mesa, pero sentía en su interior que los músculos se le disolvían. Cuando estuvo segura de la docilidad de su cuerpo, se dirigió de nuevo hacia su víctima. «Mi nuevo amante...» Se dispuso a registrarle. El corazón casi se le detuvo cuando creyó que el muerto se movía. Por fin, halló lo que buscaba sobre la piel del cadáver.

Cubrió al muerto con su ropa empapada en sangre y preparó un hatillo con todo lo que podía llevarse. Se puso la capa y descendió la escalera. Cruzó la gran sala de la fonda, donde alguien roncaba ante la chimenea. Las vivas brasas le permitieron discernir una segunda silueta tumbada. Con el corazón a punto de estallarle en el pecho, abrió la puerta y salió a la calle, completamente a oscuras.

Hacía frío, pero era soportable. Los caballos resoplaban perezosos en el establo vecino. Ajeno a lo acaecido aquella noche, el cielo desplegaba su sempiterna ornamentación de pedrería.

La boca pareció llenársele de barro. Ella, que había sido la hija preferida de un artesano de Granada, había matado a un ser humano y, aparte del miedo y la náusea, no sentía nada más. Se giró y escupió su rencor sobre el umbral de la puerta de la fonda. Rencor por todo: por la pérdida de sus familiares y de su inocencia, por la crueldad de los hombres y de ese Dios beato que permitía o suscitaba lo abominable.

Su vocecilla interior le recordó que tenía cosas mejores que hacer que andar escupiendo contra una puerta si no deseaba verse en manos de los servidores de ese Dios de memoria vindicativa que tan imprudentemente se permitía insultar.

Entonces, más muerta que viva, María decidió huir siguiendo la dirección del río. Ni por un solo instante dejó de pensar en el loco al que, para su desgracia, amaba. Tenía el alma carcomida de tristeza.

14

Durante años, María buscó razones a la implacable crueldad de su destino. Cuál de sus dos nombres sagrados había marcado más su suerte; ¿el de María, madre de Jesús, violada como ella por un Señor Todopoderoso? ¿O el de Aisha, la descarada, la madre de los creyentes, sospechosa de haber amado a alguien más que a su insaciable marido, el Profeta?

Más de tres meses después de haber escapado de Sevilla, seguía errando por los caminos que creía que conducían a Granada. Tenía la vaga y estúpida idea de que, como su familia fue expulsada de allí, quizá sería el lugar en el que se encontraría más en casa y, por tanto, en menor peligro que en Castilla. Además, seguía alimentando la vana esperanza de llegar a Italia y hallar a su querido Lorenzo.

Con el miedo siempre por compañero de viaje, se sabía a merced de alguaciles y campesinos desconfiados y delatores. Se perdía a menudo, dormía en la maleza o en las ruinas de casas devastadas por la guerra. Raramente se aventuraba por las aldeas de los cristianos viejos, pasaba hambre y frío, a pesar del dinero que robó a Bartolomé. Su único conocimiento geográfico era el recuerdo del camino de ida con los cazadores de esclavos, así que decidió seguir el curso del Guadalquivir hasta la confluencia con su afluente, el Genil, y luego subir siguiendo este último con la esperanza de encontrar un día u otro algún morisco. Como quien entona una plegaria, solía repetirse: «Hubo muchos moriscos alrededor de Granada. Aunque hayan matado a una parte, reducido a la esclavitud o expulsado a otra, sería realmente una fatalidad no encontrar a alguno que pudiera ayudarme».

Eso le bastaba para contener la angustia durante un par de días. El resto del tiempo, sobre todo al caer la noche, se despreciaba profundamente por estar invirtiendo tantos esfuerzos en regresar, por su propio pie, a la boca del lobo. ¿Por qué iban a detenerse los vencedores si llevaban tan buen camino?

En varias ocasiones, tuvo que alejarse del río y adentrarse en el bosque por miedo a los pescadores y a los soldados. A veces, simplemente se salvó por suerte. En el peaje de un puente golpeó con una piedra a un cobrador que pretendía abusar de ella. El desgraciado, sorprendido por la resistencia de lo que a sus ojos no era más que un andrajo muerto de hambre, la dejó escapar mientras lanzaba una lluvia de improperios.

Una mañana, tras otra noche angustiosa, encontró a un hombre durmiendo al raso junto al río. Vestía como un campesino y tenía un aspecto banal, a primera vista inofensivo. El viajero dijo ser un albañil ambulante que se desplazaba de pueblo en pueblo para ofrecer sus servicios. Poseía dos mulas, una para él y otra para cargar el material. El jovial artesano invitó a la vagabunda sucia y mal dormida a compartir su comida y, esta, bajando la guardia por primera vez desde que huyó de Sevilla, no se sintió con fuerzas para rechazarlo.

Se presentó como una criada que buscaba casa donde servir en los alrededores de Granada. Cuando él le preguntó de dónde venía, María mintió, obviamente, pero se enredó con los nombres de los lugares. Él insistió en saber si estaba casada. Lo negó con rotundidad, pero le aclaró que eso no era asunto suyo. El artesano la observó y sentenció que era demasiado joven y, en verdad, demasiado bonita (casi una tentación del diablo) para proseguir el viaje sola en un momento en que pululaban tantos malandrines y salteadores de caminos por el reino de Castilla.

—No has elegido el camino más corto para llegar a Granada... Yo diría que más bien te estás alejando. En cualquier caso, yo no me dirijo allí y nuestros caminos pronto se separarán, pero te ofrezco a pesar de todo mi modesta compañía hasta el próximo pueblo. Como pareces muy fatigada a pesar de tu juventud, puedes cargar tu hatillo en una de mis mulas. A cambio, ¡me harás compañía! Me muero de aburrimiento, jovencita. Tengo que hablar conmigo mismo de cosas que ya sé de memoria. A veces hablo hasta con las mulas, pero no saben nada de confidencias. Las compré en Francia y solo entienden la lengua de allí.

María ya se había cruzado con algunos hombres gallardos que con su afabilidad solo pretendían un objetivo: agarrarla y meterle su gusano entre las piernas. Viendo la cara de escepticismo y desdén de la vagabunda, el desconocido alzó las manos al cielo.

—¡No tienes nada que temer conmigo! Soy hijo de un respetable linaje. A mi manera también soy hidalgo: albañil, hijo de albañil, nieto de albañil, y todos de excelente reputación. Si no fuera blasfemia, juraría que en el cielo mis abuelos solo realizan trabajos de confianza, como el de mantener en buen estado las murallas del Paraíso.

Gaspar López Magroza contaba unos treinta años largos, tenía la piel oscura como la corteza de un árbol, no era ni feo ni guapo, era corpulento y más bien paticorto. Según contó, estaba cansado de errar de monte en monte, y se dirigía al pueblo de sus padres para quedarse a vivir. La bruja de su madrastra había muerto recientemente y se disponía a tomar posesión de la casa familiar.

—¡Envenenada por estreñimiento crónico! —Le guiñó un ojo antes de proseguir—: Comió demasiados higos chumbos. Como ves, Dios es clemente con los huérfanos de mi edad.

Hablaba mucho y pedía disculpas de vez en cuando por ser tan parlanchín. Regresaba de un largo periplo más allá de los

Pirineos y, como se manejaba bastante mal con el dialecto de allí, había tenido que mantener la boca cerrada mucho más de lo habitual en él. La hizo reír en varias ocasiones, sobre todo cuando imitó con exageración las úes y las curiosas manías de flamencos y franceses... Pero consiguió hastiarla pronto debido a esa obstinación suya por mantener constantemente el buen humor.

Se pusieron en marcha, tirando de sendas mulas. Una de las monturas sufría flatulencias y se paraba a menudo para aliviarse. Cuando María golpeó suavemente al animal para animarlo a reemprender la marcha, su capa se abrió, dejando al descubierto un vientre de formas redondeadas. Gaspar cruzó la mirada con la de la adolescente, que se la devolvió cargada de desafío, y acabó bajando la cabeza, disimulando mal su sorpresa y una suerte de decepción.

Gaspar no dijo ni mu (jamás evocaría de nuevo ese instante, destinado a hacerle sufrir durante toda su vida), pero con una amabilidad algo torpe la instó a montar en una de las mulas.

El primer día, Gaspar empezó por proponerle que fuera su criada. Más tarde, cuando el corazón de María se convirtió en piedra, ella dataría ese momento como el inicio de la fiebre de concupiscencia que atormentaría el resto de sus días al pobre albañil. «No se atrevió a tomarme a la fuerza como vagabunda... En cambio, creyó que si me ponía a su servicio tendría derecho a ello.»

—No he tenido tiempo de buscar mujer ni hijos. La casa está vacía. Si aceptas, no será menester contratar a alguien para mantenerla limpia. La paga será modesta, pero el servicio también. Estarás alojada y, si Dios quiere, nunca te faltará un plato en la mesa. Aunque no sea mucho, siempre será mejor que vagabundear por los caminos enfangados de Castilla durante todo el día. —Su mirada se apagó—. Te presentaré como mi sobrina. Sin duda, te doblo de largo la edad, pero eres... tan bonita que más vale que seamos parientes a los ojos del mundo. Así, el pueblo rumoreará menos... aunque eso es como pretender que los cuervos dejen un día de graznar. María, eres tan bonita... a pesar de.... —refunfuñó abochornado.

—¿A pesar de qué? ¿De mi suciedad? —completó ella con hostilidad.

—No seas tan suspicaz. No quería ofenderte, pariente mía. —La perenne sonrisa del hombre se petrificó, incómoda.

Furiosa, María estuvo a punto de decirle que ella era la primera en saber que apestaba, que llevaba ropa mugrienta, harapienta, pero que precisamente los piojos y la suciedad enfriaban el ardor de cretinos como él. Además, esa belleza que tanto parecía impresionarle, para ella era una maldición. Todos y cada uno de los individuos con los que había tenido la desgracia de cruzarse habían intentado forzarla, y antes o después le vomitaron una sarta de desvergüenzas.

Pero decidió callar porque volvía a tener hambre. Conocía demasiado bien ese calambre del vientre vacío. Alzó los hombros y decidió que tendría que soportar un día o dos más a ese tunante de alforjas cargadas de vituallas.

Al llegar la noche, le sirvió una ración de vianda seca; luego, le cedió su colcha con el pretexto de que no aguantaba el calor cuando dormía. María pasó una parte de la noche fingiendo dormir, atenta al menor ruido sospechoso del viajero tumbado no muy lejos de ella. De vez en cuando, para tranquilizarse, palpaba la daga que escondía en el pecho, la que perteneció a Bartolomé.

La luna seguía brillando en el cielo cuando un roce la despertó de su duermevela. El viajero estaba inclinado sobre ella y la contemplaba con una avidez casi lasciva y también con increíble admiración. Se sobresaltó y, a punto de gritar, buscó la daga con desespero. Gaspar se irguió balbuceando disculpas. Se aclaró la voz, lanzó una ojeada oblicua hacia abajo —María descubrió la erección que se anunciaba bajo su ropa— y luego, como si aquello no fuera con él, recuperó su alegría habitual.

—Pero… ¡si es culpa tuya! Roncas tan fuerte que pareces una mula. Creí que te sentías mal.

—Pero ¡qué sandeces dices! Yo no ronco nunca —sentenció María.

—Sí, niña… y tan fuerte que me pregunté si había por ahí un diablo acatarrado que quisiera saber de nosotros. Cuídate la nariz, por el amor de Dios.

Y el albañil paticorto se tumbó dignamente en su lugar anterior. Estupefacta por el aplomo del individuo, María murmuró un «¿Cómo… cómo… tú…?», pero los enérgicos ronquidos del supuesto durmiente cortaron en seco toda protesta.

«¡Viejo loco!», fue el insulto que murió en los labios de la muchacha. Tras removerse en la colcha para encontrar una posición menos incómoda, María volvió a dormirse. Esta vez, extrañamente, sin temor.

Al segundo día, el albañil ya estaba enamorado de ella. Bromeaba menos y suspiraba más. Después de unos vinos, le reveló que su otro nombre era Abdel Alí y que prefería refugiarse en su pueblo natal porque las cosas estaban muy mal para los cristianos nuevos.

—De regreso del reino de Francia, quise establecerme en Toledo. La ciudad es bonita y bulliciosa, necesita manos hábiles que dominen todo tipo de oficios. Pensaba asentarme y vivir allí como un hombre honrado durante el resto de mis días. Pero desde que llegué, tuve que luchar por obtener el permiso del gremio de albañiles. Esos hijos de perra me dijeron que tenía la piel demasiado oscura para ser un buen católico, y me exigieron que demostrara que en mis venas no corría una gota de sangre mora ni judía. De no poder hacerlo, no me quedaría otra que largarme a Argel con «los perros piratas» de mis amigos. Así respondieron a un buen y leal artesano, tan bautizado como Su Majestad el rey y como el Papa de Roma. ¡Como si las casas se construyeran con sangre y no con brazos y mortero!

Según él, cada vez se hablaba más de expulsar a todos los descendientes de árabes al Nuevo Mundo o a Berbería. En Madrid, algunos llegaban a exigir que no se corriera ningún riesgo con esos posibles aliados del turco; que más valía matarlos a todos, del primero al último, o como mínimo castrar a todos los hombres.

—Este cuento de expulsarnos del reino, tanto si somos auténticos como falsos conversos, vengo oyéndolo desde que era niño y, a pesar de la guerra, jamás creí que pudiera llegar a ser cierto. El olor de un pedo no siempre anuncia ganas de cagar. Pero esta vez las cosas parecen distintas —murmuró Abdel sorbiendo vino del cuenco—. Este país no es mejor que una cebolla podrida para nosotros. En toda España se oye la misma conjura: la gran conversión de hace cincuenta años fue un error; un cristiano nuevo siempre será un cristiano falso, un traidor del rey y de la auténtica fe. Y los sacerdotes lo repiten cada domingo en sus sermones: «Hemos expulsado a los judíos y a cambio Dios nos ha permitido descubrir las Indias y sus riquezas. ¡Imaginad qué grande sería su gratitud si expulsáramos a los partidarios de Alá y los herejes calvinistas!». —Los ojos se le encogieron del odio—. Esas cucarachas con sotana nos hacen responsables de todas las desgracias de los reinos de España: la peste, la carestía y hasta el hundimiento de la flota real. Nos llaman «moriscos» y, esa palabra, en sus sucias bocas, suena a piojo y a carroña. Ellos afirman que el bautismo no sirve para nada, que la sangre de los árabes no se secará nunca de la misma forma que la de los cristianos viejos porque Dios ha querido que nuestra sangre se transforme en orín en la tumba. Y dicen que esa es la razón de que nuestros cementerios huelan a letrina.

Se sirvió otra escudilla de vino. Le ofreció una a María, pero esta lo rechazó desconfiada. La cara bonachona del viajero había tomado una expresión melancólica.

—¡Malditos curas! Si pudiera arrancarles la piel de los labios haría con ella sillas para todos los jinetes de España. Eso es lo que haría falta para cerrarles el pico a esos cretinos: ¡dejarlos asfixiarse hasta el fin de sus días con las ventosidades de quienes desean exterminar!

Así pues, vista la emoción con la que le recibieron sus cofrades albañiles toledanos, decidió que lo mejor era volver en compañía de los suyos. Era cierto, hacía años que no había tenido contacto con ellos... Pero nada tranquiliza más el alma que pasar miedo en compañía de quienes tienen las mismas razones para temer, concluyó.

—Dime, María, tú no tienes nada contra los moros, ¿verdad? No tendrás miedo de que te muerda como un perro rabioso...

Totalmente confusa, María aseguró que no, que ella había tenido vecinos moriscos a los que había querido mucho y que creía que eran tan sinceramente cristianos como los demás; que no era justo ponerlo en duda y que...

Se calló, aplastada por la duplicidad de su propia voz, tan apestosa como los escupitajos de miedo de los que se reía ese bobo de Gaspar.

—¡Tienes suerte de ser una cristiana vieja! Tú ni siquiera necesitas demostrar que vas a misa todos los domingos. En cambio yo, por más que haya peregrinado a Santiago y haya conseguido a precio de oro un documento eclesiástico demostrando mi acto de devoción hacia Nuestra Santa Madre Iglesia, sigo siendo un hereje a ojos del gremio. ¡Alégrate, muchacha, de haber nacido en el lado bueno!

María se sintió ruborizar. Bajó la cabeza ante la tierna mirada del artesano. Su lengua apenas pudo contener que sí, que era mucha la suerte que tenía de pertenecer a la muy noble y cristiana cofradía del vientre vacío.

De repente, con un rictus de alarma, el albañil le señaló un matorral.

—Rápido, muchacha, sin duda tienes una necesidad urgente.

Estaba a punto de contestarle que ella no era una de esas tontas a las que podía tomar el pelo cuando vio un jinete en el horizonte. Agradecida por el aviso, se escabulló bajo la maleza. A pesar de su supuesta despreocupación, el albañil había observado los gestos furtivos de su compañera durante el camino cuando se cruzaban con campesinos y, más raramente, con viajeros. Observó que se cubría disimuladamente el rostro con la capucha mientras duraba el intercambio de palabras sobre el estado de los senderos o la posible presencia de malhechores en los parajes. Rápidamente, él aprendió a tomar la delantera: en cuanto se perfilaba a lo lejos la silueta de un buey o una carreta, se las arreglaba para pedirle que llevara a pacer a otro lugar a una mula o le encargaba una tarea para alejar la curiosidad de las personas que iban encontrando. María temía que tras esas atenciones hubiera otra preocupación menos generosa: su juventud, su belleza y su pobreza comparados con la edad y la ropa burguesa del albañil podían suscitar comentarios desagradables, quizá generadores de enredos.

Por la noche, se detuvieron a los pies de una torre de vigía abandonada.

—Desde ahí los cristianos vigilaban el avance de los caballeros de Mahoma. En ambos bandos, murieron muchos guerreros —dijo antes de observarla con una curiosa desolación—. Todos estaban convencidos de obedecer la voluntad divina. Y para acceder al paraíso celestial, destrozaron sin piedad el paraíso terrenal. Que Dios se apiade de aquellos que no entendieron Sus auténticos deseos.

¿Para quién imploraba la piedad divina: para los musulmanes o para los cristianos? María estaba perpleja. Lo espiaba por el rabillo del ojo mientras contemplaba la torre.

—Señor, qué difícil es comprenderte. Si fueras más claro... —dijo antes de proceder a soltar la cincha de las mulas.

Esa segunda noche, mientras vigilaba el fuego, quiso contarle su vida, llevado por una necesidad compulsiva de mostrarle lo máximo de sí mismo. Ella lo miraba de una forma no muy alentadora, pero sin interrumpirle, agradecida a pesar de todo por la protección y la comida que le ofrecía, sin exigir de momento contrapartida alguna. De vez en cuando, él buscaba una aprobación y ella, vencida por el agradable aturdimiento del calor, asentía distraídamente con el mentón.

La entretuvo contándole que cuando era adolescente se había peleado a puñetazos con su padre y que este lo había echado de casa. Luego, sin venir a cuento, habló de su hermano gemelo, nacido dos días después. Todas las mujeres del pueblo habían acudido a ver a esa mujer que daba a luz dos veces en dos días. Las mujeres apodaron al segundo hermano el «Sin prisas».

—Quizá tuviera razón mi pobre hermano en no apresurarse para venir al mundo en esta enloquecida España. Creo que ya presentía que su estancia en este mundo no iba a ser demasiado divertida. De hecho, cuando tuvo que devolver el alma a quien se la había prestado...

La vigilia de su muerte, cuando solo tenía tres años, su madre había ido a ver al curandero. Este le había dicho que el niño estaba enfermo por haber estado demasiado inmóvil y que su torrente de sangre se había transformado en un lago encharcado. Según el curandero, solo moviendo enérgicamente y durante mucho tiempo al niño se podría reanimar el líquido vital y salvarlo así de una corrupción mortal.

Así fue como el gemelo del albañil agonizó, borracho de mareo, en los brazos de su madre, mientras ella bailaba sin parar durante toda una noche, una mañana y hasta media tarde.

—Tras la muerte de mi hermano, mi madre enloqueció a fuerza de oírle repetir a mi padre durante años, con las bofetadas que hiciera falta, que había matado a su hijo. Al final, ella huyó con un muchacho, un gitano diez años más joven que ella, llegado de quién sabe dónde. Jamás volvimos a verla. ¡Que el demonio la abrace en el infierno con su gitano! —espetó antes de escupir.

—¿Por qué me cuentas todo esto? ¿No quieres a nadie de tu familia? —inquirió María, sorprendida por la gravedad del insulto.

Adoptó un aire culpable, como si lo hubieran pillado en flagrante delito. Para ganar tiempo, sopló en el fuego allí donde estaba costando que arrancara.

—No sé qué me ha pasado —se disculpó—. Es la primera vez que lo hablo con alguien. Debe de ser la nostalgia de un tiempo que ya no volverá, una especie de cólico que me retuerce las entrañas. Discúlpame, bonita, pero no tengo una pócima mágica para curarme. —Rió sin alegría—. Una familia como la mía es un extraño regalo del destino. Te lo dan y mueres de rencor; te lo quitan y mueres a fuego lento —reflexionó atizando el fuego con una rama—. No te asustes. Claro que quise a mi pobre madre, aunque no lo mereciera.

María alzó la cabeza, sorprendida. La voz de Gaspar se había vuelto ronca, cargada de emoción. «¡No creas que explicándome historias incomprensibles de tu familia, vas a convencerme de que me acueste contigo!» Tragó saliva para impedir que un sollozo le aflorara en la garganta. «Yo no tengo una coraza en lugar de corazón, amé a toda mi familia, y jamás me cansé de hacerlo.»

La muchacha agitó nerviosamente los hombros, como para liberarse de las malas vibraciones provocadas por las confidencias del albañil.

—No hace calor, ¿verdad? Acércate un poco más al fuego —dijo él amparándose en el escalofrío de María—. No te conviene para nada enfermarte ahora.

De repente, Gaspar fue consciente del doble sentido de sus palabras. Para no ver la expresión de desafío de la muchacha, hundió la cabeza entre los hombros y se dejó absorber por el espectáculo de las llamas.

15

La tarde del tercer día aún no había concluido cuando Gaspar le declaró que ya no quería saber nada de ella como falsa sobrina. Nadie en el pueblo lo creería. Todo el mundo conocía al dedillo el linaje completo de todos los demás. Los más ancianos le odiarían por intentar engañarlos presentando una sobrina salida de quién sabe dónde, como quien trae una nueva vaca del mercado. En cambio, nadie encontraría nada que decir si la recién llegada fuera su esposa. Así que le propuso que se convirtiera en su esposa.

—¿Qué te ocurre? ¡No sabes nada de mí! —protestó—. ¡Podría ser tu hija! ¿Te acostarías con tu hija?

—No te quiero como hija, te quiero como esposa ante Dios y ante la gente —repitió bajando la frente—. Seas quien seas, María, yo te protegeré y te honraré hasta el fin de mis días, te lo juro. —Se persignó, y con la misma insoportable voz suplicante repitió—: ¿Quieres ser mi esposa?

El crepúsculo envolvía la sierra con sus sombras inquietantes. María suspiró, desesperada. La pregunta le había caído encima como un bandido en una emboscada. El Dios burlón volvía a tenérselas con ella presentándole el amor ridículo de aquel desconocido, morisco por ende, perteneciente como ella al abyecto rebaño de vencidos.

¿Y acaso era normal que una mujer recibiera una propuesta de matrimonio en semejantes condiciones, cubierta de barro, entre dos mulas apestosas y sin oler ella misma mucho mejor? ¿Sería ese hombretón quien tomaría el relevo de Lorenzo y así, a los ojos del resto de hombres y mujeres, se convertiría en el padre de…?

Pero ¿por qué él seguía fingiendo ignorar que estaba embarazada? ¿La deseaba tanto que sería capaz de actuar incluso en detrimento de su propio honor?

María se sintió tan sucia y helada como los charcos del camino. ¿Podía rechazar esta capitulación ante el destino? La invadió una inmensa pena por sí misma y por ese incomprensible bonachón de Gaspar que, era de prever, pagaría cara su mezcla de bondad y sus irrefrenables ganas de poseerla, si era menester a través de los vínculos del matrimonio.

Gaspar dejó escapar un suspiro de desprecio por sí mismo. Se disponía a pedir disculpas por mostrarse tan atrevido cuando, para gran sorpresa suya, ella lo cortó con un sí resignado y casi inaudible.

—¿Has dicho que sí? ¿Lo has pensado bien? ¿Con un… morisco?

—Sí —insistió con voz clara.

La emoción casi ahogó de tos al albañil.

—Dame el odre, María, ¡antes de que muera de alegría! Oh, gracias Señor, gracias por tu merced.

María permaneció inmóvil, incapaz de realizar el menor gesto ni decir la más mínima palabra. Si lo hubiera hecho, habría vomitado. Recuperado el aliento, Gaspar balanceaba los brazos, alarmado por la palidez de la chica.

—Bueno… Imagino que cada uno de nosotros tiene su forma de manifestar su alegría —consiguió decir entre risas nerviosas—. Ahora solo me queda acostumbrarme a tu… a la sobriedad de tu carácter.

Después, le hizo una sola pregunta, precisando, con su recién estrenada sonrisa sarcástica y melancólica, que su respuesta no influiría en absoluto sobre el futuro de sus desposorios.

—Eres tan bonita y yo tan rústico... No soy más que un morisco, descendiente de herejes y seguramente hereje, a decir por los escupitajos que me lanzan. Quizá mañana me expulsarán del país al que amo y que ha visto nacer a mis antepasados... Y a la espera de ese terrible día, he encontrado a una mujer como tú. El Todopoderoso se ha equivocado poniéndote en mi camino pero, por una vez, creo que no tendré fuerzas para preguntarme sobre la razón de Sus designios... ¡Él sería capaz de cambiar de opinión!

Se produjo un silencio interminable antes de que Lorenzo se atreviera a formular su duda:

—María, responde a mi pregunta y olvídala de inmediato: ¿eres una ramera? —inquirió ansioso.

La muchacha solo pudo responder poniéndose roja como un pimiento, mientras lo negaba indignada con la cabeza. Fue suficiente para convencer al desconocido. María hizo oídos sordos a la voz que comenzó a sonar en su interior: «Sí, no serás una puta, pero lo hubieras sido. Recuérdalo, zorrilla: cuando ese guardián del puente con su arcabuz quiso descubrir con brutalidad de dónde venías, tuviste miedo de estar dispuesta a abrirte de piernas para engatusarle. Atrévete a decir que miento».

De repente, María sintió la boca seca. El albañil, con su aire bobo, le había tendido una trampa y ella había caído en ella: ¡le había hablado en la lengua prohibida y no se había dado cuenta!

Gaspar la observaba con una especie de compasión desconsolada.

—Querías esconderme que eres morisca, María... Pero has respondido a las preguntas que te he hecho en algarabía. Lo sospechaba, ¿sabes? Viajo mucho y tu castellano suena extraño. Espero, mujer, que no tengas que vértelas nunca con auténticos interrogadores. Voy a ser tu esposo y hay cosas que tengo que saber. ¿Cómo te llamas de veras?

—María Montera, hija de Francisco e Isabel, cristianos de pura cepa...

Siguió hablando, pero el nerviosismo fue ganando la partida y las palabras se le embarullaron antes de salir por la boca. Era como si alguien estuviera pronunciándolas en su lugar.

—... y, en verdad, soy Aisha, hija de Omar y de Saadia, expulsados de Granada tras la revuelta, antes de ser confinados en la sierra y asesinados por los hombres de nuestro buen rey cristiano...

Gaspar hizo una mueca de espanto.

—¡Calla! ¿De qué te enorgulleces, desgraciada?

«¡Ya está! Aquí se acaba todo, boba —anunció desanimada la voz centinela que habitaba la cabeza de María—. Te dije que mantuvieras el pico cerrado. Ahora no te queda más que confesarle que eres una esclava, una asesina de su dueño, y que muy pronto vas a arder en la hoguera.»

Gaspar parecía consternado y la adolescente sintió que el estómago le subía hasta la garganta.

—Te iniciaron en los antiguos ritos y me lo cuentas como si no tuviera ninguna importancia. ¿Qué querían tus padres para ti? ¿Tu desgracia en este país de cristianos? Están muertos y tú deseas seguir el mismo camino. ¡Tu lengua es tu enemiga, pequeña! En estos lares, un hereje es comparable a un ratón en una madriguera. Si el ratón se asoma a la salida, tarde o temprano será devorado por los gatos de la Inquisición. Y tú te paseas tan alegremente por el reino de Granada cuando los moriscos expulsados no pueden entrar so pena de muerte.

Una ira preñada de miedo le hizo cerrar los puños con fuerza.

—No porque seamos harina del mismo costal puedes confiar en mí sin peligro. El más valiente se transforma en acusador de su padre y su madre con unas vueltas de cuerda en el potro o cuando le arden las brasas bajo los pies. Cuanto menos sepa mejor para los dos.

—Pero ¡tú bien que lo has hecho! —replicó ella con indignación, comprendiendo que había intentado compensar el silencio de su embarazo con un exceso de franqueza sobre sus orígenes.

Gaspar emitió un chasquido que dejó en el aire un matiz de resentimiento.

—Pero yo soy un estúpido, ya lo has visto. Y aun teniendo menos cabeza que mis mulas, siempre he proclamado a los cuatro vientos que soy un buen cristiano.

—¿Y es eso cierto?

—Pues claro, ¡por supuesto que sí! —se defendió él con inesperado ahínco—. Como cerdo en pleno ayuno del Ramadán, bebo todo el vino que me apetece, honro a la Virgen, a Jesús y a todos los santos, ¡y tú deberías imitarme, María! Te va la vida… y la mía, ahora. A los ojos de la Inquisición, quien protege a un hereje es un hereje.

Se santiguó una vez más, lanzando una ojeada furtiva por encima del hombro. Luego, se rascó la cabeza, perplejo; con su otra mano acariciaba distraídamente la frente de una mula.

María pensó que aún no la había besado a pesar de que le había pedido en matrimonio y ella había aceptado. Y empezó a crecer en ella un desprecio hacia ese hombre que el tiempo jamás conseguiría apaciguar.

—Puesto que hemos llegado a este punto, dime simplemente si lo que te reprochan es grave. —Sin darse cuenta de que al pedirle sinceridad se contradecía con la recomendación que le había hecho, la increpó—: No me escondas nada, María. Quizá así conseguiré defenderte mejor… a ti, a mi esposa ahora.

Un hilo de hiel trepó por la garganta de la muchacha ante el tono posesivo del albañil. Se pasó una mano nerviosa sobre los párpados, pero por una vez las lágrimas que aguardaban detrás de sus ojos decidieron obedecerle y no aflorar.

Y entonces, con el rostro cubierto, María empezó a mentirle.

Como las dos noches anteriores, María se durmió a unos pasos del albañil, aturrullada por haber aceptado tan rápidamente ligar su vida a la de un desconocido. Y no es que se hubiera enamorado de él como por milagro, pero las semanas que llevaba huyendo de todo la habían aterrorizado. Decidió que no importaba cómo ni importa con quién, que era preferible a esa existencia errante y a ese miedo perpetuo de ser detenida por los esbirros de la Santa Hermandad, ser torturada en el potro o ser quemada en la hoguera o, para más seguridad, ambos. Era sencillamente mejor, habida cuenta del estado en que se encontraba.

Unas semanas atrás se había dado cuenta de que estaba embarazada: no tenía menstruación y vomitaba sin motivo... Entonces una oleada de alegría le partió el corazón: llevaba un hijo de Lorenzo. Pero rápidamente esa alegría se truncó bajo el peso de una insoportable duda: ¿y si era de don Miguel?

Incapaz de soportar esa incertidumbre, tras una noche de llanto decidió que si era hijo de Lorenzo lo querría, pero si era un engendro del otro haría lo necesario para eliminarlo. La fugitiva acudió a una matrona pintarrajeada que esperaba clientes cerca de un puesto de guardia. A los ojos de la ignorante adolescente, la prostituta pertenecía por su oficio al género de mujeres que conocían al dedillo los repugnantes misterios derivados del acto carnal.

A cambio de unos maravedíes, la puta la sometió a múltiples preguntas, fisgonas y salaces, sobre la edad, el vigor, el tamaño y el calibre de los respectivos miembros de los hombres con los que había pecado. Terminó diciendo que si María había sido tomada sucesivamente por dos hombres tal como ella describía, el bebé obtendría su identidad del semen mezclado de ambos y el más vital influiría más en el resultado final.

—Tu retoño tendrá dos padres, pollita, eso es tan cierto como que los santos disfrutan en el cielo y nosotros sufrimos en la tierra. —Ese fue el veredicto final de la prostituta—. Cuando nazca, obsérvalo atentamente y verás cuál de los dos gallardos te embarazó más. —Y guiñándole un ojo, añadió—: Si eso te tortura mucho, conozco la forma de quitarte ese fardo. A cambio, tendrás que trabajar un poco para mí. Sé de sitios donde jóvenes de buena familia solo quieren gastar su dinero en agradable compañía. No es cansado, florecilla, y una se acostumbra rápido.

La mujer la agarró por el antebrazo y se colocó a un palmo de ella. Un intenso olor de perfume barato y sudor agrio invadió la nariz de la adolescente. Con un grito de asco, logró zafarse brutalmente de la mano de la puta.

—Mirad esa basura: huele a mierda y se toma por almizcle. Pero ¿qué te piensas, que se vive de este oficio porque una quiere? Cuando nazca tu bastardo y tengas que alimentarle, suplicarás que te ensarten por un chusco de pan mojado en sopa. A menos que antes no te eches por marido a un mentecato sin cojones.

María huyó aterrada, primero a paso rápido y luego a la carrera, hasta que el flato la detuvo. La voz de la mujer se había transformado en insultos. Unos hombres, algunos en uniforme, se mofaban de las imprecaciones ordinarias de la matrona.

—Corre, niñata sucia, que el demonio te penetre hasta la eternidad, en seco y con sal gorda. Valgo más que tú. Yo al menos soy una puta honesta porque el Señor me ha creado. No juego a ser una dama virtuosa. Corre rápido a ahogarte con tu bastardo en los orines y los vómitos de tus amantes.

Aquella noche, María soñó que se hundía en el líquido putrefacto anunciado por la puta. En el momento de sentir el alivio de la muerte, percibió que algo salía de entre sus piernas. Ese algo se transformaba en un bebé que le tendía un brazo y la ayudaba a salir hasta el aire salvador. Cuando la cabeza del recién nacido emergía del agua, la madre descubría que era una réplica en miniatura de la cara de Lorenzo. Y cuando abrió la boca para lanzar un grito de admiración, el bebé se giró y mostró su segunda cara: la de don Miguel.

Segunda parte

16

La joven se casó con el pobre Gaspar. Aún no tenía catorce años, pero era menester un padre para su bastardo. Gaspar colmó todas sus esperanzas: jamás se lo reprochó.

El pueblo natal de Gaspar, situado a un cuarto de día a caballo de Valencia y menos aún del mar, solo estaba habitado por moriscos, a excepción del cura, el mesonero (que también ejercía como tabernero) y una suerte de notario que recolectaba los impuestos en nombre del señor censor y de quien muchos sospechaban que pertenecía al Santo Oficio. De vez en cuando, un escuadrón de soldados fuertemente armado patrullaba por la región para garantizar la docilidad de la desesperación de esas docenas de aldeas demasiado cercanas a la costa y a los piratas de Berbería. Cuando era necesario, llevaban consigo a un pregonero que, a golpe de tambor, leía en la plaza del pueblo las nuevas prohibiciones o las restricciones impuestas a los conversos por Su Majestad Cristianísima so pena de galera, confiscación de bienes u hoguera. La última ordenaba a los muleros y otros artesanos que se desplazaban de pueblo en pueblo que cambiaran de oficio, pues las autoridades temían que sirvieran de mensajeros entre las distintas comunidades moriscas.

La boda católica se celebró a los pocos días de llegar, en la mezquita que, desde hacía bastante tiempo, se había transformado en iglesia. El cura protestó por la falta de documentos, pero un saco de provisiones, algunas monedas y testigos designados por el futuro marido entre los habitantes del pueblo acabaron con las reticencias del sacerdote para inscribir en el registro parroquial la unión del albañil y la esclava huida, él con su auténtico nombre, Gaspar López Magroza, y ella con una identidad falsa: María Aranda Molina, presentada como una nueva cristiana, huérfana por designios del Señor y de parentesco alejado del pretendiente. María hubiera preferido continuar haciéndose pasar por una cristiana vieja, pero el párroco se hubiera negado a unirlos pues un edicto real desaprobaba desde hacía años la unión de una sangre limpia con un nuevo converso.

El notario, con la mosca en la oreja, decidió invitarse a la ceremonia y, cómo no, al modesto ágape, pero no halló nada que decir frente a las numerosas expresiones de celo religioso de los esposos y sus invitados. Incluso felicitó al marido por la extraordinaria belleza de su joven esposa; Gaspar, en agradecimiento, lo trató con especial atención y le reservó las mejores piezas de carne. El notario tan solo se quejó de la ausencia de carne de cerdo en una comida tan importante. Gaspar simuló no entender el mensaje implícito y prometió en alegre voz alta que cuando tuviera su primer hijo habría lechones en abundancia preparados con una salsa a base de vino valenciano.

Cuando ya era noche cerrada y hacía tiempo que los invitados se habían ido, un grupito de habitantes se presentó en la casa de los recién casados. Gaspar les invitó a entrar con el mayor de los respetos, sin manifestar sorpresa a pesar de sus formas furtivas y lo inusitado de la hora.

«¡Les esperaba!», constató la joven esposa. Uno de los recién llegados se quedó fuera vigilando, mientras los demás se acomodaban en los colchones dispuestos en el suelo.

Rehusaron los dulces que les ofreció Gaspar. Refugiada en la cocina, María los oyó conversar en voz baja hasta que su marido le pidió que se uniera a ellos.

—Prepárate, María. Vamos a casarnos —le anunció.

—Pero si ya estamos casados... —le replicó bajo la mirada desconfiada de los invitados.

Eran cinco y entre ellos había una mujer que la escrutaba sin benevolencia alguna. Quizá el apunte de redondez de su vientre era la causa de la sorda hostilidad del grupo.

El más anciano, que por su rigidez mezclada con suficiencia María dedujo que era el alfaquí clandestino del pueblo, le preguntó con sequedad:

—Hija, ¿es cierto que no has renegado de la fe de tus antepasados?

—Y tú, ¿quién eres para preguntar semejantes cosas? ¿Acaso perteneces al tribunal de la Inquisición?

El anciano lanzó una mirada desaforada a la adolescente y se giró furioso hacia Gaspar, como exigiéndole una amonestación a su insolente compañera.

—Maldice al Lapidado, hija —intervino la matrona que los acompañaba, también muy mayor—. Él es quien te inspira todas esas palabras carentes de respeto. Y luego, cúbrete el cuerpo y la cara. En este pueblo, una mujer honrada no permanece con la cara descubierta ante los hombres.

Ahogada de indignación, María estuvo a punto de replicar a la intrusa que no estaba desnuda, sino vestida exactamente como en la iglesia y que entonces nadie había visto motivo de escándalo en ello. La mirada suplicante de Gaspar la hizo entrar en razón de inmediato. Quizá su experiencia de esclava, en la que había aprendido que la supervivencia dependía de la sumisión y de su obsequiosidad, la ayudó a tragarse su protesta y a templar el tono.

—Tienes razón. El Lapidado ha hablado por mi boca. Que sea mil veces maldito. Permíteme retirarme un instante, no sé por qué me he vestido así...

Gaspar, con el rostro pálido, se reunió con ella en la cocina y le contó que no había tenido elección. La aljama, el comité secreto de ancianos del pueblo, se negaba a aceptar a una extranjera, ni siquiera morisca, porque nadie podía garantizar que no era una espía a sueldo del Santo Oficio. El marido había tenido que convencer a varios miembros de la aljama para que confiaran en él diciéndoles que ella estaba «iniciada» y que incluso sabía varias oraciones del Libro Santo.

—Pero ¿cómo te atreves? Me pones en peligro de muerte —protestó ella con la voz estrangulada de miedo y rabia.

—Eso mismo dicen ellos de ti. El pueblo es tan pequeño que tarde o temprano sabrás lo que no hubieras tenido que saber y toda la comunidad estará también en peligro de muerte. Convencerles de que tú temes tanto como ellos a la Inquisición es la única manera de arrancar su consentimiento para nuestra boda.

—Pero si ya estamos casados... —gimió.

—Solo estamos casados ante la Iglesia. Para el pueblo, eso no tiene ningún valor. El verdadero enlace, el que nos permitirá vivir aquí, es el del alfaquí. Por eso están aquí.

Temblaba tanto que le costó ponerse el largo velo.

—Entonces, ¿tú qué eres? ¿Musulmán o cristiano?

Él la contempló con ironía benevolente. María tuvo unas ganas repentinas de soltarle un bofetón. Se quedó paralizada cuando el hombre le acarició el pelo y luego bajó la mano hasta el nacimiento de su pecho; era el primer gesto de intimidad que se permitía desde que se conocieran. La joven reprimió un movimiento de repulsión.

—Vivimos tiempos injustos, María, y no soy más que un albañil sin educación. Mi opinión cuenta poco. Pero quiero vivir el mayor tiempo posible en este país de locos. Me gusta esta tierra y no concibo ninguna otra para que arrope mis huesos cuando se pudran. Entonces, mientras sea posible, seré cristiano entre los cristianos y musulmán entre los musulmanes. Dios con su sabiduría me absolverá quizá de engañar a los hombres.

Iluminados por las lámparas de aceite, sus ojillos brillaban con una especie de malicia desengañada, casi desanimada.

—Te quiero, pajarillo, y un hombre de mi edad se expone mucho amando así a alguien a quien apenas conoce. —Y añadió sin abandonar su tono de desaliento—: Creo que sería capaz de amarte así hasta la eternidad.

María se puso roja y pensó malvadamente: «Espero que tu eternidad no sea demasiado larga...», cada vez más irritada por tener que deberle tanto a ese hombre que la había aceptado en su estado con tantísima bondad. Pero, por otro lado, todo en ella le decía que ese amor sería una prisión de la que solo la muerte la salvaría.

—¿Me quieres tú de verdad? —inquirió el albañil ante el sonrojo de su joven esposa.

María forzó una sonrisa y se concentró en el niño que estaba por venir.

—No te inquietes, Gaspar, te quiero de verdad. Y así tiene que ser, puesto que vamos a casarnos por segunda vez.

El grupo que les esperaba en la otra habitación parecía tenso. La hostilidad aún era palpable, aunque María percibió otro aroma familiar: el del miedo. A pesar de su actitud digna, esa gente en el fondo solo tenía ganas de levantarse y volver a sus quehaceres cotidianos en sus respectivas casas.

Gaspar añadió un tronco al hogar. El viejo alfaquí esperó a que el fuego agarrara, se aclaró la garganta, abrió la boca y se le formaron arcos de saliva en las comisuras de los labios. La voz le temblaba de emoción. Miraba con el único ojo que le quedaba descubierto por el velo.

—¿Es cierto, hija mía, que crees en la religión de nuestros antepasados? Si es cierto, responde sencillamente con un sí.

El nerviosismo del anciano se le contagió. María sintió un escalofrío por la espalda. El alfaquí no tenía pestañas, su tez era amarillenta en extremo y sus mejillas presentaban muchísimas arrugas. La joven esposa se preguntó si la máscara de su cadáver sería muy distinta de la que mostraba ahora.

—Sí, creo —replicó excesivamente deprisa.

—¿Hablas algarabía?

—Sí, la hablo.

—Entonces, une las manos y recita la profesión de fe de la verdadera religión.

—Alá es mi único Dios…

Le entraron ganas de llorar al pronunciar por primera vez desde hacía tantos años las palabras sacramentales del islam. Era como si se le abrieran de par en par las puertas de la memoria y, detrás de ellas, surgieran las figuras amadas de su infancia. Recordó que su padre, unos días después de la revelación del Gran Secreto, intentó repetirle una sura del Corán, y aún no había acabado los dos primeros versículos cuando confesó a su hija que se había olvidado de lo que seguía.

—Hijita, esta religión es mi alma y ya no sé lo que enseña —confesó abatido.

—No te preocupes, padre. Me has enseñado una parte de tu religión… —contestó, refugiada entre los brazos del hombre al que más quería—. Me espabilaré para encontrar el resto…

—¿Cómo pretendes hacerlo? —replicó él, riéndose amargamente—. ¿Dónde vas a encontrar el resto?

El ebanista se sentía culpable por no poder legarle nada más a su hija. María recordaba haber blasfemado en su fuero interno: «¡Qué más dará la religión de tu Alá y sus suras incompletas! Yo te quiero a ti, padre… Si supieras lo indiferente que me resulta el resto…».

—Amén —musitó ella regresando de sus pensamientos.

Cómo echaba de menos en ese momento la infantil pesadez de su tía y la melancolía de su padre. Que Dios —cualquiera de los dioses, a imagen nuestra o a imagen de las ranas, pero ¡que sea siempre bueno!— los acoja en su paraíso y los consuele de las desgracias que los afligieron.

—Amén —concluyó el alfaquí, que miraba perplejo a la niña.

A su manera de ver era demasiado provocativa para semejante despliegue de piedad. Se llevó la mano al mentón y se lo masajeó distraídamente, como si quisiera comunicar su escepticismo a su gente.

«Amén», repitieron con convicción los acompañantes. María seguía con la cabeza gacha, pues no quería que los visitantes, a pesar del velo, la sorprendieran con los ojos húmedos. La anciana puso ambas manos sobre la cabeza de la adolescente.

—Eres un tesoro, María, ¡eres tan joven y hablas la lengua santa! Solo el alfaquí y algunos de nosotros aún la hablamos en esta aldea. Pero somos ya tan viejos, tan inútiles… Que Dios te dé vida mucho tiempo, María, así enseñarás esa lengua a tus hijos. Ahora eres una de las nuestras, para lo mejor y para lo peor.

—Detén tus lloriqueos, Clara. Vas a hacer llorar a la chica.

El hombre que había interpelado a la anciana estalló con una mezcla de animación y felicidad. Sus acompañantes, abandonando su rigidez inicial, mostraban esa misma satisfacción desamparada y alegre.

—Que no, bobo, ¿dónde ves tú las lágrimas? —protestó ella, echándose a llorar a lágrima viva.

—Perdónanos, hija mía. ¡Lo que ha pasado esta noche sucede tan poco a menudo! No hemos acogido a auténticos creyentes desde… oh, Dios mío, ¿desde cuándo? El pueblo está minado de delaciones, tenemos miedo de nuestros propios hijos, tememos a cualquier viajero. Si esos perros del notario y del cura supieran una sola palabra de esta reunión nos entregarían de inmediato al verdugo.

El vigía golpeó la puerta. Un hombre salió a hablar con él y regresó con gesto preocupado.

—Ha llegado el momento de marcharnos. Unos desconocidos a caballo están en la entrada del pueblo.

Se extendió un murmullo de inquietud interrumpido por el sarcasmo de Gaspar.

—¿Y el matrimonio, respetables vecinos?

El alfaquí, que ya se había puesto en pie, se sentó precipitadamente. Sofocado, gruñó disimulando mal su contrariedad.

—¿Quién es el tutor legal de la joven? —Sin esperar la reacción de la principal interesada, designó a su vecino—. Es huérfana, así que Cosme, serás su tutor—Y con el mismo tono gruñón ordenó—: Jofre y Vicente, seréis los testigos legales de esta boda.

Todos lo aprobaron asintiendo con la cabeza, como si la distribución de papeles ya estuviera prevista antes de entrar en la casa.

—Empecemos pues... En nombre de Dios Misericordioso, Gaspar, ¿deseas tomar como esposa a la mujer aquí presente?

—Sí.

—Y ella, ¿consiente esa unión?

Sorprendida, María oyó a su tutor replicar en su lugar.

—Sí, por Dios Misericordioso, ella consiente.

—So pena de nulidad de la unión, Gaspar, ¿te comprometes ante estos testigos a entregarle la dote habitual y a velar por ella mientras te obedezca y te respete?

Ante las caras impávidas de aquellos adultos capaces con unas palabras de regular el curso de toda una vida, la adolescente sintió un fuerte hormigueo en el vientre. Comprendió que su cuerpo estaba fabricando una risotada y que, si no la detenía en seco, podría transformarse en un aullido sin fin lleno de ira, de pena, de rebelión y de autocompasión desgarrada.

Se cubrió con el velo el ojo que tenía al descubierto para replegarse un poco más en sí misma. Para contener el peligroso espasmo, se mordió la lengua tras lo que emitió un ruido parecido a una tos. Nadie prestó atención, excepto Gaspar, que tenía que responder al alfaquí urgentemente.

—Me comprometo delante de todos, señores míos. ¡Que mi boca se selle si no soy capaz de cumplir con mi palabra!

—Entonces... —se apresuró a concluir el anciano— desde hoy sois marido y mujer. Que seáis abrigo el uno para el otro y que Dios os colme de favores. Demos gracias al Todopoderoso y que la oración y la paz protejan a nuestro maestro Mahoma, a sus parientes y a sus compañeros.

Siguió la *fatiha*, la oración principal del Corán, a toda velocidad y, tras unas felicitaciones apresuradas, el grupo se dispuso a abandonar cuanto antes la casa de los recién casados. Antes de eclipsarse, la anciana Clara regaló a la recién casada un bote de ungüento.

—Es alheña, para ti —le confió al oído con una voz aún estrangulada por las lágrimas—. Traerá suerte a tu casa. Es tierra del paraíso, dicen. Antes nos la poníamos en el pelo, en las manos y en los pies, y las mujeres gritaban al son de los tambores y de la viola. Ahora todo está prohibido, tenemos que actuar como ladrones, hemos perdido las palabras sagradas y su mérito. Ponte un poco de alheña, pero solo en las plantas de los pies y en el ombligo. Eso no se ve y protegerá a tu niño. —Bajó aún más la voz y añadió—: Desconfía hasta de tu propia sombra, María, porque podría denunciarte. Este pueblo está lleno de ojos, la gente de aquí tiene tanto miedo que algunos son capaces de cualquier vileza para salvar el pellejo.

Aunque los visitantes se habían ido, María permanecía boquiabierta. Sentía la ira extendiéndose por su cuerpo ante la concatenación de acontecimientos y la escasa atención que el alfaquí y sus acompañantes le habían otorgado.

—¿A quién acaban de casar esos miedicas? ¿Estuve presente yo en mi propia boda? —terminó preguntando a Gaspar, que la observaba con una sonrisa contrariada.

—Ha sido un poco precipitado, estoy de acuerdo. Pero —intentó calmarla—, pusieron en juego su propia vida. Y… de todas formas, el resultado es que en el intervalo de un día has aceptado convertirte en mi esposa dos veces. ¡Esta noche tendré que mimarte el doble! —bromeó el albañil, pero se le quebró la voz.

Sintiendo un nudo en la garganta ante aquel comentario, que ya no era tan solo una alusión, María decidió mofarse:

—Que se selle tu boca si no cumples con tu palabra… ¿se dice así?

Lleno de deseo y ansiedad, el hombre ya no era capaz de responder. Con torpeza, la atrajo hacia sí y ella, ahogando una ridícula súplica, se resignó a pagar el tributo exigido.

Cuando nació el niño, Gaspar lo acogió como a su propio hijo. Amaba con pasión a su madre a pesar de su mal carácter. Gozaba de ella casi tanto como deseaba, sin forzarla demasiado. No ignoraba que muchos hombres del pueblo le envidiaban su joven y bonita esposa... a él, que no era ya precisamente joven y que, en el fondo, tampoco era muy agraciado. Las noches en que la muchacha le permitía gozar de ella, el «¡Oh, Dios bondadoso!» que profería antes de eyacular parecía una acción de gracias debida al milagroso azar que lo obsequiaba con aquel regalo.

En cuanto al pasado turbio de su esposa, a Gaspar parecía faltarle la imaginación necesaria para sentirse realmente celoso. No tenía la menor duda de que ella le había contado lo menos posible, y de que incluso ese «menos» estaba cargado de medias verdades o incluso de mentiras. Más prosaico, consideraba resignado que en esta vida todo se paga, hasta las migajas de felicidad dispensadas por su extraña compañera. Para cortar de raíz con las habladurías y explicar el breve embarazo de esta, había soltado algunas confidencias entre dos vinos en la taberna del pueblo que insinuaban que le había faltado voluntad para esperar con paciencia su noche de bodas... En definitiva: el albañil juzgó que había hecho el negocio de su vida casándose con la bella María. A ese «hijo» lo llamó Juan, en honor al nombre cristiano de su propio padre, de forma que transformaba al recién nacido surgido de la nada en símbolo de su retorno casi exitoso al pueblo de sus antepasados.

El siguiente domingo se celebró el bautismo en la iglesia. Mientras duró la ceremonia, la anciana Clara no había cesado de repetir en su corazón: «Dios es grande. Dios es grande. Malditos sean los cruzados trinitarios». La abuela, capaz de hablar el lenguaje de los pájaros, era la única amiga de María en el pueblo. Tras el bautismo, corrió a casa de María cargada con agua de azahar, con la que friccionó al bebé para eliminarle la mancha del agua bautismal. Afirmaba que así anulaba el efecto en el recién nacido de la baba perniciosa del «idólatra de cojones inútiles».

Cuando preguntó a María si habían elegido ya el nombre musulmán para su hijo la pilló por sorpresa, y esta indicó el primero que le vino a la cabeza: el de su padre.

—Omar, como el califa compañero del Profeta... —se extasió la anciana—. Ojalá llegue el día en que tu hijo guíe a los guerreros que liberen Andalucía de los infieles nazarenos.

«¡Majadera, senil, vieja chocha! —pensó María—. No he traído al mundo a este niño para ti ni para la jauría de Andalucía. No hacéis más que lamentaros por lo que no volverá jamás. Mi hijo no llorará por nada. Él, lo juro, será...»

Desde que había parido, María vivía atormentada por una única idea: el bebé no se parecía ni a Lorenzo ni a don Miguel. El destino, sarcástico como siempre, se las había arreglado para mezclar tan bien la sangre del violador con la del amante que el niño no tenía nada ni de uno ni del otro.

Cuando vio la cara de desespero de su mujer al coger en brazos por primera vez a su hijo, el paciente Gaspar creyó que se debía a los dolores del parto. Cuando María le entregó el pequeño bastardo, Gaspar lo elevó tímidamente en sus brazos y murmuró un tierno y feliz «Bienvenido, hijo mayor...».

—¡Ese niño se te parece como una gota de agua! —dijo burlona y feliz Clara, que había hecho las veces de comadrona—. Podrías haber hecho que se te pareciera menos y que aprovechara un poco más la belleza de su madre, ¿no te parece? Mírale, ¡qué desgracia! Tu boca, tu nariz...

—Soy feliz, vieja mula. ¡Por algo soy el autor de sus días! —replicó orgulloso un Gaspar colorado hasta las orejas.

La flamante madre se esmeró en su nuevo papel. Se tragó su decepción, sollozó de felicidad cuando el bebé mamó por primera vez y lo rechazó con violencia la segunda vez.

Cuando pudo ponerse en pie, fue a desenterrar la plata y las joyas robadas a Bartolomé, que guardaba desde su boda en un agujero al abrigo de las cabras. Mostró el precioso hatillo al bebé aún ciego, que lloraba en la cuna fabricada por su falso padre.

—No te prometo amarte todo el tiempo, hijo mío. ¡Perdóname! Me recuerdas demasiadas cosas... No es culpa tuya, pero está por encima de mis fuerzas.

Se replegó un instante para impedir que la inundaran inconvenientes lagrimeos. El bebé, tranquilizado por la voz de su madre, dejó de llorar y se divertía tocándole la boca con sus dedos.

—Pero te juro que no vivirás humillado como yo. No envejecerás con esos gallinas del pueblo que se reconcomen de aburrimiento porque ya no les pasa nada y se cagan de miedo cuando aparece un jinete en el horizonte. No te convertirás en un simple morisco despreciable en el que todos puedan escupir su asco. Juan, tienes que saber que los hombres que te han hecho no eran basura, como nosotros, eran maestros en su arte, el uno pintor y el otro cantante. Sí, tus auténticos padres, los que me han... y no ese... ese...

María se transformó entonces en puro desprecio hacia Gaspar. Esa mañana al alba, él le había separado con suavidad las piernas con la intención de poseerla por sorpresa mientras dormía. Ella se había despertado sobresaltada y lo había mirado con tanta contrariedad que él se alejó de ella en silencio.

Inspiró profundamente antes de proseguir la conversación con su hijo.

—Pero mira qué cruel es la vida: aquel al que yo amaba decidió no corresponderme. ¿No te parece grotesco no sentir nada por la descendiente del califa de Córdoba, como diría mi pobre tía Lucía?

El niño gorgojeó más alto. La boca crispada de la madre esbozó una sonrisa.

—Es cierto que en el fondo te pareces a ese bobalicón de albañil. ¿Cómo lo habrá hecho? No tienes suerte, Juanito. Creo que cuando llegue el momento vas a tener que espabilarte como un demonio para seducir a la joven de tu corazón.

Se le rompió la voz a la par que su sonrisa se ampliaba ante los torpes intentos de su hijo para llevarse un dedo del pie a la boca.

—... excepto si encuentras a una mujer en mi situación, claro. ¿Parece que te rebelas? Tienes razón, ¿por qué deberías ser tan bobo? Y de todas formas, a ti qué más te dan mis problemas.

Acarició la frente del bebé y notó cómo el pecho se le inundaba de ternura.

—Tú también estás ávido de vida —suspiró con la voz tomada.

Fuera, el campanario de la iglesia-mezquita tocó el ángelus.

—Todo hubiera podido ir mejor, Juan. No he sabido hacerlo bien, no supe seducir a los ángeles repartidores de suerte. Pero no temas, para ti todo será distinto. Te daré recuerdos felices, hijo mío, te lo juro. Tú serás...

17

Durante muchos años, ella no supo explicarle a Juan, ni siquiera a sí misma, qué quería para él. A lo largo de todo ese tiempo de duda, hasta que dio con un principio de respuesta, se resignó a seguir siendo fiel al hombre que la había ayudado.

Cuando Juan alcanzó cierta edad, ella se negó por completo a que lo circuncidaran, a pesar de la insistencia de Gaspar —por lo demás, el más abiertamente cristiano de los dos—, argumentándole que esa costumbre era demasiado peligrosa y que a la mínima sospecha del cura, por ejemplo, la familia sería acusada de herejía. El marido masculló que un morisco no circuncidado no era un morisco, que la costumbre no era cosa de religión, sino del simple respeto hacia los antepasados varones de sus respectivas familias... y también, apuntó, hacia sus mujeres, pues era sabido que estas preferían una verga bien cortada por la agradable razón que se insinuaba mucho mejor. María le subrayó con toda su bilis que un bebedor de vino y un comedor de cerdo de su calaña no era el más indicado para invocar el respeto debido a la virilidad de los antepasados... Y sobre su pretendido conocimiento sobre las inclinaciones secretas de las mujeres... No concluyó la frase, sino que se limitó a alzar los hombros con desdén.

Por miedo a que ella se vengara negándole su cuerpo (algo que sucedía cada vez más a menudo), Gaspar no se atrevió a intervenir nunca más en la educación del niño. Simplemente le prohibió, bajo pena de azote, orinar en público en el pueblo.

En cuanto fue posible, María suplicó al viejo párroco que dedicara un tiempo a la educación de su hijo, catecismo incluido. A pesar de su perplejidad inicial, el cura aceptó entusiasmado. Era la primera vez en la historia del pueblo que una conversa le pedía espontáneamente y sin verse obligada por amenaza alguna que educara a su hijo en el seno de la Iglesia.

Hasta entonces, solo sus imprecaciones y, sobre todo, la existencia de un cuaderno donde anotaba los asistentes a la misa dominical, conseguían reunir a su alrededor suficientes fieles los días de guardar para hacer creer a un cándido que en ese antiguo pueblo musulmán existía una comunidad cristiana. Impuesto a todos los nuevos conversos del reino, el uso de registros de confesión y listas presenciales en los principales sacramentos resultaba eficaz a todas luces. Los más testarudos, cuya ausencia en misa y en la confesión no tenía justificación, podían ser fuertemente multados y, en caso de reincidir, denunciados al Santo Oficio.

Sin embargo, el viejo cura no se hacía muchas ilusiones. A través de señales imperceptibles, sentía que otro mundo se disimulaba bajo el dócil pueblo de moriscos supuestamente tocados por la gracia de Jesucristo Nuestro Señor. Los días en que la falsedad era más evidente, se convencía de que era inútil realizar tantos esfuerzos para salvar a unas almas manifiestamente convencidas en obrar para mayor placer de Belcebú. Esos días rezaba con todas sus fuerzas para que se cumpliera el mayor deseo de toda la España cristiana: el exterminio o, como mínimo, la expulsión de esos reductos sectarios de fe perversa.

Pero esta María le había parecido distinta. La joven morisca parecía especialmente devota, y se ganó su simpatía con donativos en alimentos o participando en pequeñas tareas de mantenimiento en la iglesia. Por eso, tras una breve reflexión, consintió en enseñar los rudimentos de escritura, cálculo y hasta de gramática latina a su hijo. Pero antes, en un alarde de prudencia, exigió al alumno que le mostrara el pene para comprobar la ausencia de la tradicional mutilación musulmana. El párroco felicitó al niño murmurando que no se había perdido toda esperanza de que pudiera seguir el camino del Evangelio.

Gaspar quedó muy sorprendido cuando el niño contó el incidente en casa, pero María le había suplicado que no dijera nada. A la vista del futuro de su hijo, no tenía sentido mostrarse susceptible.

—Además —añadió—, cuanto más colaboremos con la Iglesia, menos riesgo tendremos de ser sospechosos de herejía.

—¿Y qué futuro sueñas para tu hijo, mujer? Será albañil como yo, como lo fueron mi padre y mi abuelo. Es un oficio honrado y seguro, siempre habrá casas que construir y reparar. Y no obliga a llenarse la cabeza con gramática latina.

La mirada cargada de ira que le lanzó su esposa lo invitó a batirse en retirada. Sobre todo porque en cuestión de riesgos, se dijo Gaspar, no iba errada, aunque fuera ella misma quien los hubiera creado: hacía meses que gracias a la intercesión de la anciana Clara había empezado la absurda tarea de aprender a escribir en algarabía con el alfaquí. Gaspar había tratado de impedírselo, pero ella se había enfadado y, como de costumbre, tuvo que dejarla actuar según su voluntad. A pesar del secreto absoluto que supuestamente revestía la operación, María sorprendía en las miradas de las mujeres y hasta de los hombres del pueblo un matiz de respeto, un poco difuminado a pesar de todo, puesto que no estaba bien que una mujer se preocupara directamente de las cuestiones sagradas. Una cosa era hablar algarabía y otra manejar los caracteres que transcribían los mandamientos del Todopoderoso en el Libro Increado.

Clara, que ahora pasaba la mayor parte del tiempo con la joven, a la que apreciaba sinceramente, se había propuesto enseñarle lo que sabía en materia de usos, tradiciones y tejemanejes del pueblo. Era viuda y su única hija se había fugado con un vagabundo veinte años atrás. Durante todo el día, con medias palabras, la mujer vilipendiaba a esas familias indignas que ignoraban la grandeza de su origen andaluz y se envilecían en un presente de engaño al que ella, como reconocía con lágrimas en los ojos, contribuía con idéntica hipocresía temerosa.

María no tenía muy claro que el esfuerzo de aprendizaje que requería el último antojo de su amiga mereciera la pena. Para convencerla, Clara la condujo un día a su casa. Con aire misterioso, cerró primero la puerta y la ventana, desplazó un pesado baúl de ropa, levantó algunas tablas y, al final, sacó de un agujero del suelo un paquete cuidadosamente protegido por una tela verde.

—¿Lo ves? —preguntó con voz ahogada una vez retirado el envoltorio verde.

—Es… ¿el Corán? —balbuceó María, contemplando un grueso manuscrito religado en cuero y decorado con arabescos dorados.

—Creo que sí… Lo descubrí rebuscando por la casa al morir mi marido. Pedro sabía leer en la lengua de nuestros antepasados, no era un animal ignorante como yo. Se había procurado algunos manuscritos con la promesa de leérselos a nuestro hijo, pero solo tuvimos una hija y su esposo no le pareció digno de confianza. Cuando sintió que se le acercaba la Parca, Pedro los entregó todos al alfaquí. Excepto este…

María tendió la mano para abrir el manuscrito.

—¡No! —gritó Clara horrorizada—. Hay que purificarse antes de tocarlo. —Envolvió de nuevo el objeto en el tejido—. Quisiera saber si es realmente el Corán… No me atrevo a rezarle porque sería pecado venerar un libro de otro Dios. Además, si es el Corán… —Lanzó un suspiro triste y cómplice—. ¿Comprendes ahora por qué te pedí que aprendieras a leer un poco? Ya hablabas algarabía, eres joven y tienes la cabeza despierta.

Aún impresionada, María no dejaba de sentirse algo incómoda.

—Enséñaselo al alfaquí, él te responderá de inmediato.

—¡Jamás! Ese hombre es un avaro... Si se trata de un Corán, querrá guardárselo. Todo el mundo le dará la razón y mi casa perderá por una tontería la protección del Libro. Si mi esposo lo escondió fue por alguna razón, María. Y no confío en nadie más en el pueblo...

Un rayo de luz se filtró entre los postigos y obligó a pestañear a la anciana.

—Pedro y yo al final no nos llevábamos demasiado bien. El tiempo lo agria todo, pequeña. Pero nos quisimos mucho durante los primeros años de casados. Quizá en recuerdo de eso quería protegerme tras la muerte sin que yo lo supiera.

Ante la actitud dubitativa de María, Clara le imploró:

—¡Hazlo, María, te recompensaré con creces! Para mí es tan importante saberlo...

—No tienes derecho a pedirme esto, tía Clara —respondió la esposa del albañil, casi airada—. ¡Es peligrosísimo y lo sabes bien!

—Solo tengo una hija y esa ingrata desapareció con el cretino de su marido, solo Dios sabe dónde —replicó la anciana sin más argumentos de convicción—. Cuando esté muerta, ¿a quién crees que legaré mi casa y mis bienes? Tienes un hijo, el pueblo se empobrece y Gaspar casi no trabaja. Ayúdame, por el amor de Dios, y te prometo que no te olvidaré, ni a ti ni a Juan.

Acarició con delicadeza el tejido, antes de volverse hacia su amiga. Su cara parecía aún más vieja, como si le acabaran de nacer nuevas arrugas.

—No me porté muy bien con Pedro. ¿Sabes qué quiero decir con eso, María? Pequé... mortalmente. —Su mirada se perdió a lo lejos—. En las noches más oscuras, unos pájaros negros se apoderan de mis sueños. Si pudiera rezar cada noche con la ayuda del Libro, quizá podría liberarme antes de morir.

Tomó la mano de María y se la llevó a los labios en señal de última súplica.

—Hija mía, tengo mucho miedo a morir sin ser perdonada.

Para su sorpresa, el gruñón del alfaquí aceptó enseñarle a escribir, pero con condiciones. Primero Jerónimo lanzó pestes contra las mujeres que, saltaba a la vista, no sabían estar en su sitio. Luego la tomó con esa tenebrosa época en la que los verdaderos hombres, los del islam, no aspiraban ya a conocer los escritos ancestrales, y por último la emprendió contra los nazarenos, que con su arrogancia aceleraban el fin del mundo.

—¡Está mucho más cerca de lo que podría aceptar tu mente, mujer! —sermoneaba varias veces al día, con una especie de obcecación senil que asustaba a María.

En realidad, aquel viejo carpintero, aunque muerto de miedo, no cabía en sí de felicidad. ¡Por fin, una alumna —además joven y bonita— ante la que desplegar ese saber que guardaba poniendo en riesgo su vida! La alegría del alfaquí no se debía exclusivamente al fervor religioso; a veces, María le sorprendía una mirada fugitiva con un brillo de lubricidad, la misma que reconocía en muchos de los hombres que se cruzaban en su camino. Pero Jerónimo era ya tan viejo que creyó que podría hacerle entrar en razón en caso de que se atreviera con un gesto deshonesto.

Más adelante, el alfaquí confesó a su alumna que hasta entonces había estado muy triste porque creyó que sería el último en el pueblo en conocer el secreto de los caracteres sagrados. Nadie de su entorno sabía escribir en algarabía y, lo peor, a nadie parecía preocuparle. En los asuntos religiosos, los mayores se dirigían a él. Los más jóvenes ni siquiera sabían que había otra religión encubierta bajo la sombra de la Cruz triunfante.

La primera lección tuvo lugar en el granero lleno de troncos de madera y herramientas oxidadas. El alfaquí insistió en que ella se dirigiera a él por su nombre musulmán, Hasan, precedido del título de *shaij*. María sintió que oír ese nombre respetuoso, *shaij* Hasan, aliviaba el gran pesar del anciano. Durante las numerosas lecciones que siguieron, lo usó cuanto pudo.

Durante el tiempo que duraban las lecciones, Clara velaba en la puerta la llegada siempre peligrosa de gente inoportuna. Ante la menor duda, avisaba al maestro y a su alumna. De inmediato, la joven sumergía el trozo de plancha que le servía como pizarra en un cubo de agua situado siempre a mano. La frotaba con un paño para borrar los últimos restos del carbón y, ya limpia, la disimulaba entre los montones de chatarra.

María recordaría siempre con emoción esas horas dedicadas a caligrafiar con pulso torpe primero letras, luego listas de palabras y finalmente fragmentos cortos del Libro, dictados de memoria por el alfaquí. El hombre se impacientaba, la reñía cuando se equivocaba y le reprochaba, cuando ella se atrevía a discutir un determinado punto, que pretendiera hablar bien algarabía, cuando solo conocía una versión degradada, el dialecto granadino de sus padres. Pero con el tiempo acabó apreciando la testarudez de su alumna. Hasta lamentaba su ausencia cuando la prudencia aconsejaba anular sin previo aviso visitas que habían sido fijadas con mucha antelación. El alfaquí se había propuesto enseñarle lo que con un nudo en la garganta denominaba «los propósitos últimos de la religión».

Otro problema que obsesionaba al alfaquí era el de la *taqiya* puesto que, aunque estaba autorizada por los mejores jurisconsultos del islam, a fuerza de mentir siempre para disimular su fe, la gente del pueblo no distinguía ya entre lo verdadero y lo falso. Un hombretón barbudo y bigotudo le había asegurado, por ejemplo, que el Profeta era pariente cercano de Jesús, que sus dos madres eran primas que pertenecían a la misma tribu de La Meca. Otro inculto le explicó que la prohibición de comer cerdo se debía a que el primer cordero que Abraham quiso sacrificar en lugar de su hijo intentó escapar a su suerte asestando cornadas al patriarca; entonces, preso de ira, el Profeta pidió a Dios que transformara al rebelde animal y a su descendencia en una especie vil cuyo consumo estaría prohibido a los creyentes para toda la eternidad.

Aparte de ella, se lamentaba el *shaij*, no había nadie en el pueblo capaz de sucederle cuando llegara el momento.

—Unos cobardes que hasta tienen miedo de vaciar los intestinos sin autorización del rey, eso es lo que son —espetó una vez con desprecio.

Secretamente halagada por la confianza del *shaij*, María objetó que hasta ese momento jamás había visto un alfaquí mujer y que, de todas formas, entre los caprichos de su esposo y los de su hijo, apenas tenía tiempo para no olvidarse de respirar.

—Aisha... no lo comprendes. Si te estoy proponiendo hacer lo que jamás se ha hecho antes no es por capricho, pero tiempo es lo único que nos falta a los musulmanes miedicas de España —replicó con tristeza el anciano.

Las cosas estaban cambiando en efecto muy deprisa en la zona. El mesonero se había casado con una cristiana pura de Valencia; animado por la construcción de un puesto de vigilancia en las lindes del pueblo, el miembro del Santo Oficio había traído a sus tres hijos y a su mujer, y varias familias de soldados reales habían ocupado las casas que la Santa Inquisición había confiscado a los detenidos tras condenarlos a galeras.

El zapatero morisco fue detenido por la Santa Hermandad y jamás se le volvió a ver, al igual que su nuera, el marido de esta y un sobrino. La atmósfera en el pueblo era irrespirable. Corría el rumor de que había un topo en la comunidad. Un joven palafrenero, acusado de visitar varias veces al representante de la Inquisición, fue hallado degollado y con los intestinos esparcidos ante su cabaña como castigo ejemplar. Corrió el rumor de que su propia mujer lo había denunciado al comité de ancianos del pueblo. Menos de una semana más tarde, todos los adultos de una misma familia fueron detenidos acusados de mahometismo encubierto. La oleada de detenciones parecía no tener fin y la mujer del palafrenero, convencida de haberse equivocado, se colgó de un árbol dejando tres criaturas huérfanas.

Una mañana, unos religiosos escoltados por hombres armados llegaron a casa del alfaquí. Inspeccionaron la casa y salieron de ella con manuscritos que colocaron en una caja. Su jefe ordenó reunir a los habitantes y, con un sermón que combinaba amonestación y benevolencia, prometió el infierno a los herejes y tres años de indulgencia a quienes denunciaran a los profanadores de la Santa Fe. Luego, ante los aterrados espectadores, prendió fuego a la casa del carpintero dogmatizador.

El cura del pueblo asistió desde lejos, sin palabras, a la desgracia del alfaquí. El domingo anterior lo había confesado. Se juraría que el cura se sentía tan desgraciado por esta detención como el resto de los fieles. Quizá también estaba sorprendido de descubrir que su peor enemigo se disimulaba tras una silueta tan insignificante. El carpintero no alzó la cabeza; tan solo tosía de vez en cuando, cada vez que el viento le traía el humo. Se desmayó una única vez, de fatiga o de miedo, y un guardia lo volvió a poner en pie alzándolo por el hombro con brutalidad.

Junto a María, un hombretón musculoso aunque muerto de miedo murmuró con un timbre infantil:

—Dios mío, protégenos. ¡Dale fuerzas para resistir el tormento!

A María se le heló el pecho ante la evidencia que sugería la voz de su vecino: si el alfaquí confesaba —y ¿quién no lo haría ante la Inquisición?—, todos los que pertenecían a su círculo podrían correr su misma suerte.

Pasó unos días torturada, aguardando en cualquier momento el retorno de los hombres armados. Clara apareció una mañana con la cara afligida y, al tiempo, incapaz de disimular su satisfacción.

—El alfaquí ya no es de este mundo, María. ¡Que los ángeles le hagan un sitio en el paraíso!

—¿Murió... murió bajo tormento? —preguntó María, luchando contra el odioso alivio que le hinchaba el pecho.

—No tuvo tiempo de ser sometido a tormento. Cuentan que se le detuvo el corazón de miedo cuando lo condujeron ante los carbones ardientes. Ya sabes que era muy delicado, pobre.

—¿Recuerdas cuando caminó sobre las zarzas? —la cortó María, con la mandíbula inferior temblorosa de pena—. Cuando le retiré una de las espinas del pie, se quejó como un niño durante días.

Soltaron una carcajada al unísono, que rápidamente se transformó en sollozos de vergüenza y pena.

—¡*Shaij* Hasan, perdónanos! —se lamentó la anciana—. Eras un buen hombre, dirigías nuestras plegarias. Cada vez que desfallecíamos, nos recordabas el respeto que nos debemos y repetías: «¿Acaso no somos los descendientes de los valientes caballeros de Damasco?». Y ahora nos reímos de ti. Nos hemos convertido en perros sin honor. Dios mío, ¿qué hemos hecho para merecer tu ira?

Clara se secó las lágrimas con la manga del vestido, aspiró por la nariz y dudó antes de preguntar dónde se hallaba Juan con una mirada pícara.

Incómoda por el repentino cambio de tono, María respondió que se encontraba en casa del cura atendiendo sus clases de latín y catecismo.

—Entonces, ¿puedes venir a mi casa para el...? —La anciana la miró esperanzada—. Hace meses que estás aprendiendo a leer, María. Ahora que el *shaij* Hasan ya no está, ¿para qué retrasarlo? Solo será un momento y quizá esta noche podré empezar a dormir en paz.

La mujer del albañil se resignó a seguir a su vieja amiga. Se sentía ligeramente dolida por su conducta, pues hubiera preferido verla más abatida con la muerte y el recuerdo del viejo alfaquí. Pero la alegría desbordada de haberse escapado gracias a su oportuna muerte era más fuerte.

Clara la obligó a lavarse las manos y a pronunciar la *fatiha*. Después, le preguntó en un último gesto de desconfianza:

—Dime… ¿no estarás en tu período de impureza?

María aseguró que hacía días que había tenido la menstruación. Con los labios secos por la emoción, la esposa del albañil tomó el bonito manuscrito y lo abrió por la primera página. Clara la vigilaba con suma atención. María pasó lentamente las páginas. No entendía nada. Reconocía las letras, a duras penas las reunía en palabras, pero se le escapaba el significado. Por su disposición, se parecía al texto santo. Un fragmento que consiguió más o menos descifrar repasaba los distintos nombres de Dios. Pero la joven no conseguía encontrar las pocas suras que conocía y que, por ser más cortas, solían figurar al principio del manuscrito.

—Déjame sola un instante —replicó irritada a la vieja que la miraba por encima del hombro y la distraía con impertinentes preguntas—. No consigo descifrarlo contigo colgada al cuello. Abre un poco los postigos, no se ve nada en esta casa.

Ya sola, empezó a leer en voz queda el texto de abertura; esperando que la repetición de las palabras la ayudara a acercarse al sentido. Pero fue en vano. Furiosa, lo intentó con otro fragmento escogido al azar.

El párrafo se iniciaba con una invocación en algarabía al poder supremo de Dios y su Profeta. La continuación, aunque totalmente incomprensible, le procuró una extraña sensación familiar. Repitió su balbuceo en un tono más alto.

—Por Dios, ¿cómo es posible? Es…

Todo quedó aclarado. Repitió el párrafo, petrificada por poder comprenderlo ahora con tanta facilidad. Abrió el manuscrito por la mitad, leyó unos principios de frase, luego fue al final, leyó todo un párrafo. Escandalizada, terminó por alejar el libro de ella, como si le hubiera mordido.

—¿Y bien, hija mía? ¿Es el Corán?

La exclamación surgió de la habitación contigua, donde Clara hervía de impaciencia.

María balbuceó algo ininteligible. Clara interpretó el gruñido de la joven como una negación. Y al instante su cara se quebró como la de una niña luchando contra las lágrimas. Puso una mano en la mesa para sostenerse, dispuesta a llorar.

A María se le rompió el corazón, abrazó a la anciana y forzándose a sonreír, le levantó el mentón.

—Querida tía, pero ¿quién te ha dicho que no es el Corán?

Con los labios aún deformes por la decepción, Clara sollozó.

—Por la cara que pusiste... se diría que habías visto al diablo.

—Pero ¿qué dices, tía? Es el Libro Santo. Te lo aseguro... Pero bueno, no olvides que es la primera vez que tengo uno entre las manos...

Intentó sonreír y deseó con todas sus fuerzas que la anciana no leyera la mentira en su cara.

—Es tan impresionante que se me ha puesto la carne de gallina, tía Clara. ¡Un poco más y me echo a llorar como tú!

Clara la miraba, dividida entre su desconfianza de campesina y sus intensas ganas de creerla.

—Voy a leerte un pasaje si quieres.

María tomó el manuscrito, lo abrió más o menos por la mitad, colocó un dedo en el centro de la página y declamó en algarabía:

—«En nombre de Alá, el Clemente, el Misericordioso... Propusimos la responsabilidad del universo a las montañas, a los cielos y a la tierra, pero sintieron tanto miedo que la declinaron. Y el hombre, en cambio, aceptó. Es un violento y un inconsciente...»

Su corazón parecía a punto de estallar. Sin darse cuenta del sacrilegio que encerraba su petición, suplicó: «Señor, ayúdame. Haz que ni mi voz ni mi memoria flaqueen». Pasó varias páginas e hizo ver que dudaba antes de recitar con la misma fingida pasión:

—«En nombre de Alá, el Clemente, el Misericordioso... No cae una hoja sin que Él tenga inmediato conocimiento, no hay un grano en la oscuridad de la tierra, una hierba verde o seca que no esté registrada en el Libro...»

Levantó la cabeza. Clara solo tenía ojos para el manuscrito y su cara se había transfigurado por la felicidad.

—Detente, hija, te creo. Pero no se lee el Libro de Dios sin estar en estado de oración.

Tomó el manuscrito y lo envolvió de nuevo en la tela verde.

—Gracias, Dios mío —dijo besando el paquete—. Gracias, Pedro, mi viejo amigo —concluyó con más dulzura.

María acarició a la anciana, tan ridícula con su pelo alborotado y su ternura quejumbrosa. Una quemazón, que atribuyó a los celos, se apoderó de su vientre.

—No le di una vida fácil a mi Pedro y él me lo devolvió con creces. Pero hubo un momento en el que nos amábamos desesperadamente —intentó justificarse—. Y a mi edad, pequeña, eso es de lo único que me quiero acordar.

Esa noche fue María la que no pudo dormir. ¿Por qué había mentido deliberadamente a Clara? Intentó convencerse de que si había blasfemado de una forma tan horrible había sido tan solo por piedad. Sin embargo, una voz desagradablemente sarcástica le susurró que la perspectiva de heredar de su anciana amiga también había ayudado.

Gaspar dormía junto a ella. A veces, su respiración parecía estar a punto de detenerse y luego volvía a empezar con un brusco ronquido. María sintió una profunda desazón: ¿seguiría condenada el resto de su vida a dormir junto a ese zoquete que parecía descargar la vejiga en ella cada vez que le hacía el amor?

Si seguía pensando así el enfado iba a condenarla al insomnio. Más le valía volver a pensar en el manuscrito e imaginar a la devota Clara arrodillada ante lo que pensaba que era un Corán. ¡Si supiera…! A pesar de la vergüenza, María no pudo reprimir unas ganas locas de reír.

El texto estaba redactado en dos lenguas, algarabía y castellano, pero usando únicamente el alfabeto árabe. Según lo poco que había podido leer, el autor había escrito solo las numerosas invocaciones a Dios en la lengua sagrada, y el resto en la lengua de los cristianos del reino de Castilla. María había oído hablar vagamente de esta forma de transcribir el castellano: el aljamiado. Su padre solía afirmar con rabia que los nazarenos, no contentos con reducir a los musulmanes a la esclavitud, también se habían adueñado de las letras de su Libro Santo para mofarse de sus creencias.

María se removió en la cama, aún aturdida. No, ese libro indecente no hablaba de fe, ¡sino de la mejor forma de conseguir la satisfacción del cuerpo y de la mente durante la unión amorosa! Se expresaba de forma insólita, casi ridícula; por eso al principio se le había escapado el sentido. Alguien describía con detalles cómo «beber de la copa de las piernas de la mujer» y ser «elevado al paraíso del placer visitando con delicadeza su fisura, semejante al fruto del granado».

Recordó el último pasaje, precedido para su sorpresa por largas alabanzas al Maestro del Universo y a su Enviado (cuya pasión por las mujeres era recalcada con insistencia). En él, una amante voluptuosa se quejaba de que la mitad del instrumento de su amado desaparecía demasiado deprisa de entre sus piernas, mientras que la otra mitad se introducía con excesiva lentitud. Le recomendaba a su amante que, si quería complacer a Aquel que había moldeado al hombre y a la mujer, mejorara su manera de penetrarla y de acariciar, por ejemplo, su grupa con suavidad mientras tapiaba su puerta…

¿Qué querría decir el obsceno redactor del manuscrito? María intentó imaginarse al desconocido autor de ese falso

Corán tapiando la puerta de su compañera, pero renunció a ello con un repentino nerviosismo. Tragó saliva con dificultad, inquieta al sentir que le flaqueaban las fuerzas.

Condujo con repulsión la mano hasta la abertura de su sexo y se sorprendió al hallarlo completamente húmedo. Su boca, en cambio, tenía la consistencia del yeso.

La mano de la joven se crispó en su vulva. Una especie de dolor… no, más bien una bocanada desgarradora de placer le recorrió el cuerpo con tanta brutalidad que, por un instante, le faltó el aire.

«¿Nadie podrá darme jamás este placer?», se preguntó, ahogada por el sentimiento de injusticia. Sus dedos se deslizaron más profundamente entre los pétalos de carne.

—Alá Misericordioso, Tú que nos engañas y nos haces tan desgraciados, ven a mí con Tu miembro y Tus cojones —murmuró entre dientes, casi ebria, con el deseo abalanzándose sobre su cuerpo como una fiera herida.

Se durmió inmediatamente después de gozar. En realidad, era la primera vez en su vida. Todo su cuerpo se lanzó al pozo del sueño para no enfrentarse al terror inspirado por el abominable ultraje que había infligido al Creador.

18

Esa noche marcó el inicio del temor de María a haberse aprovechado de Dios. Cuando su propio interrogatorio alcanzaba el paroxismo, llegó incluso a culparse de haberle violado. Sabía bien que no lo había hecho en absoluto, pero la intención, que según le habían inculcado en ambas religiones es lo que cuenta, estuvo presente. La deliciosa sensación que experimentó, casi cercana al desmayo, había sido extraordinariamente intensa. Tanto, que María no albergaba duda alguna de que algo sobrenatural había intervenido... ¿quizá contra Su voluntad?

María había intentado liberarse de esas reflexiones, cuya existencia era el colmo de la falta de fe. La venganza del Todopoderoso sería a la fuerza desmesurada. A veces la acometían accesos de risa nerviosa pensando en que ella, la pobre hija de un artesano de Granada, podía haber repetido la experiencia de la Virgen, pero con una extravagante inversión de papeles: la víctima del abuso no había sido la mujer, sino el Otro, el Todopoderoso, que a pesar de su Ángel Anunciador con pene divino, se había encontrado en la situación humillante de la doncella fecundada a su pesar...

María se mordía entonces los labios hasta sangrar, asustada por esas elucubraciones dictadas por lo que ella consideraba un espíritu diabólico salido del obsceno manuscrito.

—Pierdes el sentido común, María. ¿Acaso crees que los cielos se ocuparían tanto del placer de tu coño? Pronto te vanagloriarás de poder subir hasta el firmamento para recoger las estrellas y cedérselas al mejor postor del mercado del pueblo —mascullò, intentando bromear, en vano.

Clara le había hablado tanto de historias de brujas que se entregaban a las más abyectas orgías con los demonios, que se preguntaba si no se habría convertido en una. La matrona juraba haber conocido personalmente a una de esas brujas… una judía, creía recordar. La mujer acabó colgada por el populacho junto a dos desgraciados perros que pasaban por allí.

—Pero antes le habían quemado sus vergüenzas. Dicen que es por ahí por donde nosotras, las mujeres, abrimos de par en par nuestra alma a la condena eterna del Maligno… ¡No sé si entiendes lo que quiero decirte! —concluyó Clara con un guiño.

María estaba impresionada y decidió tomar cartas en el asunto de sus sucios pensamientos con oraciones de arrepentimiento. Pero pronto se embarullaba en sus súplicas, mezclaba algarabía y castellano y no conseguía decidir en qué religión había pecado más. En la iglesia, se arrodillaba ante un cristo sanguinolento de cerámica. Al terminar su imploración, se desplazaba unos pasos para entregarse aparentemente a idénticas genuflexiones arrepentidas ante otra estatuilla, la de Santiago Matamoros, colocada bien a la vista en una hornacina.

El anciano cura se extasiaba ante la intensidad de la devoción de su parroquiana. ¡La humildad de la joven morisca era tal que pedía la intercesión del adversario más implacable de su propio pueblo! Lo que el cura ignoraba, evidentemente, era que a la hermosa pueblerina le importaba tan poco el santo patrón de España como su primer cólico. La verdad era que el alfaquí, antes de ser detenido, había tenido tiempo de enseñarle que el curioso refuerzo de la muralla de la mezquita transformada en iglesia era en realidad un *mihrab*, cuya función es indicar la *qibla*, la dirección a La Meca. La fe de algunos creyentes —entre los que se contaba la propia María— llegaba hasta tal punto que se humedecían las manos en perfume para impregnar discretamente la pared sagrada en cuanto el cura estaba de espaldas.

A pesar de todo, María se despertó varias veces en plena noche, con el cuerpo dolorido, las entrañas en llamas y cobijando en su pecho un alarido tan desgarrador que la garganta era incapaz de expulsarlo. La mujer entonces buscaba refugio en los brazos de Gaspar, pegándose a él como si le fuera la vida en ello. Empuñaba el sexo del marido apenas despierto y se lo introducía con violencia en la vagina. Ahogando un gemido de dolor, el albañil, encantado y asustado a la vez por el nuevo y extraño ardor de su esposa, se apresuraba a aparearse. Demasiado a menudo terminaba todo en un rápido vaivén, seguido de un suspiro de exasperación de la esposa a la que el hombre, para gran vergüenza suya, no conseguía dar placer. Por la mañana, ninguno de los dos decía palabra sobre lo sucedido. Gaspar miraba con inquietud a su mujer, con los ojos pequeños por la falta de sueño y un mal humor que él atribuía a algo más complejo que de costumbre.

Pasó un mes y las pesadillas fueron disminuyendo hasta desaparecer. María se quedó con la nostalgia de esa increíble «primera vez» y, a falta de algo mejor, rememoraba las noches en vela en las que su vientre era maltratado por un deseo pertinaz como un dolor de muelas. A pesar de la tristeza nauseabunda que la invadía por las mañanas al recordar su agitación, a medida que el tiempo pasaba le pareció que valía la pena. Al menos había entrevisto qué podía haber sido el júbilo del cuerpo y del alma si el destino no hubiera escogido otra cosa para ella.

¡Ojalá fuera Lorenzo el que yacía a su lado! Pero de inmediato la hiel le subía hasta la garganta: aquel que fue su amante por una noche debía de parecerse ahora a un buey a punto de ser sacrificado. Sin duda, él también sufriría algunas noches el suplicio de sentir el fuego en su interior, sin tener otra forma de liberarse que recurrir a los servicios de un sodomita italiano.

María no se permitía pensar en Lorenzo. A pesar de todos esos años, se daba cuenta de que la simple evocación del adolescente le apuñalaba el corazón. ¡Qué irónica era la vida y qué tontas las muchachas! En el fondo, la atontada cabra que era ella entonces apenas había conocido a ese pretencioso con voz de arcángel... En cualquier caso, no lo suficiente para explicar esa carga plúmbea que le desgarraba el pecho cuando, al cerrar los ojos, se arriesgaba a rememorar su encuentro carnal. Aquella famosa noche ella había sentido en su mano, y lo seguía sintiendo, el fervor de su desnudez. Fue la única vez en la que ese bobalicón había manifestado un poco de emoción por ella. El resto del tiempo, probablemente la había despreciado por su doble condición de esclava y morisca.

Pero las cosas eran así: aunque aceptarlo la humillara, seguía estando enamorada de aquel que, traicionado por sus sueños de gloria, ahora debía ser solo medio hombre.

Comprobar que seguía obcecada por este amor, agarrado a ella como una pulga entre el pelaje de un perro vagabundo, la hacía enfurecer: ¿de qué servía conservar intacta semejante carga de dolor? Por si fuera poco, a su necia terquedad se le sumaba un regusto de admiración por la locura del muchacho: él no dudó ni por un instante en pagar con su carne el precio de su pasión por el canto... ¡a riesgo de arrepentirse durante el resto de sus días!

Sumergida en este torbellino de pensamientos, no dejaba de preguntarse lo que la torturaba desde que se casó con el albañil: ¿le había faltado coraje en el momento decisivo, hacía ya varios años? ¿Existía escapatoria a aquel enclaustramiento de por vida en ese sórdido pueblo maloliente en el que convivían el miedo de los vencidos y el engreimiento de los vencedores? Por entonces disponía del dinero del hombre al que había matado, ¿quizá hubiera sido suficiente para escapar en dirección sur o norte, hacia Portugal o Francia, en busca de seguridad? Sí, es cierto, ella entonces era aún muy joven; y sí, iba a ser madre en breve de un bebé con dos padres, pero... El encadenamiento de las hipótesis llegaba siempre a la misma conclusión repugnante: hubiera podido liberarse del recién nacido dejándolo a los pies de una iglesia y olvidarse del reino de España con sus moriscos embusteros y sus ogros inquisidores.

Esa machacona concatenación de hipótesis sobre qué habría sido de su vida si en su huida hubiera abandonado a Juan el día en que nació la torturaba. Por supuesto, no se habría arrimado al primero que se le hubiera acercado, ni habría tenido la impresión de estar ahogándose continuamente ni, sobra decirlo, habría tenido bajo sus ojos día y noche la prueba en carne y hueso de su fracaso amoroso y de su posterior violación. Por otro lado, sin su encuentro providencial con Gaspar la milicia la hubiera detenido tarde o temprano y condenado a la horca o a la hoguera... Y lo más grave de todo, se habría perdido la alegría de ver nacer y crecer a su pequeño Juan.

«Tu hijo es tu única familia verdadera, ramera, no es un trasto viejo. ¿Cómo te atreves a dudar entre protegerle y abandonarle? Solo piensas en traicionar: a tu hijo, a tu marido, a tu religión... o a tus religiones, cuando tu única preocupación debería ser la de ayudarle a escapar de la prisión en la que te pudres. ¡No mereces ni el aire que respiras, pérfida!» Esa vocecilla interior, siempre acechando en un rincón de su cabeza dispuesta a aprovechar la menor ocasión para humillarla, conseguía barrer sus ensoñaciones de un plumazo.

«Hijo mío, perdóname, jamás hubiera dudado, debes creerme. Que me muera al instante si alguna vez renuncio a ti», murmuró con la voz herida por la culpabilidad.

Abandonaba entonces de inmediato la cocina o la cubeta de la ropa para acudir en busca de su hijo, atormentada ante la posibilidad de que sus desvíos se convirtieran en mal de ojo para él.

El niño adoraba y temía esos momentos en que su madre acudía a su encuentro, en la iglesia o en la plaza del mercado.

Aunque estuviera cubierta por un vestido negro y luciera un pañuelo sobre sus cabellos indómitos, continuaba siendo increíblemente hermosa y ello provocaba en él un escalofrío de orgullo acompañado de aprensión. Ya un mocoso le había advertido que la belleza de su madre era excesiva y que su tía le había contado que tanta hermosura no era normal. El asunto acabó en pelea.

—¡Para! ¡Mi tía mintió, tu madre no es bonita! —Pero tras recibir otro puñetazo, rectificó lloriqueando—: Bueno, no... No quise decir eso... Quiero decir que tu madre es «normalmente» hermosa.

A la vista de todos y sin tener en cuenta su incomodidad, su madre lo abrazaba hasta ahogarle, le besaba el pelo, el cuello, las mejillas... como si no se hubieran visto desde hacía una eternidad. Aplastado contra su pecho, oyendo los latidos precipitados de su corazón, él percibía la angustia de esa madre habitualmente hosca, casi altiva, sin comprender la razón. Luego lo colmaba de dulces, le servía mejor comida que a su padre, le permitía caprichos que en los días «normales» le hubieran costado buenos pescozones. Pero la alegría de Juan estaba lastrada por la tristeza que percibía en su madre. Por más que tuviera una bonita sonrisa y que fuera capaz de reír por cualquier cosa... Juan no era tonto y le bastaba con observar las comisuras de sus ojos para encontrar una minúscula lágrima que delatara el reciente llanto. Y ese simple hecho le sobrepasaba, porque jamás había visto llorar a su madre en su presencia.

Esa madre a la que Juan amaba tanto a pesar de su agrio carácter y su mano férrea, acabó dándose cuenta de que su hijo la observaba. Al principio alzaba una ceja ante la audacia del pequeño. Entonces su cuerpo se ponía rígido, como el de un animal que supone la presencia de un depredador, escondía la cara para escapar al examen de su hijo y le lanzaba una mirada cargada de ironía que nada tenía que ver ya con el desbordamiento de amor precedente. A veces, sus ojos mostraban incluso una desaprobación de la que ella no era consciente y que se dirigía a él como si fuera un adulto. Juan bajaba la cabeza, vagamente asustado, sintiéndose poco a poco invadido por la oleada de tristeza de su madre. Solo el padre parecía no entender nada, feliz de ver por una vez tan contenta a su esposa y negándose a distinguir el fugaz gesto de desagrado en sus labios cuando la rozaba.

El muchacho languidecía a ojos vista. Amaba a ese padre tierno y afectuoso, más dispuesto a enseñarle a pecar que a azotarle, a diferencia del resto de los padres del pueblo. Juan se daba cuenta de que sus padres no se entendían y que iban tan desacompasados como una pareja formada por un ganso y una gallina. Tampoco ayudaba el hecho de que su madre hubiera podido pasar sin problemas por la hija del albañil (y quizá ni siquiera la mayor). Pero esto no era motivo para que ella inundara de reproches a su marido. Juan odiaba ese desdén prácticamente público.

Consternada, María dejó de masticar la hoja de alcachofa. Usó los dedos para contar: solo había pasado un mes y medio desde que vio el manuscrito. Y todo sucedía al mismo tiempo: la muerte del cura, la enfermedad de Clara y su nuevo embarazo. No sabía cuál era el acontecimiento que tenía que pesarle más.

El cura había muerto antes de que pudiera hacerle la pregunta que acariciaba cuidadosamente desde hacía años: ¿qué podía hacer para salvar a Juan de su condición de morisco, alejarlo del pueblo y del país? Había dado suficientes pruebas de fe para esperar hallar en el cura un oído indulgente y algunos consejos. Si lo hacía bien, quizá conseguiría que le redactara una recomendación. En los últimos tiempos, había obligado a su marido a invitar varias veces al hombre de la sotana. En esas ocasiones, María le servía costillas de cerdo bien cristianas, que Gaspar compraba discretamente en el pueblo vecino.

Pero había dudado demasiado. No encontró las palabras para exponer sin demasiados riesgos su deseo, no solo de proteger a su hijo de las persecuciones a los nuevos cristianos, sino también de enseñarle un oficio respetable que no fuera ni pintor, ni cantor, sino algo entre ambos... un oficio relacionado... ¿cómo decirlo?, con el arte que suscita la admiración de la gente.

En su fuero interno, sin embargo, María sabía que la expresión era ridícula, y la sustituyó por «la práctica de cosas hermosas que placen al Señor». Pero ¿cómo podría contarle al cura que ella, la rústica campesina, no quería para su hijo un oficio mediocre como el de su marido o el de los otros habitantes del pueblo? Y sobre todo, ¿cómo presentarle una actividad, de la que no tenía ni la más remota idea, tan curiosamente definida como algo a medio camino entre dos profesiones tan discordantes entre sí y tan extrañas a su comunidad? La única salida hubiera sido contar en el secreto de confesión la doble bastardía de cristiano viejo de Juan, y las consecuencias que ello implicaba, según María, para su futuro. Para reparar en parte el desorden del pecado, ¿no debería el hijo ser capaz de alguna manera de representar dignamente a sus dos padres? Si se estableciera con un oficio visiblemente de cristiano viejo, quizá podría alejarse de aquel poblado de comadrejas asustadas que huían en vano de las cacerías de la Inquisición... ¡Pero jamás confiaría ese deseo al confesor!

María no sabía cómo justificarse la nostalgia por el oficio de su violador. Obviamente tenía razones para querer perpetuar el recuerdo de Lorenzo... Pero ¿para el de su violador? Quizá fuera ese sentimiento cercano a los celos de la búsqueda constante de la perfección, que el pintor perseguía esbozo tras esbozo, encerrado días y días en su taller con esos olores tan desagradables a cola, pigmentos y huesos calcinados... Don Miguel era codicioso y vanidoso, pero sin embargo ella lo había visto deslomarse por sus proyectos, entregarse a su arte hasta el punto de jugarse el pellejo con obras que eran imposibles de vender... como sus retratos de la Virgen, por ejemplo.

Ahí había un misterio, casi rayano en la sacralidad... Como si mientras don Miguel se dedicaba a su arte escapara a su vileza. Después de tantos años, seguía odiando al pintor, pero no negaba que le había abierto los ojos a un nuevo mundo, aunque no le resultara de ninguna utilidad en el angosto entorno de su vida. El viejo cura se habría reído sin indulgencia de su parroquiana en cuanto le hubiera confesado que el lunático que la había tratado peor que a un orinal le había transmitido su pasión por la pintura.

Pero el pobre cura, único poseedor de una autoridad que ella creía capaz de salvar a su hijo, había muerto repentinamente un día de la misa, desplomándose sobre la mujer del latonero mientras le daba la hostia. Tras estremecerse y a punto de perder el equilibrio, la mano del cura logró agarrarse al corsé de la mujer. Su cara pasó al blanco grisáceo de un cadáver mientras sus dedos seguían pinzando el seno de la mujer del latonero. En medio de los alaridos de esta última y la agitación que se había apoderado de la iglesia, María apenas pudo reaccionar, estupefacta ante la iniquidad de los hechos. No podía ser. Corrió desesperada a refugiarse en el confesionario, donde permaneció acurrucada hasta la noche, con las piernas dobladas y el alma abrumada. De nada servían ya las cábalas que pacientemente había elaborado, ni las repetidas oraciones, ni su obsequiosidad, ni las confesiones dominicales, ni la carne de cerdo, ni el catecismo, ni el latín impuestos a su hijo... Contuvo las lágrimas, sollozando. Cuando la conciencia del fracaso se ancló definitivamente en su cerebro, le embargó la necesidad de llorar. Pero no sucedió nada. Sus ojos se empeñaban en permanecer secos. Solo la nariz, irritada por los espasmos de las inspiraciones, acabó sangrándole.

Para complicar aún más las cosas, al día siguiente de la muerte del cura, Clara tuvo la mala idea de usar una escalera para recoger peras. Se cayó y se rompió algo de la espalda. Desde entonces, María pasaba parte del día en casa de la matrona, que no podía levantarse de la cama. Tenía fiebre y poco a poco iba perdiendo la cabeza; hasta llegó a afirmar con una sonrisa de éxtasis que su Pedro le hablaba desde el más allá y que le recomendaba que para acelerar su encuentro, adorara aún con más devoción el Libro Santo que le había regalado. La enferma asió la mano de María y le tendió el manuscrito que cada vez ocultaba menos y le suplicó que le leyera algunos fragmentos.

—Tengo que lavar mi sucia alma con agua del Corán.

Azorada por la imprudencia de su amiga, María intentó disuadirla. Además, el contacto físico con esa compilación de recetas licenciosas seguía incomodándola. Pero cuando los lloriqueos de la anciana se transformaron en gritos al alcance de los oídos de vecinos maliciosos, María tuvo que aceptar su petición. Y mientras su boca salmodiaba maquinalmente el mismo trío de versículos, la lectora se hundía con un terror fascinado en el fango del texto aljamiado. Al final, sonrojada, lanzaba una exclamación de indignación o una risotada a los «consejos» del autor, quien no había dudado en detallar cómo los amantes podían incendiarse de placer durante su unión por el orificio estrecho.

Mientras, pasando una y otra vez la lengua por sus labios entrecortados, María silenciaba a su amiga con miradas un poco ariscas, repitiendo ante cualquier pregunta: «Alá es grande y Mahoma su profeta; que a través de él lleguen al Maestro del Mundo nuestras oraciones». A veces, la anciana se desembarazaba de la colcha e intentaba salir de la cama murmurando entre dientes:

—Pedro tiene razón… Hay que estar preparados, María… Pronto el Caballero Verde oirá nuestras súplicas. Liberará Andalucía y será el fin de nuestras desgracias. La bondad volverá a florecer y la felicidad regresará. Los nazarenos volverán a ser nuestros vasallos y les cortaremos la cabeza a los blasfemos. Nuestros califas reinarán… el esplendor de los omeyas… Y yo tendré un magnífico galgo árabe que caminará a mi lado.

Eso es lo que el ángel prometió a Pedro... Me crees, ¿verdad, hija mía?

Con los ojos húmedos, María asentía. Lograba agarrar a la mujer antes de que cayera de la cama para volverla a tumbar. La alimentaba, la limpiaba y, antes de dejarla sola, le preparaba una tisana de hierbas calmantes y esperaba hasta que conciliara el sueño. La esposa del albañil regresaba a su casa, entristecida por la evolución de su amiga. ¿Con quién combatiría ahora el insoportable aburrimiento de los días sin fin en el pueblo? Clara era criticona, daba demasiados consejos y se ponía insoportable con su vano orgullo sobre la grandeza pretérita de sus nobles antepasados... Especialmente cuando se comparaba con el resto del pueblo que, según ella, descendía de los innobles zenetes y sanhayas del norte de África («¡langostas hambrientas que no esperaron a los nazarenos para saquear la magnífica Córdoba!»). Pero de vez en cuando, tenía gestos de ternura maternal capaces de ponerle a María un nudo en la garganta.

Más de una vez, la joven se encerró en el trastero para no deshacerse en lamentos ante Gaspar y Juan. A título de consuelo, como si se tratara de una revancha contra la brutalidad del mundo, se humedecía los dedos con saliva, se alzaba el vestido y se acariciaba. Gozaba apretando los dientes, mediocremente, sin conseguir revivir el milagro de la primera vez. En la habitación oscura recordó una leyenda que le contó Clara; hablaba de un santo encerrado en una habitación que se escapó por una ventana que había dibujado en la pared con un trozo de carbón. María trazaba a su vez un rectángulo en los morillos mal colocados y observaba con ironía y seriedad su mágico contorno. ¿Qué deseaba en el fondo? ¿Huir de aquel presente apestoso? Pero ¿adónde?, ¿al pasado?, ¿al futuro?

Cuando intentaba distinguir la silueta del futuro, no veía más que aflicción y muerte. Entonces, la «prisionera» se giraba al pasado, a su pasado. Ese paisaje que conocía demasiado bien se le aparecía aún más afeado por las malas hierbas de desgracia y la desesperación. Sin embargo, en un rincón del horizonte, a varios años de distancia, había un claro, verde, con un bonito riachuelo cantarín, acerolos y gente riendo. Con los ojos cerrados, distinguía los rostros de sus seres amados: su padre, su tía y su madre, con rasgos poco definidos. Qué no daría por elevarse hacia ese segmento de tiempo, hacia ese minúsculo puñado de años de felicidad.

Cuando la tristeza ante la imposibilidad de la evasión era demasiado profunda, María volvía a abrir los ojos, borraba el dibujo y, crispando su alma y su cuerpo, salía del trastero y regresaba con su familia.

19

Fue durante una de esas tardes de lectura cuando María sintió náuseas por primera vez.

—Pero… ¡fíjate en esas ojeras, en el color ceniza de tu piel! Mujer, ¡tú estás embarazada! —le asestó con la máxima naturalidad la vieja comadrona, abandonando por un instante su delirio—. Después de tantos años… Ya ves, todo se arregla desde que lees el Libro. Su compasión viene en tu ayuda. ¡Dale gracias a Alá antes de que cambie de opinión y corre a anunciar la noticia a Gaspar!

La comadre acercó con autoridad el manuscrito a los labios de su amiga. María, desbordada por la noticia, se inclinó y besó la cubierta historiada.

Cuando fue consciente de su gesto, se frotó con todas sus fuerzas los labios con el puño del vestido, pero el mal ya estaba hecho. El pánico se apoderó de ella. ¿Qué significaba ese embarazo milagroso tras doce años de infructuosa vida en común? Si hasta ahora no se había quedado encinta, no podría achacarse a la falta de ardor del albañil. En lugar de calmarse, con los años su deseo no había hecho más que aumentar. Además, sin proclamarlo jamás abiertamente, cada vez deseaba más un hijo realmente suyo. Las noches de luna llena, conocidas por ser más favorables al acto de procreación, comía varios huevos y una sopa de hierbas propicias para la fecundación. Se iban a la cama mucho antes que de costumbre y Gaspar, a pesar de la apatía de su mujer, conseguía su propósito. Pero su semen parecía tan eficaz como la cuajada.

Los dos esposos sabían, sin embargo, que si había alguna deficiencia debía de ser por parte del marido; Juan era la demostración más patente. María había acabado por convencerse de que las eyaculaciones pretenciosas de su Gaspar eran tan ineficaces como las de un burdégano. Pero consideraba esa esterilidad como algo positivo, pues el nacimiento de un varón podría alterar la estima de Gaspar hacia su supuesto hijo.

María contó y recontó los días. Había transcurrido un mes y medio desde su encuentro con el libro salaz y el increíble efecto que produjo sobre ella. Más o menos coincidía con su embarazo.

No estaba nada de acuerdo con Clara cuando esta invocaba la acción de los espíritus ante cualquier circunstancia supuestamente extraña. La matrona se sentía orgullosa de haber conocido a brujas y brujos cuando era joven: decía que le enseñaron a ver más allá de lo que ella denominaba pomposamente «la primera visión de las cosas». María se limitaba a alzar los hombros, más bien escéptica, pero sin tener una opinión formada al respecto. Claro que creía, como todo el mundo, en la existencia de espíritus todopoderosos, pero era sabido que tenían otras ocupaciones que la de interesarse por las ínfimas preocupaciones de los humanos, sobre todo si estos estaban perdidos en lo más profundo de una región tan insignificante como la suya.

A pesar de todo, el corazón se le aceleró. Miró con ojos torvos el libro que acababa de besar. Una pregunta zumbaba en su cabeza, al principio como una mosca y después como un abejorro dispuesto a picar: ¿sería posible que el falso Corán...? O aún peor, ¿que Aquel al que había ultrajado, y cuyo nombre no osó pronunciar, estuviera detrás de su embarazo?

Clara leyó el desasosiego en el rostro de su amiga.

—¿Temes tener una hija? El bribón de tu marido exige un segundo varón, ¿no es cierto? Ah, estos estúpidos varones.

La enferma le tomó la mano, la golpeó con suavidad para reconfortarla y luego se la acercó. María miraba sin comprender nada.

—Siéntate. Yo te ayudé a parir y lo sé casi todo de ti. Súbete el vestido y deja que te palpe el vientre. Te diré el sexo de tu hijo. Sabes que tengo mucha experiencia en este tema y que Alá me ayudará a dar con la respuesta.

Ese día regresó corriendo a su casa y se acostó sin cenar, presa de una fuerte agitación. No anunció nada a su marido, que se inquietó ligeramente antes de achacar la palidez de su esposa a una de esas misteriosas enfermedades de mujer de las que los hombres no podían hablar. Pasó la noche dando vueltas en la cama, atormentada por dos ideas. La primera —que alguien que no era Gaspar fuera el progenitor de lo que estaba floreciendo en su vientre— la aterrorizó tanto que se pellizcó hasta sangrar, tratándose de loca por tener esos pensamientos. Sin embargo, los dientes no dejaban de castañetearle: ¿cómo habría reaccionado la ingenua Virgen cuando se encontró preñada de la obra del Invisible? ¿Pensó por un momento, la esposa de José, que su dócil sumisión al deseo del Amante sería recompensada con la crucifixión de su hijo? ¿Qué precio tendría que pagar ella misma por los «favores» de un Espíritu, santo o diablo?

«Estás perdiendo la razón —se dijo agotada cuando ya amanecía—. ¡Se te escapa el entendimiento por las orejas como la orina de la vejiga cuando orinas! No eres ni la prima de la Virgen ni la favorita de algún íncubo. Desde que te casaste, por entre tus piernas solo ha pasado tu marido. Gaspar es el padre del bebé que está por venir.»

A pesar de que una ínfima parte de su cabeza se negaba fieramente a ello, María decidió no preocuparse más que del segundo problema, también importante: el del sexo del futuro hijo. Y si no fallaban los pronósticos de la vieja arpía, tenía razones más que suficientes para temer por el futuro de Juan.

Clara le había pasado la mano por el vientre y por sus partes íntimas, y tras ello le había confirmado que estaba embarazada de otro varón. La matrona afirmaba que era capaz de reconocer, incluso con tan poco tiempo de vida, signos de virilidad. Prueba de ello, decía, era la forma que había adquirido el ombligo de la joven (una pequeña verga retorcida). Tras introducirle sin ningún aviso sus largos dedos huesudos en el fondo de su vulva, había tocado además los dos cojoncitos del bebé, del tamaño de una pepita de uva pasa.

—Pero ¿cómo puedes estar segura? —inquirió la joven arreglándose el vestido, aún sofocada por la palpación que se había permitido la matrona.

—¡Que me muera antes de que acabe el mes si lo que digo no es cierto! —replicó Clara, indignada por el tono de incredulidad de su amiga—. Hija, ve a anunciar la noticia a tu albañil antes de que me arrastre por el suelo y lo haga en tu lugar.

María no dijo nada al futuro padre, aunque fingía lo contrario ante Clara. Una especie de doble pánico se apoderó de ella. Tenía que alejar lo antes posible a su hijo de esos malditos españoles y elegir para él un oficio que ni siquiera era capaz de definir. El pueblo olía cada vez más a renuncia y a carroña. Sus gentes se habían acomodado a la espera de lo peor, transformando en virtud los signos ostentosos de su resignación.

—Cuanto más nos sometamos a la voluntad de Dios, más se apiadará de nosotros. Antes, por la gracia de Dios Todopoderoso, estas tierras nos pertenecían, pero nuestro desmesurado orgullo nos ha hecho perder la humildad y Él nos ha castigado rebajándonos más que a las ratas... Y tú, con tus lamentos sin sentido, ¡corres peligro de atraer sobre nuestras cabezas más ira divina y también más ira de la Inquisición! ¿Con qué derecho te mezclas en nuestros asuntos, extranjera, si ni siquiera sabemos de dónde vienes? —le lanzó con perfidia una mujer en el lavadero tras un intercambio de opiniones que había derivado en discusión.

Las dos mujeres llegaron a las manos y el resto de lavanderas tuvo que intervenir para separarlas.

María estaba convencida de que el nacimiento de otro niño la incapacitaría para ocuparse convenientemente del primero. Incluso podría ser que el cerdo de su marido aprovechara para que, una vez «curada» su semilla, le hiciera rápidamente otro mocoso y, quién sabe, quizá un tercero, un cuarto... hasta que al final ella se pareciera a sus vecinas de carnes caídas, entregadas a calmar los llantos de sus vástagos y al cuidado de sus penosas casas. ¡Adiós a los sueños de una vida honrosa para Juan! ¡Adiós al juramento que hizo al nacer el niño!

Peor aún: faltar a una promesa tan solemne sería interpretado por el Gran Guardián del Cielo, que jamás tiene tan buena memoria como en estos casos, como un perjurio, y su castigo serían sin duda no solo más desgracias para ella y para Juan, sino también para el niño que tenía que nacer.

Aunque había intentado convencer a su marido de enviar a Juan como aprendiz a Valencia, Gaspar adoraba al zagal, no lo escondía, y se irritaba cada vez que ella planteaba el tema.

—Una familia como la nuestra siempre necesitará mano de obra —replicaba de mal humor y con una testarudez poco habitual en él—. Además, para los escasos oficios aún autorizados a los moriscos, ¿qué podrían enseñarle en Valencia o en Aragón que no pudiera enseñarle su padre? —Siempre había en su voz una ligerísima puntualización de la palabra «padre», pero María nunca había sabido cómo interpretarlo—. Juan se sentiría un extraño en medio de cristianos viejos que solo mostrarían desprecio por él, correría peligro. Además, cualquier maestro del pueblo exigirá mucho dinero para alojarle, alimentarle y formar a un aprendiz, al menos al principio. Y ya te habrás dado cuenta de que nos hemos empobrecido mucho en estos últimos años —añadió con ironía—. No me permiten ir de pueblo en pueblo, me veo reducido a alquilar mis brazos para trabajos en el campo para el señor del lugar… ¿Con qué podría pagar al maestro?

María se quedó sin voz, sin atreverse a hablar del dinero que tenía escondido desde hacía años en el aprisco. Y no es que temiera las explicaciones que Gaspar le exigiría, pues sabía perfectamente cómo cojeaban los motivos que le condujeron a casarse con ella. Lo que temía es que su marido le prohibiera usar el dinero solo para el futuro de Juan.

Un día no pudo más y explotó.

—¿No ves que este pueblo se ha convertido en una jaula para moriscos? Si no podemos escapar todos, ¡al menos que uno de nosotros lo haga!

—En este país de locos, los barrotes de la jaula nos protegen de las fieras.

—¡Esta maldita jaula está abierta, Gaspar, las fieras viven entre nosotros!

—Habla más bajo, María —le ordenó, incómodo ante la posibilidad de que los vecinos captaran alguna de sus recriminaciones—. En cualquier caso, no podemos elegir, aún hay más fieras en el exterior.

—¿Crees que nos comerán menos deprisa si nos escondemos en el fondo de la jaula? ¿Esperas que la pestilencia de nuestro miedo les corte el apetito? —María frunció los labios en señal de desdén—. Gaspar, hasta las gallinas más dóciles del gallinero terminan en la olla.

Los hombros del albañil se encogieron ante la evidencia. Con los rasgos desencajados por la humillación, murmuró:

—Pero ¿qué puedo hacer, María? ¿Qué puedo cambiar? Ignoro lo que Dios ha decidido para mi familia, pero lo que sé es que desde el principio de los tiempos Él lo ha decidido sin contar ni contigo ni conmigo, incluso antes de crear a Adán y

Eva. Desde entonces, solo podemos esperar Su voluntad y rezar para que no sea demasiado terrible.

María no tuvo que esperar demasiado. Dos semanas después del entierro de su predecesor, llegó un nuevo cura con un gran equipaje. No tardó en extenderse el rumor de que el padre Joaquín era el sobrino de un importante personaje huido al extranjero por problemas con la Corte y que había sido destinado a un pueblo tan desterrado como represalia. También decían que el nuevo cura de aires distinguidos y almibarados no era mucho mejor que su pariente. Que en realidad solo era un tarambana arruinado que su familia había metido a cura para protegerlo de algunos acreedores. Otros comadreos aventuraban que su nombramiento en ese agujero perdido solo era un exilio temporal, y que el recién llegado tenía un gran porvenir aguardándole en Madrid.

El franciscano, con un cargo visiblemente excesivo para un pueblo tan pequeño, fue recibido con circunspección tanto por los cristianos viejos como por los moriscos. Desde que llegó, el joven padre Joaquín, que apenas tendría veinticinco años y lucía un gran lunar en la comisura del ojo derecho, se reunió con los responsables del pueblo y anunció su decisión de organizar una procesión en honor al patrón de su orden, san Francisco, a quien propuso considerar a partir de entonces como el nuevo patrón del pueblo.

—Toda comunidad humana —explicó con autoridad— tiene el deber de poseer un santo patrón, en particular si la mayoría de sus habitantes no son de raza puramente cristiana vieja. Las imágenes, la múltiples procesiones y otras acciones de gracia son medios que reafirman la fe vacilante de los conversos recientes y eliminan los últimos posos de la superstición mahometana.

Todos los parroquianos estaban invitados a participar de una forma u otra en la procesión. Podían, por ejemplo, coser los vestidos de los penitentes, o construir la estructura para trasladar las imágenes que el sacerdote se encargaría de tomar prestadas de una iglesia con más posibles que la del pueblo. También anunció que la procesión concluiría con unos toros en la plaza. Como no había toreros ni matadores en el pueblo, el cura decidió mandarlos traer para la ocasión desde Valencia, un coste que el pueblo pagaría con un óbolo colectivo. Una corrida de toros era una ocupación más bien frívola a los ojos de la Iglesia, pero contribuiría a acercar las costumbres del pueblo morisco. Su argumento pareció convencer a las autoridades del pueblo.

María se presentó voluntaria para coser el estandarte de la procesión, lo que le permitió acercarse al cura con el pretexto de los emblemas que tenía que bordar. Quizá tendría ocasión de hablarle de Juan a ese hombre a todas luces tan importante...

Intentó mostrarse lo más devota posible, lo que no pareció sorprender al cura (más tarde le diría que su antecesor la había destacado como una de las más piadosas de la comunidad morisca). El cura se había preparado para escuchar a la visitante con la habitual indiferencia de los hombres de su condición. María tenía la cabeza gacha, pero pilló de reojo la admiración del joven párroco en el momento en que se quitó el velo que le cubría el rostro. «Aunque tonsurado, a pesar del incienso y la cruz que luces, no puedes impedir que tu pajarillo palpite bajo la sotana. Todos sois de la misma pasta», pensó.

La cara de la joven debió de reflejar una expresión de repugnancia, porque el cura perdió un instante su compostura y enrojeció hasta las orejas. Parecía mucho más joven así, al ser pillado con las manos en la masa. Hizo un gesto rápido de bendición y murmuró un «Más tarde, más tarde...» antes de echarse atrás, aún más ruborizado, y preguntarle qué la llevaba hasta la casa del Señor.

Una oleada de alegría, amarga y violenta, recorrió el corazón de María. «Se diría que el olor de mujer te cosquillea en la nariz, curita», pensó a la vez que le explicaba que necesitaba más precisiones sobre la ornamentación del estandarte. Jamás había actuado así, pero supo enseguida cuáles eran esos mínimos movimientos de ojos, labios y cuerpo para mantener al cura bajo su dominio sin que un observador exterior pudiera objetar nada sobre la honestidad de su comportamiento. Una parte de su cerebro le repetía que estaba jugando a ser una puta ante un servidor de la Iglesia, pero la otra parte la mandaba a hacer puñetas con sus cuentos de dignidad. Esa sería quizá la última oportunidad para que un personaje poderoso se interesara por el futuro de su hijo bastardo.

Salió de la iglesia una hora más tarde, sin recordar ni una palabra de lo que había hablado con el cura. Se aclaró la garganta varias veces antes de eliminar ese regusto que le impregnaba el paladar. Cuando empujó la puerta de su casa, comprendió que esa sensación pútrida era la respuesta de su cuerpo a la decisión que acababa de tomar.

Regresó en varias ocasiones a consultar al cura, con quien hablaba largo y tendido de detalles del bordado, afianzando su dominio con gestos aparentemente inconscientes: labios entreabiertos, el cuello inclinado de lado, una mirada condescendiente. Cuando se agotó el tema del estandarte, el padre Joaquín le pidió con tono ronco que se confesara con él en la próxima ocasión.

Ese día, María orientó su confesión, voluntariamente confusa, hacia el pecado de la carne que no cejaba de atormentarla. Detrás de la rejilla del confesionario, el joven insistía vanamente en obtener detalles; según él, la absolución que él le daría en nombre de Nuestro Señor solo sería válida si ella liberaba totalmente su conciencia. Por su voz sorda y sus bruscas preguntas, casi suplicantes, concluyó que el cura estaba «turgente». Le prometió, como se promete a un pretendiente, que volvería al día siguiente para terminar su confesión.

En lugar de eso, al día siguiente le presentó a Juan. El cura apenas pudo disimular su decepción. Se había perfumado, peinado y vestía una sotana impecable. La irrupción del niño arruinaba, ni que fuera momentáneamente, sus esperanzas de confesión licenciosa.

María habló con pasión al cura de lo que deseaba para su hijo.

—Padre, mi hijo merece algo mejor que vivir en este callejón sin salida. Ayudadle a salir de aquí… Entre pintura… música… Fuera de España…

El tono de la mujer rayaba en la imploración, pero fue su mirada lo que no se prestaba a confusión: «Seré vuestra tantas veces como queráis si ayudáis a mi hijo».

Sorprendido por el discurso febril de esa hermosura de mujer, el cura respondió como pudo.

—Pues bien, que se haga… que se haga… ¿Es hábil con las manos? —le preguntó, y ella asintió, precipitadamente. En realidad, constató con dolor, nada en la vida de su hijo le había dado ninguna razón para responder afirmativamente sin mentir—. No sé… ¡Grabador! Sí, ¿por qué no? Es un oficio honroso: esculpir al aguafuerte imágenes santas en placas de cobre…

—¿Grabador de metal? Pero eso no está entre la pintura y el canto…

—Depende —respondió el cura con repentino desparpajo—. Si el aguafuerte es bueno, la gente del oficio dice que «canta» a los ojos.

—¿Un agua canta a los ojos? Pero, padre, ¿os estáis riendo de mí? —Luego cambió de tono y añadió—: ¿Es un oficio practicado por los moriscos?

—No conozco a ningún morisco famoso en ese arte. —El cura insinuó su diversión levantando exageradamente las cejas—. ¿Acaso tienes algo contra los tuyos?

—¿Ayudaréis a mi hijo a marcharse de aquí? —replicó ella, soslayando su lacerante pregunta.

—Bueno… Los edictos prohíben a los conversos…

—Padre, os lo suplico…

—Mmm… No será fácil… Sin embargo, si la ayuda es recíproca, hija mía, entonces…

Ella asintió con los ojos y el cura hizo lo propio. Así se selló el pacto sin pronunciar palabra. El niño bajó la cabeza, incómodo. Jamás había visto así a su madre. Ella solía mostrarse tan dura con los hombres que verla actuar de esa forma tan sumisa y tan falsa le sorprendía. ¿Y qué sería esa agua con supuesta fuerza de la que hablaban? ¿Un oficio? ¿Lejos del pueblo? Pero si él no quería irse a ninguna parte… Sus padres, sus amigos, todos estaban allí. ¿Acaso su madre se había vuelto loca? Le tiró de la manga para exigirle explicaciones. Ella se zafó. Él insistió y ella le dio un bofetón. Le ordenó que la esperara fuera en la plaza.

María y el cura se quedaron a solas, en la penumbra, detrás de una columna. Al principio, el cura se quedó petrificado. Tosió para recomponerse. De repente, resolvió sus dudas y avanzó hacia ella con brusquedad, inclinándose para besarla. María sintió repulsión al ver cómo el lunar del cura se abalanzaba sobre ella como un tercer ojo mientras sus labios buscaban su boca.

—Ahora no, padre Joaquín… —Lo rechazó suavemente—. Antes tenemos que entendernos… Después.

Se reunió con su hijo ante el pórtico de la iglesia. El niño tenía los ojos rojos. Ella suspiró, le pasó la mano por el pelo. El día antes, Juan se había quejado de algo; agobiada, ella lo interrumpió y le dijo que dejara de lamentarse como un niño, que era ya casi un hombre y que tenía que comportarse como los de su edad.

Pero ahora se daba cuenta: Juan aún era muy joven para marcharse y ella le había demostrado tan poco que lo amaba… Quiso pedirle perdón por el bofetón, pero no lo hizo. Ella también sufría mucho y no tenía nadie en quien confiar. Le dio un beso en la cabeza y lo agarró de la mano.

—Vamos, Juan. Volvemos a casa. Tu padre debe de estar hambriento.

María nunca había engañado a Gaspar. Es cierto que no le quería, pero respetaba su honestidad. No solo le había salvado la vida, sino que desde el principio había amado sin restricciones a un hijo que no era suyo.

Por primera vez, la hija de las Alpujarras sintió piedad de aquel que el destino le había mandado como marido.

20

Cuando más adelante María se planteara si creía realmente en Dios, la respuesta brotaría en sus labios cubierta de blasfemias: claro que creía... creía en un Dios cruel tan firmemente como creía en la existencia de los lobos carroñeros.

El día de la procesión no tardó en llegar. En el pueblo se respiraba una atmósfera aplastante, impregnada de vergüenza y excitación ante la perspectiva de participar en un acontecimiento que, aunque humillante, al menos rompía con la monotonía plomiza de su existencia. Tanto unos como otros, cristianos nuevos como cristianos viejos, concluyeron que la procesión constituía un examen para la comunidad morisca. Incluso la hipocresía de los más ladinos, que disimulaban sus auténticas creencias bajo un derroche de exaltación cristiana, valdría la pena aquel día: sus hijos más pequeños, que no estaban aún al corriente de su herejía, tomarían las muestras de fe de sus padres como auténticas y ejemplares. Las autoridades de la región, que no habían visto con demasiados buenos ojos esta iniciativa del franciscano, cambiaron rápidamente de opinión. Reforzaron sus efectivos e incluso varios miembros de la Inquisición se unieron al notario para descubrir a conversos de fe demasiado tibia. El señor recaudador se encargó de contratar los toros, un convento prestó sus reliquias y se montó un estrado en la plaza del pueblo para los dos sermones del padre Joaquín.

Habían pasado dos semanas desde que el cura intentó besarla por primera vez. Se habían visto varias veces, pero María jamás cedió a sus deseos y solo le permitió algunos roces con el único objetivo de hacerlo enloquecer aún más. Para impresionarla, el cura se había vanagloriado de que sus parientes romanos apreciaban enormemente el maravilloso oficio de grabador. Uno de sus tíos incluso conocía un famoso taller donde se formaban aprendices.

—Entonces enviaré a Juan allí —dijo ella.

El fulero rió, pero al ver la mirada decidida de su interlocutora empezó a arrepentirse de su bravuconería.

—Qué ingenua eres. Te estoy hablando de Roma, de Italia, ¿comprendes? Hace falta dinero, mucho dinero: el viaje, los gastos de estancia... No es un país hecho para campesinos.

María sacudió la cabeza.

—Mi hijo ha... heredado de su abuela. Yo me encargaré del dinero. Encargáos vos de su admisión en ese taller.

—Jamás aceptarán a tu hijo en Roma. ¡Es la residencia del Papa! Tu hijo no es lo bastante... bastante...

—Cristiano viejo, ¿es eso? —preguntó desafiante. Y sin abandonar la expresión hostil de su mirada, añadió—: Pues lo será. Vos mismo le expediréis un certificado de pureza de sangre.

—Has perdido totalmente la cabeza, mujer —protestó el hombre golpeándose la sien con el índice—. Para ese documento, su pureza debería remontarse al menos a cuatro generaciones sin el menor resto de sangre judía o mahometana. Hacen falta pruebas sólidas, certificados de bautismo, testigos cristianos viejos, un notario...

—No necesito pruebas ni testigos, solo un documento.

—Pero ¡será falso!

—Sí, será falso. ¿Y...?

—Estás loca, María. Si alguien lo descubriera... No, no, eso es imposible. Im-po-si-ble, ¿me entiendes? —Marcó las sílabas como si hablara a un demente.

—¿Estoy loca? ¿Estoy loca? ¿Eso es lo que crees, Joaquinito?

Con la boca abierta, intentaba recuperar el control de un pecho enardecido de ira y una sensación de derrota parecida a una laceración. El cura estaba estupefacto y no podía retirar su mirada de la nueva cara de la pueblerina: fea, desfigurada por la rabia. Echó una mirada furtiva hacia atrás por si tenía que batirse en retirada.

Pero la mujer hizo algo increíble, tan inesperado para ella como para su acompañante. Lentamente abrió su capa y, sin apartar los ojos de él, se levantó el vestido hasta mostrarle todo su cuerpo.

—Mira bien. Al penetrar en esta iglesia, aún conservaba en mí un reducto de honor. Ahora lo he perdido. —Adoptó un tono exageradamente apenado—. ¿Qué me queda en esta tierra, a mí, la morisca que ha ido demasiado lejos por su hijo? ¿O quizá este honor perdido no ha hecho más que pasar de mi corazón a mí...? —Una mueca de alivio apareció en su rostro—. Quizá aún no lo haya perdido por completo... ¿Aceptarías una migaja de ese honor, si te lo ofreciera?

El hombre, pálido como la muerte, se aclaró la garganta.

—¿Qué me estás proponiendo? —acertó a balbucear—. Vístete, mujer, que alguien podría verte. Al menos, vamos a la sacristía... —Le tendió el brazo como un ciego, pero lo apartó de inmediato, incapaz de admitir la realidad de la escena.

Con la mirada fija en el cura y manteniendo su vestido alzado, la obscena mujer añadió en un tono amenazador:

—Si no me garantizas ahora mismo que extenderás los documentos de pureza y una carta de recomendación al maestro grabador italiano, esta será la única vez en tu vida que me observarás... con tanto detalle. Y, en ese caso, abandonaré la iglesia gritando como una loca que has abusado de mí a pesar de la presencia de... —Con el mentón señaló el crucifijo gigante.

—Eres... Eres...

—¡Calla, Joaquín! Juro por la vida de mi hijo que no dudaría un instante en lanzar el peor oprobio sobre ti. Quizá se me azotará por ello, pero tú no escaparás a una acusación de sacrilegio.

—No te atreverás, no tendrás valor... Tú... Tú... —El cura se asfixiaba, sin poder apartar la mirada de la inconcebible desnudez de la mujer.

—¿Apostamos sobre mi maldad, señor cura?

Dejó caer el vestido y se lo reajustó mientras que en la cara de su interlocutor se mezclaban la incredulidad y el espanto.

—María, eres un súcubo...

—Piensa lo que quieras —le cortó de nuevo—. Ya has intentado besarme, señor de Mierda o padre Deloshuevos, así que no me hagas un discurso moral, te lo suplico. Antes de enviarme a cocer en el infierno, confiesa que pasearías con ganas la punta de tu alma pura entre las piernas de esta condenada... No puedes negarlo.

Arqueó una ceja desdeñosa ante el encadenamiento de las reacciones del joven: primero, una mirada de soslayo al centro de la sotana, y luego el intento desesperado de esconder entre sus manos la demasiado evidente protuberancia.

—Tienes ganas, ¿verdad? Entonces, concédeme lo que te pido y yo te concederé lo que tú nunca hubieras tenido que ver. Te lo juro... —se dirigió hacia una estatuilla de la Virgen—... por la leche de la Madre de Dios.

Cuando salió del edificio religioso, el sudor le recorría la espalda y las piernas le temblaban de miedo y de vergüenza.

«¿Qué he hecho? Tiene razón: el diablo me ha...»

¿Cómo había osado entrar en semejante mercadeo? ¿Su cuerpo a cambio de un papel? Había dejado a aquel meador de agua bendita en mitad de la nave, impávido como una estatua... ¿Y si a pesar de la amenaza de escándalo, la denunciaba a los soldados o, aún peor, a la Santa Inquisición? Y su pobre marido sin enterarse de nada...

«Oh, Gaspar, soy injusta contigo, pero tengo que enviar a nuestro Juan en busca de otro destino... Dios, ¿qué me está sucediendo?»

Una incomprensible exaltación la invadió, al principio marcada por la náusea y luego por el regocijo. Vaciló, se detuvo, absorta en el desconcertante sentimiento de liberación que se despertaba en ella y que poco a poco llevaba a su corazón a latir como un tambor.

Un aroma a rosas, o quizá a azahar, impregnó el aire. Era un olor delicado, intangible como una oleada de recuerdos de infancia... y por tanto evocador de peligros.

«Es imposible... —se dijo, apoyando una mano en la pared—. ¿Eres tú, madre? Pero ¡si no puedes existir! ¿Cómo puedes exigirme algo así? No te conozco, era demasiado pequeña...»

El diálogo interior le provocó una sonrisa burlona.

«Me estoy volviendo loca —se dijo—. ¡Como si no bastara con lo que tengo! ¿Por eso he pensado en ti, madre?»

María sintió ganas de pedir auxilio, pero la plaza de la iglesia estaba desierta. Se llevó una mano a la boca para impedir que le castañetearan los dientes.

«No tenía elección. He actuado como una ramera. Sí, me he ensuciado, madre, pero eso no es razón para... —gimió—. Señor, debo de estar enferma, ¡estoy hablando sola!»

«Concédete la muerte —le sugería un rincón de su mente—. Si te denuncia, mátate y serás libre. ¿Qué peligro corres, hija de Saadia y Omar? Acaso no estás ya parcialmente muerta desde hace mucho? ¿Me lo prometes, Aisha?»

La campesina se apoyó en la pared, como si quisiera tomar impulso.

«¡Que te lapiden! Seas quien seas, ¡no pienso responderte!»

Después, como a su pesar, María-Aisha asintió con la cabeza. Se preguntó si eso significaba que aceptaba la súplica silenciosa. Esbozando un mohín de temor se dijo que no lo sabía y, un segundo más tarde, que lo sabía. ¿Se estaría volviendo loca de verdad?

Empezó a caminar, casi borracha, aterrorizada pero aun así, aliviada por la alegría de sentirse tan ligera… y tan frágil.

«En el fondo —reemprendió la voz—, solo eres prisionera si te obstinas en serlo.»

Su casa estaba al otro lado del pueblo. Al cruzar la plaza, alzó la mirada hacia el horizonte: una montaña, o quizá solo una colina, tapaba la vista parcialmente. Los días melancólicos, la mujer del albañil podía pasarse horas contemplándola. A pesar de la diferencia de tamaño, la colina la hacía viajar hasta las Alpujarras de su infancia. Contuvo un suspiro. ¿Qué no habría dado por oír la opinión de sus seres queridos, de su tía y de su padre, sobre lo que acababa de ocurrirle?

Un recuerdo la cosquilleó, a la par amargo y alegre. ¿Qué decía su tía Lucía sobre las situaciones sin salida? «La muerte es la única opción que tiene una tiñosa para dejar de rascarse la cabeza», recordó María, sorprendida por la facilidad con que recordaba la cantinela tristona de su tía.

Su sorpresa pronto se transformó en una carcajada. Un vecino pasó por su lado y negó con la cabeza, incrédulo al ver a esa criatura riéndose sola en público sin ninguna razón aparente.

«Se diría que os habéis puesto de acuerdo sobre lo mío, tanto tú como madre —hablaba con su tía, a la vez que se secaba las lágrimas con la manga—. No temáis, víboras mías, seguiré rascándome durante mucho tiempo la cabeza.»

Y como jamás se toman suficientes precauciones para no contrariar a los muertos —¡y menos a los Espíritus!—, María se santiguó y recitó precipitadamente: «Gloria a Ti, Señor. No tenemos más saber que el que Tú nos has enseñado, porque Tú eres Sabio, el más grande de los Sabios. Amén».

La procesión se había puesto ya en marcha. Habiendo partido de la iglesia, allí tendría que regresar tras varias estaciones intermedias en lugares que el franciscano había elegido con cuidado: el cruce por donde entraron las tropas de la Reconquista para liberar el pueblo de la tiranía de los sarracenos, las ruinas de la residencia del difunto alfaquí (para recordar a los desmemoriados el precio que pagaban los apóstatas) y, por último, la plaza del mercado, donde tendría lugar el sermón de consagración a san Francisco.

Para evitar que el padre Joaquín cambiara de opinión, María le había entregado, al día siguiente a mostrarle su cuerpo, unas monedas de oro envueltas en un paño. El cura abrió furtivamente el paquete y le hizo saber que el asunto era complejo y más oneroso de lo que ella creía. El notario que él conocía se hallaba en la capital, y él mismo estaba desbordado por los preparativos de la procesión. Tosió nervioso, miraba a derecha e izquierda sin acabar de aceptar. Dos mujeres se hallaban en el otro extremo de la iglesia absortas en sus oraciones y nadie parecía prestar atención a la pueblerina con la cabeza inclinada que se dirigía respetuosamente al párroco.

Para hacerle olvidar sus dudas, María prometió un sustancial complemento en caso de éxito. El hombre reflexionó y asintió con la cabeza; luego la inclinó con un gesto inequívoco, como queriendo recordarle un detalle.

—Sí, por supuesto… No lo olvido… —concedió ella, sonrojada como un tomate—. Hice una promesa ante la Virgen.

La madre de Juan casi se atragantó con su propia saliva al ver la expresión de engreimiento que iluminó el rostro del cura. Sin poder contenerse, elevó la voz lo suficiente para inquietar al padre Joaquín:

—¿Quizá querríais que fuéramos adelantando el tema, padre? ¿Deseáis que me levante otra vez mi modesto vestido? Espero que no escandalicemos a las dos beatas mujeres del fondo cuando vos exhibáis vuestro par de cojones perfumados de benjuí e incienso…

María se felicitó por su réplica salaz. El cura retrocedió y acabó tropezando con uno de los peldaños del altar.

—No te preocupes, las beatas no han oído nada —le susurró al oído, tomándolo de la mano para ayudarlo—. No se te ocurra, joven, faltar a nuestro pacto. Mi esposo es un vulgar morisco y no tiene la paciencia de un cornudo de ciudad. Una sola alusión y nos mataría a los dos, por supuesto, pero empezaría por ti. Ahora, ¡bendíceme, padre!

María aguardaba desde la acera el paso de la procesión. Había decidido esperar a que concluyeran las ceremonias de consagración del pueblo. De hecho, el padre Joaquín acababa de regresar tras una ausencia de varios días. Le costó contener las ganas de correr hacia la iglesia y preguntarle si había conseguido los documentos falsos.

María se pasó la lengua seca por unos labios aún más secos. ¿Habría sido demasiado imprudente en su comportamiento ante aquel cerdo con sotana? Quizá se alarmaba en vano, pero esa mañana, en el lavadero, la mujer del herrero la había observado socarrona antes de susurrar algo a su vecina. A su vez, esta la había repasado de arriba abajo. En otro momento, María habría pedido cuentas a esas dos arpías y hasta habría llegado a las manos, pero ese día tenía el vientre hecho un nudo y había preferido concentrarse en la colada.

Los estribillos de la orquesta ya se dejaban oír a lo lejos. La esposa del albañil se obligó a conservar la calma. A pesar de todo, estaba orgullosa de los complicados bordados que había tejido durante horas y quería ver cómo sobresalían en el estandarte que abría la procesión. Después iría a hacer la visita cotidiana a Clara. El estado de su amiga empeoraba: se negaba a comer, deliraba casi sin cesar e invocaba a oscuros antepasados que unas veces situaba en Bagdad y otras en Damasco.

La víspera había estado a punto de ahogarse en medio de un ataque de llanto. En un breve instante de lucidez, evocó la infancia de su única hija, que había abandonado el pueblo hacía veinte años y no había vuelto a poner los pies en él. Clara jamás la había recordado con esa ternura que parecía desgarrarla por dentro.

En realidad, eso fue precisamente lo que estuvo a punto de suceder. Estalló en sollozos recordando que jamás volvería a verla y, rápidamente, su aliento se transformó en un espantoso jadeo parecido al de un buey recién degollado. María pensó que asistía a la última hora de su amiga. «Vieja idiota, ¡casi me muero del susto ayer!»

María se alzó de puntillas, a la espera de ver aparecer en lo alto el bonito bordado del estandarte... Y entonces una niña se le acercó para decirle que la vieja Clara se había vuelto loca y que estaba insultando a todos los que pasaban ante su puerta.

—Pero ¿cómo has podido levantarte y caminar hasta aquí, Clara? Tienes la cadera hecha trizas...

—¿Quién eres tú, piojosa? Sí, piojosa, piojosa, piojosa, no eres más que...

Clara le cerraba la puerta de su casa agitando los brazos. Con los ojos preñados de ira le lanzaba penosas recriminaciones.

—¿Quién eres tú? ¡Dímelo, por el amor de Dios! ¿Quién te ha dado permiso para tocarme?

La joven sintió la pena atenazando su garganta. Clara llevaba los pechos al aire y un trozo de tela que apenas le cubría las piernas descarnadas. Parecía un pollo grotesco de senos caídos.

María dio las gracias a la vecina que había enviado a su hija para avisarla e hizo entrar a la enferma empujándola con fuerza hacia el interior de la casa.

Clara no dejaba de repetir la misma frase —«¿Quién eres tú, extranjera?»—, aunque su agresividad había disminuido. Con la cara compungida para no llorar, María decidió llevarla hasta su cama. Cuando la cogió en brazos, se dio cuenta de la ligereza del paquete de huesos en el que se había convertido su amiga.

Clara puso expresión de sorpresa y en su cara apareció una sonrisa maravillada. María apartó los ojos, desamparada por ese gesto infantil en una cara tan cubierta de arrugas.

—Eres mi madre, ¿verdad? Eres tan hermosa…

María no sabía cómo reaccionar. Se aclaró la garganta, maldiciendo a su amiga por hacerle vivir semejante comedia. Intentó recuperar la compostura.

—Eso es… ¡ríete de mí, Clara! Pues claro que soy tu madre. ¿No ves que tengo el pelo cano? —bromeó.

La vieja se acurrucó más aún contra el pecho de la providencial madre.

—¿Lo ves? Te había reconocido —suspiró. En los ojos húmedos de Clara brilló un reproche afectuoso—. ¿Dónde anduviste todos estos años, madrecita? Si supieras cómo te he echado de menos…

La anciana había adoptado los gestos de un niño pequeño que juega a molestar a su madre pellizcándole la mejilla y la nariz. Para controlar sus emociones, María decidió ponerse seria. Cambiando bruscamente de registro, la voz de la demente se le adelantó:

—¿Por qué me confundes, hembra desgraciada? ¡Tú no eres mi madre, embustera!

Aunque la mujer intentó liberarse, María la había agarrado bien. Depositó a Clara en la cama y la cubrió. Como un niño caprichoso vencido por el agotamiento, la anciana daba muestras de una resistencia menguante.

—Cálmate, amiga mía —le dijo María—. No conviene que te alteres. Deja que te arrope.

—¡No soy tu amiga, enemiga de Dios!

Percibiendo un brillo de irritación en los ojos de su cuidadora, Clara se puso a chillar.

—Sí, ¡eres la enemiga de Dios y de su Profeta!

—Deja de bramar, te van a oír —gritó María perdiendo la paciencia.

—¿Tienes miedo, hija mía? —recuperó fuerzas la demente—. ¿Meas vinagre? ¿Te acuestas con el Papa y aun así pretendes ir al paraíso? No, el paraíso está reservado a los musulmanes y tú eres una descreída, ¡sí, una descreída!

La casa de Clara estaba a un tiro de piedra de la del alfaquí. María empezaba a oír los instrumentos de viento de la procesión.

—Calla, Clara, te lo ruego.

—¡Pronto copularás en el infierno y los melones de tu culo quemarán para la eternidad!

—Pero... ¡cállate, por Dios! —suplicó María.

La anciana, extrañamente revigorizada, pasó la mano bajo la almohada antes de saltar de la cama.

—Dios mío, ¿cómo puede soportar el dolor con los riñones como los tiene? Ayer se arrastraba por el suelo —suspiró María con estupor.

Apartando a la cuidadora, Clara se precipitó hacia la puerta aún abierta blandiendo el Libro. Había perdido la ropa y mostraba un lamentable espectáculo: de su cuerpo descarnado colgaba un vientre arrugado que acababa en la mata rala y grisácea del pubis.

Levantaba el manuscrito por encima de su cabeza y salmodiaba en una mezcla de algarabía y valenciano.

—¡Arrepentíos, engendros! Este es el Verdadero Libro. No hay otro dios que Alá y Mahoma es su Profeta... Excrementos de cabra, regresad a vuestra religión. Este es el Libro de la Exactitud.

«Más bien el Libro del Putiferio. Te engañé, amiga mía; perdóname.» La súplica no salió de los labios de María.

La exhibición de la viuda parecía una comedia, pero estaba cargada de desgracia. La esposa del albañil tuvo la impresión de que un pie helado le aplastaba el pecho. Los niños ya se amontonaban en la puerta.

—¿Qué sucede? ¿Qué es este alboroto, Clara? —increpó una vecina.

María tembló. La procesión iba a aparecer de un momento a otro. Los soldados y los familiares. Algo se extinguió en su cabeza... y María se dejó arrastrar por un impulso alimentado por el furor y el terror. Tras cerrar la puerta de la casa de un portazo, saltó sobre la impúdica demente, la agarró por el pelo y tiró de ella hacia atrás.

—¿Qué pretendes? ¿Quieres nuestra perdición, posesa? Tengo un marido y un niño... y estoy esperando otro.

María jadeaba, encorvada por el esfuerzo que le costaba recuperar la respiración. Clara no parecía intimidada en absoluto.

—Venera sobre todas las cosas el Corán de Alá... ¡Habéis renegado de vuestro pasado! —vociferó—. Pero yo, ¡yo soy hija de príncipes...!

A pesar de la tensión del momento, María rió con sarcasmo en su fuero interno: «Ay, Clara, no eres la única. Si tú supieras... Todos nosotros, los derrotados de Andalucía, descendemos de un califa o del propio Profeta. Por lo que contaban nuestras bisabuelas se deduce que solo tenían una obsesión: dejarse montar por un rey o por el Enviado de Dios».

Golpeándose la grupa con una mano, con movimientos de vaivén de la pelvis, Clara imitaba un apareamiento.

—¡Vosotros tendéis vuestros culos de musulmanes cobardes y ellos hunden sus miembros erectos, hasta el fondo, y descargan el esperma de su falsa fe! ¡Y vosotros les dais las gracias, aunque os duela! Mira, perra...

Introdujo un dedo en su ano y lo acercó inesperadamente a la nariz de María.

—Ese es el olor de nuestro islam. Y nosotros desprendemos el mismo apestoso olor. Éramos señores y ahora valemos menos que los esclavos.

—Clara, eres una asquerosa. ¡No tienes vergüenza! Los soldados van a oírte... Por el amor de Dios, hermana, cállate... Si nos encuentran con ese libro...

El pánico de María pareció duplicar el frenesí de la vieja, que empezó a lanzar cánticos guturales y a agitar como un estandarte su dedo manchado.

—¿Quieres cerrar el pico, bruja?

María hizo tropezar a Clara para que cayera encima de la cama. Con un arrebato de energía, la enferma agarró la mano de su adversaria y la mordió hasta hacerle sangre antes de volver a ponerse en pie.

—Temes a los cristianos, ¿eh, puta? Mi madre, la verdadera, no les temía. El miedo hace que te mees encima, cerda, huelo ese olor en tus piernas… ¿Qué es esa música?

La fanfarria de la procesión probablemente había llegado a los restos de la casa del alfaquí. La enferma aguzó el oído y los sollozos la sacudieron como una marioneta.

—Escúchales, hija mía —aulló de repente—. Su Jesús hace jaleo porque está celoso de nuestros sueños. ¡Malditos sean los nazarenos! ¡Malditos sean quienes van tras ellos! ¡Malditos todos!

No pudo terminar su última maldición. María, en un impulso desesperado, ahogó bajo sus dos manos la voz de esa boca desdentada.

Cuando las apartó mucho tiempo después, Clara había dejado de respirar.

21

La anciana había recuperado toda su fragilidad al morir. María le cerró la boca con suavidad. Se sentía ahogada. Miró sucesivamente las manos que habían perpetrado el crimen, la mordida por la difunta y la otra. Ambas estaban manchadas de sangre y saliva.

Sus manos.

Era como si le hubieran arrancado el corazón del pecho. Ya le había sustraído la vida a otro ser humano y todo lo que recordaba de ello era un sentimiento de alivio mezclado con una vaga repugnancia, como cuando se mata a una rata.

Pero esta mujer, con esa muerte tan espantosa… era distinto. La difunta le había demostrado afecto, le había repetido mil veces palabras dulces, la había llamado en muchas ocasiones «hija».

María inspiró con fuerza para no llorar. Se irguió dubitativa. La procesión debía de estar parada ante la casa del *shaij* Hasan, el alfaquí. Tras una interrupción, quizá para el sermón del cura, la fanfarria había reiniciado su marcha purificadora por el pueblo.

¿Y ahora qué?

La muerta la observaba con sus ojos vidriosos, infinitamente inocentes ahora. La asesina se inclinó para cerrarle los párpados.

—Mi vieja compañera, si estuvieras viva, sabrías cómo ayudarme. De verdad, no quería llegar a esto…

María calló, aplastada por el peso de la culpabilidad. Pero no podía dejarla en ese estado, así desnuda. «Ella va a comparecer ante…», pero su cerebro no se atrevió a terminar la frase. Se levantó, preparó un cubo de agua y un paño. Tendió una sábana en el suelo, alzó el cuerpo de la difunta y le retiró sus últimos oropeles. Después, con el paño humedecido, la mujer del albañil empezó a practicar la última higiene a aquella a quien había ahogado.

Esperó todo el día, postrada, de rodillas ante el lecho de la difunta. La corrida de toros habría acabado o estaría a punto de hacerlo. Dedicó una última mirada a Clara. Parecía descansada, con la cabeza en la almohada, el cabello bien peinado, la cara ligeramente maquillada y vestida como de fiesta.

Había llegado el momento de las oraciones. Clara hubiera preferido sin duda las del alfaquí, pero el *shaij* Hasan, aunque contra su voluntad, la había precedido en el otro mundo. No quedaba nadie más que el cura.

—Tendrás que conformarte —le dijo al cadáver—. A falta de cordero, comerás cerdo. De todas formas, no necesitas oraciones para tu viaje.

No se había alejado ni veinte pasos cuando el corazón le dio un vuelco: había olvidado el manuscrito. Estuvo a punto de llamar a la puerta antes de entrar. El libro estaba en el suelo, al alcance de la mirada de quien traspasara el umbral.

—¡Qué estúpida soy! Al final, resultará que te he matado para nada… —suspiró dirigiéndose a la yacente.

Con el manuscrito escondido bajo la capa, María dudaba. ¿Dónde podía esconder ese peligroso objeto? No sabía qué sucedería con la casa cuando se conociera la muerte de Clara. ¿Quién sería su próximo propietario? Se le escapó una sonrisa recordando su propia ambición; Clara le había hablado de dársela en herencia, pero jamás transcribió su promesa ante notario. La casa quedaría en manos del señor recaudador, con quien la mayoría de los habitantes de la región tenía deudas, o pasaría a engrosar las propiedades de cualquier otro chupavidas de la administración real.

Sí, tenía que quemar el libro como se merecía: con la basura que le era tan cercana. Ese era el único final posible. Mientras esperaba la ocasión, lo disimularía en algún lugar bajo su techo.

Por fortuna, María no encontró a nadie en casa. Gaspar y Juan debían de estar presenciando la corrida de toros, como casi todos los habitantes del pueblo. «Esos imbéciles se aburren tanto que se pelearían para asistir a su propio entierro si eso les distrajera ni que fuera un momento.»

Escondió el libro apresuradamente entre un montón de trastos viejos y luego cruzó el pueblo para dirigirse a casa de Clara. En el camino, le pidió a un niño que avisara al cura de que una de sus parroquianas se estaba muriendo y quería los últimos sacramentos.

Pasaron dos largas horas hasta que alguien llamó a la puerta. María abrió y despidió al niño agradeciéndole el recado con una fruta. Cuando el cura la vio, su mirada se ensombreció.

—Sí, es aquí. Alguien necesita su oficio —dijo María con sequedad, mientras él dudaba en el umbral—. Pero no, no vayáis a pensar… A pesar de las apariencias, no soy yo quien agoniza. Es mi amiga…

El cura se inclinó sobre la cama.

—Pero… ¡si ya está muerta!

—¿Y bien…?

—¿De qué ha muerto?

—De impaciencia, imagino. —María retomó el discurso al cabo de un instante eterno—. Lo esperó mientras vos os divertíais en vuestra corrida de toros. Y ha preferido irse antes de que cayera la noche. Me dijo que sentía miedo de la oscuridad, fijaos.

—¿Cómo osas reírte de la prueba que le ha mandado el Señor a esta difunta? —espetó el párroco en un arranque de cólera—. El ángel de la muerte le cortó las piernas y pronto se ocupará de su alma. Quizá esté aún revoloteando alrededor de nosotros, asustada...

Se encogió de hombros como respuesta al mutismo hostil de la mujer. Dispuso sobre una cómoda un mantelito, un crucifijo entre dos cirios, el frasco de aceite de los lisiados y se dispuso a recitar sus oraciones.

María se santiguó y estuvo a punto de arrodillarse, pero renunció a ello y se sumergió en sus pensamientos.

Cuando el cura terminó con su último amén, ella le tocó el hombro. Al girarse, el hombre la observó con cierta incomodidad.

—¿Qué más quieres?

—¿Tienes el certificado y la carta?

El padre Joaquín carraspeó.

—¿Tenemos que hablar de eso aquí, ante...?

María le respondió absurdamene, presa de la tristeza:

—Clara es amiga mía. Siempre he podido hablar de todo ante ella.

El hombre guardó silencio y se preguntó si estaría loca. Asintió al tiempo que murmuraba:

—Sí, ayer me trajeron los documentos.

—Entonces, dámelos.

—Eh, no tan deprisa... ¿Y tu promesa?

—No tengo el dinero ahora. Te lo entregaré mañana.

—¿Y...?

María sintió un regusto de bilis subirle hasta la punta de la lengua. El hombre inclinó la cabeza con una mueca burlona.

—¿Y...?

—Primero dame esos documentos y luego...

Con el mentón, señaló la habitación.

—María, ¿aquí? ¿Al lado de la...?

—¿Dónde quieres hacerlo, padre? ¿En tu iglesia?

Esta vez, el padre Joaquín tardó muy poco en regresar. Ella tomó los documentos y los leyó con perplejidad.

—Pero ¿esto qué es? —exclamó irritada.

—¿Así que a pesar de tus aires de sabelotodo, no sabes latín, paisana? Allí donde pretendes enviar a tu hijo la gente no habla ni castellano ni valenciano.

Sin hacer caso de su sarcasmo, ella señaló la cruz que el hombre llevaba al cuello.

—Jura por Jesús que vas a traducirme fielmente lo que dicen estas hojas.

—Un hombre de Dios no miente nunca —se indignó el religioso.

El rostro impasible de la mujer ni se inmutó.

—Lo juro por la Santa Cruz —dijo Joaquín tras reprimir un gesto de angustia.

Cuando terminó la traducción, María suspiró de desazón. ¡Su hijo ya no era su hijo! Según los papeles, en adelante sería el hijo cristiano de una honorable pareja de burgueses de Valencia, ellos mismos descendientes de los no menos honorables cristianos viejos de la misma ciudad, que a su vez…, etc. De su antigua vida, Juan solo conservaba el nombre. Párrafos historiados de notario y de supuestos testigos completaban el documento. En la carta —muy corta y firmada solo por el cura— se le recomendaba a un maestro de las artes, el *signore*…, de Roma, en la *via*…, la candidatura de un tal Juan Cortés, obediente, de buenas costumbres y de talante laborioso.

—¿Esos padres de Valencia existen de verdad?

—No, ya no. Murieron en un incendio. Como ves, estos papeles son casi auténticos a excepción de la última generación compuesta únicamente por tu Juan —rió sarcástico—. A los ojos de la ley, tu hijo es ahora huérfano.

—Está bien —concluyó María, y dejó sin más los documentos bajo la cama de Clara.

Sin dirigir una mirada a su interlocutor, María empezó a desnudarse, no tomándose siquiera la molestia de alejar la luz de los cirios, que seguían quemando. Tras un instante de duda, el padre la imitó. Se quitó la cruz en primer lugar. Estaba tan nervioso que se lió un poco en su túnica medio desabrochada.

Cuando vio la cara escarlata del hombre desnudo y su sexo en erección, María cerró los ojos, pidió perdón a Clara y se tumbó.

Jamás supo por qué el cura fue sustituido por las autoridades eclesiásticas apenas un mes después de aquella tarde. Parecía poco verosímil que sospecharan de él. Y, de todas formas, ¿qué importaba la virtud de una campesina morisca en semejante decisión?

Tras la primera vez, se habían vuelto a encontrar en varias ocasiones, siempre con la mayor precaución. Ya poseía el preciado documento en el que su hijo estaba liberado de la mácula mahometana, pero de momento, aún no tenía ni la mínima idea de cómo enviarlo a Italia. El cura la había hecho soñar con la posibilidad milagrosa de un viaje que él mismo tenía que hacer a finales de año para visitar a su tío refugiado en Roma. Juan podría aprovechar la ocasión y sumarse al viaje. El padre Joaquín le aseguró que él mismo presentaría al pequeño ante el famoso artesano, eso sería más eficaz que una simple carta de recomendación.

Aceptó someterse al grosero chantaje del sacerdote sin atreverse a confesar que ella también le sacaba partido. Despreciaba a esa persona que traicionaba tan escandalosamente el servicio de su Dios y, sin embargo, era tan joven, tan hábil con sus manos y su sexo, que cada vez la premiaba con un placer inimaginable. Regresaba a casa con la carne exaltada, odiándose por su debilidad. Solía despertar el deseo de su marido a modo de penitencia, aunque durante los jadeos de Gaspar soñaba solo con regresar al encuentro del religioso para saciar su nueva sed con los juegos insensatos e impúdicos que él le proponía.

—Por la gracia de Dios, ¡aprendes rápido para ser una campesina! Realmente no te mereces marchitarte en este pueblo de bestias. ¡Qué pena que hayas nacido morisca! —deploró en una ocasión el osado cura, henchido de vanidad por sentirse deseado por una mujer tan hermosa.

En ese momento ella estaba arrodillada y el hombre le presentaba su sexo para que se lo chupara. Para castigarlo, María le había pellizcado con fuerza el extremo del miembro a su amante sacrílego y luego se había vestido sin prisas mientras que él, con el cuerpo doblado de dolor, se mordía los labios para no gritar.

Al día siguiente, María regresó a la iglesia como si no hubiera sucedido nada y el cura no se atrevió a mostrarse demasiado rencoroso hacia quien le concedía sus favores de una forma tan voluptuosa.

Mucho antes de que el cura se fuera, María anunció a su esposo que estaba embarazada. La cara del albañil se transfiguró de alegría, y a María se le llenaron los ojos de lágrimas. ¡Qué mundo tan difícil y qué vidas tan extrañas se daban en él! Para ser feliz le hubiera bastado con que ese hombretón lleno de bondad, el padre del niño que llevaba en su seno, fuera a la vez el Lorenzo al que amó y el perverso cura que la transformaba en yesca, en puro fuego. Pero la sórdida Providencia había dispuesto otro destino: la esclava huida se había convertido en un mismo día en esposa adúltera y asesina de su mejor amiga.

Gaspar se compadeció de la emoción de su esposa; la tomó por la cintura y la hizo girar en la habitación declarando solemnemente delante de cada pared: «¡Atención, pilar de mi casa, te presento a la madre de mi segundo hijo!».

María estalló en lágrimas y Gaspar intentó consolarla.

—No llores más, amor mío. Gracias a ti, soy el hombre más feliz de España. Por el amor de Dios, detén esta inundación…

Y simulando una mueca de espanto, añadió:

—… si no, ¡ahogarás a nuestro hijo!

María pasó los meses siguientes buscando la forma de que Juan pudiera irse. Evidentemente, el padre Joaquín no dio más señales de vida. Algunos decían que había sido nombrado para un alto cargo en Madrid y otros que había sido encarcelado tras una malversación.

La morisca jamás habría podido imaginar hasta qué punto lo echaría de menos. Recordaba los días en los que el placer la lanzaba a los brazos del joven: él frotaba con locura su vagina y hasta su miserable ano, antes de ascender lentamente hacia el vientre y los pechos, le llenaba la boca con su lengua y volvía a descender como un delicioso torrente a lo largo de sus piernas y sus gemelos hasta alcanzar la punta de sus pies… Aquellos días tenía la impresión de que nada, excepto la esperanza de volver a someter su carne a las delicias de esa agonía, valía la pena.

Pero a pesar de su frustración, que la llevó a veces a acariciarse hasta hacer sangrar los labios de su sexo, jamás se le ocurrió volver a engañar a su marido. Su deslealtad solo había sido un accidente, causado por el único imperativo que estaba por encima de la deuda contraída con el albañil: salvar a su hijo.

Durante aquella época, María discutía a menudo mentalmente con Clara. Los días más tristes, acudía al cementerio. Antes de limpiar su tumba, arrancaba las malas hierbas que crecían alrededor de la difunta.

—Arranco lo que te queda de cabello, tú que tan poco tenías cuando vivías —bromeaba siniestramente.

Luego se sentaba y comunicaba a la anciana las últimas noticias, raramente buenas, del pueblo. María se entregaba a un amargo monólogo interior: «Te equivocas al odiarme... Yo no quise matarte. Sí, fue culpa tuya, mugías como una vaca en celo. Nos habrían quemado a las dos. ¿Te habría gustado arder como un madero? Sí, apreté un poco... excesivamente, es cierto, pero hubieras podido resistir... Tendrías que haber luchado más. ¿Lo hiciste adrede, verdad?». La conversación concluía siempre con la misma súplica: «Amiga mía, no me maldigas, muéstrame que me has perdonado... Cómo lo lamento...».

María se quedaba un buen rato a la espera de la más mínima manifestación de ese perdón de ultratumba. A veces, sin ser realmente crédula, se contentaba con señales insignificantes: un pétalo depositado sobre la tumba por el viento, la forma de una nube que, con un poco de imaginación, parecía una cara sonriente...

Solo una vez tuvo casi el convencimiento de que la mujer asesinada atendía su súplica. Un pájaro, una especie de enclenque de pico amarillo, se posó en la tumba y se acercó a ella. Sorprendida por la osadía del pajarillo, María levantó la mano en su dirección, pero el ave no sintió miedo alguno; la mujer llegó incluso a acariciarle una de sus alas. El pájaro parecía divertirse y levantó la cabeza mirándola con sus ojos como canicas, sacudiendo sus alas para escapar a su caricia. Como ella insistía, pió con vehemencia, le picó dos veces la mano y echó a volar.

—Eres tú, ¿verdad, Clara...? ¡Tú y tu difícil carácter! —rió María siguiendo con la mirada al pajarillo—. No me odias tanto... ¿verdad? ¿Eso es lo que me has querido decir dejándome acariciarte un poco?

Ese día María estuvo de muy buen humor. Tanto sonrió que Gaspar llegó a pensar que había bebido.

Hasta el día del parto intentó en vano resolver los problemas del viaje de Juan a Italia. Necesitaba encontrar a alguien que acompañara a su hijo. Los tiempos eran difíciles, los caminos, peligrosos... La guerra entre España y Francia no tardaría en volver a empezar y quizá también implicaría a Italia... Nadie aceptaría realizar un viaje tan largo solo para acompañar al hijo de una campesina, a no ser que fuera acompañado de una buena escolta y de una sustanciosa recompensa. Solo un vendedor ambulante aceptó el encargo, con el pretexto de que se aprovisionaba una vez al año de imágenes santas en la propia Roma. Por fortuna, María descubrió antes de pagar que el estafador no había salido nunca de España, ni tan solo de Valencia. Todo terminó en insultos por parte de María y en acusaciones de posesa por parte del vendedor.

Gaspar sabía que algo sucedía, pues los comadreos circulan muy deprisa en un pueblo tan pequeño. Sin embargo, jamás habló de ello con su esposa; estaba convencido de que la obsesión de enviar a su hijo al otro lado de los Pirineos no tenía ninguna posibilidad de materializarse. El dinero necesario para ese periplo estaba fuera de su alcance. Pero pensó que a María quizá le convenía darse con un canto en los dientes de realidad y convencerse por sí misma de lo irreal de los sueños que albergaba para Juan.

El bonachón de Gaspar también hizo oídos sordos a otros comadreos más envenenados que afirmaban que la hermosa María se había vuelto excesivamene beata durante la breve estancia en el pueblo del apuesto cura... El albañil no tenía ningunas ganas de perder a la esposa que estaba a punto de darle un hijo, a pesar de que él mismo había notado la radicalidad con que María se había desinteresado por la iglesia apenas desapareció el padre Joaquín.

Por su parte, María había comprendido que no le bastaba con hallar un acompañante para su hijo: antes tenía que convencer a Juan para que se marchara sin la autorización de su padre. Pero el muchacho adoraba a Gaspar, estaba aprendiendo las bases de la albañilería y no mostraba ningún interés por la futura vida que le describía su madre si partía al extranjero para aprender el asombroso oficio de grabador. Con pena en el corazón, María comprendió que primero tendría que alejar al niño de su padre.

Empezó por denigrar sistemáticamente el pueblo y, más tarde, al propio Gaspar, primero con discreción y luego de forma cada vez más evidente, sin que ello pareciera tener el menor efecto en el niño. Al contrario, las exageradas trapacerías de la madre afilaban su sentido de la justicia, llevándolo a defender a su padre aun a riesgo de llevarse un pescozón. Gaspar, por su parte, aunque se sentía dolido, se mostraba indiferente y justificaba los ataques de su esposa con las alteraciones provocadas por el embarazo.

La visita de una penosa compañía de teatro itinerante la obligó a subir de tono su crueldad. María lucía ya una barriga prominente cuando una noche, la víspera del mercado semanal, llegaron dos carruajes al pueblo. Gitanos, dijeron unos; flamencos, contestaron otros; súbditos del rey de los franceses, replicaron unos terceros... Mientras, los recién llegados empezaron a montar un rudimentario escenario en medio de la plaza del pueblo.

—Bah, solo son un grupo de extranjeros muertos de hambre. Pero si nos hacen reír gratis ¡mejor que mejor! —resumió un ocioso, y de inmediato obtuvo un murmullo de asentimiento de los espectadores.

Henchido momentáneamente de orgullo y con la intención de tener la última palabra ante María, la mujer más hermosa del pueblo, añadió:

—No sé de dónde vienen sus compañeros, pero esos dos grandullones son italianos. Solo hay que ver cómo hablan. Una vez, en Valencia, conocí a uno en el puerto...

—¿Italianos? ¿Estás seguro? —inquirió ella.

Ante la cara exaltada de María, su vecino intentó tranquilizarla.

—¡Por supuesto! Los italianos son gente poco recomendable, ladrones y mentirosos... Pero no hay por qué alarmarse, paisana, se les ve venir. No te preocupes.

Un escalofrío le recorrió el cuerpo. María se encogió, con la impresión de haberse transformado en un roedor que sale de su agujero para mostrarse justo ante el ojo de una rapaz.

—Madre, ayudadme a no equivocarme —suspiró con el corazón en un puño—. Me juego la vida de mi pequeño.

Los titiriteros que montaban el escenario no pasaron por alto la presencia de aquella campesina embarazada —espectacularmente hermosa— que no les quitaba el ojo desde hacía rato. Uno de los dos supuestos italianos lanzó un comentario a sus compañeros y luego saludó con la mano a la espectadora. Para su gran sorpresa, ella le devolvió el saludo. Percibiendo en el aire la posibilidad de una aventura, y a pesar del estado de buena esperanza de la mujer, el extranjero dejó en el suelo la vara que manejaba, se limpió las manos en la ropa y se dirigió con su mejor sonrisa hacia María.

Cuando la tuvo enfrente, el titiritero ladeó la cabeza en señal de admiración. Sin devolverle la sonrisa, María asintió ligeramente en señal de que aceptaba el elogio. Sabía que esa actitud, si era comedida, gustaba a ciertos hombres. ¡Qué fácil era manipular a esos bobos con rabo!

El comediante tenía un acento muy marcado. María adivinó que le deseaba buenas tardes y que le preguntaba por su salud y la de sus familiares. Ella contestó ceremoniosa que estaba bien, a Dios gracias, y que deseaba saber si realmente procedía del reino de Italia. Un poco desarmado, el hombre respondió afirmativamente y, haciendo una reverencia, añadió que además tenía la suerte de ser veneciano.

—Ah, ¿no sois de Roma?

Percibiendo la decepción implícita en aquella pregunta, el extranjero le explicó con su escaso vocabulario que ambas ciudades estaban tan cerca que cuando un veneciano lanzaba con fuerza una piedra, esta siempre terminaba en la cabeza de un romano.

María tragó saliva antes de preguntarle si añoraba su tierra natal. El hombre no comprendía por qué la campesina estaba tan tensa y se puso a la defensiva. Contestó que por supuesto que deseaba volver a su casa, como todo cristiano honrado que no teme a la justicia de su país, pero que por el momento el teatro ambulante le daba para llenar convenientemente la panza.

—Nosotros, muy buenos... Pero aquí, muchos moriscos... A ellos no gustar la comedia... No dan nada... Tacaños... —Y a modo de confidencia, añadió—: En Italia... muchos, muchos... —Se frotó las yemas de los dedos, como si contara muchas monedas.

—¿Os gustaría poder regresar antes a vuestra casa? —preguntó María, bajando la voz aún más.

El italiano arqueó las cejas y perdió por un momento su sonrisa seductora. Uno de sus compañeros lo llamó, pero el veneciano alzó el brazo pidiéndole paciencia sin mirarlo. Se le había arrugado la frente y las pupilas se le habían encogido. Una comadreja con bigotes que se cree irresistible, pensó María.

—¿De qué estamos hablando, *bella*? *Signora...?*

—María Magroza.

—Sois tan *graziosa*. Y vuestros ojos... —arrancó con evidentes artes de seducción.

Ella lo interrumpió sin esconder su irritación.

—¡Basta! No he venido a hablaros para esas tonterías.

La cara del titiritero se ensombreció.

—Quisiera que llevarais a alguien a Roma. A un niño —sentenció con sequedad.

—¿Un niño?

—Sí, mi hijo. Os pagaré... bien.

El comediante se quedó mudo un instante antes de recuperar su expresión jovial. La mujer, con el corazón presa del pánico, leyó en sus ojos que estaba sopesando sus posibilidades: ¿se encontraba delante de una loca o había encontrado a alguien a quien desplumar?

Murmuró unas palabras con voz ronca, pero María no le comprendió y se las hizo repetir.

—¿Tenéis de verdad con qué pagar? Roma está lejos, hay que comer, alquilar caballos…

Ella asintió con la cabeza y suspiró aliviada; el pícaro estaba valorando los detalles, pero no se había negado en redondo a hacer el viaje. Avergonzada, se dio cuenta de que una sonrisa burlona se había dibujado en sus propios labios. Los músculos del cuello continuaban dolorosamente tensos.

—Y… ¿por qué vos… confianza en mí?

—Sed discreto y aún tendremos más confianza el uno en el otro.

—¿Una promesa, *signora*?

María alzó los hombros por toda respuesta, mostrando una desenvoltura que no sentía en absoluto.

—Estaré en la iglesia. Venid a verme al terminar las vísperas.

El italiano se rascó la cabeza, sorprendido por la facilidad con que tomaban forma sus esperanzas. Todavía desconfiaba de la campesina, pero empezó a recobrar su aplomo de charlatán.

—*Bella* María… ¿eres morisca? Porque… problemas con justicia…

María inspiró profundamente, cargada de desprecio.

—El niño no lo es. Para ti, eso es lo único que cuenta.

22

El hombre la esperaba junto al gran roble. María lo había buscado con la mirada al salir de la iglesia, intentando controlar los latidos de su corazón. Había rezado con todas sus fuerzas ante la imagen de la Virgen. Ahora que estaba servido el vino, temblaba ante la perspectiva de tener que bebérselo. Era casi de noche.

—Seguidme, pero de lejos —le murmuró sin mirarlo al pasar junto a él en dirección a las afueras del pueblo.

El hombre fue prudente. María tuvo que esperar un buen rato, apoyada en la puerta de un granero abandonado, antes de verlo aparecer a su lado como un espectro sin hacer el más mínimo ruido. Contuvo un grito de espanto y eso provocó una risita silenciosa en el comediante.

—Entremos —dijo ella con sequedad.

Poniéndose en guardia, el hombre mostró un cuchillo.

—No quiero sorpresas, *bella*, si no...

Hizo el gesto de degollar a alguien. Ella lo escrutó con una tranquilidad (¡tan fingida!) que él levantó las manos en señal de rendición. Cuando entraron en el granero abandonado, la oscuridad era prácticamente total. Tan solo un rayo de luna se colaba a través de un agujero del techo.

Al extranjero se le escapó una tos nerviosa.

—¿Y bien...? ¿Seguimos con misterio?

María intentó con todas sus fuerzas dominar sus ideas, pero estas parecían ratones asustados que corrían en todas direcciones. El hombre volvió a toser, esta vez de impaciencia; decidió lanzarse al ruedo.

—Tu hijo... a casa de un *signor* grabador... en Roma... Es extraño... Grabador, ¿es así? —Sin esperar respuesta, añadió—: ¿Cuánto?

Ella le mostró dos monedas de oro.

—Una bolsa llena de monedas como estas. Es más que suficiente para los caballos y la comida... Me he informado —mintió—. Más o menos te quedará la mitad.

El hombre se alisó el mostacho. Dudaba.

—Tu marido... ¿sabe?

—No —confesó ella.

—Entonces... ¿por qué?

—No es asunto tuyo. ¿Estás de acuerdo o no?

—Es... es *molto* peligroso —respondió tras un instante de reflexión.

—¿Tienes miedo? ¿Quieres que te convenza?

María colocó la mano sobre su hombro. El italiano, creyendo que alguien más lo había tocado, dio un brinco. María lo atrajo hacia sí mientras buscaba su entrepierna con la otra mano.

—Oh, tú verdaderamente rápida... —se regocijó el hombre antes de besarla voluptuosamente.

María se zafó del beso bigotudo, se levantó lentamente el vestido y se puso a cuatro patas para evitar que le tocara el vientre y su preciado contenido.

—No tan deprisa, por favor —protestó ella cuando le introdujo brutalmente su miembro.

Gimió cuando el extranjero le apresó los pechos. En ese momento supo que incluso si el individuo hubiera rechazado el trato, ella se habría entregado a él. Arrastrada por la oleada de placer que surgía del fondo de su cuerpo, habitualmente tan sumiso, apretó apasionadamente las piernas. Pensó con gratitud en su vagina como en una compañera rebelde que solo hacía lo que le apetecía y que, un día, quizá le traería la ruina. Con la cabeza semienterrada en la paja vieja, mientras el italiano se vaciaba en ella lanzó uno de los deseos más blasfemos de su existencia: «¡Ojalá conozca más encuentros de este tipo que los noventa y nueve nombres de Alá!».

El miedo se apoderó de ella de inmediato. En el instante en que él eyaculó, estaba pronunciando el nombre de Alá... como si esa horrible blasfemia hubiera dado el último golpe de placer.

Arrobada, María pensó que ese agujero entre sus piernas era lo único capaz de hacerle olvidar las penas que le carcomían la vida.

El comediante la ayudó a levantarse mientras la observaba, circunspecto. Estaba desconcertado por ese buen humor algo exagerado. María, con el cuerpo todavía presa de los últimos estertores del placer, se preguntó qué cara pondría ese vanidoso si supiera los pensamientos que le atravesaban la cabeza mientras él lo hacía con su miembro.

El comediante se quedó con las dos monedas de oro a cuenta, y después acordaron un contrato sencillísimo. «Demasiado sencillo», pensó María sintiendo un pinchazo en el vientre, porque ella no tendría forma de comprobar que su hijo llegaba a buen puerto. El veneciano, que dijo llamarse Leone Albizzi, le confesó que la compañía había decidido probar suerte más adelante en un pueblo vecino, más cristiano y quizá más sensible al teatro. El titiritero le propuso regresar cuatro días más tarde a ese mismo granero para recoger el resto del pago y al niño. E insistió:

—El niño... no negarse, ¿eh? Ni gritar, ni...

—No, no gritará. Siempre ha estado de acuerdo, te lo aseguro.

El hombre le acarició la cara con escepticismo.

—Tú, muy... bonita, sabes... Cuando mientes... yo veo —le dijo con ternura, y añadió—: Mañana... ¿vendrás a la función? Una comedia... Te reirás...

—No —respondió, invadida por la pena—. Preferiría pasar estos últimos días con mi pequeño.

—¡Qué pena, *graziosa*! Nosotros muy buenos actores.

Fueron sus últimas palabras antes de desaparecer en la oscuridad.

María sintió que la piel alrededor de sus ojos se tensaba, pero consiguió controlarse y no estallar en sollozos.

Estaba al borde del abismo. Pero lo más duro aún estaba por llegar.

Jamás imaginó cuán difícil sería. Ni cuán innoble. El primer día, el niño quiso ir como todo el mundo a la plaza para ver a la compañía de teatro. Pero ella lo retuvo de la manga y lo obligó a oír una perorata sobre la necesidad de tener un oficio digno en esos tiempos en que los moriscos eran despreciados por todos. Sintiendo que su madre le tocaba la fibra sensible, Juan terminó por replicar que ya estaba aprendiendo un oficio, el de su padre, y que era bueno, porque de él vivía toda la familia.

—No te estoy hablando de un trabajo de moriscos, sino de un oficio glorioso que va a permitirte viajar por el mundo, allí donde quieras, siendo honrado y respetado por todos. —María se esforzaba por mantener la calma.

—Pero ¡yo no quiero ir a ninguna parte, mamá! Quiero vivir aquí, donde he nacido. ¿Se puede saber qué te pasa?

La madre contempló a su hijo. Era tan joven aún... Reprimió un espasmo que anunciaba un sollozo atajado a tiempo. Dios mío, ¡cómo se parecía a don Miguel en algunos momentos, y cómo a Lorenzo al cabo de un instante!

—No has nacido para vivir aquí —le reprendió con firmeza—. Tienes que irte lejos de este apestoso pueblo. ¡No te traje al mundo para que vivieras arrodillado! Eres morisco, no lo olvides.

—¿Y qué más da si soy morisco o no? Todos somos cristianos, ¿no? —la desafió Juan.

—Escúchame bien, mocoso. Antes éramos la gloria de este país. Ahora somos el agujero del culo de España y, cristianos o no, tarde o temprano acabarán con nosotros. No somos nada, valemos menos que una rata o que una hormiga. Tendrías que empezar a comprenderlo cuanto antes mejor.

Con los ojos como platos, Juan se ruborizó. Su madre jamás le había hablado con tanta violencia.

—Solo quiero lo mejor para ti, hijo… —Intentó suavizar su tono, aunque apenas lo consiguió—. Si te quedas aquí, todo lo que he pasado en la vida no habrá servido para nada.

El niño seguía conmocionado. La miró como si descubriera a alguien totalmente desconocido.

—De todas formas, padre jamás lo permitirá. No puedes hacer nada contra él. ¡Padre es como yo, se encuentra bien aquí! —sentenció con una mueca triunfante.

Antes de que pudiera retenerlo, Juan había salido corriendo hacia la calle. María se sentía tan culpable y desesperada que apenas podía respirar. Durante la cena, el niño evitó la mirada de su madre y habló entusiasmado del espectáculo que dieron los saltimbanquis en la plaza del mercado. ¡Una señora gorda había reído tanto que se había meado encima! El padre soltó tal carcajada que casi se ahoga y Juan, con ostensible complicidad, le golpeó la espalda. Como agradecimiento, Gaspar le dio un nabo de su plato.

El segundo día, María acorraló a Juan en el momento en que se dirigía a reunirse con su padre para desbrozar un terreno. Le habló largo y tendido, intentando no perder la calma, de la conveniencia de encontrar un oficio que no le condenara a tener que vegetar en el pueblo. Con bastante torpeza, concluyó hablando de las ventajas del oficio de grabador. Sacó partido de lo poco que sabía, de las escasas explicaciones del padre Joaquín. Exageró tanto sobre la importancia del arte del grabado que Juan frunció el ceño en señal de incredulidad.

—¿Te gustaría aprender a dibujar sobre el cobre? —inquirió María, ya sin argumentos.

—Madre, pero si no sé dibujar.

—Aprenderás. Todo se aprende, hijo. Y además, el aguafuerte sobre el cobre es mejor que la pintura, y cuando es bueno dicen que canta…

—¿Un agua que canta? —subrayó descreído—. Madre, que ya no soy un niño…

—Es una forma bonita de decir las cosas. —Los dedos de María repicaron nerviosos en la mesa—. Te estoy hablando así porque creo que ya eres mayor, casi un adulto. ¿Aceptas entonces ir como aprendiz con un artesano de aguafuertes?

—¿Dónde? —inquirió desafiante el muchacho—. ¿Aquí?

—Obviamente aquí no puede ser, Juan. Hijo mío, ha llegado el momento de marcharte. Más adelante… más adelante será demasiado tarde.

María había adoptado un tono distante e incluso era capaz de mostrar una gran sonrisa de connivencia.

—Entonces no —replicó el niño, enfadado.

Recibió un bofetón que lo hizo retroceder y golpear la pared con la cabeza. Ahogándose en la rabia y el dolor, apenas sin aliento, Juan lanzó un grito entrecortado:

—¡Se lo… se lo voy a contar… a mi padre!

Otra bofetada le cruzó la cara.

—¡Una palabra a tu padre y sacaré la vara!

Cuando el niño desapareció, María se sentó. Tenía el cuerpo destrozado, como si hubiera caído sobre ella un saco de piedras. Se cogió la cabeza entre las manos y no pudo ni llorar. No le quedaba demasiado tiempo antes de que regresara el italiano. Solo tenía ganas de hacer una cosa: no hacer lo que tenía que hacer. Pero, sin embargo, no hacer nada significaba paradójicamente cometer una canallada contra su hijo. ¿Cómo podía convencerle? No podía obligarlo, ni siquiera con aquellos estúpidos bofetones que acababa de propinarle. El viaje era demasiado largo, demasiado peligroso y exigía la plena colaboración de su hijo…

El tercer día, el penúltimo, anunció a Gaspar que necesitaba a Juan para algunas tareas de la casa y que tendría que quedarse con ella. El marido consintió. A la vista de las caras que ponían María y Juan, estuvo a punto de preguntar algo, pero pensó que era mejor no empezar el día con una discusión tormentosa con su irascible esposa, así que se limitó a recomendarle a su hijo que obedeciera a su madre.

—Bueno, mándamelo en cuanto termines con él. El terreno es extenso y me comprometí a limpiarlo de piedras antes del fin de semana.

Cuando ella se acercó al pequeño, el niño levantó el brazo para protegerse.

—Pero Juan… no soy un verdugo —le dijo.

El niño guardó silencio, pero su rostro mostraba que estaba en descuerdo.

«¡Tan testarudo y tan débil!», pensó ella. ¿Estaría haciendo lo correcto al enviarlo tan lejos, poner en peligro su vida y confiarlo a alguien que sin duda era un vividor?

Sintió que le flaqueaban las fuerzas. Luego tensó los músculos y suspiró para oxigenar sus pensamientos. En ese momento supo que al final de esa conversación, la persona a quien más odiaría en el mundo sería ella misma. Y que jamás podría resarcirse a sus propios ojos.

—Hijo mío, tienes que marcharte lejos de aquí.

—No. Sabes bien que no me iré, yo…

—Escúchame primero. Pronto cumplirás trece años. Es tiempo de que compartas con tu madre la amargura de la verdad.

Los latidos desenfrenados de su corazón resonaban en su estómago y su garganta. Hubiera preferido morir, pero con una voz que no reconocía empezó a recitar su vida.

—Te voy a contar quién soy y luego te diré quién eres tú.

El niño seguía con su actitud desconfiada. María suspiró resignada, ahogando unas ganas de vomitar que parecían nacer en ella para quitarle el habla.

Habló eligiendo con cuidado sus palabras, pero sin omitir casi nada: su vida en la montaña, la esclavitud, las violaciones, sus dos padres, sus nombres, el asesinato de Bartolomé, el encuentro con Gaspar, los papeles falsos... Al principio, los ojos de Juan se abrieron por el estupor, pero luego, a medida que la confesión avanzaba, se fueron apagando. Lo que no menguó fue el intenso escarlata de sus mejillas. De vez en cuando, un escalofrío le recorría la espalda; cada capítulo de la vida de su madre era como un mazazo para él.

—Así que tu padre... no es tu padre. En realidad, tienes dos padres. No le debes nada a Gaspar. Por eso y por todo lo demás, tienes que partir. Tarde o temprano se desharán de nosotros. Quiero para ti un futuro mejor que el nuestro, un pedazo de felicidad que puedas masticar libremente como si fuera pan bueno. Mañana, una persona vendrá a recogerte y te conducirá a Roma, la ciudad más bonita del país de los italianos. Le daré unas monedas de oro y...

—No me importa —la interrumpió entre lágrimas, como quien acaba de recibir un puntapié en la rabadilla—. ¡Podrás contarme lo que quieras, pero yo quiero a mi padre y no me voy a ir de aquí! Te lo juro, aunque me azotes de la mañana a la noche. Además, uno no puede tener dos padres, eso no se ha visto nunca.

Inspiró para coger aire.

—Además... me parezco mucho a mi padre... ¡todo el mundo me lo dice...! Incluso tu amiga la tía Clara, cuando vivía —protestó, los puños apretados.

La madre estaba a punto de estallar en sollozos. Sintió la punzada de los celos frente a ese amor incondicional del pequeño hacia el albañil. Había mancillado a Juan con su historia.

Observó a ese niño que normalmente era tan guapo y que ahora la tristeza y la cólera afeaban. Había perdido la inocencia.

—Perdóname, Juan —se disculpó en un murmullo—. Yo también te quiero y por ello quiero que abandones esta guarida de lobos. Mi alma y mi corazón se desgarran ante esta idea, pero sé que no merecería haberte traído al mundo si aceptara para ti el mismo destino triste de mi vida. Uno de los dos no será esclavo, y ese serás tú.

—¿Tu alma me quiere tanto que quiere transformarme en huérfano? —preguntó apuntándola con un dedo acusador—. Todo lo que me has dicho no son más que mentiras. Se lo contaré a mi padre y verás…

María comprendió que aún no había llegado al fondo de la ruindad. Se pinzó el puente de la nariz; el dolor de cabeza le hacía fruncir el ceño. Dio un paso adelante y colocó la mano sobre la cabeza de su hijo, que intentó retroceder; pero María lo retuvo.

—Tú quieres a Gaspar, es un hecho. ¿Le quieres hacer daño?

—No, claro que no —respondió el niño, sorprendido.

—¿Quieres que muera desterrado o en la hoguera?

Los dedos de María enmarañaban con suavidad el pelo del niño.

—Mamá, ¿por qué dices esas tonterías? —Había levantado al fin la cabeza, perplejo—. Claro que no quiero que padre muera, ni tampoco tú… —Se detuvo un instante, reflexionó y añadió—: ¡Ni nadie!

La mujer retiró la mano. Su hijo no se merecía seguir soportando el contacto de su innoble cuerpo.

—Si tú no te vas mañana, hijo, iré a la plaza del mercado y diré ante todos que he engañado a Gaspar. Para salvaguardar su honor se verá obligado a matarme… porque si no lo hace será el hazmerreír del pueblo. Lo encerrarán en un calabozo, le torturarán y por último lo matarán. Pero antes, créeme, sufrirá mucho.

Horrorizado, con la boca abierta, Juan la miraba como si se hubiera transformado en un áspid ante él.

—Lo haré, Juan, lo juro. Lo juro por mi vida y por la tuya.

Tras esa avalancha de palabras envenenadas, ambos permanecieron en silencio. Parecía como si no se hubieran conocido jamás antes de ese instante. Eran auténticos extraños. Casi enemigos.

Al cabo, el niño consiguió articular una respuesta:

—Madre... Te odiaré toda mi vida.

La última mañana, antes de salir a trabajar, Gaspar se preocupó.

—Juan ha llorado toda la noche. ¿Qué le pasa, María?

—¿Cómo quieres que lo sepa? Habrá tenido pesadillas o quizá le duelan las muelas. Si es eso, le pediré al barbero que me dé un ungüento para aliviarle. No te olvides la comida. Te he puesto olivas, tomate, un poco de aceite y pan.

—Mi hijo no es nada llorón. No lloraría tanto por un dolor de muelas. Además, me ha abrazado de una forma extraña. Pregúntale y trata de averiguar qué le ocurre, María.

Ya en el umbral, Gaspar seguía preocupado y se giró una última vez.

—¿También se queda contigo hoy?

—Durante la mañana, como ayer. —María consiguió responder con indiferencia—. Te lo mandaré por la tarde. No te preocupes, pues.

Se pasó el resto de la mañana sermoneando a Juan sobre todo lo que debía recordar: su nuevo nombre, su nueva familia, su conducta durante el viaje, los documentos y las monedas cosidas en el dobladillo; la desconfianza que tenía que tener siempre, incluso y sobre todo hacia su acompañante.

—No bebas nunca vino y jamás confieses a nadie que eres de origen moro... incluso cuando la chica más bonita del reino de Italia te esté haciendo cosquillas en los pies.

Su broma cayó en saco roto. El niño seguía guardando silencio. María tosió, incómoda.

—Bueno... Cuando estés acomodado en Roma con el maestro grabador, busca la forma de dar señales de vida... Por ejemplo, con algún mercader que pase por estos lares, ¿de acuerdo?

Con los párpados obstinadamente bajos, Juan no abrió la boca en ningún momento. Luchando contra las ganas de abrazarlo, María le entregó un hatillo.

—Dile al maestro grabador que eres muy laborioso y que estás dispuesto a trabajar tanto tiempo como crea necesario. Dale un tercio de estas monedas si acepta tenerte en su taller, un poco más si no consigues convencerle de buenas a primeras. Sé muy respetuoso, hijo, y te respetarán.

—¿Y cómo quieres que le hable a tu grabador? —espetó Juan abriendo la boca por primera vez en toda la mañana—. ¡Nadie me ha enseñado la lengua de los «romiscos»!

María se rió, su hijo había utilizado la palabra «romiscos» en lugar de «romanos». De repente, la mirada de la mujer embarazada se turbó y se deshizo en lágrimas. Le vinieron a la memoria un sinfín de palabras de su picaruelo, algunas sin sentido y otras enternecedoras. Cuando aún era un niño, a veces se sentía tan orgullosa que se las repetía a Clara con la seguridad de que la vieja comadre se encargaría de extenderlas por todo el pueblo. Giró la cabeza, se mordió los labios y se sumergió en la preparación de la cena de su hijo, la primera que comería sin ella desde que nació.

Como estaba previsto, el italiano apareció tras el ángelus del mediodía. Para no levantar sospechas, María le había ordenado a Juan que fuera al granero con su hatillo por un camino distinto al que ella tomaría.

«¡A veces las cosas más terribles ocurren con tanta sencillez!», pensó asustada mientras el hombre descendía de su montura. Juan se sobresaltó al reconocer a uno de los cómicos que le habían hecho morir de risa en la plaza del mercado. Frunció el ceño buscando alguna justificación en la cara pálida de su madre, pero tuvo que conformarse con el silencio. El veneciano parecía nervioso y escuchó distraídamente las últimas recomendaciones de la madre. Contó las monedas de la bolsa, puso semblante de duda y luego, con una mueca de satisfacción, volvió a subirse al caballo.

Enloquecida por la rapidez de los acontecimientos, María se agarró a la bota del jinete.

—Jura por la Virgen que cuidarás de él, Leone.

—No grites, *cazzo di Cristo*... ¡Las paredes oyen!

—¡Júralo!

—¿No confianza... en mí, tu amigo? Tu memoria es... floja...

Acentuó la alusión retocándose con dos dedos desenvueltos la punta del bigote. La mujer continuó observándolo con el mismo tormento.

—María... juro por la Madona, *bella mia*, que tu hijo... —Buscaba las palabras—... como mi hijo. ¿Contenta ahora?

Liberando con brusquedad su bota de la presa de la mujer, se dirigió hacia el niño y le tendió la mano. Juan, con el rostro desencajado de pánico, miró a su madre esperando aún que echara marcha atrás. Pero María no atendió su súplica. A pesar del sol, sintió mucho frío de repente, quizá de vergüenza.

—Vamos, joven viajero, sube... —se impacientó el jinete—. Nos queda mucho camino.

Cuando estuvo colocado en la silla junto al actor, Juan le espetó con amargura:

—Ahora ya te has librado de mí, madre. Pero ¿qué vas a hacer con el que tienes en tu vientre? ¿También lo enviarás a la otra punta del mundo?

El italiano lo reprobó con un «¡chist!». Lanzó un beso con la punta de los dedos a la campesina, cuyos labios intentaban articular algo sin conseguirlo. Luego, tensó la brida, dio un golpe de fusta a su montura y partió al galope.

Justo cuando el hombre y el niño desaparecieron de la vista, María, aún bajo los efectos de la última frase de Juan, se dio cuenta de que había olvidado besarle. Dejó de respirar tanto rato que creyó que iba a morir. Un largo y sostenido gemido le invadió el pecho.

«Eres una mala madre. ¿Cómo te va a recordar? Nunca más volverás a verlo… ¿Cómo te has atrevido a…?»

La pena parecía un animal agarrado a sus pulmones, que descendía hacia el vientre, debatiéndose con violencia para hallar salida. Las piernas no la sostenían.

Se encontró en cuclillas ante la entrada del granero. Poco a poco, el remordimiento y la pena se volvieron tan insoportables que tuvo que levantar los bajos de su vestido y defecar, como si con ese gesto excretara la mierda abyecta de su propia vida.

Medio desvanecida, recordó una historia que le contó su tía Lucía. Dos ángeles habían abierto el pecho del Enviado y le habían lavado el corazón con mucha nieve, para purificarlo, según la tradición, de las inmundicias inherentes a la existencia humana y aplicarle entre los hombros la marca de la profecía.

La mujer, que seguía sumergida en lágrimas y muerta de pesar, pensó que en su caso ni toda la nieve de las sierras de España sería suficiente para limpiar su corazón de mezquindad.

Durante un mes entero, del alba al crepúsculo, Gaspar recorrió los alrededores, primero con los vecinos del pueblo y luego en solitario, cuando estos se convencieron de que Juan había sido asesinado y enterrado o secuestrado por los gitanos ladrones de niños cuando acudía a ayudar a su padre.

Sin embargo, Gaspar siempre estuvo convencido del papel que su esposa había tenido en esa desaparición. Ella estaba tan abatida como él, pero por otras razones. Para María fue una sorpresa inmensa descubrir hasta qué punto el albañil se sentía unido a un hijo que en realidad no era suyo. Cuando no salía a recorrer los caminos persiguiendo el menor indicio, se quedaba postrado durante horas ante el umbral de la casa. El hombre no dejaba de lamentarse.

—Yo le habría enseñado el oficio, habría velado por él hasta que hubiera sido un hombre. Y, a cambio, Juan habría tenido hijos, nosotros los habríamos mimado y él hubiera velado por nuestros días de ancianos…

Corroída por la culpabilidad y el miedo de haber tomado una decisión funesta para su hijo, María terminó desarrollando una especie de afecto compensatorio hacia el desgraciado albañil. Le hablaba con palabras casi tiernas y lo mimaba con sus platos preferidos… Tal era su buena voluntad que llegó a propiciar momentos de contacto carnal, simulando el placer de los sentidos. Esta armonía duró hasta el parto.

Al llegar el momento, la mujer del zapatero, una vecina con la que se había peleado en una ocasión, se ofreció para asistirla en el parto. Aunque sorprendida por la repentina generosidad de aquella que hasta ese momento era una arpía a sus ojos, María no pudo rechazar una ayuda tan oportuna. El nacimiento tuvo lugar sin excesivas dificultades. El padre, si se sintió decepcionado por el sexo del bebé, no lo mostró. Al contrario: Gaspar se deshizo en elogios sobre la belleza de su hija cuando la comadrona se la entregó tras haberla lavado y vestido.

—Mi pequeña princesa es casi tan bonita como su madre, ¿verdad, vecina? —exclamó con una voz llena de orgullo a la mujer del zapatero.

María yacía sobre la cama con el rostro enrojecido por el esfuerzo; se sentía feliz como no lo había sido en mucho tiempo. Al oír la comparación puso semblante de protestar y tendió los brazos para abrazar al nuevo ser.

—Sí, tienes mucha razón, vecino Gaspar —replicó con una extraña voz la mujer del zapatero—. Es casi tan hermosa como su madre, que Dios la proteja mucho tiempo. ¿Has visto ese lunar justo en la comisura del ojo derecho? Dios mío, ¡cuántos hombres sucumbirán a sus encantos cuando sea mayor!

La matrona escrutó a Gaspar como si acabara de anunciar un hecho revelador.

—Pero… ¡tú no tienes un lunar en la cara, Gaspar! Ni tú tampoco, María, por lo que veo. Un lunar en ese lado es algo raro… Pero alguno se ha visto por estas tierras ya, ¿verdad? No es fácil olvidar a la gente que lo tiene, ¿no creéis?

Luego, alzando los hombros con una despreocupación exagerada ante ese hecho aparentemente insignificante, añadió:

—Seguro que alguno de vuestros antepasados se lo ha pasado. Dicen que estas cosas saltan alguna generación. ¡En España está todo tan mezclado ahora que no hay que preocuparse por eso!

Recogió alegremente sus útiles. Su jovialidad chocaba con la palidez reflejada en los rostros de los dos esposos.

—Me voy, me voy… ¡Debéis de tener tantas ganas de estar en familia! ¡Hasta pronto y que el cielo os proteja, queridos vecinos!

Habiendo depositado con pocas pero afiladas palabras el veneno de la sospecha, la víbora abandonó la casa con una sonrisa vengativa obteniendo, además de su revancha, el agradecimiento obligado de la mujer que acababa de parir y de su esposo.

Por entonces, a María le quedaban por vivir dieciséis años: catorce antes de ser detenida por la Santa Inquisición y dos en los calabozos de Valencia; desde allí sería enviada por oscuras razones de jurisdicción a Sevilla, donde ardería quedando reducida a cenizas.

Evidentemente, ella lo ignoraba, y ese día, cuando su marido le lanzó a la niña que berreaba de hambre y agarró el atizador, creyó que le había llegado la última hora.

—Voy a mataros a las dos, a ti y a la bastarda. Eran ciertos… ¡esos rumores con el cura! Todo el pueblo debe de reírse a mis espaldas. ¡Puta, sigues siendo una ramera! ¿Cómo has podido… con lo bien que te he tratado?

El hombre estaba encendido por la ira y por la pena. La cara se le inflamó, tenía las venas del cuello a punto de estallarle. María jamás había visto así a su marido. Gritó de terror cuando levantó el atizador.

—¡No, Gaspar! ¡Es hija tuya! Te lo juro por lo que más quieras. Mira… mira cómo se te parece…

Blandió el bebé como un arma frente al atizador.

—No la golpees, es tan débil… Y además es hija tuya, ¡te lo juro!

El brazo del albañil cedió. Aún jadeante, Gaspar dudó un momento antes de girarse y lanzar el atizador contra el armario en un ataque de rabia. Cuando se giró de nuevo hacia su esposa, tenía los ojos humedecidos.

—Hoy he perdido dos hijos —murmuró—. Y mi felicidad.

Escupió sobre su mujer, y no pudo evitar que una parte del escupitajo salpicara al bebé. Salió de la casa golpeando la puerta.

María se quedó mucho rato sin reaccionar, con la niña llorando en brazos. Al final, buscó un paño y empezó a limpiarle la carita. Luego se descubrió un pecho y se lo dio a su hija.

La recién nacida se puso a mamar con ganas. Le acarició con ternura la cabecita pelona. Y decidió que el mundo, su mundo se restringiría a partir de ahora a esa cosita pequeña.

—Te llamaré Catalina. Tu hermano ha tenido más suerte que tú, bonita. Eres una niña y no podré enviarte a ninguna parte. Tu vida será difícil, pero estate tranquila, hija, que la defenderé con la mía.

La mujer hablaba así al oído de su hija cuando de repente sonrió.

—Lo ves, tía Clara se equivocó y por ello murió. Predijo que serías un niño y que, si no, moriría antes de acabar ese mes.

Y rozando con un dedo el lunar que la pequeña lucía en la comisura del ojo, se dijo: «Dios mío, eres un bufón. Sabes bien que es hija de Gaspar. ¿Por qué la has hecho nacer con este lunar?».

Volvió a tomar el paño para limpiarse su propia cara… Pero finalmente suspiró, con una desesperación largamente contenida, y renunció a lavar el escupitajo.

Tercera parte

23

Sevilla, 1610

La mujer ha conseguido librarse de su hija. La que en vida fue conocida como la bella María, hace poco que ha quedado reducida a una masa informe de cenizas que varios hombres asqueados se apresuran a lanzar al vertedero.

«Perdóname, *Catalina*», se dice a sí misma en lo que ella ha decidido llamar su «cabeza» o su «cerebro», a falta de un nombre mejor. *María* necesita nuevas palabras para describir esta especie de no existencia en la que ella, sin embargo, está presente (como lo está una nube, el humo o la niebla). Pero no posee más que el pobre vocabulario que adquirió en su vida «auténtica»: fantasma, espíritu, espectro.

Aunque los remordimientos la carcomen, no soporta más esta espantosa intimidad con su hija, su amada *Catalina*, por la que ella se había dejado quemar por los turbios exaltados de la Inquisición. Ahora que se ha encontrado con ella y sus nubes se han unido, su hija lo sabe todo de ella: el más pequeño movimiento de su alma, el más pequeño recuerdo de su pasado. Y ella tampoco ignora nada de la corta existencia de su hija.

—Entonces, ¿me odiaste, *Catalina*? ¡Si durante toda mi vida no hice más que mimarte! —exclamó, estupefacta.

Pero desde el primer contacto se había dado cuenta de que ella conocía la respuesta o, mejor dicho, que la respuesta había penetrado en ella como un ladrón se cuela en una casa. Y la casa era ese imposible cuerpo algodonoso que ahora parecía constituirla.

—Sí, madre. A veces te odié desesperadamente porque no soportaba que la gente del pueblo te tratara como te trataron. ¡Te llamaban la ramera insaciable, madre! Y yo te quería tanto que me ahogaba al verte tan convencida dándoles la razón. Lloraba y te detestaba y luego volvía a amarte. Y a padre…, mi pobre padre, ¿por qué lo humillaste tanto?

La madre sonrió con ternura. Sabía perfectamente qué iba a decirle a continuación su hija, como si ella misma lo hubiera pensado.

—Pero ¿qué importa ahora el pasado? —añadió la hija—. Te quiero y tú me quieres, me quieres muchísimo, y eso me basta ahora. Y ahora es para… ¡para mucho tiempo!

Su voz (o más bien, una especie de flujo de comprensión entre esos absurdos vapores de los que estaban hechas) se volvió aún más triste.

—Aquí, en este instante, tú eres casi yo. Y yo soy casi tú… Es tan…

—… repugnante. —La prolongación de la frase no había parecido cambiar de interlocutor al pasar de una a otra «presencia»—. Es eso lo que querías decir, ¿verdad, hija? Esta repugnante mezcla en la que no conseguimos distinguirnos… Sí, ni siquiera yo sé dónde termino yo y dónde empiezas tú.

La muerta rió, desesperada.

—Es como si dos comidas distintas hubieran sido mezcladas por la misma cocinera torpe. El resultado es una papilla infecta: no consigues recordar ni el sabor del primer plato ni el del segundo. ¿Qué eres? ¿Sorbete de limón? ¿Y yo sopa de pescado? ¿Imaginas el resultado si nos hubieran vertido en el mismo recipiente?

—Madre, no te alejes… Es repugnante estar mezcladas, pero es mejor que…

María se dispuso a protestar: «Me estás haciendo mucho daño con tu pena, pequeña mía. Retírate de... de mí, ¡por el amor de Dios! ¡Cualquiera diría que me estás violando!».

Pero *Catalina*, ocupando la mínima parcela del ser de su madre, le suplicaba: «No me dejes sola. Es espantoso ser fantasma...».

—No puedo quedarme contigo, me ahogo en ti. Voy a olvidar quién soy... No quiero... Aún tengo un deber que cumplir... Tu hermano... Si no le aviso, él también morirá. Y antes, lo torturarán... como a mí.

Estuvo a punto de gritar, presa por primera vez de una cólera irreprimible hacia la que fue la perla de su antigua vida.

—¡Déjame, hija mía! Aléjate de mí, no me aspires, me... ¡me estás matando! Así que esto es morir cuando se es... cuando se es como somos nosotras...

Luego, dominándose un poco, el fantasma había ordenado a la que fue su hija:

—Retráctate, mi vida, esconde tus garras. Me hieres tan profundamente... Así, así... Déjame respirar...

Las palabras «garras» y «respirar» eran tan ridículas...

Un sollozo irrumpió en aquella cuyas cenizas seguían humeando en la plaza.

—Incluso por ti, *Catalina*, no quiero morir una segunda vez sin recibir al menos unas explicaciones. Dame tiempo para comprender qué nos ha pasado.

La mujer quiso abandonar a su hija con una broma, pero su chiste se transformó en un gimoteo estridente.

—Esto no puede acabar así, doña *Catalina*. No hay ningún... ¡ningún maestro del más allá para dar la bienvenida a los recién llegados!

—Nos encontraremos aquí, *Catalina*, en el lugar donde he ardido. No temas, ¡jamás olvidaré este sitio! —*María* hizo un juramento al islote de sufrimiento en el que se había convertido su hija. Y tuvo tiempo de añadir—: Es el lugar en el que he nacido de nuevo, la cuna de mis cenizas. Lo inconcebible en este asunto es, paloma mía, que tú, a quien di a luz, hayas podido verme nacer.

Ante el angustiado pesar de su hija, la madre se aproximó de nuevo a ella (cuando estaban vivas, a *María* le encantaba hacerle olvidar sus pequeñas penas acariciándole su bonito cabello). Pero tuvo que retraerse ante la inmediata sensación de ahogo.

—Tengo tanto por hacer… Pero tú ya lo sabes; no podemos escondernos nada, ¿verdad?

Catalina no era más que una silueta brumosa cuando *María* concibió su último pensamiento para ella.

—Tenemos tanto tiempo por delante, florecilla mía.

María se halla ahora junto al río, invadida por la desasosegante sensación de haber abandonado a su hija. Aún recuerda que esta quería advertirle de algo: «Cuidado con… ¡con ellos, madre! No dejes que te…».

No había oído el final. ¿A qué se referiría *Catalina*? Ellos, ¿quiénes? ¿Y no dejarles hacer qué?

María ignora cómo se ha desplazado y por qué se halla junto al agua. Pero, cuando vivía, ¿acaso se preguntaba cómo pensaba, cómo caminaba, cómo sentía tal o cual sentimiento? «No, por supuesto», se dijo, sorprendida por su falta de curiosidad. Se contentaba con querer tal o cual cosa de su cuerpo y, por lo general, eso bastaba para que el cuerpo se le sometiera.

«Bueno —se dijo con una especie de resignación—, ya verás, *María*, cómo te acostumbras. Un poco de eternidad de esta existencia de humo y nada te parecerá más natural que ser un espectro. En el fondo, ¿qué hay más extravagante que palpitar de vida en un odre de carne sujeto por unos bastoncillos de hueso? El ser humano no tiene nada que ver con la robustez de las rocas…, y en cambio, nos parecemos tanto al ridículo pollo o al gorrino, que se pasan la vida comiendo, meando y cagando... ¡Y bien que te gustaban, puesto que te los comías!»

La vieja voz aleccionadora estaba ahíta de tristeza.

«Y mientras, hermosa quemada, vive esa... vamos a llamarla "vida" sin renegar. Pero mira, por más que tus asesinos te hayan torturado y te hayan negado hasta la misericordia del estrangulamiento, al menos has obtenido una satisfacción: ¡has vuelto a tu querida Sevilla!»

«¿Querida? ¿Estás segura?»

María sumerge los pies en el agua —así es como ella quiere verlo— que solo puede ser la del Guadalquivir. Ese río presenció cómo su vida de jovencita se truncaba con la aparición de tres hombres, motivo de su desgracia: Bartolomé, Lorenzo y don Miguel. Y todo por culpa de esos miserables cuentos de verdaderos y falsos dioses que llenaron su vida de sangre.

«Dios... Pero ¿cuál? —se pregunta como tantas otras veces—. ¿El Alá de los moriscos, derrotados y resignados como corderos de camino al matadero, o el Jesús de los cristianos viejos, tan arrogantes como el matarife que degüella esos mismos corderos?»

Y escupe su primera blasfemia de muerta: «¡Que os den a todos por culo, cobardes!».

No sabe a quién ha insultado: a ambos dioses, a las dos comunidades o a todo el mundo. Supura amargura: esta agitación de varios siglos, este desgarramiento de su España, las súplicas, los asesinatos, la tortura que ella misma ha sufrido... Todo para llegar a este... ¿a este vacío?

«Voy a agonizar toda la eternidad sin perdón, ¿verdad? En realidad, no hay... ¿Secreto?»

Suplica: «Señor, ¡sálvame de esta condena!».

Pero rápidamente se enfada por haber sido tan ingenua. «Es como pedir a un caballo castrado que preñe a una yegua.» E intenta rematarlo sin éxito escupiendo su desprecio en el agua.

Busca una piedra para lanzarla al río (cuando era niña, le encantaba hacer saltar las piedras sobre la superficie del agua), pero tiene que renunciar. Debe hacerse a la idea de que está muerta para siempre, no puede querer influir en el mundo material. Pero es difícil sintiendo como siente retazos de sensaciones, como los amputados que se quejan del dolor en el miembro ausente.

Piensa que, en su caso, el miembro amputado es su vida entera. Quizá si sigue esta siniestra comedia pronto tendrá ganas de ir a defecar en la gran plaza del tormento.

Contempla el agua del río, tan inaccesible que parece que esté en el extremo opuesto del mundo. Una bola de plumas, seguramente un martín pescador, roza la superficie. Va en busca de un pez, que se le escapa una, dos veces. A la tercera va la vencida.

—Ya ves, pececillo, tú también estás muerto y no eres culpable de nada, ¡y mucho menos de herejía! ¿En qué vas a convertirte? ¿En un duendecillo con aletas?

María capta la aparición de un halo sobre el río. ¿El alma del pez? Quizá hay algo más, pero no logra distinguirlo.

«La muerte es caprichosa y desalmada», refunfuña la hija del ebanista. Tiene la sensación de que la guadaña solo está allí para hacerle echar de menos la vida, asegurándose además de mostrarla ridícula.

«Nada existe excepto nuestra hambre de existir a toda costa», parece adivinar repentinamente la mujer-espíritu. Inmenso como la superchería que acaba de descubrir, el sufrimiento de la existencia crece en ella. Esa tristeza, tan familiar a todo ser vivo, parece tan extraña en este universo que tendría que ser el de la serenidad prometida o, como mínimo, el de la nada eterna...

¿La nada?

La duda le llena el cuerpo nebuloso. ¿Por qué sigue allí, aún casi viva, llena de codicia, atenta a no dejarse rozar por los innumerables espectros que yerran por Sevilla?

Aún casi viva y, sin embargo, muerta. Y pensando solo en salvar a su hijo de esta muerte envilecedora y encontrar después, quizá para vengarse, a quienes tanto mal le hicieron.

En aquel principio de siglo, tan lleno de mentiras y crímenes como todos los anteriores, se puso en marcha la maquinaria de deportación de los moriscos españoles. *María* lo recuerda y es como si toda su vida le pasara por delante, como un manuscrito cuyas páginas pudieran leerse simultáneamente, esparcidas sobre la superficie del tiempo.

El recuerdo no sigue una línea temporal, sino que aparece como disperso sobre una mesa donde todo estuviera al alcance de la mano, sin orden cronológico: los últimos capítulos, con su martirio; los primeros, con su llegada al mundo e, igual de accesibles, las múltiples fases de su existencia terrestre.

Junto a *María* pasan muchos castellanos vivos; algunos de ellos regresan de la plaza de la hoguera. Hablan en voz alta y, a veces, se ríen. No la ven, por supuesto, y ella los distingue mal, como si hubiera una neblina perpetua en esa maldita ciudad. Apenas logra contener su rabia, y se da cuenta de que ello puede dispersarla como polen al viento. ¿Por qué esos sucios espectadores, tan felices por su trágica muerte, disfrutan aún de ese increíble regalo que es la vida?

Revive sus recuerdos más queridos, demasiado precisos, demasiado numerosos. Cada uno es como una puñalada, porque sabe que los ha perdido para siempre. Ahora comprende mejor la pena de la pequeña *Catalina* porque, de repente, no aguanta más: necesita desesperadamente desaparecer, convertirse en nada para no seguir soportando esa pena corrosiva de haber muerto demasiado temprano, antes de haber vivido más, antes de haber vivido mejor.

Con horror constata que el verdugo no es nada comparado con este calvario; el fuego, a fin de cuentas, solo dura un instante. Su vida se le aparece de golpe en su penosa realidad: un fracaso estrepitoso, un conjunto de contratiempos y sinsabores desvinculados, la mayoría de ellos mediocres, escasos tanto en bondad como en amor.

Y no puede volver atrás, no puede rectificar nada de la sordidez de esa pila de años, poco más de cuarenta, que le fuera concedida para vivir.

Entonces, ¿por qué ha vivido? Recuerda una extraña frase del alfaquí que le enseñó a descifrar la algarabía: «El principal trabajo del alma es mejorar el universo». ¿De qué universo hablaba, ese mesías muerto de miedo?

Hubiera querido llorar, como antes, pero las nubes se le adelantan. Empieza a llover con fuerza. Todos echan a correr, y algunos elevan cómicamente la parte trasera de su capa para cubrirse la cabeza. La que fuera la hermosa *María* estalla de risa sin realmente tener ganas: ¡por un momento, ella también ha pensado en buscar refugio! La vence una áspera melancolía: ¿durante cuánto tiempo sentirá esas engañosas y deliciosas reminiscencias del mundo del otro lado?

«Vamos, criatura —se anima a sí misma—, no intentes comprenderlo todo. Un poco de memez protege el cerebro. Encuentra a tu hijo y ayúdalo a no cometer un error irreparable. Sírvete de tu mejor arte para protegerlo: ¡tu propia maldad! Tendrás todo el tiempo del mundo para lamentarte después...»

«Pero ¿cómo he llegado hasta aquí? No nací para esto...», se pregunta, estupefacta mientras estira sus piernas de fantasma como si fueran de carne y hueso.

María la muerta empieza a andar. Sabe más o menos adónde debe dirigirse. Quizá no hallará a la primera el punto en que su vida se bifurcó, Sevilla ha cambiado mucho desde su huida. Pero una especie de intuición le asegura que acabará dando con él.

Sí, ¿cómo ha llegado hasta aquí? La pregunta la tortura mientras camina río arriba. Hace latir su nube como un corazón extraño, un órgano sin sustancia y, aun así, devastado. Ahora siente una pena enorme por la adolescente que fue, esa joven obstinada que aún tenía toda la vida por delante. Es cierto, por entonces el tiempo había soltado ya tras ella su jauría de perros, pero la fugitiva no sabía hasta qué punto.

«Ay, pequeña, ¿por qué las cosas transcurrieron así? Podríamos habernos salvado un poco, tú y yo, mi infancia y mi vejez...»

El recuerdo es tan palpable, la amargura del fracaso de su vida tan insoportable, que el espectro exclama:

—¡No tendría por qué haber sido así! Cómo me habría gustado poder advertirte antes de que... antes de que...

Se calló bruscamente, consciente de la estupidez de su deseo.

24

Juan regresó a la posada. Desde la puerta, se quedó aturdido contemplando la bolsa con las herramientas de su oficio. Su madre quiso que se hiciera grabador sin saber demasiado bien qué significaba ese término. La campesina a la que acababan de quemar aseguraba que un grabado bien hecho «cantaba». Nunca supo de dónde sacó su madre esa expresión, pues ningún grabador la había pronunciado nunca ante él. Pero Juan sí. Él siempre la empleó, suplicando en su interior: «Canta, pequeño cobre, ¡canta!», cuando el dibujo, tan limpio en su cabeza, se negaba a aparecer en la punta del buril que trabajaba la superficie cubierta de barniz blando.

Juan permanecía en pie, pasmado, como un animal privado de entendimiento. Acababa de asistir a la misa por la muerte de su madre. No sabía qué hacer ahora que solo quedaban trizas negruzcas de aquella a quien amó en vida, a pesar de la ausencia, a pesar del rencor.

Ella lo expulsó de su casa tras robarle el padre, el nombre y la patria. El comediante a quien había encargado velar por él le robó las monedas que ella misma había escondido en el dobladillo de su jubón. Pero, en un gesto de honradez bastante paradójico, lo condujo hasta el final del viaje previsto en el trato y no lo abandonó hasta llegar ante la puerta del taller del maestro grabador (eso sí, hambriento y sin un maravedí).

El maestro era un viejo impaciente fácilmente irritable. Tomándolo por un mendigo, llamó a uno de sus obreros para que se deshiciera del pequeño sucio y desconocido que no sabía ni hablar italiano. El niño extranjero gritó entonces un puñado de palabras en latín, los escasos términos que le había enseñado el viejo cura, a la par que luchaba por escapar de los tortazos del obrero.

—¿Te defiendes en latín, pedazo de engendro?

Había conseguido despertar el interés del maestro grabador.

Muerto de miedo, Juan le tendió los documentos que su madre le ordenó proteger como si de su propia vida se tratara.

Habían pasado muchos años desde entonces. El maestro grabador sintió pena por él y lo admitió a su servicio, mitad esclavo, mitad aprendiz. Ese niño tímido y torpe acabó aprendiendo, a base de vejaciones, a hablar en italiano... y el oficio de grabador.

La habitación de la pensión estaba fría. En aquella época del año, Sevilla era gélida. El niño, ya adulto, podría haber llamado a la sirvienta para que le trajera un brasero. Pero no. Juan tenía la cabeza, la nariz y la boca llenas de pena, y esta posee un sabor y un olor abominables. Y Juan no quería que la sirvienta lo descubriera. Además, seguía consternado por la increíble alucinación que por un momento le había hecho creer que su pobre madre muerta se le había agarrado a la espalda. Se tocó la frente. No, no tenía fiebre. Pero quizá hubiera males más profundos que una simple fiebre.

Como un hormigueo de larvas bajo la cabeza, le volvió a la memoria la larga conversación que mantuvo con el tabernero cristiano viejo del pueblo de su madre. El hombre sabía todo lo que había sucedido en el pueblo en el último cuarto de siglo: nacimientos, bautismos, adulterios, peleas... tanto entre cristianos viejos como entre proscritos.

—¡Los cardenales Vino y Cerveza son mejores confesores que Su Santidad el Papa en persona! —bromeó.

El tabernero confesó que le impresionaba el silencio del pueblo, ahora que habían desaparecido tres cuartos de su población. Pero no dejó de elogiar la sabiduría del soberano, que por fin había tomado la decisión que Dios le insuflaba desde hacía tanto tiempo.

—Esos condenados moriscos no se hacían ni monjes ni soldados, no ponían en riesgo su vida de mierda ni viajando a las Indias, ni enrolándose en las guerras por la grandeza de España. Se limitaban a malvivir en sus refugios, a criar tantos hijos como les mandaba la madre naturaleza y a trabajar duro gastando lo menos posible. La moneda más virtuosa, en cuanto caía en sus manos, estaba condenada a la prisión perpetua. Esa gente pululaba como ratas en una quesería y, sin la decisión de nuestro buen rey Felipe, pronto nos hubieran suplantado en nuestra propia tierra.

El tabernero ya solo deseaba que nuevos bebedores, esta vez auténticos bautizados, sustituyeran rápidamente a los antiguos clientes, esos circuncidados que, a pesar de los mandatos de su quisquilloso Alá, se enjuagaban bien el gaznate con alcohol. Porque si no había comercio, también él se encontraría pronto en la ruina y tendría que abandonar el pueblo.

—¡Eso sería realmente injusto! Y no es, en absoluto, la voluntad de nuestro soberano… —se lamentó, inquieto.

El individuo, que a esas alturas de la conversación estaba prácticamente borracho, evocó el recuerdo de la mujer más hermosa del pueblo.

—Ah, sí, la bella María, la esposa de ese desgraciado albañil… ¿Vos también oísteis hablar de ella? Pero ¿cómo es posible?… Cuántos corazones rompió… Si la hubierais conocido antes de que se la llevaran, señor licenciado…

Juan había pasado una noche en el pueblo. Se había presentado como un artesano grabador mandado por un impresor de Madrid para realizar grabados de la naturaleza de las regiones por fin liberadas de moriscos por decreto real. El editor quería publicar una obra llena de anécdotas e ilustraciones que, según esperaba, edificaría a las generaciones futuras sobre la justicia del acto de fe de Su Majestad. Para ganarse al tabernero y hacerle hablar, Juan le había propuesto ejecutar su retrato, con la promesa de incluirlo en la futura obra. Mientras posaba, el dueño del garito se había prodigado en lamentos.

Según él, siempre son los mismos buitres de la nobleza los que se beneficiaban. Los señores censatarios se habían adueñado no solo de las propiedades de sus antiguos vasallos, sino también de las mujeres y los hijos de los moriscos asesinados por rebelarse contra el destierro.

—A mí también me hubiera gustado recibir uno o dos de esos muchachos como esclavos y, por qué no, ¡una hermosa y gordita criada gratis para ayudarme con la taberna!

Algunos arcabuceros se paseaban por el pueblo por si algún morisco huido se aventuraba a bajar de las montañas en busca de alimento en las casas abandonadas. Los soldados, nerviosos, se habían negado a que el grabador se paseara por la parte morisca del pueblo. Un oficial le había exigido la documentación identificatoria.

—Tenéis un extraño acento para ser español, señor Juan Cortés. Volved a Madrid; aquí los caminos no son seguros para nadie. Sois un extranjero en estos lares, y de extranjero a sospechoso solo hay un paso. En estos momentos de tensión, no sería difícil que os dieran un mal golpe si os toman por un espía o por un saqueador... —Y tras el aviso, le devolvió el falso documento que años antes su madre había hecho redactar a cambio de tantos sacrificios.

Después de aquello, Juan se marchó con la rapidez de una liebre sin poder ver la casa familiar. ¿La habrían saqueado? ¿Qué nuevos propietarios la habrían violado? Y, pregunta ridícula que atizaba su desesperación: ¿qué quedaría de su cama de niño y de los juguetes que Gaspar, su padre, le había construido?

El hijo de María acalló con un lamento apagado aquellos pensamientos. No podía desconcentrarse. Debía ponerse a trabajar antes de que el cerebro se le oscureciera y sus ojos olvidaran.

Haciendo acopio de todas sus fuerzas, abrió el zurrón de herramientas y las colocó con cuidado sobre la mesa que la criada había montado a cambio de unas monedas. La plancha de cobre, ya barnizada y ennegrecida la noche anterior; los buriles de todos los tamaños, un pincel de pelo de cabra para barrer los restos de barniz; el cojín donde se apoya la plancha durante el proceso del grabado. Faltaba el chasis de papel que se coloca entre la mesa y el bastidor, pero podía prescindir de él por esta vez; la luz gris del exterior no se reflejaría demasiado sobre el metal.

Tras abandonar el pueblo, se dirigió hacia Valencia. Llegó allí al día siguiente del descuartizamiento de una decena de rebeldes, entre ellos su cabecilla, un zapatero que se había proclamado rey de los moriscos de Aragón y que había sido traicionado por un sobrino. Los restos del «monarca» fueron cubiertos con sal, paseados por las calles de la ciudad en medio de burlas y, por último, abandonados a las ratas y los perros a la entrada de la morería ya desierta.

En el puerto, Juan oyó escenas desgarradoras de la marcha de los moriscos. Iban escoltados por soldados, maniatados con cuerdas, despreciados por el pueblo que les lanzaba piedras y excrementos… Eran tan numerosos que las galeras reales y los barcos de la flota oceánica no bastaron y hubo que fletar a toda prisa barcos de transporte procedentes del resto de la cristiandad. Muchos de los deportados murieron antes de llegar a su destino debido a las tormentas y a los capitanes de los barcos, que los tiraban por la borda sin miramientos para acortar el peligroso viaje. Un marino procedente de Marsella le contó que el mar escupía tantos ahogados a las playas que los pescadores de la región habían bautizado a las sardinas más grandes con el sobrenombre de «valencianas». Es más, durante un tiempo se negaron a consumirlas, convencidos de que estaban alimentándose con carne humana.

—Lo peor —añadió a medio camino entre la risa y el espanto— es que cuando los moriscos desembarcan en África, los moros los toman por auténticos cristianos, les roban y los matan.

El grabador tomó el buril, y colocó el cobre sobre el cojín. Permaneció un largo instante asomado al barniz aún virgen, con el rostro compungido y el labio algo tembloroso. Podría creerse que estaba pensando, pero no era así. O quizá buscaba sin saberlo la forma de expiar el pecado de estar aún en este mundo cuando su madre acababa de morir ante él, sin que su apático hijo hubiera hecho nada para evitarle ese infierno.

El tabernero chismoso le había contado que la esposa del albañil, a pesar de su perversidad, había sido muy desgraciada. Unos gitanos habían secuestrado a su hijo y unos doce años más tarde, su hija había muerto de un mal extraño.

—Extranjero, tengo que deciros que jamás tuve suerte con esa diablesa —confesó, rascándose el pelo—. Creo que me arrepentiré toda mi vida. María escogía a quien quería, fuera el más feo o el más hermoso, siguiendo razones que solo ella conocía. Que Dios me perdone por decir esto de una morisca, pero esa mujer, en el fondo, se parecía a la Divina Providencia que elige a sus preferidos sin necesidad de justificarse. ¡Y no es que me faltaran ganas de pecar con esa ramera! Era tan hermosa... Pero mi mujer no me quitaba el ojo de encima. Y ahora, amigo, no sabéis lo que daría por haberlo hecho... ¡Incluso estaría dispuesto a pagarlo con jarabe de palo en el infierno! —concluyó con tono melancólico.

Bebió una jarra entera de vino a cuenta del visitante y, tras un silencio, prosiguió.

—El asno de su marido tampoco tuvo mejor suerte. Era un buen hombre, incluso siendo hereje. Durante mucho tiempo fue el tipo más cornudo de la zona, pero al final, su cabeza y su corazón estallaron. Cuando murió su hija, vino a la taberna y bebió durante todo el día. Luego fue a la plaza mayor y gritó que no guardaría luto por una hija que no era suya; que sería hija de quien quisiera considerarla como tal, pero no suya. La prueba, según él, era que la muerta poseía un lunar en lo alto de la mejilla que él no tenía. Después de aquello, la mujer hizo lo que hizo y su marido, preso de la ira, la denunció a la Inquisición. ¡Ese imbécil la denunció porque no podía seguir amándola en un perpetuo deshonor! Pero estoy seguro de que sin las extrañas circunstancias que rodearon la muerte de la niña, el albañil hubiera seguido soportando la humillación hasta su último día.

El tabernero, un hombre de nariz grande, con mejillas surcadas de venillas, que olía a vino y sudor, se aclaró la garganta.

—¿Sabéis? A mí nunca me han gustado los moriscos, pero esta historia entristeció al pueblo durante meses, tanto a moriscos como a los demás. Porque ese cretino amaba a su esposa ciega y apasionadamente. De un amor de estas dimensiones, uno se ríe porque es grotesco, pero siempre impresiona e incluso da miedo y hasta celos.

Quizá fuera porque ya había bebido más de una jarra, pero de repente el tabernero se ensombreció.

—Vos no sois de aquí. Por eso puedo contaros lo siguiente, incluso si parece un sacrilegio. No estoy sugiriendo ni por asomo que nuestro rey se haya equivocado... ¡Los reyes saben siempre más que sus súbditos! Y los moriscos, todo el mundo lo sabe, son un pueblo ladino, aliado de nuestros peores enemigos de Argel y Fez, pero mirad... Creo que, en el fondo, me da pena que esa gente se haya ido. Sin ellos el pueblo está como muerto. Me doy cuenta de que los echo de menos.

Su mujer irrumpió en la estancia con un barreño de agua lanzándole una mirada de espanto. El marido, ruborizándose de golpe, farfulló, forzando un tono despreocupado:

—Pues claro, querida. ¿A ver a quién vamos a culpar ahora los días en que nos vaya mal...?

Durante dos largas horas, Juan volteó la plancha sobre el cojín y ejecutó trazos sobre el barniz. Creía dibujar el perfil, las sombras, las partes planas del rostro de su madre, entrevistas por última vez sobre la hoguera. Quería superar la traición de su memoria y cumplir la promesa que se hizo en Roma de grabar para la eternidad los rasgos de esa mujer. Habían sido menester varios años de aprendizaje para ejecutar un grabado completo, y cuando por fin fue capaz de ello, el tiempo había devorado caníbalmente lo que quedaba en él de la infancia y de la adolescencia, ensombreciendo el recuerdo del rostro de su madre.

El grabador contemplaba el resultado. Invertido, por supuesto. O al menos lo intentaba, porque para terminar el trabajo sería necesario tratar la plancha al aguafuerte e imprimirla después sobre una hoja previamente tintada. Pero esa parte se haría en un taller y era la que le interesaba menos, de momento.

Picoteó un chusco de pan mojado en aceite de nabo y bebió un poco de vino. Llovía a cántaros. El agua debía de estar anegando las cenizas de la hoguera. «Demasiado tarde», pensó.

Extrajo de la bolsa unas botellas de agua fuerte y el cuenco rectangular para verter el famoso líquido. Con gestos precisos, sin expresividad en los ojos, cubrió la plancha con el ácido.

El producto mordió el cobre descubierto por los surcos excavados en el barniz. El hombre se inclinó para examinar con atención la plancha a través del líquido nitroso y comprendió que había fracasado en su empresa.

«Canta, canta, cobre mío...», habría querido implorar. Pero el cobre no puede cantar más que lo que el hombre descifra sobre él.

Un sollozo de desesperación invadió al grabador. Había hecho un juramento. Intentó luchar contra el lamento estúpido que ascendía por su garganta, agrio como un vómito.

El retrato del dibujo era bonito, demostraba que tenía oficio. Pero no era el de su madre.

El rostro de su madre se había perdido para siempre. Él, que hubiera tenido que verlo, no lo había visto lo suficiente. De su recuerdo de esa mañana, no le quedaban más que las llamas de la hoguera. Y la mirada de la torturada, llena de espanto, pero sin ningún trazo que reflejar sobre la plancha.

De repente, el grabador huérfano metió una mano dentro del cuenco del agua fuerte. Al principio no sintió nada, excepto un líquido demasiado frío; luego, un dolor fulgurante le desgarró la mano como un dogo furioso clavándole infinidad de colmillos.

El hombre, resistiendo, dejó escapar un gemido sordo. Pero apenas había tenido tiempo para pensar «Madre, te he traicionado» cuando su cuerpo, fuera de control, sacó la mano del cuenco. La piel de los dedos se le había retirado, como las escamas bajo el rascador de una pescadera.

«¡Siempre tan cobarde, Juan! —Desde un rincón de su alma al que no había llegado aún la oleada del sufrimiento, una voz tuvo tiempo de burlarse—: ¿Por qué haces trampas castigándote la mano inútil? ¿Por qué no la otra, la única buena, la mano con la que dibujas?»

El fantasma había perdido el rastro de su hijo, de la misma manera que de vez en cuando perdía la conciencia de ser. A veces solo era una nube a punto de desaparecer y únicamente un esfuerzo de su espíritu impedía que se evaporara. Se dio cuenta de que en su nuevo estado era un cúmulo de incapacidades: perdía el camino con facilidad, le costaba recordar el plano de la ciudad, su vida estaba debilitada por una especie de neblina permanente… y su razón era tan mediocre como antes. La muerte, decididamente no la había mejorado. El único camino que el fantasma de *María* habría sabido encontrar sin problemas era el que conducía al lugar donde ella murió.

Quizá fuera una cualidad particular de los espectros: no olvidar el lugar donde habían nacido una segunda vez. «¡Maldito nacimiento!», protestó, siempre con la misma repugnancia. Por el momento no quería volver atrás; su hija estaba allí esperándola para fusionarse con ella, y su tristeza era tal que temía no saber resistirse.

Su otro hijo, el Vivo, estaba en algún lugar de Sevilla, dispuesto a cometer un acto que precipitaría su muerte. Él ignoraba que a causa de la vileza de su madre otros seres humanos quizá lo estuvieran esperando para darle muerte sin dudarlo.

«¡No mueras, hijo mío! La muerte no es el descanso, ¡es peor que la vida!», habría querido gritarle.

Pero ¿cómo hablarle a un Vivo sin aterrorizarle? El fantasma sabía que cuando ella era de carne y hueso habría defecado de terror si un espíritu hubiera venido a hablarle. Casi sonrió: de hecho, su medroso corazón habría dejado de latir mientras que su culo humano habría seguido defecando.

«Cuando estabas conmigo, no te hice feliz, pequeño Juan. Ahora eres mayor y tampoco eres feliz. ¡Cuánto debes de odiarme! Qué daría yo por poder abrazarte… ¿Dónde estás, hijo?»

Había anochecido. A pesar de la lluvia, se distinguían puntos de claridad en el cielo, estrellas con un minúsculo halo de luz debido a la humedad. Su corazón ardía de pena. Quizá las estrellas también fueran eso: una multitud de penas ancladas en el cielo, miles de hogueras eternas alimentadas por la nostalgia de haber vivido.

El espíritu se tensó como un lobo que ha recuperado de repente el olor perdido de una presa. Un recuerdo acababa de asaltarla: el lugar donde *e*lla durmió varios cientos de noches malditas. Y luego, el lugar en el que ella pasó una sola, única y maldita noche…

Bartolomé. Don Miguel. El primero, asesinado con sus manos. El segundo, probablemente muerto de vejez. ¿Qué edad debía de tener mientras ella estuvo allí? ¿Cuarenta, cincuenta años? Y ahora, ¿cuántos?

¿Estaban todos muertos, entonces? Víctimas y culpables, ¿todos iguales ante la nada por los siglos de los siglos venideros?

La rabia embargó al espíritu. Rabia y sufrimiento. ¿No había, entonces, venganza posible, esperanza de paz… en ese mundo-foso común? ¿Un espíritu no podía vengarse de otro? ¿Era el tiempo solo una ofensa sin remisión ni fin?

Se llevó la mano a la boca e intentó apresar su lengua; sabía que era un gesto estúpido porque en realidad nada era ya real y todo carecía de importancia. Se sorprendió lamentándose de nuevo: ¿quién iba a devolverle su lengua de carne y las palabras que esta formaba con tanta ebriedad, las bromas y los insultos?

«Has perdido la lengua por tu propia voluntad, recuérdalo, pero no solo has perdido ese pedazo de carne rosa, María. El resto ha sido quemado, ¿recuerdas? Y no es culpa de Bartolomé o de don Miguel, lo sabes bien. ¿Por qué odias menos a Gaspar que a los otros dos? ¿Y a la docena de vecinos, moriscos la mayoría de ellos, que se unieron con alegría a la denuncia de tu marido? La pena te hace perder la razón. ¡No has cambiado, demonios!»

Para no pensar más, el espíritu se puso a correr. O mejor dicho, a pensar en la sensación que le procuraba el deseo de correr.

La posada del asesinato no estaba lejos del río, a medio camino entre el lugar donde acababa de «nacer» y la catedral. La casa de ese perro de don Miguel quedaba un poco más al este, muy cerca de la catedral…

Allí donde Juan no debía ir por nada del mundo.

María había sobrevolado una buena parte de la villa. Era la realización de uno de sus sueños más bonitos: ¡volar como un pájaro! También había podido cumplir otro sueño absurdo que jamás confesó a nadie: entrar sin ser vista en las casas y observar tranquilamente la vida de sus ocupantes, incluso sus momentos más íntimos. Pero ni siquiera esas recientes facultades consiguieron agrietar en lo más mínimo la muralla de desesperación que se levantaba en su interior. Renunciaría en ese momento a todo a cambio de una hora de su antigua existencia, por más angosta y carente de magia que fuera.

Debido a los preparativos de la expulsión, había soldados por doquier, agrupados en campamentos provisionales, sobre todo alrededor del gueto de moriscos. La mayoría de ellos había sucumbido al sueño, protegidos por centinelas bostezantes. El día había sido largo y alegre gracias al vino que el ayuntamiento regaló para celebrar la decisión real de erradicar la mala hierba de tierras de España. Los gritos de «Santiago y cierra, España» y «Una fe, una sangre, un rey» no dejaban de oírse durante aquellos días. Ahora los soldados, despiertos o dormidos, soñaban con los pillajes prometidos que redondearían sus magros ingresos.

Sin haberlo planeado, *María* se acercó a la morería, pero rápidamente se alejó de ella. Había demasiada pena en el reducto morisco. A pesar de la noche, la gente estaba reunida en las calles; los hombres estaban derrotados, algunos lloraban. Las mujeres, manifestando más abiertamente su pena, no dudaban en arañarse la cara gritando que Dios las había abandonado y que preferirían morir allí que dejar el país de sus antepasados. Algunos niños, aún despiertos a pesar de la hora, lloraban junto a sus padres. Otros, los más jóvenes, jugaban a pillar. Uno de ellos recibió una torta de su madre, que le recriminó no comprender la gravedad del momento ni que al día siguiente ya no tendrían ni techo ni patria. El granujilla protestó y, de repente, su madre estalló en lágrimas. Desamparado, el hijo la abrazó y sus hombros se unieron al movimiento del llanto.

«¡Qué estúpidos sois los que os lamentáis! Huid, sed cobardes si hace falta, pero conservad la vida. No hay nada más valioso, creedme...», refunfuñó *María* con repentino rencor.

A su pesar, la invadió una piedad abyecta y fangosa hacia los que se quedaban, compañeros en la desgracia. De estar viva, la habría descrito como pus saliendo de su corazón y arena obstruyendo su garganta, todo al mismo tiempo. Decidió seguir río arriba para alejarse de aquellos humanos quejumbrosos.

La noche era de una negrura absoluta, apenas quebrada por el resplandor de las escasas velas que se consumían en las hornacinas que protegían la estatuilla de algún santo. Mendigos, vagabundos, familias enteras dormían en las calles, por los rincones, en las callejuelas de la miserable y magnífica Sevilla. Esos pordioseros no sabían que a su lado pululaba un pueblo invisible, aún más penoso que ellos mismos. *María* se cruzó con espectros en los lugares más inesperados: al pie de una estatua, subidos a una rama, entre un montón de basura, aplastados contra el suelo... Ese rebaño de sombras parecía ser más numeroso que el de los humanos de la ciudad.

Probablemente los espectros también la veían a ella. Sin embargo, ninguno emitió señal alguna hacia ella o hacia otros fantasmas; los contornos de algunos se encogieron cuando hizo amago de rozarlos. Todos desprendían una impresión de soledad y de amargura más insondable que la que ascendía del gueto de moriscos.

Le resultó muy fácil dar con la posada. La propia *María* no se lo explicaba; había sido incapaz de seguir a su hijo y sin embargo había reconocido de inmediato ese gran edificio junto al Guadalquivir. Como si alguien la guiara a través del dédalo de callejuelas de la ciudad. Pero fue allí, no cabía duda. En la planta superior de aquella construcción bastante fea un día había apuñalado a un ser humano.

Sabía que debería haber acudido primero a casa de don Miguel para esperar la llegada de su hijo. Cuando la torturaron, había chillado como una cerda degollada. No recordaba exactamente qué había confesado. Citó el nombre de Bartolomé, seguro... pero ¿habló de don Miguel? Sí, quizá... ¿Y de los papeles falsos de su hijo? No lo sabía...

Cómo los odiaba... Habían hecho de ella poco más que un ratón moribundo bajo los dientes de un gato.

Miró la fachada de la posada de su desgracia. Se promete a sí misma no quedarse más de un instante. Justo el tiempo de...

La arrebató la misma rabia contra el pasado y volvió a sentir amargamente su absoluta impotencia como espectro. ¡Cómo se parecía aquel mundo al que había abandonado, por su mezquindad y por las pocas explicaciones que proporcionaba a quienes se veían condenados a soportarlo!

Entró en el edificio. La decoración apenas había cambiado; la mesa central era más grande, quizá había más sillas. Si hubiera tenido nariz, habría agudizado el olfato, pero aun sin ella adivinó que un olor pestilente debía de desprenderse de aquellas gentes amontonadas ante el hogar aún en brasa.

En el primer piso encontró distintas puertas. Sin dudarlo, cruzó una de ellas. Una pareja dormía a pierna suelta. «Por lo menos no necesito velas para iluminarme, eso que me ahorro», intentó bromear.

La cama del asesinato no estaba en el mismo lugar ni tenía las mismas dimensiones que en su recuerdo. Contempló a los durmientes que roncaban con la inocencia de dos gorrinos con buena salud. Podrían haberse cometido miles de crímenes en aquella habitación, pero nada en la banalidad del lugar permitía imaginarlo.

Una desolación mezclada con una envidia sin límites hizo mella en ella. Acurrucarse entre ellos, volver a sentir un poco la sensación de estar vivo sin esfuerzo... La mujer tenía la cara mofletuda; el hombre, más bien delgado, lucía un divertido gorro de dormir en la cabeza. Su ropa parecía haber sido zurcida varias veces. Quizá fueran campesinos con una vida miserable a pesar del dinero que amasaban. ¿El día de mercado en Sevilla era el viernes o el sábado?

La envidia era tan atroz que no pudo evitar tumbarse entre ellos, como un agua extraña que no moja. Los durmientes no parecieron incomodarse por la intrusión del espectro. Seguían roncando con la insoportable felicidad de quienes están vivos... mientras ella sigue muerta.

Airada por la injusticia de la situación, el fantasma les mordió la nariz y luego las orejas a los dos campesinos; ante su falta de reacción, decidió sumergirse bajo su colcha. A pesar de su mal humor, *María* tuvo que retener un estallido de risa por repugnancia: sin controlar todavía bien sus «gestos», se encontró acariciando profundamente a la mujer... Sin resultado.

Hasta que la campesina se despertó de repente. Se rascó la entrepierna, se llevó un dedo hacia la nariz, bostezó, volvió a rascarse en el mismo lugar pero con más fuerza. Tosió, se giró, se sentó en la cama. Con los ojos entrecerrados, parecía que intentaba distinguir algo en la oscuridad de la habitación.

—¿Quién va? —preguntó con voz ronca—. Vos sois...

El grito de la mujer despertó de al marido. *María* temblaba de miedo hasta que se percató de lo ridículo de su actitud: ¿temblar, sentir miedo? ¿De qué iba a tener miedo si ya estaba muerta?

La esposa se había lanzado sobre el marido, intentando refugiarse en él o bajo él.

—Hay alguien en la habitación, Luis. Me ha tocado el...

—¿Qué te ha tocado, Francisca? —gruñó el campesino, saliendo del sueño.

—El agujero —mugió la campesina—. ¡Luis, alguien me ha metido un dedo en el agujero! Frío como el hielo... Me duele, Luis... Tengo miedo, ¡protégeme, por todos los santos!

—¿Has perdido la cabeza, mujer? ¡Deja de decir sandeces! Te podrían oír...

Alguien, en efecto, había empezado a lanzar injurias al otro lado de la pared. Como Francisca seguía fuera de sí y no dejaba de soltar obscenidades sobre su culo, su marido decidió zanjar el asunto propinándole un sonoro bofetón.

María no podía permitir que algo semejante no fuera castigado. No se pegaba a una mujer delante de ella. El campesino en un primer momento se sorprendió. Se miró entre las piernas, introdujo desesperadamente la barriga, intentó retroceder a pesar de tener a su esposa pegada a la espalda. Gimió débilmente y, luego, con la misma rapidez que su esposa, entró en pánico al constatar horrorizado lo que estaba sucediendo.

—¡Alguien está intentando arrancarme el miembro! ¡Tiene los dedos helados! ¡Santiago, sálvame! ¡Auxilio!

Arrastrada por el frenesí, *María* revoloteaba como una mala sombra alrededor de aquellos dos cuerpos entrelazados por el pánico.

El dueño de la posada empezó a golpear la puerta con fuerza.

—¡Cerrad el pico, obscenos, o acabaréis en el río! ¡La gente honrada intenta dormir!

Pero sus reproches no consiguieron cubrir las voces histéricas de la pareja, que berreaban frases incomprensibles.

—Mis nalgas... ¡Socorro...! ¡El diablo! Jesús, María, José... me están apretando... pechos...

Hasta que, con las cuerdas vocales agotadas, sus gritos se vieron reducidos a relinchos aterrorizados. Luego desaparecieron con brusquedad.

—¡Abrid, cerdos, o...!

Visiblemente asustado por el contraste entre el escándalo precedente y los mugidos cercanos al estertor, el dueño pasó a la súplica.

—¡Eh, los de dentro! ¿Estáis bien? Responded, por el amor de Dios, o me enfadaré.

María ya estaba fuera, contenta de sentirse tan alegre por primera vez desde su muerte. Tenía la misma sensación que cuando acababa de gozar en aquellos tiempos eufóricos en que su vagina era casi el único consuelo de su vida.

«¿Será así como fornicaré a partir de ahora? ¿Sembrando el pánico entre los canallas vivos? ¿Ni siquiera necesitaré un varón para consolar mi agujero?»

Algo en su interior empezó a protestar («Has sido muy cruel, *María*... Apenas te reconoces. Antes, te gustaba...»), pero su otra mitad, que la arrastra con fuerza, ahogó con arrogancia esta triste reprimenda.

El cielo junto al Guadalquivir relucía con todas sus estrellas y conformaba un magnífico retablo. A lo lejos aún se oía el ruido de los puñetazos del posadero en la puerta. La criatura se estremeció, como un animal hambriento que por fin clava sus dientes en el cuello de la bestia matada. Pero en su caso, la sangre que lamía y que embotaba sus sentidos era el miedo de los demás. Se sentía tan culpable que tuvo ganas de vomitar, pero aun así nada podía borrar la impresión de infinito bienestar que la invadía.

Pero pronto aquella ebriedad radiante, como explotando bajo el efecto de su exceso, dejó paso a una mezcla de sensaciones a cada cual más atroz: *María* sintió quemaduras, congelaciones, desgarradoras puñaladas (aunque ahora fuera incorpórea, no dejaba por ello de ser miserablemente sensible); era como si le amputara los brazos y las piernas, pero con mucho más dolor que si las tuviera de verdad.

Lo que se obstina en persistir de la María de antes de la muerte lanzó el grito más desgarrador que su alma pudiera imaginar jamás. Un aullido eterno que alertaba al mundo entero de la insoportable brutalidad que le estaban infligiendo... Pero de la boca inmaterial no brotó más que un ruin silencio. El dolor galopaba desbocado, despertando a su paso todas las pasiones, todo el rencor, adueñándose de los rincones indemnes. Empezó a reemplazar poco a poco la vaporosa sustancia de ese cuerpo espectral por una asquerosa consistencia mucosa.

María sintió ganas de suplicar.

«He sufrido tanto en vida... Ahora que estoy muerta, ¡dejadme tranquila! ¡Tened piedad!»

Pero sabía que el vacío jamás se apiadaría de ella. Podía llorar de rabia, patalear, revolcarse por el suelo…; todo será en vano. Incluso su propia lucidez contribuía cruelmente a acrecentar su tormento.

—He aquí el problema, *María*, cuando se mendiga un poco del calor de los Vivos…

Una voz que la amonestaba con ironía no carecía de afecto.

—Verás cómo poco a poco te acostumbras, pequeña, aunque por el camino pierdas parte de tus recuerdos anteriores. Comprenderás que, para nosotros, los difuntos, la vehemencia de la vida es peor que el ácido sulfúrico. Si te empeñas demasiado a menudo en ese hurto de afecto te volverás… ¿cómo decirlo?, una desconocida para ti misma. Preguntarse sin cesar sobre el tipo de persona que uno ha sido durante su existencia carnal es una forma penosa de deshacer el hilo de la eternidad. En cuanto a la pareja de gorrinos con la que te acostaste, ambos morirán antes del alba, con el pecho dislocado de terror y el lecho manchado de mierda, sin haber podido recuperar su enclenque raciocinio de campesinos avaros.

El fantasma, o más bien, la esencia del fantasma, parecía gritarle encaramado a la copa de un ciprés.

—Todo consiste en saber si conservarán su locura cuando cada uno de ellos haya… en fin, ¡sea uno de los nuestros! —sentenció, soltando una risotada.

A pesar del sufrimiento, la muerta reconoció al instante esa manera única de reírse de ella. Era la misma risotada que lanzaba el asesino de su padre y su tía cuando, después de maltratarla, le introducía su sexo entre las nalgas.

—¿*Bartolomé*?

El fantasma replicó con una especie de bufido jovial.

—Bonita morisca, ya ves que un poco de crueldad cuando una sabe que no arriesga nada, calienta el corazón…

25

Por qué estás aquí?

La pregunta era estúpida, pero la planteó para ganar tiempo e intentar ordenar sus pensamientos entre la neblina del dolor. Quisiera estar rabiosa, pero el malvado vapor que la componía parecía tan desarmado como su antigua carcasa de carne.

—Porque te quiero, *María*... Te amaba cuando vivía.

El tono era sincero.

—Me apena lo que sientes, pequeña, pero no te preocupes, tu tormento te abandonará tan repentinamente como apareció. Te hablo por experiencia. Viví el mismo infierno debido a que... me dejé llevar por una excesiva... vamos a llamarla glotonería.

El fantasma asintió con convicción.

—Te quiero, ya te lo he dicho, y espero ser correspondido. Te he esperado tanto tiempo...

—Agg...

El dolor acababa de desaparecer, alejándose de golpe, como si se deshinchara un odre. La repentina voluptuosidad de la calma era tan insoportable que la mujer temió que fuera solo una falsa tregua y que pronto recomenzara el desguace al que está siendo sometida desde que huyó de la posada.

Pero no; la calma era real. El agua mansa del alivio dejó paso entonces a la llama del odio y *María* gritó:

—¿Cómo te atreves a vomitar semejantes necedades, infame? Te maté…

—De eso me acuerdo solo vagamente. ¿Por qué me mataste? Cuéntamelo, por favor.

Parecía sincero, lleno de una inmensa curiosidad, desesperado por saber y un poco sarcástico, a pesar de todo.

—Ambos estamos muertos, *María*. No hay ninguna razón para que nos mintamos. Sería ridículo en nuestro… estado. Casi no me acuerdo de nada… Recuerdo vagamente haberme enfadado tanto por mi asesinato que me vengué tanto como pude con los Vivos…

Sonrió con una alegría algo forzada.

—Ignoraba que eso equivalía a recortar grandes pedazos de lo único que seguía uniéndome a mi antigua existencia material: mi preciosa memoria y sus alforjas de secretos. Cuando me di cuenta, era demasiado tarde: casi me había borrado por completo. Sí, borrado, tachado, eliminado… Excepto mi nombre y dos o tres pecadillos, lo demás no existe ya. Tan solo los ultimísimos instantes de mi agonía en una de las habitaciones de esta posada. Creo que has venido por alguna razón. Entre los retazos de memoria que me quedan creo recordar que tú estabas muy fría conmigo, que medio desnudos nos disponíamos a gozar en una cama y que yo te confesé que… que me gustabas, pequeña… Tan solo recuerdo tu nombre. *María*, ¿me mataste porque yo te quería?

El fantasma suspiró. La mujer estaba petrificada ante ese nuevo tono quejumbroso de quien le había infligido tanto daño.

—Ten piedad, *María*, somos harina del mismo costal. Cuéntame cómo sucedió de verdad y devuélveme un poco de mi agradable memoria, no me dejes como soy ahora: un miserable saco de soledad.

Mientras *María* se preguntaba frente a *Bartolomé* si un fantasma podía vomitar de asco, su hijo esperaba el alba tumbado en una cama de mala muerte con la mano vendada con un paño. La víspera, la criada, que parecía redondear sus ingresos haciendo de puta, había golpeado a la puerta para anunciarle que la sopa estaba servida. Él había murmurado algo y la sirvienta había interpretado el gruñido como una autorización para entrar. Su sonrisa se transformó rápidamente en mueca al ver la mano vendada. Él le explicó con sequedad que el ácido le había salpicado por accidente. La criada lanzó una ojeada perpleja a la mesa llena de herramientas. Sin decir palabra, había bajado y, unos instantes después, había regresado con la sopa, un trozo de lardo, pan y un ungüento que insistió en que se aplicara en la herida.

Tuvo que comer delante de ella. Haciendo caso omiso de su mal humor, la joven procedía como si él la hubiera invitado a quedarse. Mientras comía por primera vez en ese día, la sirvienta hablaba sin parar, examinando con curiosidad lo que denominaba sus «peligrosos pertrechos». Juan se levantó para poner boca abajo lo que debería haber sido el grabado de su madre. La criada, que lo había visto de refilón y que no pareció ofenderse por la brutalidad del gesto del grabador, lanzó un suspiro de admiración.

—Oh, ¡qué bien dibujáis...! Pero no habéis salido en toda la tarde —exclamó con aire infantil—. Es una pena, ¡hay tanta alegría en la ciudad! Hoy se celebra...

Él la cortó con odio.

—¡Déjame tranquilo! He trabajado durante todo el día. Ahora quiero dormir.

La mujer bajó la cabeza y de repente toda su alegría se esfumó. Recogió el tazón vacío y, desde el umbral, murmuró con una mezcla de servilismo y concupiscencia torpe:

—Si queréis, puedo... puedo pasar un rato con vos. No os costará caro, me podéis dar la voluntad... —Y añadió, como si tuviera relación con su propuesta—: Me llamo Leonor.

Juan se sorprendió al descubrir que era bastante bonita, algo vulgar y con unas nalgas que anunciaban placer. Alzó los hombros, mostrando desinterés, pero apretó los puños de rabia porque su sexo había reaccionado. Dio la espalda a la mujer y cuando se hubo ido, Juan descubrió que estaba irritado por no haberle dado las gracias por el ungüento.

Su erección persistió hasta que se tumbó de nuevo. Vivía independientemente de él y le molestaba por su vitalidad.

No había llorado tras fracasar con el retrato de su madre, y, por momentos, tenía la impresión de que se ahogaba en un llanto interno, más doloroso aún porque no encuentra el camino hacia el exterior. El resto del tiempo, su cuerpo y su corazón eran apenas realidades sordas que solo regresaban a la vida cuando el dolor de la mano quemada se agudizaba.

—Hay que estar atentos —le recomendó la sirvienta-ramera—, se os podría pudrir la mano y entonces…

Juan apretó los dientes. No le quedaba nada en la vida, aparte de algunas deudas pendientes, como matar a sus tres padres, los dos auténticos y el falso, Gaspar.

Gaspar… Algo en el fondo de él murmuró: «Pobre papá, pobre mamá, no habéis tenido suerte». Y le asaltaron las lágrimas.

Se encontraba en Roma cuando un viajero le contó que el rey de España por fin había decidido expulsar a todos los descendientes de esos musulmanes que gangrenaban el país desde hacía tantos siglos. El comerciante, un compatriota español, estaba contento y repetía como tantos otros que un siglo antes Dios había donado a España el oro y las tierras de las Nuevas Indias como recompensa por la expulsión de los judíos y que, en cambio, Dios la había castigado por su tibieza con la cuestión morisca infligiéndole la derrota de la Grande Armada. Se preguntaba qué no daría ahora Dios a los españoles por la expulsión de la herejía de Levante.

Al saberlo, Juan lo había abandonado todo, inclusive el contrato con un impresor vinculado a la curia romana y un vago proyecto de matrimonio con la hija de un rico mecenas. Había empeñado sus bienes y reunido bastante dinero y, tras correr miles de peligros, viajó hasta el pueblo de sus padres. Allí supo que su madre no formaba parte de los expulsados, sino que había sido detenida unos meses antes por la Inquisición. El propietario de la posada le explicó que a María se la acusaba de que, al morir su hija Catalina, no solo se había opuesto a los últimos sacramentos de la Iglesia, sino que además había enterrado a la difunta según los ritos impíos de sus antepasados musulmanes. Además, apenas enterraron a la niña, la actitud de la hereje, ya conocida libertina, se había vuelto aún más escandalosa: cada noche se las arreglaba para acostarse con el primero que llegaba, y al día siguiente pregonaba su impotencia para gran vergüenza de los interesados o de sus virtuosas esposas, moriscas o cristianas.

El posadero le contó que parecía como si la pena hubiera hecho perder la razón a María, como si intentara vengarse de todo el mundo a través del sacrilegio y la depravación. Pero su desgraciado marido y, más tarde, todo el pueblo, no pudieron soportarlo más y acabaron desembarazándose de ella.

En Valencia, Juan había intentado hallar a quien entregó a su madre a la maquinaria de la Inquisición. Sabía que no tenía demasiadas posibilidades de ponerle la mano encima al albañil, pues todos los moriscos del reino de Valencia, excepto los fallecidos, los condenados a galeras y los esclavos, habían sido deportados. Buscó desesperadamente a quien durante toda su infancia había tomado por su verdadero padre y, en el fondo, se sintió secretamente aliviado de fracasar en su intento. Gracias a las confidencias del posadero de su pueblo natal y las habladurías, más o menos verídicas, que consiguió sonsacar a cambio de sobornos a los guardianes de la prisión donde se hallaba la acusada, Juan pudo reconstruir a grandes líneas el suplicio de los últimos años de su madre.

«La morisca sin lengua», así la llamaban los cancerberos. Alguien le dijo que, según le había contado uno de los propios ayudantes del verdugo, al principio ni siquiera la torturaron. La encadenaron durante una semana a una pared de una celda de la Casa Santa, y la dejaron marinar en su terror para que se impregnara de la atrocidad de su situación. Como ocurre siempre en los asuntos de fe, ella ignoraba el nombre de sus acusadores, a excepción del de su marido. Pero habían sido muchos, a decir del primer juez inquisidor, que la había conminado a no esconder ninguno de sus execrables actos si pretendía que el Santo Oficio creyera en su posible arrepentimiento. El cura le comunicó que no solo se le reprochaba el asunto del entierro de su hija y la posesión del Corán hallado en el aprisco... sino también otros crímenes igual de viles contra la auténtica fe, algunos recientes y otros antiguos. No le quedaba otra que divulgar sus pecados y la identidad de sus cómplices si deseaba no acabar en la hoguera.

—Y valga Dios, ¡al principio la morisca era tan blanda! Temblaba como una hoja en cuanto se le acercaba alguien vestido de blanco y negro. En el primer interrogatorio, incluso antes de que nadie la tocara, se meó encima. ¿No es una lástima, en una mujer tan hermosa?

El guardián, un antiguo sastre arruinado que sembraba su relato con consideraciones sobre el tiempo y las cualidades de los tejidos de distintas regiones de España, se sonó en la manga del uniforme.

—Yo pude ver a la hereje, amigo. Su belleza te robaba el corazón, parecía un ángel. ¡Esas criaturas sí que saben cómo engañar a la gente! Nosotros los guardianes estábamos tan prendados de ella que solo teníamos un deseo: creerla cuando gritaba que la habían calumniado, que el libro que hallaron no era el Corán y que su marido era un embustero… Dios no tendría que permitir que las mujeres apóstatas fueran tan seductoras.

Juan había adoptado la misma estrategia con el guardián de la cárcel que con el posadero: un grabado en preparación, un poco de vino, algunos halagos y algo de dinero.

—Porque…, ¡por la Virgen! ¿Cómo queréis que sepamos dónde está la verdad? —aventuró el hombre rascándose la cabeza con una expresión a medio camino entre el temor y la ofuscación.

No habían podido evitar que la sometieran a tortura. El verdugo y el juez conocían bien su oficio y al cabo de una hora la presa se hundió. Reconoció todas las acusaciones y no se sabe aun qué otros delitos cometidos en Sevilla durante su juventud. El juez inquisidor dedujo que la acusada tendría cómplices y muchos otros pecados en la conciencia.

—… Pero bueno, era viejo y el interrogatorio había empezado muy tarde, así que decidió dejarlo hasta el día siguiente. María tuvo toda la noche para lamentar su debilidad. Rota por el dolor, sabía que confesaría todo lo que le quedaba por confesar si la volvían a someter a aquel tormento. Y decidió tomar la delantera. Cuando el juez y el verdugo volvieron a la mañana siguiente para interrogarla se la encontraron con la boca y el mentón ensangrentados. ¡Para no traicionar a sus acólitos, la morisca se había cortado la lengua con los dientes! Por más que la atenazaran, le rompieran las rodillas, la sometieran a las brasas o al potro, su boca no proferiría más que gritos de animal. El colmo fue que para evitar que se la recosieran, había aplastado con los pies el trozo de lengua arrancada. ¿Qué oscuros secretos escondía esa mujer para llegar a ese punto? —concluyó el guardia. Y con un suspiro que delataba cierta envidia, añadió—: Tenía que querer de verdad a esos canallas por los que hizo semejante sacrificio.

El sastre venido a guardia se hurgó la nariz, examinó el premio obtenido con su dedo y tendió el vaso para que su acompañante se lo llenara otra vez.

—Si la hubierais visto como yo la vi, estaríais tan afectado como yo. Si hubiera tenido algo más de dinero, la habría vestido con las sedas más fastuosas. Hubiera estado magnífica, por más pervertida que fuera... Después de aquello la torturaron otras muchas veces. Durante meses, a pesar del hierro candente y las cuerdas, nadie consiguió comprender sus gritos. La hereje fue más lista que sus jueces... ¡pero a qué precio! Por favor, quisiera un poco más de...

Juan, con la cara prieta como un puño para que su interlocutor no descubriera la emoción que lo devastaba por dentro, llenó la copa de su interlocutor con un vino áspero, con regusto a pez y a resina.

—Que Dios os lo pague, joven... ¿Qué te estaba diciendo? Ah, sí... Después de todo, su sacrificio no le sirvió de nada a la mujerzuela. Se la llevaron de todas formas a Sevilla para que expiara el conjunto de sus crímenes. La pasaron por el...

Con la mano libre, el vigilante movió imaginariamente la manivela de un torno.

Juan tuvo que aclararse la garganta para disimular su espasmo.

—¿Contó algo más sobre ese asesinato de Sevilla? —aventuró.

El sastre le clavó una mirada inquisidora. Se levantó bruscamente, como si le hubiera picado un escorpión; vació el vaso, se persignó y, limpiándose los labios y el bigote con la palma de la mano, dijo con una indolencia amenazadora:

—Está refrescando un poco, señor grabador. Cubríos, vestís demasiado ligero para la estación. Mejor dicho, cambiad de sastre y, sobre todo, no os preocupéis en exceso por el infortunio de los herejes, aunque sea por buenas razones. Esa mujer, creedme, merece su suerte. Además, lo que le ha pasado en el fondo es una oportunidad que le brinda nuestra buena madre Iglesia para expiar sus crímenes en tierra antes de presentarse purificada ante el tribunal del cielo.

El individuo se acarició la punta del bigote. Con su ojo de rapaz analizaba sin pudor al joven viajero.

—Gracias por el vino... Aceptad a cambio un buen consejo: sé de alguaciles a los que vuestros modales de italiano, vuestra ropa y vuestra torpe indiscreción atraerían como la mierda a las moscas.

Esa misma noche, Juan dejó Valencia para dirigirse hacia Sevilla con la cabeza a la vez vacía y llena de tormento.

El grabador debió de dormir una o dos horas en su incómodo lecho. Sevilla había amanecido bajo un sol turbio. Había pasado la noche en vela, reflexionando entre el duermevela, las pesadillas y los sueños pesados. Recordaba uno de esos sueños: era niño y su madre le había preparado un pastel. Gaspar estaba con ellos, tomaba a la madre por la cintura y, cosa sorprendente —que alivió el corazón del durmiente—, la madre se giraba hacia su marido, lo besaba con ternura y le decía algo al oído, lo que provocaba la risa de los tres. El adulto dormido sabía que esta escena era casi inverosímil (jamás había visto besarse a sus padres), pero poco importaba, la felicidad irreal que desprendía el sueño era parecida a la que ofrece un brasero cuando el frío aprieta.

Juan se puso las calzas y el jubón. Aún estaba descalzo cuando la sirvienta llamó a la puerta.

—Vengo a cambiaros el vendaje —dijo, como si aquello formara parte del servicio.

Descorrió el pestillo y la saludó con un murmullo. Entró en la habitación con un cubo en una mano y un paño limpio y el bote de ungüento en la otra. El grabador permitió que le lavase la mano; ella lo tocaba con tanta familiaridad que no sabía si sentirse irritado o feliz. El vestido de la sirvienta estaba más limpio que el del día anterior, se había peinado mejor y hablaba menos que la víspera... aunque mantenía algo de cháchara sobre el tiempo, la carestía de la vida y el aplazamiento de la visita del rey a Sevilla. Miraba con ojos bajos la obra de Juan, como si evitara observarla. El cuerpo de la mujer estaba tan presente, tan próximo, que invadía la vista y el olfato del hombre. Si se hubiera inclinado un poco más habría visto dentro del corsé. Un movimiento del pelo dejó al descubierto una larga cicatriz en el cuello, quizá la de la hoja de un cuchillo. Juan pensó con ironía mezquina: «¿Un cliente descontento, puta?». En ese mismo momento, la mujer alzó los párpados y se sonrojó tanto que él también se ruborizó.

—¿Os hago daño?

—No. —Mentía y la sensación de vergüenza le quemaba aún más las mejillas—. Pero apresuraos.

Por un momento le pareció entrever en los ojos de ella una chispa de burla pero pronto reapareció la habitual expresión de mujer sumisa. Juan se dijo que si mostrara siempre ese fulgor burlón, estaría más guapa. Sin mediar palabra, la sirvienta terminó el vendaje, recogió el cubo y se levantó.

—Protegeos la mano. Esta noche os retiraré la venda... si tenéis tiempo, claro —susurró con el mismo acento servil exagerado.

Al día siguiente a la muerte de su madre, acudió al lugar de la ejecución con su zurrón de grabador a la espalda. Dos hombres desmontaban las ruinas ennegrecidas de los patíbulos mientras otros cargaban los restos de madera y cenizas en las carretas tiradas por asnos. Un hombre con látigo y bastón parecía vigilar la plaza; Juan dedujo que estaba allí para evitar que los herejes se apoderaran de algún trozo de hueso o de carne medio calcinada olvidado por los barrenderos y que pudiera ser convertido en reliquia o usado para hacer magia negra.

Juan contempló la carreta situada a unos pasos de la tarima donde su madre había muerto. Todo su cuerpo temblaba y él no conseguía detener el temblor. Sintió que un frío desmesurado le calaba hasta los huesos, como si todos los inviernos vividos hubieran decidido acumularse en el interior de su cuerpo.

—Madre, tú te quemas y yo me estoy helando... —murmuró con un repiqueteo de dientes.

Aquello que acababa de decir era... sí, era gracioso. Y su madre, que era la principal implicada, jamás podría reír con él. La tristeza se fundió sobre él y las lágrimas acudieron a sus ojos. Titubeante, temeroso, inspiró bajando precipitadamente la cabeza.

Deseó morir en ese instante. Y que todo se acabara con su muerte: el dolor de la pérdida y la imposible venganza.

Empezaron a caer algunas gotas que pronto se transformaron en un auténtico torrente. Todo el mundo abandonó sus tareas para protegerse bajo los árboles que rodeaban la plaza. Juan les imitó y corrió hacia la arboleda donde se protegían los desmontadores. Al pasar junto a la carreta («¡La carreta de mi madre!», exclamó en silencio), deslizó una mano entre la madera quemada y, sin mirar siquiera, cogió un resto carbonoso que goteaba agua sucia. Y se lo escondió bajo el jubón.

Siguió corriendo como un loco, levantando a su paso con los pies pedazos de barro de los charcos. Solo se detuvo cuando el flato se lo exigió. Se encontraba ya a resguardo en el interior de la ciudad, mezclado con la gente, al abrigo de cualquier perseguidor. Nadie debió de haberlo visto, aunque le pareció que alguien gritaba cuando deslizó la mano dentro de la carreta. Pero el zumbido en sus oídos era tan atronador que se convenció a sí mismo de que habían sido imaginaciones suyas.

Lloró aún un rato más. Al palpar bajo sus ropas el trozo de carbón que le mojaba el pecho, se preguntó qué lo habría llevado a hacer algo así. Decidió desprenderse de esa peligrosa pieza robada. Se acercó a la orilla del río, deslizó la mano bajo el jubón... pero la duda lo atenazó.

Sonrió antes de volver a rozar el objeto y llevarse el dedo sucio a sus labios y suspirar.

«Te quiero, madre. Por tu culpa, casi me convierto en el más burro del país. Por suerte, nadie me ha pillado con las manos en la masa. Si no...»

Lo que Juan no sabía era que una «centinela» que velaba los restos de la hoguera lo había envuelto con su invisible niebla para protegerlo durante los primeros momentos de su huida. Por segunda vez, *Catalina* había contemplado con la misma intensa perplejidad el rostro del que hubiera podido ser su querido hermano durante su breve vida. ¿A qué juegos hubieran jugado durante esos años? ¿De qué peligros la habría protegido ese hermano mayor que voló antes de que ella llegara al mundo? En la soledad de su actual condición, la niña-fantasma no podía dejar de lamentar con amargura aquella ausencia.

Luego, presa del pánico, regresó apresuradamente hacia el lugar de la ejecución. Allí su querida madre había jurado volver a por ella. Esa madre tan ocupada en encontrar, en la muerte, al hijo del que se privó en vida.

26

Los días siguientes amanecieron envueltos en una niebla de ruidos, de tañidos de campanas, de lloros, de gritos, de carcajadas, de repiques de tambor, de gemidos y de maldiciones. Con el corazón en un puño, Juan evitó acercarse a las columnas de moriscos encadenados y vigilados por soldados armados hasta los dientes, pero estaban por doquier. Todas convergían hacia el impresionante bosque de mástiles, de galeones y navíos de escolta que se contaban por decenas en el puerto y que se distinguían casi desde cualquier punto de la ciudad. Al paso de los deportados, los mirones se persignaban. Los más exaltados se arrodillaban y agradecían al Señor que los librara de los impuros; otros les lanzaban pullas y, a veces, incluso piedras. Un adolescente encadenado resultó gravemente herido por un orinal, pero los arcabuceros se negaron a que los compañeros de cadena lo atendieran en el suelo, arguyendo que su herida no era más que un pretexto para fomentar una evasión; así pues, los hombres cargaron con él por turnos. Alguien intentó huir y fue alcanzado por una masa enloquecida que lo asesinó bajo los ojos del grabador. Uno de los asaltantes le propuso a Juan medio en serio, medio en broma, que le ayudara a agujerear un cadáver. Corría el rumor de que los moriscos se tragaban el oro y las joyas que les estaba prohibido llevar consigo so pena de horca.

—Podríamos esperar a que cagara, pero… ¡imagínate que está estreñido…!

Lleno de asco y de terror, Juan vomitó todo lo que había comido bajo los ojos perplejos del asaltante.

—¿Te apiadas de los enemigos del Señor? —le espetó reprobador el sevillano—. No serás un calvinista o un sodomita…, ¿verdad?

Al segundo día, para escapar a su propio miedo y a la insoportable mezcla de desesperación de unos y regocijo de otros, Juan decidió dedicarse a beber desde la mañana hasta la noche. Pero no olvidó el objetivo que se había marcado: hallar al pintor, a ese maldito Miguel Ribera que había violado a su madre y que, según su loca idea, debía de ser uno de sus dos padres.

Había pocas posibilidades de que aún estuviera vivo, pero decidió que no abandonaría España sin estar seguro. El segundo procreador podía esperar; se ocuparía de él cuando regresara a Italia. Según su madre, el futuro castrado partió hacia ese país al día siguiente de su acto.

Viendo la realidad a través del filtro de su ligera borrachera, el grabador se rió de la creencia de su madre. De joven, se había atrevido a preguntarle a un cura sobre la posibilidad de que un niño naciera de una mujer y de dos hombres. El cura lo había echado del confesionario por reírse del carácter sagrado de la procreación y la confesión.

El grabador decidió visitar, pues, a todos los vendedores de colores. Con su bolsa al hombro, se presentó como un artesano enviado por un impresor de Madrid para reproducir ciertas obras de don Miguel Ribera. Ningún vendedor parecía conocer al pintor, a pesar de que Juan les aseguraba que era famoso. Alguien le preguntó con ironía si era capaz de citar un solo ejemplo de las obras de ese célebre maestro. Ante la respuesta negativa del grabador, el comerciante pareció reflexionar un instante y le aconsejó que echara un vistazo por las iglesias, dado que Sevilla era tan pía que cualquier pintor un día u otro conseguía un encargo de un convento o de alguna de las tantísimas órdenes cristianas de la ciudad. Si aun así no hallaba nada, señal de que su pintor era menos conocido de lo que pretendía.

Juan se dispuso a visitar todo aquello que se pareciera ni que fuera remotamente a un edificio sagrado. Abría las puertas de las iglesias o las capillas y se santiguaba visiblemente, buscando con la mirada posibles cuadros. Luego se acercaba a ellos como si paseara e intentaba descifrar las firmas. El cuarto día, se hizo con un cirio para iluminar la parte alta de un descendimiento de la Cruz donde aparecía una inscripción que empezaba por R. El cura, desconfiado, se disponía a amonestarlo cuando una mujer entró con un bebé gritando en la iglesia.

—¡Padre, padre, salvadme! ¡Quieren detenernos! Dadnos el asilo de Nuestro Señor, por el amor de Dios. ¡Nos quieren embarcar a la fuerza!

El cura examinó con cara de perplejidad a aquella mujer casi despechugada y con el pelo revuelto que lloraba sin parar de repetir: «Nos quieren detener..., nos quieren retener...». Pillado por sorpresa, el sacerdote se decantó por el camino de la piedad y le tendió la mano para calmarla. Pero luego, como si le hubiera picado un aguijón, la retiró.

—Eres morisca, hija de moriscos, ¿verdad?

—Sí, padre, pero ahora soy una verdadera cristiana. No tengo nada que ver con los demás... Ellos son unos embusteros, que siguen la fe errónea... Os lo juro por la cruz que siempre he llevado... Rezo mis oraciones. Amo a Nuestro Señor Jesucristo y, sin embargo, los soldados quieren embarcarme... Ya han matado a mi marido...

—¿Eres una verdadera cristiana, dices? ¿Y buscas asilo en nuestra Santa Iglesia?

Mientras mecía al bebé que había empezado a gemir, la mujer inspiró con esperanza.

—Sí, padre... Asilo, por piedad, para mi niño y para mí... Los soldados nos buscan...

Se arrodilló a los pies del cura y casi golpeó la cabeza del niño contra el suelo. El hombre la dejó hacer. Su mirada, casi meditativa, se detuvo con curiosidad sobre la criatura en lágrimas. Y luego, resoplando, apartó a la madre con la punta del pie. Le ordenó con aspereza que se levantara, que se tranquilizara y que esperara un momento hasta que él pudiera comprobar algo por sí mismo. Salió antes de que la mujer se hubiera incorporado por completo.

—¡Que Dios os bendiga, padre! —gritó antes de girarse, llena de esperanza, hacia quien ella había tomado por un ayudante del cura—. Ya lo veis, tiene buen corazón... Ha comprendido que yo no tenía nada que ver con los impíos a los que están expulsando...

La mujer buscó la aprobación en los ojos de Juan, pero este desvió cobardemente los ojos hacia el cuadro. La mujer se acercó y, tirándole de la manga, lo interrogó con voz suplicante:

—¿Acaso no tiene buen corazón el cura? ¡Que Dios lo guarde en su seno! Vos le conocéis bien, ¿no es así?

La desgraciada deseaba tanto creer en el milagro, que Juan sintió un escalofrío de compasión y de despecho.

—¡Decidle que le daré todos los nombres de todos los que blasfeman en secreto el nombre de Nuestro Señor y la Virgen!

Para acallar los gemidos de su hijo, se descubrió un pecho y lo amamantó. La madre, ajena a todo excepto a su propio terror, temblaba como una hoja. Extrajo un rosario y empezó a rezar, aunque como le temblaba tanto la voz, Juan no se dio cuenta hasta bastante después de que era el padrenuestro.

La mujer aulló de terror cuando el sacerdote regresó acompañado por dos soldados blandiendo sendas espadas.

—Padre, padre... yo no he hecho nada. ¡Soy tan cristiana como vos! ¡No quiero subir a sus barcos! ¡Padre, no me entreguéis! ¡Salvadme! ¡Decídselo vos! —gritó en dirección a Juan mientras los soldados la arrastraban sin contemplaciones.

El cura asistió impávido a la escena.

—Hija, la cátedra de san Pedro no se extiende a los herejes —sentenció.

Juan sintió un frío glaciar en el cuerpo. «Es el frío de tu crueldad, cerdo», le sugirió una voz desde el fondo de su cabeza.

El insulto había sido pronunciado con tal intensidad que, por un instante, en un repunte de pánico, Juan creyó que alguien se lo había dicho al oído. Le fallaron las piernas y tuvo que apoyarse con la mano herida en una columna. Se mordió los labios del dolor.

Cuando los gritos de la desdichada se hubieron desvanecido entre los ruidos de la ciudad, el cura sacó un pañuelo de la manga de la sotana, se secó distraídamente la frente e hizo un vaguísimo amago de arrodillarse ante el crucifijo antes de girarse hacia el otro visitante.

—¿Qué deseáis, hijo? ¿Con qué permiso tomáis mis cirios como si fueran vuestras velas? ¿Qué os habéis hecho en la mano? ¿Os habéis batido en duelo? —espetó a un Juan aún conmocionado.

Su tono seguía siendo reprobador, aunque menos agresivo; se diría que incluso había en él una nota dulce de connivencia. Una vez cumplido con su deber, el cura había recuperado rápidamente sus tareas ordinarias. Solo una respiración ligeramente acelerada y algunas perlas de sudor en el labio superior le traicionaban.

Juan sintió que los testículos se le encogían. La menor sospecha de impureza de sangre y ese religioso de modos paternalistas se regocijaría entregándolo a la cohorte de arcabuceros que patrullaban sin cesar las callejuelas de Sevilla.

Sin embargo, fue ese hombre sin escrúpulos quien le proporcionó la información que le permitiría dar con el objetivo de su búsqueda. El párroco se mantuvo desconfiado y evitó dar respuestas directas, pero le aconsejó que se dirigiera al secretariado de la Iglesia Mayor, donde se encargaban de asegurar que los cuadros destinados a los establecimientos religiosos estuvieran conformes con la fe. Allí, bajo una inmensa mezquita transformada en catedral, otro cura, sorprendentemente parecido al anterior, lo recibió en un despacho repleto de legajos. El secretario le indicó que ningún cuadro de ese tal Miguel Ribera podía, excepto craso error, hallarse actualmente en ninguna casa del Señor. Recordaba que ese individuo había sido un pintor apreciado hacía unos veinte o treinta años, hasta el punto de tener dos telas colgadas allí mismo, en la Iglesia Mayor. Pero se había extendido el rumor de que sus costumbres eran un poco... disolutas para un pintor de temas sacros. Tras varias denuncias, el Santo Oficio emprendió un juicio en su contra. Muerto de miedo, el tal don Miguel había decidido arrepentirse públicamente, no volver a tratar motivos religiosos y hasta retirarse de la pintura.

—De todas formas —masculló el cura mientras comía unos altramuces—, no era un gran pintor. Sus cuadros, aunque demostraban oficio, tenían una nota de perversión, incluso cuando trataba los temas más elevados.

—¿Cómo os acordáis de todo eso, padre? —preguntó Juan, un tanto perplejo por su extraordinaria memoria.

El padre sonrió con delectación.

—Fui el redactor de la comisión del Santo Oficio que estudió el caso antes de acusarle. Como podéis ver, la Providencia os ha dirigido hacia buen puerto... Por fortuna para vuestro pintor, cuando renunció a la práctica de su arte la investigación fue abandonada. Y, a vos, joven, ¿qué os une a ese pecador? Veo... que ha bebido vuestra merced más de lo razonable ¿No estaréis acaso a punto de faltar a vuestro deber?

Aunque sonriente, el sacerdote no intentó camuflar la amenaza contenida en su pregunta. Ruborizado, Juan empezó a narrar una historia bastante confusa sobre un vendedor, a quien las necesidades del negocio del tejido habían acabado por llevar hasta Italia. Él le había rogado que visitara a un pintor llamado Ribera para recuperar un retrato que este había hecho años atrás a su hija cuando era joven. Por razones diversas, el comerciante no había podido hacerse con el cuadro encargado. Ahora su única hija había sido llamada ante Dios a causa de una enfermedad fulminante, y el padre deseaba recuperar el valioso recuerdo. Pero dado que estaba viejo y gozaba de una salud delicada, había rogado a Juan que realizara el viaje en su lugar, sin poder darle desgraciadamente más indicaciones sobre la dirección del retratista.

—¿Y os paga mucho por ese capricho? —preguntó el religioso tras escupir las cáscaras de los altramuces en un cuenco.

Un rápido «Sí, claro, padre, muy bien: la mitad por adelantado y la otra al concluir» pareció convencer al clérigo de la avidez —y por tanto de la sinceridad— de su joven visitante. El vicario de Roma esbozó una mueca de desaprobación, pero le indicó que el pintor no había muerto y que vivía no lejos de allí, en una de las calles cercanas al mercado de esclavos. Al menos eso era lo que constaba en su informe inquisitorio. Con una vanidad infantil, el secretario precisó que solo había leído una vez el proceso de denuncia de Ribera, pero que en ese campo podía confiar en él, pues Dios, con Su generosidad y sin duda para permitir que le sirviera mejor, le había concedido una memoria prodigiosa.

—¿Dónde os alojáis, joven de buena familia, durante vuestra estancia en nuestra ciudad? —preguntó el religioso cuando el visitante estaba ya cruzando el umbral de la puerta.

—En la Posada del Galeón —respondió distraídamente Juan antes de morderse la lengua.

Acababa de cometer una soberana estupidez.

Juan dio mucho antes de lo que pensaba con la casa del pintor. El edificio no parecía hallarse en mal estado y, aunque los postigos y la fachada estuvieran un poco descuidados, sin duda la casa estaba habitada, a juzgar por las flores y la colada tendida al sol. Se había preparado para este encuentro desde que salió de Italia… o, para ser más exacto, desde ese día odioso en que su madre vertió en su alma de niño el saco de detritus de su nacimiento.

Estaba a punto de conocer a su padre. O a uno de sus padres, según las irracionales ideas de su madre. Primero merodeó alrededor de la casa, incapaz de llamar a la puerta y, tal como se había jurado, matar a ese hombre. Palpó la bolsa y se dio cuenta de que había olvidado coger un cuchillo; luego pensó que si el buril era suficiente para grabar y herir a un grabador, también podría perforar el pecho de un hombre.

Dando media vuelta, se dirigió a una taberna y pidió una jarra de vino. No la tocó. Dejó una moneda sobre la mesa y regresó a la casa. Sin pensárselo dos veces, golpeó con rabia el picaporte de cobre.

—¡No necesito nada, seguid vuestro camino! No quiero compraos nada —gritó una voz de mujer.

Pero como el ruido del picaporte no cesaba, añadió:

—¡Basta ya de jaleo, Virgen santa! ¡Que Dios os perfore los oídos!

Una mujer mayor le abrió la puerta; era tan fea que Juan frunció el ceño de espanto. La mujer debía de estar acostumbrada a esa reacción porque mientras se le endurecía la mirada ladeó la cabeza como diciendo: «No, imbécil, no ves visiones. Y si no te gusta, largo».

—¿Qué queréis? —gruñó.

Juan había perdido de repente toda su cólera. Sin aliento se descubrió, se presentó y balbuceó que buscaba al gran maestro don Miguel Ribera. Explicó que un italiano, hombre de buen gusto y mejor fortuna, le había encargado comprar unos cuadros y unos dibujos de ese pintor al que tanto admiraba. Él, como representante de dicho italiano, se preguntaba si todavía sería posible verse con el pintor para hablar sobre la posibilidad de adquirir algunas obras y...

La mujer lo interrumpió. Una soberbia arruga surcaba su frente dividiéndola en dos.

—¿Si todavía es posible…, decís? ¿Me estáis preguntando si el pintor aún es de este mundo?

Juan se quedó mudo y boquiabierto.

—Señor… ¡mala hierba nunca muere! —prosiguió sin esconder su acritud—. Pasad, pasad o acabaréis atrayendo la curiosidad de nuestros vecinos. ¿Qué es lo que proponéis exactamente?

Avanzaban por un largo y sombrío pasillo que conducía hasta una escalera. Juan se estaba preparando para desplegar su cuento cuando de repente la mujer se puso rígida, y volviéndose hacia él le dirigió una mirada llena de sospecha.

—Pero… don Miguel no pinta desde hace mucho. ¿Cómo puede conocerlo ese extranjero? ¿Y cómo decís que se llama?

—Mi cliente, *messire* Gentile Pesaro, vivió un tiempo en Sevilla durante su juventud y apreció el trabajo de… —Movido por una intuición repentina, aventuró—: de… ¿vuestro esposo? Don Miguel es vuestro esposo, ¿verdad, señora?

El esperpento de mujer dejó caer lo que le quedaba de pestañas, poniéndose roja como un pimiento. Y con un tono repentinamente enternecido, hizo un ridículo melindre.

—Querido Juan, sois un verdadero hidalgo, intuitivo y culto… Mi… mi querido esposo os recibirá en un instante. Pero disculpadlo, no se encuentra muy bien estas últimas semanas… está algo… ausente. Además, ya no está acostumbrado a recibir visitas.

Abrió una puerta que daba a una sala grande y la cruzó para abrir los postigos. A juzgar por los caballetes y las telas que colgaban de la pared, aquella habitación de olor agrio tuvo que ser el taller del pintor, pero ahora parecía más bien un desván polvoriento, lleno de trastos que nadie había tocado desde hacía muchísimo tiempo.

—Esperad aquí, por favor. Vuelvo enseguida… Él está arriba. Ah, y llamadme doña Ana… No sé… En fin.

La señora de la casa había abandonado su desdén y se había convertido en una anciana febril que se retorcía las manos sin saber qué hacer. Antes de subir la escalera, se giró con una mezcla de agitación e inquietud.

—No me vais a creer, pero es nuestra primera visita desde hace... hace quince años... o quizá más. Ya ni me acuerdo. —Rió como una niña—. Bueno, me refiero a visita normal... Porque de las otras... ¡ya me hubiera gustado a mí que no hubieran venido nunca!

A Juan le costó soslayar el pellizco de compasión que sintió cuando volvió a sonreír, esta vez suplicándole:

—No os vayáis, ¿de acuerdo? ¡Qué sorpresa se llevará!

Juan dejó vagar su mirada sobre el desorden de la habitación. En un rincón, se amontonaban telas medio rotas, bastidores llenos de excrementos de mosca, potes de pintura, pinceles unidos por telarañas... Como si a alguien le hubiera dado un arrebato y hubiera barrido a trompicones una parte del taller antes de resignarse a abandonar el resto.

Así que fue allí, en ese lugar que aún exhalaba vagos olores de pigmentos y de aceite secante, donde su madre posó de adolescente para el infecto ser que la violaría.

Juan se concentró en su odio. ¡Lo había alimentado durante tantos años! Había llegado el momento de usarlo para hacer justicia a su querida madre, contra la que tantas veces en su exilio italiano había generado un rencor más corrosivo que el agua fuerte de su arte.

Desde lo alto de la escalera, oyó el anuncio de la vieja mientras apretaba los dientes para controlar los recuerdos.

—Ya bajamos... ¡Ya bajamos, Juan!

A través de la neblina, *María* vio a su hijo introducir su mano herida en el zurrón. Mientras, doña Ana condujo a don Miguel a pasitos precavidos y lo sentó en un sillón; luego se sacó un pañuelo de la manga para secar con ternura la boca babosa de su esposo.

Bartolomé se mofaba de la escena desde su silencio del no ser:

—¿Quién es ese joven gallardo? No parece sentir demasiado afecto hacia la vieja sanguijuela que la mujer cuida con tanta solicitud. ¿Le conoces? ¿Y por qué estamos aquí, en esta casa desvencijada?

Ella se había jurado no contarle nada al espectro del hombre al que había asesinado. Se había dado cuenta de que este, a pesar de su sarcasmo, sufría como mil muertos por no recordar absolutamente nada de su existencia anterior al degüello. En aquel universo extravagante en el que sentía con la misma intensidad que en su vida anterior y en el que estaba, a la vez, más indefensa, su única venganza posible consistía simplemente en permanecer callada, a pesar de las continuas súplicas del fantasma. *María* había descubierto que le bastaba solo con no querer que *Bartolomé* accediera a sus pensamientos para resultar más inaccesible que una tumba para un Vivo. Sí, era cierto: su hija *Catalina* había penetrado en lo más íntimo de sus recuerdos, pero se debía al estupor ante su nuevo estado. Se juró que no permitiría a nadie más y, mucho menos a aquel que la había ultrajado en vida, que le hiciera sentir esa repugnante sensación de profanación después de muerta.

El fantasma del cazador de esclavos no la había abandonado un solo instante, ni siquiera cuando días atrás se instaló en la residencia de don Miguel para vigilar la inevitable llegada de su hijo. *Bartolomé* se pavoneaba diciendo que se pegaría a ella como los restos de mierda al culo de los españoles. No deseaba correr riesgo alguno, y nada era más fácil para un fantasma que perder la huella de otro. Se había consumido durante demasiado tiempo en el baño ácido del desconocimiento para aceptar ni siquiera la posibilidad remota de volver a él.

Al principio ella se había enojado por haber resultado tan previsible como una oveja ante su pesebre. ¿Cómo había sabido él que tarde o temprano *María* pasaría por la posada? *Bar-*

tolomé le había respondido que era evidente: «Los Muertos siempre volvemos al lugar donde más hemos sufrido en vida. En mi caso, además, no tenía alternativa: era el único lugar que conservaba en la memoria».

María estuvo a punto de responderle con desprecio que su grotesca justificación solo era válida para él: esa famosa noche obviamente fue él quien más sufrió… ¡un tajo le había sesgado el cuello de lado a lado! Pero ella… la posada seguía siendo un recuerdo impregnado por el miedo, un miedo intenso, ciertamente… pero con un delicioso aroma de venganza. Además, si ese cuento fuera verdad, entonces ella debería haber aparecido merodeando por las Alpujarrras, donde empezó toda la desgracia de su vida.

Pero no le dijo nada. Ni siquiera intentó librarse del cazador de esclavos; encontraba cierto placer teniendo a su merced al causante de su fracaso existencial. Y haciendo gala de todo su cinismo, *María* se dijo que al fin y al cabo llevaba muerto mucho más tiempo que ella y que, por tanto, disponía de mucha más experiencia sobre ese estado fantasmal que podía revelarse útil, al menos al principio.

Y sin embargo, cuando vio al joven de rostro níveo, *María* suspiró, incapaz de resistirse a una bocanada de orgullo que rápidamente dejó paso a una profunda tristeza.

—Es mi hijo. Como cree que no lo amé lo suficiente, ahora se dispone a hacer una bobada.

Lo primero que vio Juan fueron sus ojos: grises, redondos, parecidos a los de un lagarto al acecho. Tragó saliva. Buscaba las palabras con las que preparar para la muerte al crápula que asomaba entre esa ropa desgastada, con las mejillas surcadas de venas, coronadas por un cráneo casi calvo.

Con su mejor sonrisa, el tocado algo menos desordenado y colorete de Granada en las mejillas, la vieja acababa de salir precipitadamente del taller. Exclamó que don Miguel aún no había tomado su medicina y que, además, un poco de vino haría bien a su conversación.

—No hagáis caso del polvo, tengo que limpiar un poco... Si paso un paño, veréis las telas aún más bonitas... ¡El polvo protege las cosas y se quita tan deprisa!

Juan se acercó, amenazante, al individuo hundido en su sillón. La inmovilidad del pintor, que se mantenía echado hacia atrás en un equilibrio inestable, le hizo sentirse incómodo. A pesar de su extraña posición, el viejo no se había movido un ápice desde que su mujer lo había ayudado a sentarse.

El corazón le dio un vuelco cuando volvió a examinar sus ojos. Se había equivocado, estos no mostraban ninguna dureza de reptil, más bien se deslizaban sobre el recién llegado con una especie de placidez bovina carente de sorpresa y de inquietud. De las comisuras de los labios, volvía a caerle baba.

Juan movió la mano ante la cara del hombre. Su mirada atontada siguió con dificultad el movimiento de los dedos del joven antes de perderse en el vacío. Una mueca de los labios desveló dos hileras de dientes desparejos.

Ese hombre era... La verdad se abrió paso en su cabeza dolorosamente, como si le hubieran arrancado una mata de zarzas del cerebro. Sintió cómo un velo rojo se levantaba ante sus ojos.

«Es demasiado fácil —pensó—, ¡no vas a escapar de esta así como así! ¿Crees que porque hayas perdido la cabeza voy a olvidar el daño que le hiciste a mi madre?»

Sacó el buril y lo clavó en la espalda del anciano.

—¡No! —conjuró el fantasma de María—. Eso no sirve de nada, Juan. Te quiero más que a la venganza... Ese perro ya es un cadáver, está más muerto que vivo, pero terminará reaccionando, gritando, los alguaciles te detendrán, te partirán las piernas... las rodillas... ¿Para qué? ¡Para nada, hijo!

El pintor emitió un débil gemido.

—¿María? ¿Te acuerdas de María? La joven esclava que tú… —Y hundiéndole aún con más violencia el buril en el mismo lugar, añadió—: Mi madre dice que eres mi padre, pedazo de carroña… Bueno… la mitad de mi padre.

La cara venosa de don Miguel estaba crispada de dolor; le saltaban las lágrimas. La mancha de sangre de la camisa se expandía, sin que ese idiota esbozara el menor gesto de defensa. Indignado por la pasividad del violador de su madre, Juan le asestó un nuevo golpe.

—¿No te vas a revolver? Pintaste a mi madre hasta saciarte y ahora te has vuelto un montón de carne inofensiva… ¿Crees que eso es suficiente para que no te mate? ¿Cómo pensaste en ella mientras la violabas? ¿Como simple carne morisca a disposición del colgajo que pende entre tus piernas? ¿Y a mí? ¿Como un residuo del líquido de tus cojones?

El discurso de Juan se disolvía entre sollozos.

—Voy a grabarte tu indignidad en la piel… Vas a ver cómo grita el cobre cuando lo trabajo… ¡Madre, hubiera preferido no nacer nunca!

María lloraba ahora como solo lloran los espectros: sin lágrimas, por supuesto, ni nariz enrojecida, ni sollozos; tan solo se hundía en las arenas movedizas de una tristeza sin fin, sin ilusión de salvación. A lo largo de su vida todo le había salido mal, y esa monstruosa mala suerte la seguía incluso después de muerta.

Por su parte, *Bartolomé* observaba con una curiosidad enfermiza el espectáculo que se desarrollaba al otro lado de la barrera que separa el mundo de los Muertos del de los Vivos. De vez en cuando mendigaba a *María* alguna respuesta.

—*María*, ¡no entiendo qué sucede! Cuéntame, ¿quién es ese joven? ¿Es tu hijo, como dice? Y el otro, ese cadáver andante..., ¿es su padre? ¿Has tenido un hijo con ese imbécil...? Pero ¿cómo es posible? ¿Qué te pasó?

Los ruidos que emitía la boca del pintor podrían haberse confundido con el piar de un gorrión. El contraste entre la debilidad de sus gemidos y la gravedad de sus heridas hacía que la escena pareciera casi irreal.

—Recuerda a la pequeña María, bazofia. Ella, la querida hija de Francisco e Isabel —escupió Juan tirando de un puntapié al viejo de su taburete.

Cuando el pintor golpeó el suelo se oyó un grito estridente, acompañado por el ruido de una vajilla haciéndose añicos. Por un instante, Juan creyó que el hombre había recuperado milagrosamente la potencia de voz.

—¿Qué estás haciendo, asesino?

27

La vieja se cubrió la boca con la mano. A sus pies yacían rotos una jarra y dos cuencos. El líquido vertido le había salpicado las sandalias y los bajos de la falda.

—Maldito seas, ¿por qué quieres matarlo?

Jadeante, Juan cerró los ojos, intentando discernir algo a través de la niebla de su propia ira. La esposa del pintor masculaba a su alrededor palabras incomprensibles. Se había lanzado sobre el hombre que yacía en el suelo profiriendo maldiciones entrecortadas por gritos de auxilio; intentaba proteger al moribundo con su propio cuerpo del arma amenazante que el asesino seguía blandiendo. La ropa se le había levantado obscenamente y el grabador entrevió dos piernas delgadas coronadas por una mata grisácea. Una parte de su cerebro protestó: «¡Tápate, vieja chocha sinvergüenza!». Mientras, la otra se preguntaba: «¿Y ahora qué tengo que hacer? ¿Matarlos a los dos?».

La mujer percibió la indecisión del visitante. Dejó de gritar, las pupilas se le contrajeron y la curiosidad ganó la batalla al pánico.

—¿Quién eres, extranjero? Él nunca te hizo nada, ¡mi pobre marido! ¿Y quién es esa María de la que…?

La mujer se calló al instante.

—¡María…! —balbuceó con voz estrangulada, como si ella también hubiera recibido una puñalada en el pecho.

La cara se le desencajó antes de volver a recuperarse bajo el efecto de la incredulidad y, más tarde, del estupor.

—María, la joven esclava, ¿la que...? Pero hace... hace ya tanto tiempo...

Boquiabierta y con el pavor titilando en sus ojos, observaba a aquel muchacho que se había hecho pasar por comprador. Aún asustada, pero ya calculadora, movía la cabeza de izquierda a derecha, como si estuviera manteniendo un debate consigo misma. Se pasó la lengua por el labio inferior y dejó sobre él un rastro de saliva.

—Dios mío, cómo te pareces... —Y dándose cuenta de la peligrosa ambigüedad de la frase, añadió—: A tu madre, me refiero...

Luego, suavizando su tono, escondió la mirada y sentenció:

—¡Aunque en absoluto a su maestro don Miguel, como puedes ver!

Juan apretó los dientes y asestó una patada de rabia a la vieja.

—¿Su maestro...? ¡Serás víbora!

La mujer lanzó un alarido. Cuando reculó arrastrándose sobre sus nalgas se dio cuenta de que llevaba sus vergüenzas al aire. Se bajó rápidamente la falda, balbuceando:

—Perdón, perdón, ¡no me había dado cuenta...! —Como si el hombre la hubiera golpeado por su falta de pudor.

Juan cerró los ojos con fuerza un momento y los volvió a abrir. Estaba sudando. Le dolía la mano que sujetaba el buril. La punta de la herramienta estaba ensangrentada, pero los golpes infligidos al anciano pintor no habían sido suficientes. Este yacía en el suelo, seguía tumbado sobre el vientre, seguía mudo... pero respiraba emitiendo grandes soplidos.

—¡Voy a vaciarte la sangre de tus venas!

Levantó la mano y cogió aire para recuperar la ira que le había permitido acuchillar al pintor. La mujer alzó los brazos y gritó:

—¡Ten piedad, no tiene ya más cabeza que un niño!

Su exclamación había detenido al asesino, así que continuó balbuceando de miedo.

—Lo siento, por María... tu madre. Fue... Fue un error. Él... Te lo suplico... Está así desde que dejó de pintar... Su cerebro se fue consumiendo lentamente por la pena... No nos mates... Él me quiere, lo sé, estoy segura... Es el único hombre que me... ¡Misericordia!

Se irguió de repente. Su astucia y su compasión por sí misma se aliaron entonces para hacerle ver la escena con otros ojos.

—Ya sé... has venido a por tu herencia. Crees que es tu padre... Pero en realidad, todo me pertenece... Aunque has hecho bien: te daré la mitad. Lo compartiremos. Quédate con más si quieres. Es un gran pintor, mi don Miguel... Yo no soy su criada. Es mi marido ante Dios y ante los hombres. Nos casamos el año pasado. El cura no quería... porque mi hombre no conseguía decir que sí. Esperé tanto tiempo y tuve que sobornar al cura... ¿Comprendes? Aún no me he cansado de ser su mujer... Toda la vida me ha tratado como si no valiera nada... Por Dios, no nos mates. ¡Espera al menos al próximo año!

Juan sintió que una extraña suciedad le entorpecía los músculos. No habría tenido que dejarla hablar tanto tiempo. Su discurso tenía ese regusto de fracaso que conocía tan bien.

—Perdónale, hijo mío...

—¡No soy tu hijo, vieja loca! —rugió el grabador. Y avanzó hacia ella titubeante, blandiendo el arma por encima de la cabeza de la esposa.

—Espera... Tengo algo que te gustará.

Se levantó de un salto y rebuscó entre los cuadros apilados. Los levantaba uno por uno, gruñendo con un tono que oscilaba entre la rabia y la angustia: «No, este no. No... Pero ¿dónde los pusiste, idiota? Este cuadro no, veamos...».

Luego los lanzaba sin ningún miramiento, daba la impresión de que buscaba con frenesí algo en concreto. A veces tosía a causa del polvo que levantaba y lo resolvía escupiendo gargajos negruzcos sobre el suelo.

—¡Mira! A ver qué piensas de esto…

Juan retrocedió estupefacto. La mujer blandía un cuadro con los bordes cubiertos de telarañas. El tema era un banal descendimiento del cuerpo de Cristo ejecutado al estilo de Botticelli. A los pies de la Cruz, arropada por varios personajes que recogían el cuerpo de Su Hijo, se hallaba una Virgen medio desvanecida en la que acababa de reconocer a su propia madre… pero mucho más joven de lo que él la recordaba. El pintor había subrayado además el carácter extraño y casi ridículo de la diferencia de edad: la Virgen, envuelta en una aureola y velos de colores demasiado alegres para el tema, parecía más la hija que la madre del viejo con la corona de espinas, un barbudo descarnado con sus partes claramente sugeridas a pesar del paño que descansaba sobre ellas.

—Dios mío, ¡qué hermosa eras, madre! —suspiró el grabador.

En el corazón sintió cómo se abría la puerta del tiempo, que había permanecido más sellada que miles de prisiones concéntricas. Juan supo que de un momento a otro su principal preocupación sería no imitar a la adolescente que lloraba desamparada a los pies del cuadro.

Deslizó la mirada hacia el autor de la pintura, admirado. Aunque su forma de pintar no fuera demasiado original, ese desgraciado había conseguido plasmar los trazos de la muerta cuando su propio hijo había fracasado lamentablemente.

Pero claro… ¡el violador había decidido estudiar todos y cada uno de los rincones de su madre!

El grabador se sobresaltó ante la vulgaridad de su pensamiento. Acumuló saliva para escupir sobre el hombre tendido, pero no hizo nada para no romper el encanto del momento. Se volvió de nuevo hacia el cuadro. Las comisuras de los párpados le quemaban como durante aquellos primeros meses de exilio cuando no conseguía comprender por qué esa madre a la que adoraba había vomitado tanta crueldad sobre él.

El grabador quedó absorto en la contemplación de la hermosa muchacha y sintió que se fundía de ternura. Tuvo unas ganas repentinas de bromear con ella sobre el nimbo de santidad que la coronaba y su virtuosa compañía.

«Madre, nuestros vecinos del pueblo se hubieran muerto de envidia si hubieran visto a todos estos importantes personajes que te rodean en el cuadro... Tú que eras más disoluta que...»

Confundido, Juan pidió disculpas con una sonrisa en los labios: «Perdona, *Yemma*, soy tu hijo y un hijo no se ríe de su madre».

Negó con convicción: «Sí, madre. Un hijo digno de ese nombre no juzga a quien lo ha traído al mundo».

Tragó saliva e insultó a los encargados del gobierno del cielo: «¡Malditos seáis!». Estaba haciendo esfuerzos para estrangular el gimoteo que intentaba escapar entre sus labios. En el Evangelio, era el hijo quien debía morir; su madre, la famosa María, la madre de Dios, solo aparecía para poner rostro al dolor de la muerte. La realidad había invertido los papeles con toda su crueldad.

Apretó los puños y la mano herida le mandó un recuerdo de dolor.

—¿Hay más? ¿Hay más retratos de este tipo? —articuló.

Ante la cara estupefacta del visitante, la esposa del demente parecía confundida... Colocó el cuadro a sus pies.

—No te enfades... Es el único cuadro que queda de María... de tu madre, quiero decir. Los demás los destruí. Sí, los quemé. Teníamos miedo... Sabes, al Santo Oficio no le gustaban nada estas telas. Las encontraba demasiado... demasiado... Nos jugábamos la vi...

No pudo terminar la frase.

—¡No, piedad! ¡No, no quiero morir! —suplicó.

El hombre se había abatido sobre ella y la mantenía inmovilizada; con su brazo izquierdo alrededor de su cuello, estaba a punto de ahogarla. Con el extremo del buril en su garganta, no la amenazó, sino que se lamentó:

—Bruja, destruiste lo que quedaba de ella. ¡Los otros la quemaron en la hoguera y tú quemaste su pintura!

El cuerpo de la cautiva desprendía un agrio olor a sudor, a col y a grasa. Se debatía con la energía que da el terror sin poder zafarse del joven. Pero la ira de Juan, una vez más, desapareció en el momento decisivo, dejando tras ella un rastro de desánimo. Juan contuvo la respiración. Asustado y con un sudor frío recorriéndole el cuerpo, se dio cuenta de que había cruzado la mitad del continente para encontrarse con esta situación: sin furia ya ni ningún otro impulso que la inercia, se disponía a acabar con un ser humano.

«Eres de los que les gusta abusar de los silogismos y te preguntas sin parar cuál es la razón, el motivo de las cosas», se reprochó en su interior.

Sin apartar los ojos del dorso del cuadro que descansaba en el suelo, había empezado a hundir la punta del metal (apareció una gotita de sangre en el cuello), cuando la mujer logró articular una súplica:

—No me mates, por Nuestro Señor Jesucristo… Hay más… no cuadros, no… sino dibujos. Están bien escondidos. No podrás encontrarlos solo.

—Dámelos.

—¿Si te los doy no nos matarás?

—Dámelos ahora mismo —vociferó— u os descuartizaré a los dos.

La había soltado y la cautiva aprovechó para zafarse. Echaba saliva al hablar, sin bajar los brazos para protegerse del buril.

—Te los voy a dar… Pero júrame ante Dios… —Su voz titubeó, se tiñó de una especie de astucia difícil—. Júrame que no nos harás daño… incluso… incluso si los dibujos no te gustan.

Juan emitió un «mmm» que, a falta de algo mejor, ella decidió tomar como un asentimiento.

—Hay que empujar la mesa hacia esa pared... Sí, de lado. Coge el taburete... —le ordenó, repentinamente revigorizada tras verlo introducir el buril en el zurrón.

Doña Ana trepó con una agilidad sorprendente a la mesa y luego al taburete. Manipuló una moldura a primera vista idéntica a las que corrían a lo largo de las paredes del taller. Tuvo que hacer varias contorsiones y bastante fuerza para despegar una plancha que, al caer, dejó al descubierto un hueco en la pared. En un último esfuerzo, la vieja se puso de puntillas e introdujo el brazo en el escondite.

—Toma —le dijo con la cara perlada de sudor mientras le tendía un grueso rollo protegido por una tela manchada de pintura—. No olvides tu promesa.

Su voz denotaba miedo. Alargó excesivamente el brazo con el paquete y se desequilibró; cayó del taburete, pero Juan logró agarrarla por la cintura mientras el paquete rodaba por el suelo.

La primera imagen que vio Juan fueron sus labios delgados, que murmuraron un «gracias» tan sorprendido como avergonzado; luego, al retroceder a causa del fétido aliento, advirtió el cuello manchado de sangre de doña Ana. La soltó bruscamente y bajó para apoderarse del rollo. Al retirar el tejido que lo protegía descubrió grandes hojas de papel enrolladas en forma de papiro. Eliminó como pudo el dedo de polvo que se acumulaba sobre la mesa y se dispuso a deshacer el lazo que mantenía el rollo cerrado.

Ocupada con el hombre que yacía en el suelo, doña Ana intentaba reanimarlo con gestos de solicitud irritada como los que hace una madre a su bebé. De vez en cuando, dirigía miradas ansiosas al visitante.

El nudo estaba demasiado apretado. Juan tomó el buril del zurrón y cortó el cordel. Se deshizo del tejido y empezó a desenrollar el paquete.

—¡Dios mío! —Fue la única exclamación que salió de su boca mientras aplanaba con la mano la primera hoja de papel.

Enrojeció. El aire pareció inflamarse de repente y sus pulmones reaccionaron con un ataque de tos.

—Ya te lo dije, pequeño... —murmuró la mujer, que había conseguido sentar a su marido.

Don Miguel también miraba al visitante, pero sin emoción alguna, con un aire increíblemente ausente.

—¿Cómo... cómo os atrevisteis?

El rostro de la mujer se contrajo. Se mordió los labios como si sopesara las palabras que se disponía a decir.

—Voy a confesarte algo, pequeño... Cuando dibujó estos... esta cochinada... creo... creo que la amaba. Sí, a su manera, odiosa, obscenamente. Estaba seguro de que algún día le reconocerían su talento; si estaba de buen humor, decía que le reconocerían además una pizca de genio. De joven vivió en Italia, y me contaba que allí lo habrían valorado en su justa medida. Creía que María era el mejor regalo que Dios podía entregar a un pintor. Juraba que tu madre, gracias a él, sería venerada por los siglos de los siglos.

Su voz se elevó amarga y quejumbrosa.

—Todo eso no eran más que pamplinas que no significaban mucho para mí. Yo era fea a más no poder y tu madre... ¡Dios! No debería estar permitida semejante belleza. ¡Cómo la envidiaba! Solo una mujer podría imaginárselo. Era una esclava, un capricho de don Miguel, pero nunca le hice daño... Él sí; él le sirvió una parte del infierno en la tierra. Pero fue porque ella amaba a otro más joven que él y los celos devastaron el alma de don Miguel.

Señaló con el mentón al viejo de mirada vacía sentado en el suelo del taller.

—Puedes matar a quien quizá fue tu padre, pero eso no aliviará el sufrimiento de tu madre. Don Miguel ya está muerto. Más que muerto. Y yo...

Inspiró y se limpió la nariz con una manga manchada por la sangre de su cuello y por la de su marido.

—... yo sigo queriéndole, incluso ahora... ahora que un simple gazapo sería más listo que él. Ten piedad, pequeño... —Y, sorprendida por su audacia, añadió—: Ten piedad... ¡por el amor de tu madre!

Juan no respondió. Sabía que si abría la boca sería incapaz de parar de gritar. Le temblaban las manos. Enrolló de nuevo las hojas de papel, las cubrió con el tejido y se dispuso a atarlas con el cordel. Luego, cambió de idea. Se dirigió con el buril hacia el descendimiento de la Cruz. Doña Ana estaba aterrorizada y se protegió, hecha un ovillo en una esquina del taller. Giró la tela, cortó un rectángulo donde sólo estaba la Virgen, volvió a la mesa y empezó a atar la cuerda tras añadir el trozo de tela al rollo de dibujos.

Se sentía totalmente aturdido.

Cuando se disponía a abandonar el taller, formuló todavía una última pregunta.

—¿Por qué los habéis conservado, si teníais tanto miedo?

—Me hizo jurar por mi alma que jamás me separaría de ellos. Era todo lo que quedaba de su arte. Y...

Dudó. Pero Juan le lanzó una mirada tan cargada de animosidad que doña Ana comprendió que la mataría allí mismo si no acababa la frase.

—... me dijo que llegaría un día en que todos esos dibujos valdrían su peso en oro. Hace mucho que vivimos con dificultades y por eso...

El intruso bajó la cabeza, como preparándose para recibir una invisible lluvia de basura. Dándose cuenta de su error, la mujer se calló, abrió los brazos en señal de resignación y esperó su suerte.

Con el rollo bajo el brazo, Juan cruzó el pasillo, abrió la puerta de la casa en la que su madre había sido esclava durante tanto tiempo y salió a la calle. Tenía la cabeza embotada y era incapaz de formular cualquier idea aparte de «no he vengado a mi madre».

La calle estaba desierta. Caminó unos veinte pasos antes de que alguien le interpelara.

—¡Eh, escuchad!

La vieja se parapetaba tras la puerta de la casa. Solo dejaba ver parte de la cara, aún crispada de terror, pero sus ojos ya chispeaban. La seguridad de tener la puerta casi cerrada alimentaba su odio.

—No sabía que habían quemado a vuestra madre en la hoguera… Tanto si me creéis como si no, Juan, jamás detesté ni maltraté a la pequeña… Lo siento en el alma. Lamento ese terrible final. Vuestra madre quizá no lo merecía… pero, por Dios, ¡no es culpa nuestra! ¡Y a vos, que os parta un rayo, cobarde! ¡Solo os atrevéis con viejos indefensos!

Tras cada frase, la mujer intentaba recuperar el aliento sin conseguirlo. Se había frotado las mejillas con vigor sin darse cuenta de que se las manchaba de sangre. Lloraba de rabia.

—¿Eres morisco, verdad? ¿Y por qué no te ha detenido ya la Santa Hermandad? Basura podrida, ¡vete con tus semejantes!

Juan comprendió que dos o tres pasos le habrían bastado para alcanzar la puerta y darle una patada sin que la vieja hubiera tenido tiempo de cerrarla. Pero prefirió soslayar los insultos. Con paso ligero, se alejó hacia la catedral.

María contemplaba la escena como si se tratara de una *Piedad* grotesca. La vieja Ana sujetaba la cabeza de quien fuera pintor y verdugo de su adolescencia. La herida del viejo sangraba en abundancia; la del cuello de la mujer parecía más superficial. Don Miguel gemía suavemente mientras doña Ana, con los ojos llenos de lágrimas y la ropa manchada de sangre, le acariciaba la cabeza.

—No te mueras, maridito, no te mueras —repetía como una letanía.

«No mejoraste con la edad, Ana. ¿Cómo conseguiste convencerle para que se casara contigo? ¿O fue solo por el dinero que te debía...?»

La sombra produjo en su mundo lo que equivaldría a un suspiro en el de los Vivos. Por un lado, se sentía enojada por la suerte de aquel hombre que dejaba la vida tan cómodamente con total inconsciencia de su destino y rodeado de amor. Por el otro, sentía una inesperada compasión, pegajosa como la cola de un pescado, hacia la mujer a la que el hado había castigado con una fealdad tan grotesca.

¡Qué injusto era el mundo! ¿No había esperanza para los hombres? ¿Quiénes eran esos perros divinos que sembraban la desgracia de manera tan aleatoria?

De repente, el hombre ronroneó de placer bajo las caricias que le hacía doña Ana en la cabeza.

«¡No creas que vas a irte así, don Miguel! —gruñó el espectro—. No permitiré que tu agonía te resulte agradable. ¡Tienes que sufrir más, mucho más! No mereces ser el padre de mi hijo.»

El enojo había tomado los mandos de la voluntad de *María*.

—No te muevas, querido. Voy a buscar un paño para parar la sangre —dijo Ana con la voz tomada por la angustia.

Se levantó, salió del taller y sus pasos se perdieron escalera abajo.

María sabía que si lo hacía, ella también sufriría y, lo que era peor: su acto se saldaría con amnesia. Pero estaba decidida. Acababa de darle un encargo a *Bartolomé*: le pidió que siguiera a Juan hasta su alojamiento y que volviera luego para informarla. Así *María* podría quedarse un momento en el domicilio del pintor y asegurarse de que la anciana no hacía nada contra su hijo.

A cambio, *María* respondería a algunas preguntas de *Bartolomé* sobre su existencia terrenal. El espectro la dejó sola, no muy convencido, pero antes insistió: «Contrólate, no influyas en el comportamiento de los Vivos, sus preocupaciones ya no son las tuyas... O perderás retazos enteros de recuerdos sobre tu vida pasada. Y tu memoria es el último cartucho de la mía ahora».

María se dirigió hacia don Miguel, incapaz de resistirse a su frenesí. Se enrolló a su alrededor, lo palpó y recurrió a los mismos gestos que habían provocado el espanto de la pareja de campesinos en la posada.

Pero el rostro de don Miguel no dio muestras de espanto, sino que mantuvo su impertérrita placidez. *María* siguió rascándole con ahínco, tocándole e infiltrándose en sus orificios. Fue en vano. El viejo continuaba feliz.

Cuando miró a los ojos al herido comprendió la inutilidad de sus esfuerzos: los dos glóbulos estaban tan apagados que parecían flotar sobre su rostro. La demencia del pintor también le privaba de imaginación y lo hacía impermeable al miedo.

María se retorció, desesperada.

«¿Acaso vas a tener suerte hasta el fin de tus días, cretino?»

Pues quizá sí: el espectro observó con horror que la herida del pintor cada vez sangraba menos...

—¡Oh, gracias, gracias, Señor, por salvar a mi esposo!

Profundamente agradecida, doña Ana rozaba con el dedo la costra negruzca que cubría ya las heridas del pintor. Había regresado junto a él con un paño limpio, pero su esfuerzo había resultado inútil porque la sangre se había detenido milagrosamente.

—Gracias, Señor Todopoderoso, por tu bondad.

La esposa recitó una breve oración. Pero un oscuro pensamiento la hizo tensarse de nuevo.

—¿Y si vuelve ese bastardo?

Se irguió, dejando caer sin miramientos el brazo que un instante antes merecía toda su atención.

—Nunca se conformará con los dibujos. ¡Nos degollará! Por todos los santos, ¡no tardará mucho en repensárselo! Miguel, ayúdame... ¿Qué tengo que hacer?

Daba vueltas sin cesar, con las manos sujetándose la vejiga como si se retuviera las ganas de orinar. Estaba presa del pánico.

A través de la niebla, *María* la vio precipitarse hacia la puerta, abrir el postigo y con los brazos en las caderas, gritar:

—¡A mí, valientes...! Nos quieren matar... Salvadnos... Es un here...

«¡Doña Ana, no! ¡A mi hijo, no!»

—¡Ahhh! —Con el cuello aún enrojecido, la mujer ululaba en el medio de la calle—. ¿Qué me sucede? ¡Ahhh! ¿Quién se atreve...? ¿Quién me está poniendo el dedo en mi...?

Se puso las manos en el trasero y miró a su alrededor con los ojos fuera de las órbitas. La saliva le salía de la boca como una espuma blanquecina. Se le quebró la voz cuando comprendió que no había nadie a su alrededor.

—¿Quién eres? Jesús, María y José... no dejéis que me toque... ¡Satán quiere violarme! ¡Santiago, auxilio! Soy una mujer honesta. Apártate de mí, demonio. No me arrastres contigo. No quiero... Mierda de Dios, déjame el culo en paz.

Enloquecida por el terror, la antigua ama de llaves se llevó la mano al pecho. Estaba pálida. Las rodillas le cedieron. Jadeó antes de aspirar una bocanada de aire y se lanzó de nuevo a gritar, primero de forma muy estridente y luego cada vez más ronca... hasta que los tejidos de los pulmones sucumbieron al esfuerzo.

28

Juan vagó durante todo el día con el rollo de dibujos bajo el brazo. Se hallaba en un estado cercano a la ebriedad, a merced de cualquier control. Los soldados paraban a los peatones con el fin de dar con moriscos que hubieran escapado de la criba. Un monje en sandalias, con campanilla y alforjas le mostró una cruz para que la besara. Mientras el religioso entonaba un cántico, Juan se arrodilló ante él y posó sus dóciles labios sobre el crucifijo.

Al final de la tarde, con el cuerpo molido y temblando de frío, se resignó a regresar a la posada... sin haber tomado ninguna decisión.

—Sal —le ordenó *María* a *Bartolomé*—. Después te contaré por qué moriste. Te lo prometo por... por...

—¿Por qué? ¿Por tu vida, quizá? —le espetó burlón el espíritu del cazador de esclavos—. ¿Acaso no recuerdas que es un bien del que ya no dispones?

—¡Déjame sola con mi hijo o no me volverás a ver! —lo amenazó, fuera de sí. Y en un tono casi suplicante, añadió—: Es tan... es tan triste. Sal de la habitación, *Bartolomé*, te lo ruego. Ve fuera, junto al río. Luego iré a reunirme contigo.

—¿Aún recuerdas mi nombre? Yo soy un hombre honesto, te he guiado hasta la posada de tu hijo, pero ¿quién me garantiza que cumplirás tu palabra? ¿Qué le has hecho a la cuidadora de ese idiota? Te recomendé que no te mezclaras en los asuntos de los Vivos. Seguramente ya has gastado la mitad de tus recuerdos...

Alisó la hoja, quizá la número treinta del rollo. El papel era de excelente calidad y carísimo. Juan despegó lentamente los labios. Intentó una vez más mirar exclusivamente el rostro extático de la joven, con las manos unidas visiblemente orando, pero su mirada se deslizó hacia la parte inferior del dibujo.

Contempló con atención el ordinario esbozo.

—Dios mío, Dios mío...

¿Cómo era posible? ¿Cómo era posible semejante belleza en los trazos, esa melancolía en la expresión del rostro y la obscenidad sin límites de posturas y gestos? ¿Cómo era posible tanta blasfemia?

Le quedaban muchas hojas por examinar, pero ya no tenía duda, los dibujos eran todos iguales: llenos de intensidad religiosa y dignos del burdel más crápula.

—Madre... pero ¿qué hizo contigo? Y él...

Sin darse cuenta, pasó un dedo por el contorno de las caderas y se detuvo en el sexo explícito de la joven... ¡su madre! Su corazón latió aún más fuerte cuando apreció el contenido voluptuoso de la ofrenda. Sintió el mordisco de los celos al pensar en la gran habilidad del pintor. ¿Hubiera podido él dibujar a su madre con tanto talento?

Le tembló todo el cuerpo.

—Merecería ser ciego —pensó, inundado por la pena.

Volvió a enrollar las hojas, las envolvió en el tejido y las escondió bajo la cama.

Había que quemarlas. Sí. Lo antes posible, para que nadie pudiera alimentarse con la visión de su madre.

En un taburete descansaba una jarra de vino medio llena del día anterior. Juan la vació de un trago a pesar de que sabía a vinagre. Se sentó agotado en el borde del colchón. Fuera, la noche empezaba a cubrirlo todo con su manto. El hombre se dejó caer, luego se acurrucó, tembló, juntó las piernas y se llevó un buen susto.

Tenía el sexo duro como una roca.

Atónito, se desnudó y contempló su miembro como si no formara parte de su cuerpo.

Una vocecilla le impidió cualquier escapatoria: «¿El coño de tu madre te pone así, canalla?».

—Cállate —gruñó con un gemido de odio.

Alzó ambas manos para alejarlas del pene, asustado por la fuerza del deseo que este proclamaba.

—No soy más que un…

María intentó apartar la vista, pero era imposible pues su visión de espectro abarcaba todas las direcciones.

«No… Soy tu madre, ¡vamos! —pensó, abatida, retrocediendo rápidamente hasta empotrarse contra la pared—. Tú no, mi querido Juan… ¿Acaso no te amamanté, te limpié los mocos y te canté villancicos?»

Por primera vez, la pobre sombra, profundamente escandalizada y al mismo tiempo, divertida, comprobó hasta qué punto esa facultad de ver sin ser vista podía ser en realidad uno de los castigos más implacables.

Leonor llamó a la puerta y entró sin esperar respuesta. Se había acostumbrado a visitarlo cada noche con el pretexto de curarle la herida. Solo le ofrecía sus encantos a través de sutiles alusiones. Decía, burlona, que venía para charlar un rato antes de entregarse a sus «labores»; para conseguir, a pesar de sus pecados, un lugar en el paraíso por cuidar gratis a un desgraciado viajero solitario. A la larga, a pesar de su malhumor, él había acabado por apreciar su conversación algo banal, mezcla de groserías y de modismos refinados que había aprendido de su primer maestro, un castellano que la había despabilado antes de echarla. La muchacha odiaba Sevilla porque no le había traído felicidad, y decía que envidiaba a Juan por los numerosos lugares que había recorrido. Su sueño era zarpar para hacer fortuna en el Nuevo Mundo, donde las pepitas de oro eran tan grandes como aquí la miga del buen pan. Pero ¿qué galeón que cruzara el océano admitiría a bordo una pasajera que como viático solo tenía su propio cuerpo?

Entró llevando en una mano un cubo de agua y en la otra un candil. La criada mostraba la expresión habitual, a medio camino entre la ironía y el servilismo.

—Vengo por vuestra mano… —depositó el cubo y bromeó—: y solo por vuestra mano, dado que no deseáis otros remedios más dulces. No habéis bajado a comer y al señor no le gusta que sus clientes duerman en su casa sin haber comido. Me ha encargado que os recuerde que tiene para vos un sabroso cocido de cerdo. No os arruinará y, en cambio, os calentará las tripas.

Y con una expresión sospechosa añadió:

—Por cierto… Hemos recibido la visita de un miembro de la Inquisi… ¿Me estáis escuchando?

Ante la falta de respuesta, se acercó a la cama con curiosidad precedida por el candil.

—No está bien quedarse demasiado tiempo en la oscuridad, porque se atrae al Diablo y a sus barones. Persignaos siete veces recitando el padrenuestro y a continuación escupid hacia atrás. Aún mejor, ¡tiraos un pedo, eso les disgusta! Además, si queréis una auténtica reliquia de Jerusalén para protegeros de ellos… con unas moneditas…

Y se interrumpió de repente, alarmada.

—Pero ¿qué estáis tramando con los dos brazos alzados, señor italiano sabiondo? ¿No estaréis enfermo? ¿Un bubón? ¿Unas fiebres de Roma? Ah, ha sido el vino... Bebéis demasiado, ya os lo tengo dicho.

Juan se sintió enrojecer como un tomate, pero no hizo amago de bajar los brazos. Jamás se había sentido tan ridículo, pero temía que si se rozaba de nuevo el miembro saldría un chorro de semen... ¡lo que significaría gozar de su propia madre! Intentó formular una respuesta, pero su lengua, trabada en su propia torpeza, fue incapaz de articular palabra.

Al avanzar la mano hacia el vientre de Juan, la mujer suspiró, admirada.

—Vaya... —Dejó escapar una risita traviesa—. ¡Por la herida íntima de la favorita del Papa! ¡Pondríais celoso a un jabalí en celo! ¿En honor de quién se ha producido este despliegue de devoción?

Por fin la lengua se le soltó:

—Te lo ruego, Leonor: ¡líbrame de este espanto!

Cerró los ojos mientras se corría de forma violenta, breve; fue como un delicioso puñetazo. Ahora, emergía de la conmoción del goce para hallarse sumergido en una niebla de sentimientos contradictorios donde coexistían la vergüenza de un acto innombrable y una especie de orgullo que no conseguía comprender... Era como si por un instante se le hubiera ofrecido la posibilidad de hacer renacer a la melancólica doncella de esos esbozos obscenos. Mientras abrazaba el cuerpo de la criada, todavía con el sexo dentro de ella, estuvo a punto de decir «gracias, ma...». Pero se mordió los labios a tiempo; hundió la nariz entre los cabellos negros de la joven y con el pecho oprimido le susurró al oído: «Gracias, Leonor».

Para su sorpresa, descubrió que la chica olía bien. Además, desde hacía unos días se emperifollaba con cierto gusto y los días que se tomaba la molestia de peinarse bien hasta parecía guapa. Algo en él (áspero, desdeñoso, como un enemigo en su propio cerebro) se mofaba: «No cambies el rumbo de tus pensamientos. ¿A quién quieres engañar? ¿A ti mismo, imbécil incestuoso? Cuando hundías tu verga en el coño de esa puta, ¿en qué soñabas si no en profanar el coño de tu madre? ¿Cuál de las obscenidades que tu pretendido padre le hizo sufrir a tu madre te ha excitado más? Además, quizá no haya pecado alguno en tu comportamiento… ¡María siempre fue una fresca!».

Aturdido por la violencia del ataque, Juan se atragantó y empezó a toser.

—Menudo efecto tengo sobre vos… —se rió la mujer.

Cuando consiguió aclararse la garganta, Juan protestó con quizá demasiada convicción.

—No, Leonor… Era…

La criada se separó un poco de él.

—No hace falta que gritéis, Juan. ¡Yacer no le vuelve a uno sordo! Apartaos, me estáis aplastando…

La criada buscó un paño para secarse la vulva húmeda antes de mirar con toda la sorna de la que era capaz a su compañero.

—No me contéis cuentos, no estabais follando conmigo. ¡Antes de que llegara ya estabais más empalmado que un semental entre una manada de potrancas! Seguro que alguna de esas sevillanas desvergonzadas os ha calentado con sus melindres.

Y sin darle tiempo a reaccionar, con el mismo tono ligero, añadió:

—¿Me lo estáis agradeciendo tanto porque creéis que no os va a costar nada?

El joven farfulló que no era de esa clase de personas y que evidentemente le pagaría lo que le pidiera.

—¿Cuánto te debo, Leonor? —preguntó incómodo.

La mujer se levantó como un resorte, se bajó las enaguas y se pasó una mano por el pelo para peinarse. Infló los carrillos y luego los vació, soltando el aire lentamente. Magnánima, concedió:

—Mmm… Ha sido tan rápido que, sin querer ofender, he tenido la impresión de que no ha pasado nada. Así que digamos que... por esta vez, será gratis. Pero mañana, si esa recolectora de amores rápidos volviera a pasar bajo vuestra ventana... —y aquí su cara adquirió un aire mucho más severo—... no me gustaría que me tomarais por una tonta demasiado embobada por un joven hidalgo surgido de Dios sabe dónde. Eso... eso daría un buen puntapié a mi orgullo. ¿Estamos de acuerdo, Juan?

Sorprendido por el giro huraño de la arenga, Juan mantuvo la boca cerrada. Leonor recogió el candil y se dirigió hacia la puerta. Desde el umbral le dijo, con una mirada exageradamente plácida:

—Os dejo el cubo de agua limpia. Tendréis que arregláros-las solo hoy. Si sois tan gallardo para seducir a una chica, también lo seréis para curaros la mano... Por cierto, os estaba diciendo que alguien, un sacerdote creo, ha venido a preguntar a mi dueño sobre un comerciante de cuadros. No sé qué le habrá respondido, pero vos sois un artesano, un grabador, no un comerciante, ¿verdad?

El corazón del hijo de María se encogió. ¿Le había dado la dirección exacta al cura comedor de altramuces? Sintió que un sabor agrio le subía por la garganta y se transformaba en eructo.

—Esto... sí, por supuesto —replicó.

Sorprendida por la indecisión del grabador, la mujer frunció el ceño. Cuando cerró la puerta, seguía teniendo una expresión preocupada.

Se puso cuidadosamente el jubón tras comprobar, como tantísimas veces desde su adolescencia, la presencia de los papeles falsos protegidos por la bolsa de cuero. Buscó el orinal para aliviarse y se durmió casi de inmediato, aplastado por el peso de la increíble jornada que había concluido tan lamentablemente en la vagina de Leonor. Su alma, vencida por el sueño, rehuyó examinar las consecuencias de las declaraciones de la criada que podrían ser nefastas. También omitió, de forma totalmente deliberada, el recuerdo de las vicisitudes de la mañana, que habían visto sangrar a Juan y casi asesinar a dos viejos. En lugar de eso, la parte del cerebro que nunca duerme prefirió consolarse bromeando con la trágica doncella del rollo de papel.

El durmiente aún conversaba con ella cuando Leonor acudió a despertarlo en mitad de la noche. Su madre le reprochaba amargamente en sus sueños:

«¿Qué te ha ocurrido, Juan? ¡Esas no son cosas que se hacen con una madre, por Dios!».

«Pero no era contigo, madre, lo sabes de sobra. ¡Eso hubiera sido un crimen! Yo estaba... estaba con esa chiquita... —protestaba él, pero quedó paralizado por un ataque de timidez—: ¡Un hijo no tiene este tipo de conversaciones con su madre...! Y además... no es culpa mía si estabas desnuda y resultabas tan seductora, madre. Ninguna mujer te iguala en belleza. ¿Cómo hubiera podido resistirme? Ni un rey con su corona hubiera podido contenerse. Ahora entiendo por qué padre te amaba tanto. Si yo hubiera tenido la suerte de encontrarte cuando eras joven, me habría querido casar contigo de inmediato. Pero yo, jamás, jamás, ¿lo oyes?, te habría denunciado.»

«Pero eso es imposible, Juan, yo no soy de tu edad... —replicó la madre enternecida pero aún enfadada—. Recuerda que me han cortado la lengua, me han quemado, estoy muerta...»

Juan la interrumpió, incrédulo, con una risita.

«¿Muerta? Pero ¿qué intentas decirme, madre? No tiene sentido. Mira los dibujos: estás más viva que yo. Y estás hablando, con o sin lengua. De todas formas, un día resucitarás y te convenceré.»

«Mi pequeño vanidoso...», dijo colocando una mano afectuosa sobre la frente del hombre que dormía.

En el sueño, ella aparecía unas veces muy joven y otras con la edad que tenía cuando la quemaron. Canturreó una seguidilla cuya letra Juan no entendía, pero que escuchó con el encanto inquieto de quien adivina, a pesar de todo, que está soñando.

«Entonces... durante todos esos años, ¿no me olvidaste, mi querido hijo adorado?», le preguntó ella de repente.

Estaba respondiéndole que no, que no había pasado un solo día en Roma sin que pensara en ella, que todavía era capaz de reconstruir hasta el último detalle de la infancia a su lado... a sabiendas de que estaba mintiendo a su madre como un dentista. Solo el increíble talento de ese obsceno de don Miguel le había permitido reconstruir los trazos de su bellísima cara. Con el pecho desgarrado por la alegría de haberla encontrado, el grabador se disponía a jurar que nunca más permitiría que el tiempo le saqueara el recuerdo que guardaba de ella, cuando...

—Despierta, Juan. ¡Despierta, pedazo de imbécil!

Una mano lo sacudía sin miramientos. Al principio, creyó que era su madre y se quejó, como cuando era niño y aún no había amanecido.

—Despierta y no grites, Juan.

Era de noche y del orinal ascendía un tufo a amoníaco. Pero, más que su voz, demasiado baja, reconoció su olor, el mismo que había olido en su cuello al hacer el amor. Tendió las manos y encontró algo suave y blando: ¿un pecho?

—¿Leonor? ¿Qué te ocurre? —balbuceó irguiéndose con torpeza.

—Sí, soy yo. Y si no te apresuras, pronto serán los secuaces del alcalde o peor aún, el Santo Oficio. Y entonces vas a tener que divertirte con sus pechos. —Y añadió con un quejido—: Pero, Señor, ¿qué hago aquí?

Aunque su tono seguía siendo irritado, detrás del mal humor de la chica Juan no tardó en distinguir un sentimiento más viscoso: miedo. Intentó ocultar su aturdimiento, pero su voz le traicionó.

—¿Qué pretendes? ¿Acaso son horas para despertar a gente honrada?

—¿Gente honrada? Espera que voy a preguntárselo a mi jefe.

Se rió y esa extraña carcajada barrió los últimos restos de sueño de la cabeza de Juan. El grabador sintió como si su corazón se desprendiera de su pecho y cayera peligrosamente sobre la vejiga.

—Hace menos de una hora, vino a verme... Sí, cuando su señora no le basta, honra a la criada... Él no viene con cuentos como tú, sino que simplemente quiere vaciarse.

El tono era hostil, Leonor lo desafiaba a que la contradijera, pero Juan se mantuvo callado. Estaba demasiado ocupado intentando controlar su inquietud.

—Él me... me... Bueno... Cuando acabó, me preguntó si tenía alguna información sobre ti, sobre qué hacías aquí... si nos habíamos acostado... Acabé diciendo que no, que no sabía nada de ti, y que sí, que habíamos retozado... Y entonces me exigió que te impidiera salir mañana, y que si fuera necesario te abriera de nuevo mi jardín secreto... ¿Recuerdas el sacerdote del que te hablé ayer?

Juan no dijo nada. Leonor volvió a la carga:

—¿No relacionas nada o el vino te ha lavado el alma de toda malicia? El sacerdote que vino buscando a un mercader de arte procedente de Italia que, según él, se alojaba en la posada... El Santo Oficio, sorprendido por su comportamiento, quiere hacerle algunas preguntas. El jefe le ha jurado sobre la Biblia que ninguno de sus clientes respondía a esas características. Pero ayer el gordo te vio entrar con un rollo envuelto en un paño manchado de pintura, y dice recordar que en tu jubón había manchas sospechosas... sangre, posiblemente. Mucho más tarde, se presentaron los guardias. Estaban recorriendo todas las posadas de Sevilla en busca de un ladrón, un español con un ligero acento, más bien joven, que ha apuñalado a unos burgueses ricos, un pintor y su mujer... creo. Ayer no pude contártelo porque todo esto sucedía cuando tú... cuando estábamos juntos.

La criada se aclaró la garganta. Respiraba con dificultad.

—El jefe sospecha que eres el mercader italiano y el agresor de los dos burgueses, pero está convencido de que puede sacar tajada de esta historia. ¿Quién sabe? Quizá el pintor o su familia pagarían por recuperar los bienes robados. Por eso, el posadero no ha alimentado las sospechas de los guardias; son demasiado voraces y se quedarían con la recompensa. Cuando amanezca, irá a proponerle un apaño al pintor y, si no puede sacar nada, se dirigirá a la sede del Santo Oficio. Su sueño es convertirse en uno de ellos, con su famoso bastón negro y blanco. Mientras, me ha ordenado que te entretuviera.

Lanzó una carcajada desprovista de alegría.

—Se cree que la gente se confiesa con más facilidad con una puta que con un cura, siempre que la puta sepa bien su oficio, claro. Juan, ¿si te doy placer de nuevo, me contarás quién eres en realidad? Si lo que pienso no es cierto, no tienes nada que temer. Pero, en caso contrario, una vaca camino al matadero tendría menos motivos que tú para estar nerviosa.

Juan no le veía los ojos, pero adivinaba que su mirada debía de ser furiosa. Sintió unas ganas violentas de negarlo todo. Entonces, como si alguien hubiera dejado caer una losa sobre su cabeza, sintió cómo su cuerpo se hundía, los músculos anquilosados bajo el peso de su nueva situación: la muerte, tras haber acabado con su madre, estaba llamando a su puerta.

Por un instante, en aquella habitación oscura como una tumba solo se oyó el ruido de las dos respiraciones angustiadas. Hacía frío y, sin embargo, Juan sintió una gota de sudor bajándole por el ojo. Quiso parpadear para evitar el escozor, pero fue incapaz.

—¿Y bien? ¿Vas a decir algo?

En la oscuridad, ella lo palpó hasta encontrar el principio del cráneo y luego los hombros. Le pellizcó sin miramientos.

—Juan, tienes que…

—¿Están muertos?

La había interrumpido con una voz tan ronca que la chica se asustó aún más.

—Virgen santa, ¡entonces es cierto! —Tenía la voz tomada por el terror—. Por mi madre, ¿cómo quieres que sepa si los has degollado o no?

Entre ellos se instaló un silencio tenso, interrumpido finalmente por la exasperación temblorosa de la muchacha.

—Cada segundo que pasas junto a esta cama acorta tu vida. Creo que sería mejor que te vistieras a toda velocidad y pusieras tanta tierra de por medio como te permitan tus piernas. Pero quizá, como has vaciado la esencia de tu savia en mí, ahora querrás que te llene de ortigas frescas el agujero del culo y te transporte a hombros.

El grabador se dio cuenta de que, a pesar de su lenguaje salaz, su interlocutora quería ayudarle. Por un momento los pasos de la mujer se alejaron en la oscuridad y a él se le cerró la garganta con un espasmo de decepción.

—¡Vamos, vístete! —ordenó desde la otra punta de la habitación, mientras entreabría con precaución el postigo.

Un rayo de luna iluminó a una mujer vestida con una amplia capa con capucha que escondía parcialmente su rostro.

—¿Vienes… conmigo?

—¡Chist…! Vístete, Juan. Deprisa.

A pesar de su gratitud, no encontró más palabras que un vago «gracias». Fingiendo soslayar su reacción, ella lo hostigó nerviosa mientras el joven reunía su ropa y sus herramientas.

—¿Estás loco? Cuantas menos cosas lleves contigo, mejor. ¡Sobre todo, no lleves esa bolsa de herramientas con la que te descubriría el más tonto! Ya te lo mandaré luego, si puedo… ¿Qué buscas bajo la cama? ¿Te urge vaciar el orinal?

Se quedó sin respiración cuando vio el objeto que tenía entre las manos.

—¿No me digas que te llevas… ese rollo?

Estuvo a punto de decir «lo que has robado». Juan asintió y agarró el rollo con tanta determinación que Leonor alzó los hombros a modo de resignación, con una cara que parecía decir: «Estás loco de atar».

—Tenemos un largo camino que recorrer. Disimula el paquete bajo la capa y ruega para que no nos encontremos con soldados. Sevilla está repleta de ellos con todo el jaleo de la expulsión de los moriscos.

Lo miró fijamente y murmuró distraída:

—Esos perros... Hubiera sido mejor hacerlo antes. Por su culpa, mi padre murió de peste.

Con la garganta súbitamente seca, Juan esperó a que vomitara otros comentarios malintencionados sobre los suyos. Pero ella ya estaba pensando en otra cosa.

—¿Tienes dinero?

Esa pregunta, directa como una puñalada, estaba cargada de consecuencias tan funestas que lo dejó sin habla. Ante su indecisión, Leonor no pudo frenarse.

—¡No me mires con ojos de besugo, idiota! No quiero robarte el dinero, pero allí donde vayas, vas a necesitarlo como el aire que respiras.

Juan intentó reflexionar, dudando si confiar en la chica o no. Pero se dio cuenta de que el esfuerzo de razonar tranquilamente, de sopesar los pros y los contra, estaba en esos momentos por encima de sus capacidades. Su cerebro debía de haber sido sustituido por una piedra o, peor aún, su capacidad de juicio había quedado reducida a la de una rata agotada de terror.

De repente, como quien se sumerge en un agua que no sabe si está helada o hirviendo, el grabador decidió poner su vida en las manos de la ramera.

—Sí —acertó a decir—. Empeñé mis bienes y...

—Bueno, no lo comentes con nadie. La gente donde te llevo te rajaría la garganta por una jarra de vino. Ahora sígueme y estate atento. Si el tabernero se despierta, o...

La mujer no pudo terminar la frase porque estaba sin aliento. Juan tomó conciencia de que ella estaba seguramente más aterrorizada que él. Antes de abrir la puerta, él se detuvo.

—¿Qué? ¿Has oído algo? —se sobresaltó su compañera.

—No me has preguntado por qué… los dos viejos…

—Creo que me cagaría de miedo si lo supiera todo. Así que no gastes saliva, ¡no te escucharía! —Había eludido la pregunta con bastante mala baba.

—Pero sigo sin comprender por qué me ayudas… —insistió, sujetándola por la cintura y atrayéndola hacia sí.

Le sorprendió la reacción de su propio cuerpo, apresado por los remordimientos y, a la vez, respondiendo con una erección incipiente. La criada estaba a contraluz y él no pudo percibir la expresión de su cara cuando ella le escupió (literalmente):

—Porque soy una puta, Juan. Y Dios ha querido que las putas sean idiotas…

Aunque lo había cubierto de perdigones, no hizo el menor gesto para secarse la cara. Estimó que no había habido ofensa, pues ya había probado previamente la saliva de aquella chica cuando hicieron el amor.

Y sin solución de continuidad, ella continuó regándolo con finas gotitas de enojo.

—… pero, en Su generosidad, les ha permitido ser rencorosas. El posadero no me creyó cuando le juré por mis padres que no habías pagado por estar conmigo y me trató de mentirosa sin dejar de reclamar su parte. ¿Qué te piensas? ¿Que me deja jugar a ser puta en su posada sin exigirme nada a cambio?

Con la mano sobre el pomo de la puerta, la joven suspiró con una especie de desprecio hacia sí misma.

—Y lo peor es que he tenido que hacerle un servicio. Pero eso no le bastó a ese rufián…

Volviendo el rostro hacia la ventana, levantó el borde de la capucha. Debido a la penumbra, a Juan le costó identificar lo que le indicaba la mujer con el índice. Tuvo que acercarse mucho para verle el cardenal del ojo que pasaba del violeta al marrón oscuro.

—¡Oye! —gritó *Bartolomé*—. Ese es tu hijo, ¿no? Va con...

Situado ante la puerta de la posada como un montón de arena compuesta por una miríada de semillas de nubes, el espectro se irguió.

—Pero ¿adónde irá a estas horas de la noche?

María emitió un «¡oh!» de sorpresa (evidentemente mudo) cuando los dos Vivos, su hijo y la muchacha, pasaron a través de su espectro sin darse cuenta.

—Ay, pequeña, ¿aún te sorprendes? —se rió de ella *Bartolomé*—. Desde que se supone que estoy en el paraíso, el mundo entero ha pasado a través de mí, me ha pisado, me ha vomitado encima... ¡sin preocuparse lo más mínimo por mi dignidad!

—Calla un poco y sigámosles —le cortó la mujer fantasma, tratando de disimular su inquietud ante la cara angustiada de su hijo.

«Cara de fugitivo», se dijo para sí. Sería capaz de reconocer esa expresión de angustia entre miles.

—Mi pequeño... —exclamó en la lengua taciturna del limbo.

Hasta ese momento, su indignación por la conducta onanista de su bastardo no había cejado de crecer. ¡Qué duda cabía que era el producto depravado de sus dos padres! Lamentaba que se hubiera dejado arrastrar ante ella simplemente por haber visto un dibujo de su entrepierna. Solo la irrupción de la ramera los había salvado de la abominación. El fantasma se había ido de la habitación en el momento en que su hijo penetraba a la chica. De vez en cuando, una risa irreprimible se le superponía al sentimiento de enojo: los dos mundos, el de la vida y el de la muerte, podían combinarse y producir historias tan malsonantes como la de un joven inexperto que desea unirse, en presencia de su madre, con la juventud desaparecida de esta.

—¡Ah, la eternidad tiene mucho tiempo que perder! —concluyó, desconsolada y sin rastro de ironía.

Mientras, *Bartolomé*, movido por otras inquietudes, la había asediado a preguntas durante horas.

—Estás olvidando nuestro pacto, mujer —remachó entre la rabia y el llanto.

María seguía inquieta por la conducta de Juan y solo pudo responder con evasivas a parte de las preguntas que el comerciante de ganado humano le hacía. El fantasma sabía que estuvo a punto de empezar a estudiar Derecho en Salamanca, que poseía bienes en Madrid… y que ella lo había apuñalado porque previamente él había intentado violarla tras comprarla en el mercado de esclavos de Sevilla. Pero *Bartolomé* repuso que esas migajas de su pasado no tenían sentido y acusó a *María* de burlarse de él.

—Dices que te compré como esclava solo unos días antes de mi asesinato… Pero yo presiento que nos conocíamos desde mucho antes… Y además, ¿por qué estoy convencido de haber sentido inclinación por ti?

—Sí, sí —contestó *María* de mala gana—. Éramos grandes amantes y, antes de morir, nos juramos que el primero que se fuera esperaría al otro en el más allá.

—No hay que reírse de esas cosas —dijo *Bartolomé*, y añadió con voz dulce—:… y eso es lo que he hecho, ¿no?

—¿No crees que tenemos mucho tiempo por delante para discutir los detalles? Y aunque no lo hiciéramos… ¿me degollarías? Sería bastante ridículo, dado que ninguno de nosotros puede morir más —sentenció *María* para zanjar la discusión—. De todas formas, si insistes demasiado, te mentiré. Después, confesaré que te engañé y te daré otra información más dudosa. ¿Es eso lo que deseas, compadre? De momento, estás a mi servicio… Eso es todo.

—Júrame al menos que tu intervención con la vieja no te ha afectado a la memoria —replicó un *Bartolomé* más humilde.

María simuló no haberle oído. *Bartolomé* se estaba volviendo muy pesado con el cuento eterno de los peligros del olvido.

—Si sigues sin atender a mis recomendaciones, acabarás siendo más indistinguible que una gota en el mar, y además tu dolor será inconmensurable. El deseo de querer recordar quién es uno es como una insoportable urticaria sobre la piel del océano que nadie, ni siquiera Dios, puede amainar. Puedes verlo en mí..

En un breve momento de pánico se preguntó qué significaría esa palabra, «Dios», y por qué su compañero la conocía, él que parecía haberlo olvidado todo. Luego, con gran alivio, recordó el sentido de la palabra... aunque solo en parte, supuso *María*, pero no se atrevió a ahondar en el tema ni a darle la razón al bobalicón de *Bartolomé*.

Pero ese vocablo que él había utilizado, con su infantilismo de muerto veterano, la repelió.

Los dos jóvenes y las dos almas en pena cruzaron la ciudad. Los Vivos, envueltos por los dos fantasmas, serpenteaban entre las calles sombrías que la lluvia y la basura habían tornado resbaladizas. Evitaron por los pelos varias patrullas de hombres armados que avanzaban en la noche con antorchas y candiles, e incluso una emboscada organizada por unos desjarretadores arracimados a la salida de un tugurio. La ciudad, en tensión por el miedo a una última revuelta de los numerosos moriscos arrinconados en el puerto a la espera del embarque, apenas dormía. Incluso la habitual cantinela del sereno («Ave María purísima, las nueve han dado y sereno») sonaba más bien a un lúgubre aviso de alerta.

Mortificada por su impotencia, *María* admiró el instinto que guiaba a la criada por el dédalo de plazoletas y callejuelas de Sevilla. La madre empezaba a cogerle aprecio cuando interceptó una mirada furtiva, llena de ternura, de la puta hacia su compañero. Su agradecimiento se transformó repentinamente en desprecio.

—¡Ah, no! —protestó la mujer fantasma rozando peligrosamente el rostro de la criada—. Juan, no. Mi hijo, no. Te lo prohíbo, encantadora de soldados. ¡A mi hijo no lo agarras!

Luego se preguntó aterrorizada cuál era la razón de su huraño comportamiento. ¿Acaso estaba añadiendo a su disgusto materno, normal y previsible, una pizca de celos de amante? Quizá había sido una parte de sí ínfima, pero algo en ella había refunfuñado: «Yo fui más hermosa que tú, saco de nabos, y lo sigo siendo. La prueba es que le he provocado una erección a mi hijo... cuando ya ni siquiera soy de ese mundo».

Ofuscada por las inmundas consideraciones que le perforaban el cerebro como larvas en la carroña, *María* se insultaba: «Lepra de letrinas, ¿qué te ocurre ahora? ¿Cómo osas envilecer hasta ese punto tu maternidad?».

Un insólito cosquilleo en su interior la alarmó de pronto: lo que empezó siendo un suave oleaje se transformó en un abrir y cerrar de ojos en un tornado. *María* intentaba comprender qué era esa imperiosa sensación que se abría camino en su interior.

«Creo que es la ira contra mis propios pensamientos erróneos», se dijo con amargura. Y para su sorpresa, estalló en la mayor carcajada que ella había experimentado jamás. Su risa venía a decirle: «Pero ¡para ya, miserable coqueta! ¿Cuándo vas a ser consciente de que ya no existes? ¿Que nada existe ya para ti? ¿Que estás muerta y bien muerta? Sí, ¡todo en ti ha muerto! Incluso tu coño, tu culo, tu corazón y hasta el alma que los hacía estremecer».

—Cuánto te diviertes cuando quieres, *María*. ¿No quieres compartir tu buen humor conmigo? —*Bartolomé* la observaba con una mezcla de preocupación y envidia.

Eran invisibles para todos, incluso para ellos mismos…, pero algo en el interior de su inmaterialidad «veía» y «oía», aunque ni *María* ni *Bartolomé* habrían podido localizar el misterioso «órgano».

Bartolomé se dejaba arrastrar sin demasiado entusiasmo por el grupo de fugitivos cuando se dio cuenta del cambio radical de *María*.

Al ver la bruma de perplejidad que envolvía a su comparsa, la vieja morisca se dijo que, si pudiera, *Bartolomé* se estaría rascando la cabeza. Y la idea de un cráneo sobre ese montón de aire que en otro tiempo se llamó Bartolomé incrementó aún más la hilaridad de la madre de Juan.

—Menos mal que nadie te oye —suspiró el hombre fantasma—. Pero tienes razón en reírte. ¡Mira dónde hemos acabado! No reconozco el lugar, por supuesto, pero veo que tú ya has adivinado qué se hace aquí… ¡Parece que el pendejo de tu hijo y su polluela han decidido no aburrirse!

Epílogo del hijo

Permanecí escondido durante una semana en una alcoba grasienta de un burdel de las murallas de Sevilla. Solo salía durante las horas previas al alba, cuando las putas agotadas regresaban a sus lechos y en las calles solo quedaban un puñado de borrachos mecidos por el vino. Me aliviaba en las letrinas más cercanas, me aseaba en la fuente de una iglesia y volvía abatido a mi refugio. Estaba alojado con una prostituta que Leonor me presentó como una «prima adoptiva» porque, según dijo, eran del mismo pueblo, habían jugado juntas de niñas y, de adultas, se encontraron las dos ganándose el pan con su cuerpo. Eso creaba lazos de parentesco más sólidos que los de una familia de sangre. El alquiler diario de esa especie de choza en la que pasaba buena parte de mis días era el doble del que pagaba en la posada, pero el precio incluía el silencio de la prostituta y de su chulo.

Al tercer día, el chulo me exigió un complemento con el pretexto de que había mucha clientela: según parecía, se estaban congregando en Sevilla multitud de militares ociosos procedentes de todas las provincias: eran los encargados de expulsar a la plaga morisca. Tras haber concluido la limpieza de Castilla, los soldados se encontraban en un estado de exaltación tal que habrían sido capaces de montar a un toro bravo. Cuanto más ociosos estaban, más ganas tenían de sexo, y eso era tan bueno para la religión verdadera como para su negocio.

Por desgracia, al ocupar un lugar que una de sus meretrices podría estar usando de forma más lucrativa, le estaba haciendo perder dinero.

—Además... —insinuó—, el trajín de militares pone más en guardia a alguaciles y guardas, que multiplican los controles y amenazan con cerrar los negocios que no les aumenten las propinas.

Su guiño carroñero acabó de convencerme. Tenía el estómago cerrado por el miedo y cometí el error de pagarle sin tomarme la molestia de regatear.

Por el brillo en su mirada, enseguida supe que el individuo se arrepentía ya de no haberme extorsionado más y que pronto volvería a la carga.

—Sin duda debéis de estar pudriéndoos de aburrimiento de la mañana a la noche. —Lo intentó de nuevo—. Si tuvierais la bondad de darme otra vez la misma cantidad, os obsequiaría con un tesoro: una doncella de once años como máximo que sus padres me han confiado para que complete su educación. La estaba reservando para alguno de mis amigos alcaldes, pero ¡por los pezones de santa Frígida!, creo que os corresponde. A esa edad no tienen pelo, ya lo veréis... Y tiene mucho más sabor que esas gallinas viejas que pululan por aquí. Os la dejaré toda una noche y, creedme, por la mañana seguiréis sin sentiros saciado...

Rechacé la oferta del repugnante chulo conteniendo las arcadas con la máxima cortesía de la que fui capaz. Aunque, mientras se alejaba, le oí blasfemar obscenidades contra esos sodomitas extranjeros que preferían los hombres a las mujeres y que contravenían las reglas morales más elementales.

—Creo, *María*, que no me aburro nada contigo. ¿Qué dices de pasar la mitad de la eternidad juntos? La primera mitad, claro...

María se abstuvo de responder, pues las bromas de *Bartolomé* siempre eran de doble sentido. Desde la noche de la huida, aguardaban apostados en la puerta del lupanar. Escaldada por la desafortunada experiencia, *María* había decidido limitarse a vigilar las idas y venidas de Juan desde el exterior del edificio. *Bartolomé* accedió de mala gana a la voluntad de su compañera.

—¿No quieres saber cómo se las arregla tu hijo con las desvergonzadas del lugar? Quizá esto nos traiga algunos recuerdos… —ironizó.

—Puede que no tengas memoria y que lo hayas olvidado todo, ¡pero sigues con tus modos barriobajeros!

Ambos quedaron en silencio, tan herido el uno como el otro, durante un instante… o quizá durante varias horas humanas, pues el paso de su tiempo nada tenía que ver con el del mundo de los Vivos. Luego *María*, chapoteando como de costumbre en el mar de sus pensamientos, preguntó distraída:

—¿Has vuelto a encontrar a…? —Y dejó sin concluir la pregunta al darse cuenta de que se había dirigido a su compañero.

—¿Encontrado a quién? —preguntó, aprovechando la ocasión para retomar la conversación.

—A alguien más poderoso que nosotros… alguien que entienda… No sé… ¿me comprendes? —farfulló.

—¿Quieres decir a Dios… o como mínimo al Príncipe… de los humos de chimenea que somos? —apuntó antes de soltar una carcajada que agitó su inconsistente carcasa—. ¿Crees que he dejado de plantearme esa pregunta un solo instante?

Se encontraban en medio de un grupo de Vivos dedicados a vaciar sus jarras de mal vino a la luz de una hoguera improvisada. Ninguno de los bebedores que, con los pantalones desabrochados, a veces eructaban, otras se tiraban pedos y otras más sagradas se santiguaban al paso de un murciélago, percibió la carcajada del otro mundo.

—¿Y adivinas, *María*, qué le habría preguntado a nuestro Jefe entre los Jefes? Señor Príncipe, Soberano de las Sombras y las Luces, ¿qué tienes previsto para mí en los miles de siglos venideros?

Cada noche, Leonor me traía provisiones y, tras cambiarme el vendaje, me informaba de los avances de sus gestiones. En cuanto se libraba del servicio en la posada, se dirigía al puerto para tomar la temperatura de la situación. No ocultó en ningún momento su forma de tratar con los hombres.

—Dios ha dotado de un segundo orificio a la hija de Eva para paliar su complexión débil. ¡Y el hijo de Adán es tan débil ante ese agujero…! —solía contar. Luego, seguramente tras pensar en la dureza de su vida, añadía—: Pero bueno, el Señor podría haber hecho las cosas algo menos… —buscó la palabra cerrando los párpados y, al no encontrarla, se resignó levantando los hombros—… para las que lo convierten en su oficio.

En esos momentos, me sentía tan vil aprovechándome de una ingenua, y el desprecio que sentía hacia mí mismo era tan grande que, pese a mi mala conciencia, carecía de valor para prescindir de la ayuda de Leonor. Como compensación, soñé varias veces con la prostituta, y en esas ilusiones en las que era tan fácil recuperar mi dignidad la colmaba de presentes, le regalaba una casa bonita y, lo que me pareció una quimera incluso en el sueño, la presentaba a mi madre, que se convertía en su mejor amiga.

La criada se había empeñado en convencer a un marinero de que me aceptara en su barco y me desembarcara en una costa lejos de Sevilla, pero las cosas no marchaban como ella quería. El tipo en cuestión, un patrón que redondeaba sus ingresos con un poco de contrabando, podía llevar a alguien hasta Francia, si se le pagaba bien… Pero el riesgo era elevado, pues los arcabuceros controlaban las calles que conducían a los embarcaderos y comprobaban sin cesar la identidad de la tripulación y de las personas que entraban o salían del puerto. Incluso aunque consiguiera llegar a alta mar, la flota real no dudaba en cañonear a cualquier embarcación sospechosa. El patrón del barco también temía las galeras de Argel que merodeaban por esa zona. Y sobre todo, antes de alcanzar cualquier acuerdo quería saber de qué estaba acusado su posible cliente. Leonor le había contado que se trataba de una pelea entre vecinos que se había saldado accidentalmente con la muerte de uno de los protagonistas, pero el marinero, con la intención de aumentar el precio de sus servicios, se mostró escéptico: «¿Por qué ir tan lejos, entonces?».

—De todas formas, los galeones y las galeras de deportados ocupan todo el puerto —contó Leonor—. Hay demasiados soldados. Esos malditos moriscos son tan numerosos que no podrá hacerse hasta que el último de ellos haya embarcado. Cada día cientos de ellos son amontonados en los barcos, pero llegan de toda Castilla como si fueran rebaños, con sus escasas pertenencias a hombros, la mayoría de ellos encadenados entre sí. No hay sitio donde encerrarlos ya, duermen por el suelo, mean y cagan por todas partes, y lloran... ¡Oh, Dios, cómo lloran! Claman al cielo que son tan buenos cristianos como los soldados que los empujan a los calabozos de los galeones...

Leonor se mordisqueó los labios mientras vaciaba el hatillo de comida.

—Dios es testigo de que no me gustan esos herejes, pero es un espectáculo insoportable ver cómo se rompen tantas vidas al mismo tiempo. Esta mañana he visto a un soldado destripando a un hombre del que decían que se había tragado unas monedas de oro por miedo a que se las confiscaran, y luego a su mujer arrancarse el pelo mechón tras mechón. Gritaba y se arrancaba una buena mata de pelo, luego volvía a gritar. Al final se ha quedado sin pelo, parecía un pollo mal desplumado. Sus hijos gritaban de terror a su alrededor y le repetían «¡Madre, madre, el pelo no! ¡Nos gusta tu pelo!». Y como los soldados se reían a carcajadas, la mujer se precipitó al borde del puerto, se arrodilló y se puso a beber agua, sin parar, para ahogarse. Vomitaba y luego volvía a sumergir la cabeza en el agua. No he tenido valor para quedarme hasta el final.

La criada estaba pálida. Mientras profería una barbaridad contra la incapacidad de los ángeles para limpiarse el fundamento tras defecar, cortó dos lonchas de jamón, una para mí y otra para ella.

—Come —insistió con voz temblorosa—. No tengo hambre, no me hagas caso.

Me acercó un chusco de pan y un poco de vino.

—También lloré, Juan. Maldije a la mujer hasta su quinta generación de antepasados y lloré por ella. —Y torciendo el gesto, añadió, como excusándose—: No te preocupes. Nadie me vio.

Me evitaba con la mirada. Decidió tumbarse junto a mí.

—Ábreme las piernas, Juan, y penétrame hasta el fondo. Quisiera comprobar que aún estoy viva. Date prisa, tengo que volver a la posada antes de despertar sospechas en el imbécil del dueño.

Sentí cómo me latían las sienes. Intenté hacer lo que Leonor me pedía, pero no lo conseguí. Se levantó un poco sorprendida y me observó con una mirada aguda.

—¡Eh, gallo italiano! —intentó bromear—. Estás en un lupanar, envuelto de pollitas fáciles, dispuestas a ofrecerte su virginidad una segunda vez si pudieran, ¿y no tienes ganas de…? —Y añadió con voz tierna—: ¿La desgracia de la morisca te ha dejado ese mal cuerpo? Qué delicado eres, hermoso artesano, para estos tiempos de hierro y sangre. Deberías volver a tus menesteres de cobre, agua fuerte y grandes burguesas que retratar.

Me besó impulsivamente, como solo besan las prostitutas. Con demasiada ternura y con la pena de tener que dejarme tan pronto marcada en su rostro.

Y escuché cómo una pregunta extendía sus tentáculos en mi pecho: «¿Qué te pasa, Leonor? No eres más que una puta y yo un cliente. ¿Por qué te apuras tanto por mí?».

—Deja de pensar en la gente del puerto, Juan. Eso no va contigo. El que está allá arriba repartiendo la pitanza de nuestra vida elige según su voluntad los ingredientes más amargos. Y cada cual en la tierra recibe su parte, que cada cual deberá tragarse hasta el final, hasta no dejar nada en su escudilla. Los moriscos lo están pagando caro, es cierto...

Frotó furtivamente la punta de su nariz contra la mía. Tenía la voz muy áspera, de una dureza que era incapaz de reconocer.

—Pero a mí también me lo ha hecho pagar caro. Tú acabas de recibir tu parte y vas a descubrir ahora a qué sabe. Es cierto que algunos días resulta más difícil de digerir que otros... ¡Qué difícil es el alimento del Señor!

La joven se me acercó aún más, quizá para ocultar su mirada. Y mientras me disponía a devolverle el beso, esforzándome por esconder la angustia que surgía de mi alma como un peñasco demasiado pesado caído sobre una barca, pensé: «Si supieras por un solo instante hasta qué punto la desgracia de esos seres también es la mía...».

Aparecieron en pleno día, en la otra orilla del río, frente a la puerta del burdel. Dos fantasmas, un hombre y una mujer, indiferentes a lo que les rodeaba, absortos por completo en su violenta discusión.

Ella les escuchó fascinada y ellos no advirtieron su presencia.

—Si hubieras regresado antes, no estaría muerta —le reprochaba la mujer al hombre.

—Pero ¡si regresé! Y para entonces, ya estabas muerta... —Se hizo un silencio—. Además, yo también estoy muerto y no por ello te odio. Ha pasado tanto tiempo desde entonces...

—Pero ¿por qué no regresaste más temprano? Nada de esto hubiera sucedido —reemprendió la mujer con toda su pena.

El resto del día, *María* se dedicó a espiarlos. Jamás aflojaron en su enigmática discusión. Al caer la noche, desaparecieron sin más, dejándola en su gélida soledad.

De repente, comprendió que se amaban... o, en todo caso, que antes de morir, se habían amado.

Y desconsoladamente, sin límites, les envidió con todo su pobre corazón.

Pasé otros dos días enteros y larguísimos pudriéndome en aquel reducto, arrastrando mi pena, hundido de impotencia y de humillación: a través del finísimo tabique oía los interminables retozos de la «prima» de Leonor con sus clientes... y ellos me oían a mí. Por desgracia, una vez tosí. El hombre, ya en plena faena, se detuvo de repente.

—¿De quién ha sido ese pedo? —preguntó espada en mano—. ¿Qué, puta? ¿Has escondido a un amante bajo la cama?

Mi vecina usó todas sus armas de mujer. Con una estrepitosa carcajada tranquilizó al cliente y le dijo que había sido ella, pero que no se había tirado un pedo, sino que había tosido... Y que si había confundido un ruido con el otro no tenía más que acudir a rezarle a santa Rita para que le conservara la vista, porque estaba claro que con el oído no podía hacer ya nada.

Cuando se fue, la prostituta me recomendó, medio en broma, medio en serio, ser menos ruidoso en el futuro, a menos... que quisiera participar de alguna forma en su negocio, añadió irónica.

—Verás, algunos de mis clientes habituales tienen unas inclinaciones un poco raras... ¡Hay gente a la que le gusta complicarse en las relaciones amorosas! —se mofó a través del tabique.

El dueño del lupanar regresó varias veces, dándome a entender que me expulsaría (o algo peor) al día siguiente si me negaba a pagarle el nuevo suplemento exorbitante que me exigía.

Ese sábado, tras la visita del médico que comprobaba la ausencia del mal francés entre las putas del burdel, se produjo el desenlace y, además, de la forma más extravagante.

Leonor había llegado casi sin aliento a mi madriguera. Depositó dos fardos grandes en el suelo y me abrazó fogosa golpeando en el tabique para saludar a su prima.

—Perdona, no te he traído nada de comer. No he tenido tiempo.

—Me comería las piedras si la salsa fuera buena —farfullé decepcionado.

—Antes de apiadarte de tu vientre, mira qué te he traído a cambio —murmuró, y empezó a mostrarme con nerviosismo el contenido de uno de los fardos.

—Leonor…

La sorpresa me dejó boquiabierto. Allí estaban todos mis enseres de grabador: cinceles, tampón, hojas de papel aceitado, placas de cobre (incluida la del fallido retrato de mi madre)… ¡Hasta las botellas de ácido, protegidas en telas! Mi pecho se hinchó de agradecimiento, como si un prodigio me hubiera devuelto a los miembros perdidos de mi familia. Tomé los lápices, las puntas metálicas sujetas con un cordel, mis placas y las acaricié emocionado por su frío contacto. Me di cuenta de que quería a esas herramientas como a un ser humano. Una melancolía aguda me puso un nudo en la garganta. ¿Cuándo volvería a ejercer ese oficio, exigente y modesto, que había constituido lo esencial de mi vida durante tantos años y que, ahora me percataba, era ya parte de mí mismo? Sí, yo ya no era solo Juan; era Juan el grabador.

—¿Cómo lo has conseguido? —inquirí por fin, con el zurrón agarrado—. Pensaba que tu jefe se lo habría quedado.

—El muy ladino lo guardaba en la bodega a la espera de poder venderlo. ¡Se lo acabo de robar!

—¿Cómo? Se va a dar cuenta y…

—Pues claro, en cuanto baje a llenar una jarra de vino. El

muy cerdo es demasiado ávido para no darse cuenta. ¡Que Dios lo deje ciego y sordo!

—Pero, Leonor… ¿cómo vas a justificarte ante él?

—No pienso volver a verle… excepto en el infierno, si la mala suerte me persigue.

Sin dejarme tiempo para reflexionar sobre las implicaciones de su respuesta, me tomó por el hombro y, sin poder contener su entrega, bajó aún más la voz.

—Aquí ya no estás seguro. Según mi prima, su chulo tiene intención de atracarte esta misma noche. Vendrá con un cómplice, un vendedor de cuchillos que le sirve para corregir a las «muchachas descarriadas». Si te resistes, te matarán. Creo que aunque te mostraras dócil, te matarían: un muerto no se queja. Además, a fuerza de… ejem… ejem… —me mandó un guiño irónico— de bajar al puerto, creo que he dado con la forma de que abandones España. Sí, has oído bien, hidalgo del corazón florido: gracias a mis curvas, no solo dejarás Sevilla, sino también los reinos de Castilla, Aragón, Granada y todo lo que quieras añadir de este lado de tierra firme.

Abrí unos ojos como platos ante ese inesperado e irónico lirismo de Leonor; creo que enrojecí hasta las cejas cuando me indicó con tanta naturalidad el precio que había pagado para ayudarme y, por tanto, la deuda que acababa de contraer con ella.

Fingiendo no ver mi sorpresa, ella exageró su buen humor.

—Lo más divertido es que todo esto será posible en parte gracias a esos apestosos moriscos… Pero… Porque hay un «pero».

Esbozó una sonrisa que pretendía ser astuta, pero la ansiedad de sus ojos la traicionaba.

En mi interior nació una chispa de enojo: ¿quién se creía que era, esa puta que insultaba a los míos? El cuerpo se me puso rígido como la madera y mi lengua se disponía a soltar un disparate del tipo: «¿Qué significa esta socarronería?».

La mujer pronunció un tercer «pero» menos seguro, y dibujó un círculo con la punta del pie antes de aclararse la garganta para proseguir.

—Necesito tu respuesta ya, Juan. Tengo poquísimo tiempo para conseguir tu acuerdo. Si te niegas, no podré hacer nada por ti. De hecho, creo que ya he hecho demasiado, ¿no crees? En cuanto salgas de aquí, los guardias te detendrán y sin duda te colgarán... Quizá te ahorren el suplicio de las tenazas y del torniquete... Pero no estoy segura, porque es el destino común para los asesinos en estas tierras. En cambio, si aceptas, abandonaremos esta ratonera ahora mismo y mañana al alba, si el amigo Satán no se mezcla en nuestros asuntos, navegarás por la Mar Océana en dirección a las Indias.

—¿A las Indias qué? Estás lo...

Me interrumpió tapándome con fuerza la boca con su mano. Sus dedos me hicieron daño. Su timbre era áspero, casi ronco.

—Oye, hijo de la mantequilla y la miel, haz menos ruido o vas a atraer a los rufianes. La chica de al lado es mi prima, no tu prima. Antes de lanzarte a decir que he perdido la razón, déjame que te explique. No deberías dejarte engañar por mi actitud digamos... desenvuelta. Dejarse montar por los oficiales que apestan a vino y a mierda mal limpiada es tan peligroso como huir de aquí. A veces tengo que esforzarme por no vomitar en los uniformes de esos cerdos. En boca cerrada...

Suspiró y tuve la impresión de que ese suspiro era un gemido reprimido. Estuve a punto de apartarle los dedos y escupirle, con rabia, que yo no le había suplicado que se prostituyera por mí. Pero mi ira se quedó anclada como una espina en la garganta al observar que una neblina de inquietud había enturbiado sus ojos. Sin quitarme la mano de la boca, me escrutaba con una mirada despreciativa. Cuando recuperó el habla, su tono era laxo, casi desanimado.

—Vas a tener que terminar tú el trabajo, Juan. No te bastará con decirme que sí. Hay un par de condiciones más. Si no eres capaz de cumplirlas, todo esto —dijo, aflojando la presión de sus dedos, que yo traduje cínicamente por «abrirme de piernas»— no habrá servido para nada.

Apenas podía dar crédito a lo que me contaba. Según ella, un gobernador de no sé qué lugar del Nuevo Mundo acababa de ser nombrado por el rey para sustituir al anterior, asesinado por unos salvajes. Ese galeón gozaba de una autorización especial y zarpaba al día siguiente a pesar del frenesí portuario. Pero el gobernador se hallaba profundamente enojado. Al parecer, su pintor personal, que debería haberlo acompañado y retratado en distintos momentos del viaje y sobre todo al llegar a las Indias, acababa de morir, asesinado por los moriscos del puerto. Pero el barco, a causa de los vientos favorables o desfavorables (Leonor no lo recordaba), tenía que aparejar mañana mismo al alba.

—El pintor se había empeñado en plasmar la expulsión de los moriscos para dedicarla como buen cortesano al gobernador, un hombre muy piadoso. El Nuevo Mundo vería así, por voluntad de su nuevo jefe, el precio que se paga por desafiar la verdadera religión. La propuesta había seducido al gobernador, quien no solo dio su consentimiento, sino que animó al pintor. Decía que era un acto de devoción que atraería la protección del Señor durante la travesía. Incluso había prometido colgar el cuadro en la sala de recepciones de su nueva residencia. Tras construir un tablado en medio de la masa de moriscos, el pintor se había puesto manos a la obra esta mañana.

Una expresión irónica nació en las comisuras de los labios de Leonor.

—De inmediato, ese bobalicón de pintor recibió una lluvia de piedras; una de ellas lo mató. Los arcabuceros no tuvieron siquiera tiempo de intervenir. Ese imprudente tenía el cerebro esparcido por el suelo como una boñiga. Los soldados destriparon de todas formas a algunos herejes, pero el mal ya estaba hecho.

Unió las manos en un gesto inconsciente de súplica.

—Pero, no hay mal que por bien no venga, si haces lo que te digo. Tú también sabes pintar... Decídete deprisa porque el chulo de mi prima podría llegar antes de lo previsto.

Impresionado por su fuerza, imité el gesto de súplica de las manos de Leonor. Cuando me di cuenta, bajé los brazos, diciéndome que estaba reaccionando como un descerebrado. Exasperado, mi vanidad maltrecha me pedía que la corrigiera: no, yo no era un vulgar pintor, sino un probo y diestro grabador reconocido por el conjunto de cofrades romanos. Un nudo de escepticismo me frotaba como una bola de ortiga las paredes del cráneo y me impedía hacerle la pregunta que en realidad me torturaba: ¿qué ganaba ella corriendo tantos riesgos por mí?

Pero antes de que pudiera recuperarme, esa mujer ya se me había adelantado.

—Pinta algo sobre la expulsión de esos bastardos moros. Si no le disgusta demasiado al gobernador, quizá te admita en su galeón. ¿Qué dices, Juan?

Para no responder, ironicé.

—¿De dónde sacas toda esa información sobre lo que quiere o no quiere el señor gobernador de las Indias?

La criada me replicó con sorna:

—Me he acostado con el capitán del galeón, un genovés. Varias veces, además, porque él encuentra en mí atractivos a los que tú, en cambio, pareces insensible.

Pasé por alto su sarcasmo y el encogimiento de pecho que lo acompañó. La voz áspera no me daba tregua: «No te estarás enamorando de esta puta, ¿verdad?».

—No tengo útiles para pintar. Como mucho podría esbozar algo al carboncillo.

Pero ella se quedó solo con mi acuerdo implícito.

—Garabatea lo que puedas. Mientras, si le tienes apego a la vida, ruega para que el Creador deposite una miguita de Su habilidad en la punta de tus dedos.

Ese día descubrí que no hay nada más fácil que caer en la infamia e incluso revolcarse en ella aun queriendo ser un hombre honesto. Basta sencillamente con convencerse de que la caída solo es producto de causas ajenas a la voluntad propia.

Así me encontré en el puerto, con Leonor pisándome los talones; yo con mi hatillo de útiles y el rollo con los dibujos de don Miguel, y ella con mi zurrón de efectos personales. Nadie había hecho amago de oponerse a nuestra salida del lupanar, aunque Leonor se había despedido de su prima de una forma que me pareció demasiado definitiva como para no inquietarme. La desacompasada pareja que formábamos yo, un individuo extraño y mal afeitado, y Leonor, vestida de modo excesivamente atrevido, debía de resultar muy singular; probablemente por esa paradójica razón nadie nos pidió cuentas. Lo que es evidente a la vista a veces se nos escapa.

Llegamos a las proximidades del puerto. Cubiertas por arqueros, se alineaban distintas hileras de soldados tocados con morrión, espada al costado y petrinal en bandolera, que impedían el acceso. Muchos de ellos pertenecían a la temible milicia de la Cofradía de la Cruz, reconocibles por el símbolo blanco cosido en sus uniformes y a quien el rey había otorgado potestades por encima de las leyes ordinarias.

Un bosque de cabos, velas y mástiles de todas las alturas y longitudes, de una densidad jamás vista, oscurecía los tonos rojizos de un cielo de tarde ventoso, con ratos de lluvia y de sol. Las naves, que prácticamente se tocaban, eran de una variedad sorprendente: galeras, carabelas, galeones, fragatas, galeotas y muchas más cuyos nombres yo desconocía. La mayoría poseían cañones. Algunas embarcaciones comerciales, extranjeras a juzgar por su bandera, se insinuaban en los espacios que dejaba vacante la flota de guerra española.

Quedé estupefacto, con el corazón en un puño, dividido entre la admiración y el espanto ante tanta demostración de poder. Sí, el Imperio estaba allí con toda su cruel majestad, decidido a liberarse sin compasión alguna de los últimos retoños de quienes, en nombre de otra esperanza, habían cometido la imprudencia de disputarle esta tierra durante tantos siglos.

Leonor se me adelantó. Susurró unas palabras a un soldado; tras intercambiar algunas frases con ella, la condujo hasta otro soldado más elevado en el rango jerárquico. No sé qué les diría, pero pronto nos dejaron superar el cordón de alabarderos. Incluso me pareció oír algunas risitas a mi espalda cuando accedí a la explanada del puerto propiamente dicha, situada un pie por debajo del terraplén donde se hallaba el grueso de soldados.

—¿Así que es aquí...? —exclamé estúpidamente sintiendo que las piernas me fallaban.

Hasta el último rincón de aquella parte del puerto estaba ocupado por un hervidero de gente que, a primera vista, me pareció entregada a su libre albedrío. Sin embargo, no tardé en percibir varios cordones de soldados con lanzas y arcabuces dividiendo en múltiples islotes a los condenados a ser deportados. Frente a los muelles, otros prisioneros alineados por parejas en hileras inmensas aguardaban el embarque ante las barcazas de fondo plano. Algunas embarcaciones, ya colmadas, se alejaban del embarcadero.

Había miles de hombres, mujeres y niños de todas las condiciones, la mayoría de ellos, campesinos. Algunos, incluso después de aquel trato infame, se distinguía claramente que habían vivido en la opulencia. Otros, con los pies descalzos y con ropas muy ligeras, parecían haber sido arrancados del lecho en mitad de la noche. Algunas viejas se habían tocado como si fueran de fiesta. Casi todos acarreaban fardos e incluso llevaban utensilios de cocina alrededor del cuello. Tan solo un reducido grupo de individuos era mantenido aparte, vigilado estrechamente por un pelotón. A los demás se los convocaba ordenadamente: tras leer sus nombres, eran dirigidos hacia los soldados, que parecían inspeccionarlos metódicamente uno tras otro y, tras arrancarle lo que fuera, les dirigían hacia una de las columnas de partida.

No fue la densidad de la congregación, insospechada detrás de la gruesa hilera de soldados, lo que me provocó náuseas; ya había visto multitudes en Roma durante las grandes fiestas religiosas. Ni siquiera el relativo silencio, solo roto por los ladridos de los guardianes y el llanto esporádico rápidamente sofocado de algún niñito. No. La primera analogía que me vino a la cabeza fue la de los corderos sucios y aterrados de camino al matadero, con la única diferencia de que los moriscos sabían la suerte que les estaba reservada.

El viento condujo hasta mi nariz un intenso hedor de mierda y orina.

«¿Es este, pues, el olor del fin del mundo?», exclamé para mis adentros con el estómago hecho un nudo.

Leonor escupió de asco.

—¿A qué esperas? —susurró con voz temerosa—. Vamos, pinta lo que tengas que pintar y vayámonos lo antes posible.

Durante toda su vida, mi madre me habló del miedo a ser privada un día de su país. Para convencer a mi «padre», ella afirmaba que Dios, que todo lo sabe de antemano, había dividido el mundo en tres: el Edén, el infierno y una última parte, «el tercio restante», un territorio de angustia reservado, decía, a los que por toda la eternidad no poseerían ninguna patria. Algunas mañanas, juraba que acababa de soñar con ese odioso «tercio restante», y lo interpretaba ante su esposo como una señal inequívoca de su inexorable expulsión.

De niño siempre consideré que mi madre exageraba sobre la oscuridad de sus sueños. Ahora estoy viendo con mis propios ojos la tercera fracción de la Creación y comprendo por qué estaba tan asustada.

—¡Rediós! Esto huele tan mal como la mierda de los bautizados, ¿eh? —gruñó un soldado conduciéndome hacia el estrado—. A tu antecesor le aplastaron la cabeza y luego lo sepultaron bajo cubos de mierda. ¡Nos costó horrores arrebatarles el cuerpo!

Apartó de un puntapié una piedra que aún estaba sobre un peldaño de la escalera.

—A estos blasfemos no les debe de gustar demasiado la pintura. Menos mal que los obligamos a pagarse el pasaje, ¡al menos eso servirá para limpiar esta pocilga!

Su mano abarcó con un gesto vago la explanada y el estrado; el terreno estaba totalmente cubierto de piedras y excrementos. Una mácula de sangre manchaba el suelo; a su alrededor había tubos de pintura, un paño y unos pinceles. El caballete era lo único que había sobrevivido en pie a la carnicería.

Algunos moriscos se habían acercado al estrado y nos observaban con la mirada vacía. Uno de ellos me amenazó furtivamente con el puño.

—¡Soldado, quédate conmigo! —le supliqué en un ataque de pánico—. Lo estoy haciendo para el servicio del rey.

El soldado alzó los hombros con una mezcla de piedad y desprecio. Se ajustó el casco; con la otra mano no dejaba de toquetear nerviosamente la empuñadura de su espada.

Con el mentón señaló la multitud.

—Para el rey o la Virgen, valiente, yo no voy a arriesgar la vida por un capricho. Ya tenemos bastante con contener a estas fieras como para además tener que defender a los cortesanos que se empeñan en hacerles quedar en ridículo. En caso de gran… eh… dificultad —se giró y me señaló la batería de cañones que apuntaban a la explanada—, dispararemos sin contemplaciones, incluso si para ello tuviéramos que sacrificar a uno o dos de los nuestros. Estamos defendiendo Sevilla, joven, no a un… —hizo una mueca de desdén—… a un cantamañanas cortesano. Consolaos: si os sucediera algo, se os consideraría un buen creyente.

Soltó una sonora carcajada y me preguntó cómo me llamaba.

—¡Estupendo, pronto habrá un san Juan Cortés en el calendario! —exclamó llorando de risa, encantado por su ocurrencia—. Os prometo que acabaré con no menos de diez de estos piojosos para celebrar vuestro martirio. De todas formas, tranquilizaos; buena parte de ellos terminan siendo lanzados por la borda y devorados por los peces.

Se hallaba ya a unos diez codos del estrado, cuando volvió a interpelarme sin perder su ironía.

—Os habríais podido vestir un poco para un día como este. Al Señor no le gusta admitir a santos mal vestidos en su paraíso.

El viento había empezado a soplar, llevándose consigo algo del hedor a mierda. El individuo que me había amenazado con el puño reapareció. Aún era joven, tendría unos treinta años. Me desafió. Su cara parecía envejecida por una rabia triste. Había dispuesto papel aceitado en el caballete. Me temblaban las manos. Cogí el lápiz sin dejar de vigilar al hombre por el rabillo del ojo. Se disponía a insultarme, creo, cuando un profundo grito de mujer se elevó entre la multitud.

Ambos nos giramos hacia el lugar de donde provenía el grito: una barcaza que apenas había cubierto la mitad de la distancia que la separaba del navío de deportación más cercano. Sobre ella, una mujer estaba en pie y gritaba con todas sus fuerzas. Parecía que iba a desgañitarse, que se le iba a salir la vida entera por la boca. «Tiene la cabeza demasiado tensa, va a resquebrajarse», fue mi absurdo pensamiento. Inconscientemente, tomé una bocanada de aire, como para ayudar a respirar a esa mujer. Uno de los remeros empezó a insultarla diciendo que desequilibraba la embarcación. Luego un segundo individuo, quizá otro remero, tiró brutalmente del vestido de la morisca y la hizo caer en medio de los demás pasajeros.

Se produjo un silencio absoluto en la explanada, como si, soldado o proscrito, cada cual esperara con angustia la reanudación de la desgarradora protesta.

Entonces, desde el centro de la plaza, se alzó el tradicional *yuyu* de las moriscas, relevado, justo en el momento en que expiraba, por un segundo en la otra punta del puerto, seguido de un tercero...

Así fue como, de todas partes, del mar y de la tierra, se elevó un clamor de miles de aullidos de desespero que brotaban de los pechos de las mujeres amontonadas en los muelles, apretujadas en las barcazas o peligrosamente asomadas a los empalletados de los barcos del exilio.

Y tan repentinamente como empezó, el clamor de las proscritas se interrumpió. Un último y solitario *yuyu* se alzó débilmente, pero acabó roto en sollozos. Por un instante, mientras los oídos me zumbaban, fui incapaz de oír el chasquido de los estandartes ni el rechinar de las armas de los impresionados soldados. Un escalofrío me recorrió la espalda y puso como escarpias hasta el último pelo de mi cuerpo. Lo sentía con toda mi alma: yo hubiera tenido que compartir el destino de esa gente. Pero estaba tan aterrorizado que por nada del mundo hubiera bajado del estrado para unirme a su suerte.

Intenté tragar saliva, pero algo —¿una esponja?, ¿un pedazo de cuero?— parecía haberme bloqueado la garganta. Mi madre solía contarme que eso significaba que Iblis había aprovechado para soplar en el saquito de amargura que todo ser humano posee justo encima de la nuez. Se reía y decía que solo el beso de una madre amorosa podía deshincharlo; en caso contrario, si el niño seguía demasiado enfadado acababa muriendo de asfixia. Por eso corría siempre tras ella, medio incrédulo, medio atemorizado, para que me ofreciera el beso de la salvación. Me encantaban esos juegos que mi madre me concedía solo raramente.

Sin embargo, mi madre había sido quemada en la hoguera y ya nunca volvería a concederme esa caricia salvadora que me llenaba de alegría.

Seguía enarbolando el lápiz. Lo asía con fuerza, presa del vértigo, casi sorprendido de hallarme tras un caballete. Mi mirada se fijó en el hombre del puño. Me miró aterrado.

Él también lloraba.

Con la manga se secó las lágrimas. Luego se alejó con paso cansino sin soltar el insulto que me tenía preparado.

Bajé la cabeza ante la imposibilidad de representar lo inexpiable. Para que me perdonaran mi traición, alisé la hoja del caballete y empecé a dibujar solo al morisco que lloraba.

Epílogo de la madre

Ahora ya no recuerdo demasiadas cosas. Pero ¿acaso tiene importancia?

Yo, María, solo sé que en el fondo he tenido mucha suerte, incluso siendo el fantasma de una mujer quemada por razones que ya ni me interesan.

Aun así, soy una proscrita. Durante toda mi existencia intenté con toda la energía del desespero evitar lo que creí que era el colmo de la desgracia.

Muerta y exiliada, avanzo en dirección a lo que los Vivos llaman el Nuevo Mundo, en (o sobre, o dentro o, más bien, mezclada en) un galeón escoltado por otros dos que se han unido a nosotros esta mañana.

«¡El Nuevo Mundo!», exclaman con orgullo. ¡Qué pretensión tan grotesca! El mundo en el que me debato desde mi muerte es eterna e incomparablemente nuevo.

Pero un fantasma ya no tiene por qué ser listo ni cauteloso. Lo confieso, sí: a pesar de todos los infortunios de mi existencia terrenal, con qué voluptuosidad volvería a sumergirme en la estúpida y cruel candidez de la vida…

—Pero ¿cómo lo has hecho?

Estaban asomados a la cubierta y parecían admirar los delfines.

—Parecía que lo hubieras hechizado. ¡Estaba aterrorizado! ¿Qué le hiciste? —repitió angustiada.

Él la observó y, aunque estaba igual de sorprendido que ella, le sonrió.

La víspera, el capitán del barco, tras mucho palabreo y una atenta lectura de los documentos de identificación, aceptó presentarlo ante el alto funcionario. Este último, un hombre rechoncho en ropa interior y de muy mal humor, no apreció demasiado su dibujo.

—¿Por qué os habéis limitado a representar a un hombre que llora? Hemos expulsado a toda una nación impura. ¡Al Señor le hubiera gustado contemplar el aplastamiento de todo ese pueblo! Y vos, joven, habéis sido incapaz de comprender esa virtuosa exigencia.

Juan se justificó servilmente.

—Solo es un esbozo, señor… Me dispongo a realizar una gran obra sobre la expulsión de esa secta inspirándome en todas las sugerencias que tengáis la bondad de hacerme. ¡Ese será el primer testimonio para las Indias de la santa inflexibilidad de nuestra Iglesia!

El gobernador dudó; apreciaba el argumento y quizá la obsequiosidad del solicitante. Dio una última ojeada al retrato antes de lanzarlo sobre la mesa.

—¿Sabéis hacer algo más? ¿Tenéis estudios?

—Asistí a algunos cursos en la Universidad de Salamanca. Hablo latín, italiano y… —mintió.

—¡Ya basta de tanta jactancia, joven! —le interrumpió impaciente el gobernador—. No necesito ningún mal escritor, necesito un artesano. Además, al no ser vos hidalgo, sería sensato por vuestra parte no vestiros ridículamente con más cualidades de las que os autoriza vuestro nacimiento. Sin embargo, habéis tenido suerte. Mi estúpido pintor murió a manos de esos herejes y no tengo demasiado tiempo para encontrar otro.

Se dirigió al capitán. Su mueca de desdén ponía de manifiesto que le repugnaba ser prisionero de las circunstancias.

—Este individuo viajará con nosotros. Pero, como aún no ha demostrado su valía, pagará el precio de la travesía, así como los gastos derivados de su estancia a bordo.

Satisfecho de su mezquindad, repiqueteó los dedos sobre la mesa, dando a entender que daba por terminada la entrevista.

—... Solo asumiremos vuestros gastos si, durante el viaje, nos demostráis que vuestro trabajo está a la altura de nuestras exigencias. Comprobad su identidad y discutid con él las condiciones de embarque, capitán.

—¿Tenéis dinero para pagar? —fue la primera pregunta del oficial cuando se hallaron al aire libre en el puente superior—. Os costará...

Juan hizo una mueca al oír el importe: todo su peculio. Sin embargo, asintió con un vigoroso movimiento de cabeza.

—¿Y tienes para pagarme a mí? —intervino Leonor con una voz que parecía un susurro.

Juan se sobresaltó. ¡Se había olvidado de la criada!

—¿Pagarte? ¿Quieres una recompensa por tus esfuerzos?

—No seas animal —le cortó—. ¡Para pagarme el pasaje y la comida!

—¿Quieres cruzar la Mar Océana conmigo? Durante todos estos días, me has ayudado... ¿para eso? —Estaba sinceramente sorprendido, pero algo en él lo había presentido desde el principio.

La joven bajó la mirada, los colores le encendían las mejillas.

—Sí, pero creo que te habría ayudado a pesar de todo.

El oficial se rió divertido por las pretensiones de la puta.

—¡Está fuera de lugar que viajes con él! ¿Una criatura de tu calaña en un barco real? ¡Vamos! Vas a bajar en la barcaza con tu fardo y regresarás a nuestra bonita Sevilla, te aplicarás bálsamo en el ojo y rezarás por la salvación de nuestras almas si tu corazón es suficientemente misericordioso. No porque tú y yo hagamos… En fin… nos entendemos, ¿verdad?

Con el rostro descompuesto, Leonor tomó a Juan por el brazo.

—¡No me dejes en Sevilla, Juan! —Su voz, rota por la angustia, temblaba—. Quiero vivir una nueva vida. ¡Págame también mi parte, por el amor de Dios! Te ayudé, recuérdalo.

El oficial se dirigió al grabador, petrificado por el apuro.

—¿La señora es vuestra esposa? Ante Dios, quiero decir —precisó con un guiño cómplice.

—Esto… ¡No! —negó el grabador con una precipitación que le avergonzó.

Un mal pensamiento surcó todos los recodos de su cráneo: «Cerdo, ¿qué bajeza de ánimo te impide ser agradecido con quienes te han ayudado? Eres un traidor. Un traidor para todos: para los tuyos, para la pobre Leonor…». Cerró la boca y la abrió de nuevo, incapaz de soportar el sabor de la humillación de su saliva.

El capitán alzó los hombros.

—Incluso si pagara tu pasaje, campanilla, el gobernador y yo mismo nos opondríamos solemnemente.

Los ojos de la mujer se velaron. Un músculo hizo temblar imperceptiblemente su mejilla y dos perlas líquidas surgieron de sus ojos.

—Juan… No quiero quedarme en Sevilla. Me moriría aquí. Capitán, os lo suplico, por vuestros hijos…

—No tengo hijos, hermosa —se rió—, excepto los que voy sembrando por aquí y por allá.

Con una mano Leonor sacudió el brazo de su compañero y con la otra sujetó la manga del uniforme del navegante. Ahora lloraba a lágrima viva.

—Juan… Capitán…

Apenas tuvo tiempo de inspirar antes de volver a repetir la súplica a ambos hombres.

—Juan… Capitán…

En ese preciso momento, cuando el marinero se sacudió de encima los dedos de la prostituta, sucedió.

¡Hijo mío, qué caro me cuestas! *Bartolomé* está furioso, dice que he dejado atrás más de la mitad de mi memoria. Pero bueno, si ha sido la marcada por la desgracia, ¡quizá no haya sido tan mal negocio!

Me desternillaría de risa si los fantasmas pudiéramos hacer algo semejante. Aún puedo ver la cara de sapo del pobre oficial cuando le palpé la cabecilla de su cola.

Con un regusto a quemado en la boca, Juan se apresuró a intervenir, sospechando que si dejaba pasar un segundo más, su cobardía natural se lo impediría:

—Capitán, por favor, dejadla venir... Os daré todo lo que poseo. Y si eso no fuera suficiente, trabajaré aún más... Grabaré vuestro retrato e incluso...

El oficial levantó las cejas con un gesto de sorpresa.

—¡Bendito Dios! ¿También vos insistís?

Se hallaban en la parte trasera del puente, detrás de los toneles de tafia y de los bocoyes de vianda seca que aguardaban a ser almacenados en la bodega. Probablemente a causa de la presencia de la prostituta, el capitán había querido reunirse al abrigo de la curiosidad de la tripulación.

—¡Basta de bromas, señor garabateador de Salamanca! Os recuerdo que estáis hablando con un oficial de Su Majestad —espetó con las mandíbulas crispadas por la ira—. Creo que ya he forzado bastante al gobernador proponiéndole vuestra candidatura... pero mi barco no es una casa de citas. No os necesito para nada, y si insistís en imponerme vuestras razones, os tiraré a los dos por la borda. El agua está helada en esta época, ya lo veréis. —Y con el brazo tensado señaló a Leonor—: ¡Y tú, ahueca el ala de mi barco! Que te hayas abierto de piernas conmigo no significa que te vaya a abrir la ruta del Nuevo Mundo. ¡Fuer...!

Tuvo un espasmo. Empezó a balbucear. Parecía turbado.

—¿Qué me está sucediendo, Virgen santa?

Juan volvió a la carga, aunque una parte de él le advertía: «No seas idiota. Cuando te torturen cagarás arrepentimientos más altos que una montaña. ¿De veras crees que una puta medio tuerta merece que te la juegues?».

—Os lo ruego, capitán —suplicó con rostro sumiso, sin hacer caso de su demoníaca voz interior: «Eh, doble bastardo, no me digas que vas a salir al rescate de una puta porque tu madre también lo fue»—. Os juro por mi vida que no causará problema alguno.

—¿No me habéis oído, pedazo de inútil? Os he manifestado mi rechazo, si estáis sordo por haberos revolcado entre las carnes de muchachas vendidas es vuestro problema. Os lo voy a repetir más alto: ¡no! ¡Ah...! No... ¡Ah...!

Pronunció el «no» en dos tonos, el primero ronco y el segundo claramente más bajo, como si la palabra en sí misma se hubiera partido en dos tras un golpe seco. El marinero se dobló sobre sí mismo en un arrebato de tos. Cuando se irguió, tenía el rostro violeta y Juan leyó en él el pánico.

«Estúpido oficial, soy yo quien está inquieto, no tú», pensó para sus adentros.

Al capitán le salía baba por la boca y tenía los ojos en blanco. De repente fue presa de ridículas convulsiones.

—Oh... ¿Quién me aplasta entre sus brazos? ¡Suéltame el cuello, voy a morir! ¡Jesús, María y José, protegedme! He dicho que no... Arggg...

Parecía que volvía a ahogarse; se llevó la mano a la garganta. Miraba a su interlocutor con un rictus a la vez incrédulo y pasmado.

—Sois vos, ¿verdad? ¿Sois vos quien estáis ordenando esto? ¿Cómo lo hacéis? ¿Quién sois? ¿Un demonio? ¿Queréis matarme? —Escupió y se santiguó.

Alzó los brazos. Respiraba con la ansiedad de los ahogados. Empujó con las palmas a su invisible asaltante. Sus labios seguían incapaces de pronunciar algo comprensible.

—¿Qué decís, capitán?

El grabador, que se había inclinado hacia el marinero, estuvo a punto de tropezar de sorpresa cuando reconoció, o más bien leyó, la llamada que formaban los labios del hombre más poderoso del navío: «¡Madre! ¡Madre!».

Con la nariz llena de lágrimas y mocos, Leonor no podía parar de llorar. Se frotaba los ojos, incrédula.

—Juan, ¿qué está sucediendo? ¿Cómo vas a matarle tú?

El grabador sintió un escalofrío. Estaba consternado por el comportamiento irracional del oficial. Los marineros podían llegar en cualquier momento. Juan se estaba preparando ya para negarlo todo cuando sintió un peso sobre sus espaldas.

—Uf —dijo simplemente, distribuyendo de nuevo el peso sobre sus pies.

Ni siquiera se giró para comprobar qué era. Reconoció al instante aquellos dedos de nieve que le habían penetrado por la espalda y que ahora le acariciaban el corazón.

Como el día de la hoguera.

Juan dudó un último instante. ¿Se pondría a gritar de terror como el capitán o bien se abandonaría a esa extraña bocanada de melancolía que se adueñaba de él?

Atemorizado por su propio arrebato, el grabador murmuró en algarabía:

—¿Eres tú de nuevo, madre querida? ¡Qué triste estás! Has venido a socorrerme, ¿verdad?

Catalina ha venido conmigo. Estamos los tres en el navío y contemplamos, a pesar de la bruma que separa nuestros dos mundos, la agitación de la tripulación en la cubierta.

Sé que sigue celosa y que le gusta revolcarse en la idea de que la quiero menos que a su hermano vivo.

¡Qué equivocada estás, hija! Te quiero, aunque tú me odies (a muerte, si se me permite decirlo) por haberte dejado rezongar demasiado rato en mi hoguera. Erré toda una noche por Sevilla, desesperada por encontrarte; como predijo *Bartolomé*, había olvidado muchas cosas frotándome con los Vivos. Pero a pesar de ello no olvidé mi amor por ti. Sabía que seguías siendo mi querida hija y que sufrí muchísimo por ti durante mi existencia carnal. También sé que te he encontrado por casualidad en esta inmensa explanada a las puertas de la ciudad, y que apenas hemos tenido tiempo para llegar al barco antes de que zarpara.

Me acuerdo de tan pocas cosas ya...

Perdóname, *Catalina*... Pero ¿cómo iba a abandonar a tu hermano Juan? Este bendito decidió arriesgarlo todo por una desvergonzada. Cuando se negó a salvarse sin esa chica..., lo quisiera o no, tuve que acudir en su ayuda. ¡Si hubieras visto la cara del capitán y del gobernador cuando Juan se marcó el farol de que era capaz de robarles la razón exclusivamente con el poder de su espíritu! ¡Mi espíritu, querría decir, el muy ladino! Pero resultó endiabladamente eficaz. El gobernador (lo sé de muy buena fuente, ¡yo estaba dentro de él!) se cagó literalmente un poco.

Compréndeme. No quería que ese hermano al que jamás conociste corriera la misma suerte que yo... De repente he tenido un pensamiento espantoso: ahora me doy cuenta de que habría aceptado el peor sacrificio (olvidarme de ti) para que él no muriera de la misma forma que yo. Tú, claro, moriste de forma natural, no pude hacer nada para impedir que fallecieras. Lo sabes porque lees en mí lo poco que aún hay. No habría dudado ni un instante en cortarme brazos y piernas por ti. Pero él hubiera sufrido el peor de los castigos por culpa de los hombres, y eso no podía aceptarlo.

Te expongo toda mi verdad, hijita querida, porque no puede haber mentiras entre nosotras.

Por piedad, cuéntame quién soy, *Catalina*... o al menos lo que recuerdas de mí hasta el día de tu desaparición, e incluso más allá, puesto que me seguiste hasta el día de mi ejecución. Ayúdame, te lo ruego, a zurcir la túnica de mi memoria.

Soy consciente de que encaro con inquietud e incluso con cierta impaciencia, la muerte de mi querido Juan. Espero que sufra menos infortunios que yo y que muera en su cama lo más tarde posible. Pero cuando eso suceda, yo estaré junto a él. Quizá su fantasma pueda ayudarme también a recuperar la memoria... Él me transmitirá lo que yo hubiera podido confiarle de mi existencia. Solo me pregunto... si fui lo suficientemente cercana a él para convertirlo en mi confidente. Una no puede preverlo todo. Ese es el drama de la existencia.

Es extraño que una madre no pueda responder ya a preguntas tan elementales como la del nombre del padre de sus hijos. ¿Y mi madre, mi padre, cómo se llamaban? ¿De qué murieron? ¿Dónde están ahora?

Y sobre todo, ¿a quién amé en la vida? ¿Qué ser hizo latir mi corazón, debilitar mis rodillas, secar mi boca? *Catalina*, la muerte debería servir de abono para los grandes pensamientos, pero en lo que a mí respecta, no es el caso.

Cuando estés menos enfadada... Tenemos mucho tiempo por delante, querida hija.

Mira a *Bartolomé*, ese tonel de ignorancia. Está convencido de que le llenaré con mis recuerdos para que él pueda reconstruir los suyos. Pero apenas tengo recuerdos que compartir con él. Estoy tan hambrienta como él de pasado, pero se niega a aceptarlo.

Él no te gusta, me doy cuenta. Probablemente tengas razón, *Catalina*. Quizá yo también tendría que odiarlo, y seguramente no me faltan razones... a fin de cuentas, lo apuñalé.

Temo tanto los largos tentáculos de la soledad, hija. ¿Comprendes la ironía de nuestra situación? Hasta los fantasmas pueden ser cobardes.

—Dicen que allí el oro nace en el seno de la tierra, como las cebollas.

—¿Cultivarás oro, pues?

—Primero iré a buscarlo. Luego, con los indios que me concedan, sembraré un campo entero de oro. ¡Y danzaré como una insensata esperando la cosecha!

La mujer soltó una carcajada y se recolocó su bonita mantilla de encaje.

—¿Tendrás indios?

—¡Por supuesto! —se entusiasmó—. Todos los colonos nuevos reciben los suyos. Al menos, eso es lo que cuentan.

La alegría de Leonor alivió por un instante la preocupación de Juan. Ella le colocó con ternura la mano sobre el brazo.

—¿En qué pensabas, gran mago?

Desde el altercado con el capitán solía llamarle así, con una gratitud velada de temor que a Juan le hacía sentir incómodo.

—En nada —mintió.

«En mi madre», habría querido decir. Una vez más, se convenció de que los espíritus no existen. Con el estómago hecho un nudo, se sacudió los hombros, como si comprobara que no había nadie pegado a ellos...

Catalina me ha dicho algo curioso: que los dioses existen... Al menos, eso cree. Según ella, los dioses no son más que grupos de antiguos fantasmas. Al verse entregados a la soledad, los fantasmas habían perdido su coraje y se meaban de miedo...

—... y, mamá —es la primera vez desde que nos hemos reencontrado que utiliza esa maravillosa palabra—, su orina huele tan mal como en el mundo del que vienen. Los cobardes se pegan a otros fantasmas con la esperanza de recuperar un poco de... vitalidad.

Mi pequeña sonríe al usar esta expresión. Ella dice que un Dios de ese tipo estuvo a punto de tragársela cuando me esperaba en la explanada de la hoguera, y que por eso me odia tanto, me ha confesado.

—Entonces, *Catalina*… ¿tu conclusión es que un día tú, yo, quizá *Bartolomé* y, tarde o temprano, también Juan, formaremos un grupo de esos…?

Un ruido de pasos sobre la cubierta los sobresaltó. Ella se levantó, dejándole el sexo al aire. Juan intentó retenerla porque aún no había gozado, pero Leonor ya estaba en el umbral del diminuto camarote que les habían otorgado. Recolocándose con rapidez la ropa, le gritó que despabilara. Desde que el gobernador les había dado permiso para viajar con ellos, hacía dos semanas, estaba siempre alegre.

—¡Es tan aburrida la vida a bordo! Quiero ver qué ocurre arriba, Juan. Luego volvemos a nuestras cosas.

Él se vistió con rapidez. Al pasar por delante, lanzó un vistazo contrariado al retrato inacabado del gobernador. «No te olvides de mejorarle un poco la frente al puerco ese —pensó—, pero sin pasarte.» Todavía tenía que hacer también el retrato del capitán. El gobernador y su oficial le temían un poco por el momento, pero no había necesidad de forzar las cosas.

Comprobó de nuevo el estado del nudo del rollo con sus dibujos licenciosos y del residuo calcinado de la hoguera. Su voz interior volvió a burlarse de él: «¿Por qué te empeñas en encariñarte con ese pedazo de carbón impregnado de restos de tu madre? ¿Crees que tendrás más inspiración para dibujarla con él? Si fuera necesario, ¿hasta te inspirarías en los croquis… embriagadores de tu padre, el mártir?».

«¡Madre, perdóname!», pensó mientras subía la escalera.

En la cubierta, la luz cegadora le obligó a cerrar los ojos un instante. Dos marineros arrastraban de brazos y piernas a un hombre negro, desnudo como un gusano. Lo balancearon y, cuando tuvieron suficiente impulso, lo lanzaron por la borda.

—¡Dios mío! —exclamó espantada Leonor.

—Venga, no os preocupéis, ya estaba muerto. Empezaba a oler. Y además, no era más que un esclavo. Hay unos veinte más en las bodegas… Equipaje del gobernador, señorita.

El marinero de largos bigotes chasqueó la lengua con aversión.

—Hacemos limpieza una vez por semana, no sea que se nos pudran todos antes de llegar a tierra.

Dedicó una mirada descarada a la pasajera y se alejó. Molesto, Juan arrastró a Leonor al lado opuesto de la cubierta. Ella se inclinó para buscar el cuerpo del muerto en la superficie, pero el mar estaba espléndido y formaba una superficie homogénea.

—¿Ya está en el fondo?

—No lo sé. Seguramente flotará un poco antes de ser devorado.

—Y si flota mucho, ¿podría varar en el Nuevo Mundo?

—Sí —condescendió Juan con indiferencia, con el mismo tono con el que hablaría a un niño—. Si la corriente fuera muy fuerte.

—Pero si no llega a tierra firme… si llega al borde del mundo… ¿qué le sucederá?

Juan se giró hacia la joven para comprobar si se estaba riendo de él, pero descubrió en su rostro una preocupación sincera.

Pensó con pesar que en realidad ese debía de ser el destino de los proscritos de Andalucía: una vez que los barcos de la desgracia alcanzaban la frontera del mundo, lanzaban a todos los desterrados por la borda, al abismo. Cuando el aullido del último morisco se hubiera apagado, la Andalucía de su madre habría desaparecido para siempre, sin más huella que el aliento de un buey en una noche de invierno.

—Aisha… —murmuró, y bajó la cabeza ante la mirada sorprendida de Leonor.

Contempló el agua que los rodeaba por todas partes, inasible y, no obstante, tan intensamente presente. Hacía tanto tiempo que no pronunciaba el nombre secreto de su madre…

¿Qué sería de su vida cuando pusiera un pie en su nueva tierra de exilio? ¿Continuaría con su profesión de grabador? Fue incapaz de responderse. Sí, había escapado a la muerte, pero ¿era eso una suerte cuando todos a los que había querido estaban ausentes?

El hijo de la morisca suspiró con pesar y acarició con ternura la mano de su compañera. Su pene aún recordaba la exquisita sensación que le había ofrecido el sexo de Leonor.

—Vamos, no te obsesiones. Al fin y al cabo, solo era un negro… —le dijo.

Me fijé en él mucho antes de que sus restos fueran lanzados al mar. Había abandonado su cuerpo destrozado durante la noche. Franqueó sin dificultad las rejas de la jaula de los esclavos y luego las planchas de cubierta… Me fijé en él mientras su torpe espíritu avanzaba sin comprender demasiado bien que su existencia terrenal había acabado aunque siguiera experimentando sensaciones de Vivo.

Presencié el lanzamiento de su cadáver en el océano. Los marineros vaciaron primero las cubetas de excrementos, luego, los cubos de mondaduras de la cocina, y terminaron entre grandes risas con la larga carcasa del esclavo.

Me acerqué al nuevo espectro. Estaba aterrorizado por su nuevo estado. Como todos al principio.

Me quedé un buen rato junto a él, sin intercambiar nada, ni palabras ni movimientos, domesticándole lentamente.

Lo rocé. Como aún no sabía defenderse, le robé un recuerdo. Uno cualquiera, entre los muchos y espinosos que tenía. Por suerte, el recuerdo era bonito.

En él, el hombre negro era más joven, aún adolescente. Corría con el sexo golpeándole la entrepierna. Su boca sabía a sal y el sudor le hacía pestañear. Sujetaba algo en la mano, quizá una lanza. Frente a él, un animal fabuloso con una crin resplandeciente. El sol refulgía por doquier; había hierbas altas, otras criaturas extrañas, un río. El adolescente reía de alegría y mostraba a una muchacha con los pechos desnudos el animal de la crin abatido a sus pies.

Sintiendo envidia de la intensidad de su recuerdo, pregunté al nuevo fantasma:

—¿Por qué no seguiste a tu hermoso cuerpo?

Me respondió en la misma lengua sin palabras, que era sin duda la de todos los fantasmas del universo.

—No me gusta comer pescado —dijo con una ironía inesperada—. ¿Por qué iba a tener que soportar que un pez me coma? Y…

Sentí cómo le invadía una densa tristeza, pero había en ella un resquicio de alegría.

—… y tengo a mi hermano en la bodega. Él sigue vivo. Ha llorado mucho cuando he dejado de respirar. No lo puedo abandonar. Le dan tanto miedo las ratas como los golpes de los guardianes. Además cuando nos capturaron, no supe protegerle, tuve demasiado miedo de que me mataran si resistía. Y ahora…

Cesamos nuestro intercambio de sensaciones y ya nunca más intenté sustraerle recuerdo alguno. Mucho después, el negro dejó caer, como una piedra en el agua:

—No creía que fuera… —dudó un instante y con un tono desaprobador, desdeñoso y ofendido a la vez, concluyó—: así.

El espíritu prosiguió:

—En mi país, no es así… Es más… —Pero acabó callándose, aplastado por lo ridículo de su protesta.

Sonreí, pero para no aumentar su amargura, no quise repetirle: «Yo tampoco, hermano, pensé que sería así».

Lo dejé con su pena, su única compañera durante mucho tiempo. Me reuní con *Catalina* y *Bartolomé*. Hablaban sin entusiasmo, pero era mejor que la hostilidad de su primer encuentro. En su cuartucho, Juan y Leonor se unían una vez más. Al final de la tarde, sorprendí a esa desbocada con las nalgas de fuego en animada conversación con un marinero de grandes bigotes, pero con todo mi egoísmo de fantasma deseé que se quedara con mi hijo. Para que trajera al mundo, si la suerte no les traicionaba, un bebé. Para hacer frente, a falta de algo mejor, a la imbécil placidez del tiempo.

El viento se ha levantado. El barco avanza deprisa. He mirado el horizonte, o lo que pueden ver de él mis torpes sentidos. El mar juega a ser imponente con sus engreídas olas, cuando de hecho es tan pequeño…

En realidad, el mundo entero es tan pequeño que podría ser olvidado. Es así. Y quizá sea lo mejor.

Solo la muerte es inmensa, inútilmente inmensa. De repente, he descubierto que no hay Secreto. O, si existe alguno, no presenta demasiado interés, en cualquier caso.

Por primera vez desde mi muerte, o mejor, desde la muerte de mi padre, un ápice de mi rabia ha caído y, por un breve instante, algo parecido a la calma me ha regalado su dulzura.

Impreso en Talleres Gráficos
LIBERDÚPLEX, S.L.U.
Pol. Ind. Torrentfondo
Ctra. Gelida BV-2249 Km. 7,4
08791 Sant Llorenç d'Hortons (Barcelona)